Yves Viollier

Né en 1946 en Vendée, fils d'un menuisier, Yves Viollier a publié en 1984 son premier roman, *La chasse aux loups*, suivi en 1985 du *Grand cortège*. Après la publication de *Jeanne la Polonaise* (1988), il rejoint l'école de Brive, et écrit, entre autres, *Par un si long détour* (1992), *Les pêches de vigne* (1994), *Les saisons de Vendée* (1996), *L'étoile du bouvier* (1998), *Notre-Dame des Caraïbes* (2000).
Professeur de lettres, critique littéraire pour *La Vie*, Yves Viollier vit avec sa femme et ses deux filles à La Roche-sur-Yon.

YVES VIOLLIER

Né en 1946 en Vendée, fils d'un menuisier, Yves Viollier a publié en 1984 son premier roman, *La chasse aux loups*, suivi en 1985 du *Grand cortège*. Après la publication de *Marie la Polonaise* (1988), il rejoint l'école de Brive, et écrit, entre autres, *Par un si long détour* (1992), *Les pêches de vigne* (1994), *Les saisons de Vendée* (1996), *L'étoile du cordier* (1998), *Notre-Dame des Caraïbes* (2000).

Professeur de lettres, critique littéraire pour *La Vie*, Yves Viollier vit avec sa femme et ses deux filles à La Roche-sur-Yon.

LES LILAS DE MER

DU MÊME AUTEUR
CHEZ POCKET

LES SAISONS DE VENDÉE
1. LES SAISONS DE VENDÉE
2. L'ÉTOILE DU BOUVIER

LA MALVOISINE
LE CHEMIN DE FONTFROIDE
LES NOCES DE CLAUDINE
LES PÊCHES DE VIGNE
NOTRE-DAME DES CARAÏBES

YVES VIOLLIER

LES LILAS DE MER

Robert Laffont

ISBN : 2-266-12290-8

Pour les collègues, mes amis, du Poiré-sur-Vie.

Le lilas de mer (*Limonium vulgare*) croît dans les endroits sablonneux, vaseux ou rocailleux, au bord de la mer. C'est une plante vivace de dix à quatre-vingts centimètres, à tige florifère. Ses fleurs, à corolle violacée et à calice lilacé ou bleuâtre, s'épanouissent depuis le mois de juillet jusqu'au mois d'octobre, parfois encore en novembre. Ses parties souterraines sont recommandées pour leurs vertus toniques et astringentes.

Note liminaire

C'est un pays singulier que celui-ci, ce rivage du Marais Poitevin sur l'Anse de l'Aiguillon et le Pertuis Breton, face à l'île de Ré.

À pays singulier, langage particulier. Une *cabane*, par exemple, est ici une belle maison de pierre à deux étages (et son propriétaire est un *cabanier*) ; en revanche, une *guérite* est ce qu'on appelle ailleurs une cabane. Eux-mêmes, les habitants se disent *maraîchins*. Ceux qui élèvent des moules en bouchots, on les dit *boucholeurs*.

Ce pays d'eaux, de vases, de dunes, de grands vents et de tempêtes possède ainsi son propre vocabulaire. Lorsqu'un mot local apparaît, l'auteur a pris soin de l'expliciter dans le cours même de la phrase. Ainsi tout est-il clair, sans ces notes en bas de page qui rompent la lecture.

De ce pays-là, personne n'a jamais fait le théâtre d'un roman. Yves Viollier, le premier, le met en scène. Il est vrai qu'il est Vendéen.

Prologue

Le petit chaperon rouge

1

– Toinou ! Toinou ! cria le vieux Bordes, les mains en porte-voix autour de sa moustache blanche.

L'écho répétait d'un coteau sur l'autre les appels inquiets du bonhomme à sa petite Toinette.

– Toi-nou-ou !

– Hou ! hou ! lui répondit un hurlement de l'autre côté de la rivière.

Les loups ! La figure du père Bordes fut parcourue de rides. Il s'avança au bord du plateau et lança, encore, la gorge serrée :

– Toinou !

Un autre hurlement sauvage monta des fonds qui s'enlisaient dans les fumées violettes du soir. Jean-Marie Chèze n'attendit pas. Il descendit le chemin qui tournait dans les profondeurs de la vallée. Il n'avait pas peur. Il était jeune, souple, armé d'un bâton ferré. Il se retourna vers le bonhomme Bordes qui le regardait s'éloigner au ras de la corniche.

– Aussi, grinça-t-il entre ses dents, pourquoi l'ont-ils envoyée, ce matin !

Il leva la tête vers le ciel immobile comme un éclat de glace. Son souffle s'éleva en une nuée blanche. Il gelait déjà. Il allait geler plus dur encore. Il déroula les bords de son bonnet de laine sur ses oreilles, sauta sur les pierres pour passer les eaux du ruisseau tourbillonnant. La glace figeait ses bords. Les dernières lueurs du soir miroitaient dans le lit du petit cours d'eau. Il entra dans l'odeur des pins. La forêt prenait à mi-côte et s'étageait jusqu'au sommet de la colline. Il s'y enfonça sans hésiter et éprouva une curieuse sensation de sécurité dans sa grande ombre. C'était pourtant là que couraient les loups. La nuit se glissait entre les colonnes des arbres. Des branches le griffaient. Il pointa son nez fin souligné par un trait de moustache blonde. À cette heure, dans ces solitudes froides, il respirait des odeurs de verdure nouvelle. On était aux premiers jours de mars. L'hiver tenait encore serrée toute la haute Corrèze, mais à l'abri, dans l'ombre, le fléchissement avait commencé : le printemps arrivait. Il releva le bord de son bonnet, haussa les yeux parmi les frondaisons par où se versaient les ténèbres. Il distingua l'argent d'une première étoile. Le vent se mit à souffler et à hurler. Jean-Marie frissonna et serra le poing sur son bâton en pensant aux loups. S'ils s'approchaient de lui, il saurait leur parler.

Il traversa la route de Tulle au large des maisons et des chiens du Coudert, descendit à travers une mer de bruyères et d'ajoncs. Ses sabots sonnaient sur la terre gelée de la tourbière, cassaient des herbes. Le vent glacé lui courait maintenant droit dessus et frottait les boutons d'étoiles qui se blottissaient frileusement les uns contre les autres. Toinou était partie, le matin, pour soigner sa grand-mère au Grand Gilou à cinq kilomètres d'Orliac. Son père était inquiet du retard de sa fille en cette saison. Et Jean-Marie se réjouissait à l'idée de la voir surgir du chemin creux en sens inverse. Il imaginait au bord de son châle rouge le chatoiement de ses cheveux et de ses joues dans l'éclat des étoiles. Il songeait au plaisir de la ramener à son père.

Il ne la trouva pas. Quand il approcha du courtil du Grand Gilou, il faisait grand noir. Il essaya de retenir le bruit de ses sabots sur la terre gelée. Il appuya l'oreille au contrevent de la petite fenêtre. Un rai de lumière filtrait sur le côté. Et si Toinou n'était pas là ? Si elle avait perdu son chemin ? Le raclement de sa barbe sur le bois lui parut un vacarme dans le silence de la nuit froide. Il frappa à la porte basse et devina l'affolement à l'intérieur. Il avertit :

– N'ayez pas peur ! C'est moi, Jean-Marie.

Il entendit qu'on tirait la barre, ôta son bonnet. La porte s'entrouvrit. Toinou leva la chandelle.

– Entre vite, il fait un froid de loup !

Ses yeux noisette brillaient de joie. Il se glissa dans l'agréable odeur de fumée de la salle commune où dansait la flamme de la cheminée.

– C'est bien pour ça que je suis venu. Ton père t'appelait sur le plateau d'Orliac, et les loups lui répondaient.

– Je l'ai obligée à rester dormir chez moi, la défendit la grand-mère assise dans son lit parmi ses oreillers. Elle a marché toute la journée. Elle est allée me chercher de l'eau au lac. Je n'ai pas voulu la laisser traverser les grands bois toute seule.

– Quand je passe près de la loge du vieux au gros cou, dans le bois de Neuvialle, murmura Toinou de sa voix enfantine, il envoie son grand chien m'aboyer après.

– Je ne les ai pas entendus, ce soir, constata Jean-Marie. Gare ! Je leur aurais donné mon bâton à goûter !

Il riait en effleurant sa moustache du pouce et de l'index. La maison de la grand-mère de Toinou pareille à toutes les maisons de pauvres du pays lui paraissait ce soir d'une riche beauté. La chaleur du feu modeste lui avait sauté à la figure et il sentait ses joues brûlantes après le froid du dehors. Il éprouvait de grands élancements de sang dans ses mains tendues vers les flammes. La grand-mère, heureuse elle aussi de la visite, agitait sa tête de fourmi dans son bonnet et se rattrapait des longues journées de solitude et de silence en babillant. Ils parlaient du froid, de la neige qui pourrait encore venir. Jean-Marie affirmait :

– Elle viendra peut-être, mais elle ne tiendra pas. L'hiver est fini.

La grand-mère riait, comme si la venue du printemps lui promettait une nouvelle jeunesse. Elle se mit à raconter le jour où elle avait tourné en rond autour du Grand Gilou dans la neige, avec son fléau et ses seaux, par une tempête à arracher la peau. Elle avait fendu son sabot en courant trop vite vers l'eau du lac. Le froid, la neige entraient par le nez du sabot ouvert. La douleur enserrait la pointe du pied et remontait la jambe. Elle finit par abandonner sa potence et ses seaux pour s'élancer tête baissée contre les lourds paquets de neige, et elle se heurta miraculeusement à son père qui était sorti la chercher. Le lendemain matin, alors que la bourrasque avait cessé, la pointe de son pied était grise et dure comme un sabot. Le surlendemain le gros orteil et son voisin devenaient tout noirs. La peau avait éclaté. Une humeur jaunâtre suintait.

– Quinze jours après, expliqua-t-elle avec un sourire apitoyé pour ses souffrances passées, les deux doigts de pied tombaient !

Et, le pied sorti de dessous les couvertures, elle en montrait l'extrémité tannée comme un vieux soulier.

Jean-Marie écoutait la vieille femme, mais il suivait des yeux Toinou qui allait et venait entre la lumière du feu de cheminée et celle de la chandelle sur la table. Ses mouvements remuaient des ombres sur le plafond noir. Elle puisait des louchées de bouillon dans la marmite et arrosait les tartines de pain. Elle apporta l'assiette fumante, la cuiller. Il entra sa tête à la chevelure claire et bouclée comme la laine de mouton dans la fumée sucrée de la soupe de raves. Les sourcils rapprochés, l'air grave, Toinou était déjà une parfaite petite femme à son ménage. Mais, lorsque ses yeux rencontraient ceux de Jean-Marie, ils s'illuminaient. Il restait suspendu à cette lumière. Toinou avait quinze ans. Il en avait dix de plus. Elle était petite et jolie comme un fruit. Elle n'avait rien perdu des grâces de l'enfance. Mais la fermeté de ses gestes, son large front décidé et, surtout, l'éclat de ses yeux manifestaient déjà la femme. Elle était la retardataire d'une famille de huit. Sa mère clouée définitivement au lit par sa venue au monde après des couches à répétition, elle aidait son père à soigner les bœufs, les oueilles, la chèvre, le troupeau d'oies. Elle venait soulager sa grand-mère qui s'éteignait toute seule au grand Gilou.

– Qu'est-ce que tu vas faire, mon gars ? demanda la vieille. Tu ne vas pas rentrer à Orliac à cette heure, par ce froid ?

– Il le faudra bien, grimaça Jean-Marie à l'idée du retour.

Il regarda machinalement le lit à rideau vide dans l'autre coin de la salle commune. Toinou avait ouvert la porte de l'armoire. Elle se retourna avec une couverture de laine rouge devant la poitrine. Elle disparaissait presque entièrement derrière.

– Il va coucher là, grand-mère. Je lui préparerai un lit dans la boulangerie.

La grand-mère claqua la langue et feignit de se plaindre :

– Tu as entendu le grand gendarme, Jean-Marie ? Elle est terrible. Quand elle a décidé, il n'y a qu'à obéir.

Il était ravi de cette nuit à passer près de Toinou. Ils allaient dormir sous le même toit, presque comme mari et femme. La soupe l'avait réchauffé. Il se leva, ramassa son bonnet sur la table. Toinou lui posa la couverture sur les bras. Elle s'empara de la chandelle, ouvrit la porte. La flamme vacilla et ils sentirent entrer les chiens du froid. Toinou serrait la main autour de la chandelle pour protéger la flamme. Ils levèrent les yeux vers les étoiles.

– J'ai senti tout à l'heure l'arrivée du printemps.

Toinou poussa la porte de la boulangerie, et ils respirèrent l'haleine du vieux four.

– Tu m'aurais dit que tu venais, plaisanta-t-elle, je l'aurais allumé pour toi.

La flamme découvrait la porte de fer devant la gueule noire du four, un pétrin encombré d'une pile de sacs de jute. La caisse d'un châlit occupait le mur de la partie la plus basse du toit. Toinou y brassa la vieille paille, revint prendre des sacs pour lui aménager une paillasse confortable, étendit le couvre-pieds.

– J'espère que tu n'auras pas froid !

Et Jean-Marie à la voir si active, son châle de laine rouge sur les épaules :

– Je suis content de passer cette nuit avec toi. Dans trois jours je serai parti pour la campagne de la digue de Saint-Nicolas-sur-Mer. Je gagnerai trois francs par jour, ce qu'un journalier gagne ici en une semaine.

Toinou arrangea encore la couverture et se retourna vers Jean-Marie :

– Emmène-moi. Je travaillerai, moi aussi. Je t'aiderai. Je ne me plais pas ici. Je veux m'en aller.

– Tu sais bien que ce n'est pas possible. Tu t'imagines toute seule au milieu des hommes sur le chantier ?

Les yeux de Toinou se mouillèrent. Elle secoua le front, sa petite figure tendue comme un masque tragique.

– Toinou !

Et ce fut elle qui se jeta dans ses bras en disant :

– Tu vas m'oublier ! Si tu t'en vas là-bas, tu verras d'autres filles. Et tu ne reviendras pas !

– Qu'est-ce que tu racontes, Toinou, pourquoi tu dis ça ? Je mettrai l'argent de côté. Quand je reviendrai, nous partirons, si tu le veux.

– Tu es sûr, gémit-elle, de ne pas m'oublier ? Tu es sûr que tu tiens à moi ?

Il sentait sa poitrine palpiter sous son caraco. Elle avait jeté son châle sur le couvre-pieds.

– Il ne faut pas que je tarde, chuchota-t-elle, grand-mère va s'inquiéter.

Plus le temps passait, plus ils s'embrassaient. Et elle restait là, avec sa bouche chaude, ses mains caressantes, ses soupirs de bien-être. Elle n'avait pas envie de partir.

I

Une muraille contre la mer

2

J'ai pris mes fonctions à la tête de la paroisse de Saint-Nicolas-sur-Mer au moment de l'arrivée de Jean-Marie Chèze au chantier de la digue, à la Saint-Michel 1892. J'avais été vicaire de Saint-Pierre-des-Moutiers dans le bocage pendant huit ans. Mon apprentissage s'était effectué sans heurt avec mon curé, l'abbé Perrin. Il gouvernait sa paroisse avec la prudence d'un notaire honnête, « en bon père de famille », disait-il, comme aimait le répéter son père, notaire lui-même.

J'étais l'enfant unique d'une servante du château des Essarts, veuve à vingt-huit ans. Je n'ai aucun souvenir de mon père emporté de la poitrine en un peu plus d'une semaine. Ma sainte femme de mère m'a élevé toute seule avec les angoisses et les soins réservés au seul homme de sa vie. Cela n'a pas été sans conséquence sur mon caractère, et on peut expliquer ainsi certaines de mes faiblesses.

Maman a vécu comme une grâce mon entrée au séminaire. Un dimanche matin, après la grand-messe, le curé nous a invités à le suivre au presbytère. Les cloches sonnaient. La lumière de cette belle journée d'après Pâques ruisselle encore dans mon souvenir. Nous nous tenions timidement debout dans le vaste bureau, ma mère et moi. Le curé m'a pris par le menton.

– Il travaille bien, votre Jeannot, madame Guéry. Que diriez-vous si nous l'inscrivions au séminaire à la prochaine rentrée ? M. le comte serait disposé à lui payer ses études.

Maman n'a su que balbutier :

– Je n'y avais pas pensé.

– Eh bien, pensez-y ! Mais ne tardez pas trop. Il sera temps d'entreprendre les démarches.

Je nous revois dans l'allée cavalière du château. Je tenais ma mère par la main. Nous habitions une pièce au village des domestiques. Elle m'a serré les doigts plus fort.

– Tu te rends compte, M. le comte et M. le curé ont parlé de toi !

J'ai levé les yeux vers sa coiffe grisette. Elle portait autour de son cou sur sa robe de veuve un cœur en velours cerné de petites perles offert par mon père. Ma mère était plus grande que la moyenne. J'ai toujours aimé ses traits réguliers. Mais ce dimanche matin-là, au soleil, maman captait la lumière. Elle marchait la tête haute. Je la trouvais très belle. J'ai compris à cet instant que mon destin était scellé.

Le curé Perrin en m'accueillant à Saint-Pierre-des-Moutiers m'a reproché d'être trop maigre.

– Vous mangiez mal au séminaire, monsieur l'abbé ? Je n'aime pas ces prêtres qui font pitié. Comment voulez-vous être respecté si vous êtes épais comme un gringalet ?

Je me suis excusé :

– Je dois être une mauvaise bête, monsieur le curé. Je tiens de mon père. Ce que je mange ne me profite pas.

– C'est ce que nous allons voir !

Il a appelé sa gouvernante, qui avait toutes les apparences d'une femme bien nourrie, et lui a recommandé un régime particulier pour moi. Je n'ai pas été malheureux avec lui. Peut-être aurait-il souhaité me voir une attitude plus filiale. C'était au-dessus de mes forces. Il y avait entre nous une différence de classe. Je me sentais en face de lui un enfant du village des domestiques, même quand il se laissait aller à son redoutable coup de fourchette et à son goût pour les bons vins rouges, et je me raidissais. Les paroissiens de Saint-Pierre ne s'y trompaient pas quand ils disaient : « Il est un Monsieur. Il fait le grand. »

Nous sommes donc restés, le curé Perrin et moi, chacun à notre place, suffisamment proches pour avoir partagé huit années sans vrai conflit, et souffrant d'une incapacité à nous livrer davantage. Il aurait apprécié, je le sais, d'être mon confesseur. Je lui ai préféré le curé de la paroisse voisine. Il se flattait avec raison d'être à la tête d'une des paroisses les mieux tenues du diocèse. Il était curieux de tout ce qui se passait et s'attachait aux familles et à leurs intérêts. Il serrait les mains le dimanche, à la sortie de la messe, sur la place de l'église. Et il me surprenait ensuite en m'annonçant :

– La petite Guibert attend un enfant.

Ou bien :

– Il se pourrait bien que nous ayons à célébrer l'enterrement de la mère Eugénie. Ses voisins disent qu'elle bat son « dail ».

Moi je n'avais rien vu, ni entendu. Je me sentais un peu honteux. Je m'installais un peu plus dans mon repliement primaire.

Le curé Perrin n'a pas réussi à me transformer en bon gestionnaire, et j'imagine que quelquefois il a dû s'impatienter. Il a eu le mérite de me stabiliser. Je m'aperçois combien alors j'étais impulsif et nerveux malgré les apparences de la docilité. La moindre réflexion, la plus petite confidence dans le secret de mon bureau ou du confessionnal me bouleversaient durablement. Mon curé me ramenait les pieds sur terre avec une de ses réflexions dont il avait le secret :

– Voilà qu'on a encore blessé votre belle âme, monsieur l'abbé !

Après huit ans, on m'a confié la charge de Saint-Nicolas-sur-Mer.

Je dois avouer que je n'étais pas enchanté par cette nomination. Je l'ai considérée comme une sorte de sanction. J'en ai un peu voulu au curé Perrin qui ne m'avait sans doute pas présenté à mon avantage à l'évêché. Qu'est-ce que j'allais faire dans cette paroisse du bout du bout des côtes vendéennes ! J'en ai accepté la responsabilité par esprit d'obéissance. J'étais bien décidé à m'en échapper à la première occasion.

Le curé Perrin m'a accordé une journée pour un voyage de reconnaissance dans ma nouvelle paroisse. Je savais que c'était un vaste territoire de marais sur l'ancien golfe des Pictons. J'ai pris le train jusqu'à Luçon, et je suis monté ensuite dans la voiture de poste devant l'hôtel de la Gare. Je me suis assis au fond et j'ai essayé de me recueillir dans la lecture de mon bréviaire. Une odeur fauve m'a incommodé. J'ai mis le nez à la portière et j'ai découvert des bourriches de poisson entassées sur la galerie. L'osier tressé transpirait au soleil, et des coulées douteuses descendaient du toit.

À ce moment-là, un groupe de passagers bruyants est sorti de l'hôtel. Ils ont baissé la voix en m'apercevant. Manifestement la patache de Saint-Nicolas n'avait pas l'habitude de transporter des ecclésiastiques. Une grosse femme au chapeau de paille noir est montée en se cramponnant de chaque côté à la portière. Elle avait poussé devant elle un panier à double anse et couvercle, et j'ai reconnu dans ses cotillons bleus les effluves des bourriches de la galerie. J'ai regardé ses mains de poissonnière. Elle m'a salué d'un vague hochement de ses doubles mentons, s'est retournée pour laisser le passage à un petit garçon au regard noir. Le petit garçon a ôté son béret et esquissé quelques pas vers moi en balbutiant :

– Mais maman...

J'occupais la place qui était habituellement la sienne. La main vigoureuse de la poissonnière lui a claqué sur la figure, et il s'est retrouvé assis avant de l'avoir voulu. Un homme est arrivé avec un gros chien sans race aux longs poils jaunes emmêlés. Il a fait coucher son chien entre les deux banquettes. Les roues cerclées ont brouté les pavés bosselés de la ville. Leur grondement s'est changé en chuintement lorsque nous avons rejoint le chemin blanc après les dernières maisons. La poissonnière a ouvert son panier. Elle a déplié un grand torchon de toile bise et ouvert un emballage de papier où elle avait préparé des filets de sardines crues. Elle les a disposés sur une tartine qu'elle a donnée à son fils. Le petit a mordu avec appétit.

– Le pain de ma mère est bon, a commenté le petit garçon comme s'il avait perçu mon aversion.

– Je n'en doute pas, répondis-je en riant.

Le chien avait dressé la tête, guettant les miettes. Je me suis tourné vers la fenêtre, le bréviaire sur les genoux. Ce printemps était sec. Les sabots des chevaux soulevaient des nuages de poussière de craie. Des barrières fermaient l'entrée des ponts sur les canaux. Le vent inclinait la tête frêle des tamarins au bord de l'eau.

Je connaissais les étendues uniformes de la plaine de Luçon. Je les avais arpentées au temps de mon séminaire et j'avais trouvé ennuyeuses ces vastitudes de céréales. Je partageais avec mes collègues le chauvinisme du Bocain contre le Plainaud. Je trouvais les céréaliers de la plaine sans caractère comme leur paysage. Le conflit des Bocains et des Plainauds remonte à 1793. Les Plainauds ont choisi la république. Nous nous auréolons de nos titres de martyrs, nous les gens du bocage, et il est notoire que la pratique religieuse, l'activité des paroisses, le recrutement des séminaristes, sont inférieurs dans la plaine considérée comme terre de mission. Je ne connaissais le marais que par mes leçons de géographie. J'attribuais à ces platitudes désertiques les mêmes défauts qu'à la plaine. Mais, dans la lumière poudrée de craie de ce début d'après-midi, l'infini de ces ciels, de ces terres grises et de ces prairies rayées par l'éclat des canaux, m'a paru d'une beauté nouvelle. J'ai pensé que ce pays allait être le mien et j'ai été tout de suite effrayé par l'ampleur de mes responsabilités. Ai-je eu la prémonition d'une menace ? J'ai compris que ma tâche ne serait pas simple.

La patache s'est arrêtée devant le clocher bizarre de Triaize qu'on dirait torturé par le vent. Nous avons longé les ruines de l'abbaye de Saint-Michel-des-Marais. Et puis, à l'extrémité de la ligne droite, j'ai aperçu, le cœur battant, le troupeau serré des petites maisons badigeonnées à la chaux de Saint-Nicolas. Le postillon a clamé joyeusement.

– Terminus, tout le monde descend !

J'ai essayé aussitôt la porte, heureusement ouverte, de la maison du bon Dieu. La patache était arrêtée sur la petite place de l'église plantée de platanes. Je me suis agenouillé sur les marches de la Sainte Table, et j'ai profité de l'ombre fraîche pour me reposer. L'église de Saint-Nicolas se fond au milieu du village. Elle ressemble à un grand bâtiment agricole dont la nef centrale surélevée serait la grange et les chapelles latérales beaucoup plus basses les étables. Le clocher carré au discret toit de tuiles la coiffe à peine. Un grand trois-mâts suspendu comme un lustre se balançait à un cordage au milieu de la nef. Ce bateau m'a rappelé – je l'avais un peu oublié – que j'étais envoyé dans une paroisse de la mer.

J'ai traversé la place baignée de soleil. J'ai demandé le presbytère à une femme qui m'a regardé d'un œil sévère.

– C'est moi la gouvernante du presbytère !

J'ai poliment ôté mon chapeau de clerc.

– M. le curé vous attend ?

– Non.

– Je ne sais pas s'il va vous recevoir. Normalement c'est l'heure de sa sieste.

Elle m'a laissé entrer, elle a disparu, et elle est revenue avec un air plus complaisant, M. le curé arrivait derrière elle. Il m'a tendu les bras, m'a serré les deux mains.

– Alors c'est vous, Jean Guéry, qui allez me succéder ?

La mollesse de ses doigts parcheminés m'a surpris. Nous avons pris le chemin de son bureau.

– Je ne dormais pas. Plus je vieillis, moins je dors. Mais Renée monte la garde !

Il m'a montré les papiers étalés sur sa table.

– Regardez ce que j'étais en train de faire...

Il étudiait des vieux documents sur l'histoire de l'abbaye de Saint-Michel-des-Marais. Il était originaire du marais, et il projetait de profiter de sa retraite de chanoine pour rédiger un opuscule sur Saint-Nicolas et ses environs. Il a rêvé un instant sur les papiers jaunis de ses chères études et levant le nez :

– Vous êtes bien jeune. Vous n'imaginez pas les désordres dans lesquels vivent ces gens de la côte. Ils ont moins le souci de leur âme que de leur chien qu'ils soignent à coups de pied dans le derrière. Vous allez déchanter, mon ami, qui êtes issu de paroisses chrétiennes.

Il a déplacé d'une main fébrile les papiers sur sa table, trouvé son chapeau en dessous. Il m'a offert un tour dans son jardin. La végétation était plus en avance qu'à l'intérieur des terres. Les jonquilles dans les bordures de petits buis étaient en train de passer fleurs.

– Quand je pense à mon départ, je songe à ces graines que j'ai mises en terre et que je ne verrai pas grandir. Vous récolterez mes pommes de terre. On s'attache. On a malgré soi le réflexe du propriétaire.

De l'autre côté du mur se dressaient les croix du cimetière.

– En faisant mon jardin, je priais pour ceux qui dorment là. Je leur parlais. Ils me répondaient.

Il a soupiré, s'est essuyé le front avec son mouchoir. Ses galoches noires martelaient une marche funèbre entre les bordures de jonquilles des allées. Je lui ai demandé :

– Je suis étonné de ne pas entendre la mer...

Il a souri de mon ignorance.

– C'est normal. Le vent souffle aujourd'hui de la terre.

Il a haussé ses épaules basses et m'a tiré par la manche.

– Le temps a passé si vite ! Je suis ici depuis trente-six ans !

Nous étions arrivés à l'angle du mur du fond du jardin. Une statuette de la Vierge reposait sur une console.

– Je m'adresse souvent à elle lorsque j'ai de la misère. Généralement elle me console. Mais nous ne sommes pas là aujourd'hui pour pleurnicher sur mes états d'âme. J'aimerais prier pour vous, mon ami, que la Vierge vous aide à accomplir votre mission.

En s'agrippant à ma soutane pour s'agenouiller sur la pierre de granit posée devant, il a murmuré, la figure marbrée de taches rouges par l'effort :

– Il faut que vous grandissiez, et que moi je diminue.

Un mois plus tard je refaisais le voyage pour mon installation définitive. Quelques paroissiens des Moutiers avaient bien voulu se charger du déménagement de mon lit, ma table, mon étagère pour mes livres, mon linge, mes quatre chaises. C'était un mobilier bien modeste pour le grand presbytère de Saint-Nicolas. Mais j'y joignais celui de ma mère à laquelle j'avais offert de s'installer avec moi pour être ma gouvernante. Elle n'avait pas bougé de la petite maison au sol de terre battue qui m'avait vu naître, et où elle avait vécu deux années avec mon père. Ses yeux se sont remplis de larmes. Elle a dit :

– Tu peux prendre quelqu'un d'autre. Tu seras peut-être plus libre.

– Non, maman.

– Je demandais au bon Dieu de m'accorder la grâce de vivre assez longtemps pour devenir la servante de mon fils dans sa paroisse. Il m'exauce.

– Pas la servante, maman !

– Et pourquoi, non ? J'ai été toute ma vie une servante chez les autres, je peux bien être contente de servir mon fils. Est-ce que ce n'est pas la meilleure part pour une mère ?

En déménageant avec moi, elle apportait ses quelques meubles, mais aussi sa vaisselle. Elle me permettait de m'installer sans engager de dépense. Bien sûr, je ne pouvais pas me flatter, comme mon curé Perrin et beaucoup de mes confrères, de posséder une belle salle à manger et des assiettes fantaisie pour recevoir mon évêque. Mais peut-on demander à un petit pauvre devenu prêtre de s'embourgeoiser et de prendre des airs ?

Ma mère est venue coucher au presbytère des Moutiers la veille de mon départ. La docile jument grise du père Menanteau, qui conduisait habituellement le corbillard, s'est élancée sur un claquement des guides de son maître. Un soleil de printemps doré comme un fruit blondissait l'aurore. Le père Menanteau encourageait sa bête :

– Trotte, ma fille ! Va, ma jolie !

Elle n'était pas insensible aux compliments. Elle faisait tinter joyeusement son grelot. Si j'avais été paysan, j'aurais eu du bonheur moi aussi à soigner des animaux. Après Mareuil nous avons rejoint les lignes droites interminables de la plaine, et puis après Luçon j'ai retrouvé la route du marais, et elle m'a paru à nouveau plus agréable, plus fantaisiste. Elle tournait avec les canaux, se heurtait à une barrière. Après la sortie de Saint-Michel-des-Marais nous nous sommes approchés de l'énorme rocher, vaste comme un paquebot, échoué dans les vases. On me l'avait désigné sous le nom de La Vive. J'ai demandé au père Menanteau :

– Quand vous arriverez à l'embranchement, vous prendrez par là-bas.

Mon prédécesseur m'avait prévenu que le rocher de La Vive et ses habitants faisaient partie de ma paroisse. Une chapelle y avait été édifiée par les moines. Quelques restes de murs des bâtiments conventuels y étaient adossés. Nous avons contourné la saillie de calcaire. Les flots s'étaient brisé les dents sur cette roche dure. La jument elle-même, intriguée, ralentit le trot. Des maisons s'accrochaient parmi les arbres inclinés du sommet.

Un chemin blanc montait par une échancrure. Un gros chien y courait. Quand il aperçut notre voiture en bas, il s'arrêta et aboya vers nous.

– La bête de La Vive ! On raconte qu'autrefois, quand La Vive était au milieu des eaux, elle était infestée de vipères. Saint Hilaire y serait venu et l'en aurait débarrassée par un signe de croix.

Ce qui me conduisait surtout de ce côté, c'était le chantier de la digue dont m'avait parlé le vieux prêtre. Napoléon III avait signé en 1863 le décret d'édification d'une défense de six mille mètres de long protégeant les milliers d'hectares du marais situés au-dessous du niveau de la mer. Les tempêtes d'équinoxe renversaient alors les digues de terre des paysans, ruinaient les cultures et menaçaient la vie des populations. Mais les travaux n'avaient commencé qu'après 1870, et des conflits de financement entre la préfecture, le conseil général, et le syndicat des propriétaires des marais interrompaient régulièrement l'activité du chantier.

C'était le cas en ce printemps 1892. La carrière de La Vive où l'on prenait la pierre de la digue était déserte. Une échelle abandonnée attendait entre deux plans de coupe. Un homme maigre et noir de la tête aux pieds a surgi de derrière les blocs et s'est approché en balançant de grands bras. Ma mère s'est serrée contre moi. Je me suis présenté :

– Je suis votre nouveau curé...

L'homme a touché sa barbe de quinze jours, a enlevé son béret crasseux.

– C'est bien ici la carrière de la digue ?

Il a hoché la tête et répété :

– La carrière de la digue...

Et, pris d'une soudaine illumination, il a grimacé un sourire et lancé :

– Le chemin de la digue !

Il tendait le doigt et nous indiquait l'extrémité de La Vive. Je l'ai remercié. Il s'est immobilisé. Lorsque nous avons atteint le croisement, il pétrissait toujours son béret, surveillant la direction que nous allions prendre. La brise à l'odeur de sel courbait les tamarins. Un troupeau de moutons paissait au flanc d'une levée de terre. Maman s'est dressée dans la voiture, son sac noir serré sur sa poitrine.

– Qu'est-ce qu'on entend ? Qu'est-ce qu'il y a derrière ce mur ?

Elle était inquiète. Elle n'avait jamais voyagé beaucoup plus loin que le bourg des Essarts. Sa grande sortie, une fois l'an, c'était la foire du chef-lieu. Elle venait de découvrir les étendues sans limites du marais et avait lancé un méprisant :

– C'est plat !

L'énorme muraille de la digue nous barrait l'horizon. Un vol de mouettes s'en est élevé avec des cris de détresse. Le père Menanteau a commandé à sa jument d'attendre. J'ai entraîné maman sur le flanc de la digue. Je lui ai pris la main pour l'aider à monter les hautes marches de moellons. Nous avons été assaillis par les grondements de la mer. Maman a poussé un cri en me tirant en arrière :

– Non, Jean, reste là !

Le vent m'a décoiffé, et j'ai rattrapé mon chapeau au vol. La marée était haute. Le flot s'écrasait contre les moellons. Il rugissait en tossant la digue, tordait des tresses d'écume, brassait du sable au ras des pierres. Maman était restée sur la dernière marche, effrayée. Elle avait porté la main à sa coiffe et elle ne bougeait pas.

Elle s'est décidée à avancer un pied, puis l'autre, sur la digue. Elle s'est approchée, a regardé avec prudence en bas vers la mer en furie. Elle s'est détendue, a levé des yeux éblouis vers moi, et j'ai compris qu'elle me disait :

– C'est incroyable !

Elle a porté la main à sa poitrine et, en souriant :

– L'air est vif !

Je suis venu à côté d'elle. J'ai tendu la main vers l'étendue bouillonnante. Des milliers de points lumineux scintillaient à sa surface. Deux bateaux à voiles triangulaires ballottaient au milieu dans une sorte de chenal plus calme.

– Ils n'ont pas peur !

Maman a hoché la tête. Elle n'avait jamais vu la mer.

– Je ne croyais pas que c'était si beau ! C'est effrayant !

Un coup de vent plus fort a secoué nos robes, et tandis qu'elle tenait d'une main sa coiffe et de l'autre ses cotillons, elle a éclaté d'un grand rire heureux. J'ai montré les gros nuages violets au bout de la mer.

– Il doit pleuvoir sur l'île de Ré et La Rochelle. Ils ont peut-être de l'orage.

Le ciel était limpide au-dessus de nous. La digue était posée derrière une protection de pieux en épis. Quand la vague se retirait, on découvrait des moules fixées sur les pieux. Le choc d'un ressac a été suivi d'un profond recul de la mer qui a découvert un espace de vase noire au milieu du sable. Cette langue noire et l'orage lointain m'ont rappelé les appréhensions de ma première visite. Je me suis tourné vers le marais derrière nous. J'ai imaginé les lourds nuages d'orage écrasant ce paradis. Et de nouveau face à la mer, dans l'éblouissement du soleil, j'ai supplié le ciel de m'accorder l'intelligence et la force.

3

Jean-Marie Chèze et les premiers ouvriers de la grande digue sont arrivés dans les jours qui ont suivi mon installation. Les chicaneries de financement du chantier avaient cédé devant l'urgence des travaux. L'hiver 1891 avait amené des tempêtes terribles. Le monstre océan n'avait pas seulement dévasté les digues de terre, il avait ouvert des brèches dans la digue de pierre en construction et couvert d'un mètre d'eau salée une superficie de seize kilomètres à la ronde. Les ingénieurs avaient décidé de surélever les maçonneries d'un mètre pour abriter complètement les marais.

Une demi-douzaine de charpentiers sont venus les premiers. Je les ai vus descendre de la patache le lendemain matin de notre déménagement. Je sortais de l'église. Ils avaient la scie sur l'épaule et portaient à deux leur lourde caisse à outils. Ils ont feint de ne pas me voir. Le vieux curé de Saint-Nicolas m'avait prévenu que ces vagabonds libres-penseurs n'étaient pas de la clientèle pour nous. Le fiacre des ingénieurs les attendait devant la mairie pour les transporter sur le chantier. Cette avant-garde avait pour tâche de remettre en état la maison des ingénieurs et les baraques des ouvriers, là-bas, dans le désert du marais à l'intersection du chemin de La Vive et de Saint-Nicolas.

La première vague d'ouvriers a débarqué une semaine après. Des affiches alléchantes promettant un salaire de trois francs par jour étaient placardées dans les mairies et les débits de boisson. Le conducteur des travaux recrutait cinq cents terrassiers, carriers, smilleurs, maçons sans succès en Vendée. Car le village de la digue avait une sinistre réputation. On le disait fréquenté par un ramassis de vagabonds sauvages, sales, voleurs, bagarreurs. Les premiers ouvriers du chantier de 1870 s'étaient révoltés contre le syndicat des travaux de défense de la côte et avaient fait grève pour obtenir de meilleures conditions de travail. Les petits propriétaires avaient cédé par peur. Et cette armée de cinq cents hommes venus d'ailleurs en pleine force de l'âge, pourtant appelés par les habitants afin de dresser un barrage contre l'océan, était ressentie comme une menace nécessaire.

J'ai sans doute commis une maladresse en m'intéressant tout de suite à ces vagabonds alors que j'étais moi-même un étranger. Je sais que j'ai scandalisé un certain nombre de bonnes âmes. Le flot des arrivants a traversé le bourg pendant une quinzaine de jours. Ils étaient facilement reconnaissables. Ils étaient efflanqués comme des hommes qui ont beaucoup marché et peu dormi dans des granges de rencontre. De lourds bissacs renfermant leurs biens et leurs outils chargeaient leurs épaules. Ils se déplaçaient par paquets, la plupart à pied, quelques-uns descendaient de la patache, très peu arrivaient par bateau. Ceux qui marchaient pieds nus se chaussaient avant d'entrer à la mairie, afin de faire viser leur passeport, et se déchaussaient en ressortant, assis sur les marches. Beaucoup employaient des dialectes inconnus.

Je suis allé à leur rencontre. J'ai trouvé des tribus d'Italiens qui avaient traversé toute la France pour se heurter à la mer, des Polonais en route vers les mines dont le chemin avait bifurqué, des géants hollandais qui descendaient vers le soleil. Mais le plus nombreux contingent arrivait du Limousin. Ils descendaient du plateau de Millevaches, de la Creuse, de la Haute-Vienne. Ils avaient hérité d'une vieille tradition de Limousinants forcés de s'exiler pour rapporter de quoi vivre. Ma jeunesse s'intéressait à ce rassemblement cosmopolite. Les sonorités étranges des langues m'attiraient. Je lisais la nostalgie du village délaissé et l'inquiétude dans les regards fatigués. Ma soutane avait le mérite de les mettre en confiance, peut-être aussi ma figure creuse de paysan et mes cheveux à la brosse.

J'en ai ramené quelques-uns au presbytère, certains soirs, parce qu'ils avaient des têtes de bons gars. Ils sont devenus méfiants en découvrant l'impressionnante maison carrée du presbytère. Je leur ai offert du tabac. Je fume. J'ai pris cette mauvaise habitude au grand séminaire. J'ai demandé à maman d'apporter des verres. Maman m'a dit :

– Tu sais ce que tu fais.

Je leur ai expliqué que j'étais aussi nouveau qu'eux à Saint-Nicolas. Ça leur a plu. Je ne crois pas que Jean-Marie Chèze ait été de ceux qui sont entrés prendre un verre ou manger la soupe à la maison.

J'ai voulu mobiliser les jeunes de Saint-Nicolas pour accueillir ces nouveaux habitants de la paroisse. J'ai imaginé dans ma naïveté des rencontres entre ces deux mondes. J'ai eu envie de crier en chaire mon émotion à découvrir ce défilé d'hommes rasant les murs pour s'en aller travailler à notre digue. J'avais entendu des mères crier et ordonner à leurs enfants de rentrer au passage des ouvriers. J'avais vu des gens se détourner et des visages se fermer. J'ai pu m'enflammer et prononcer des paroles qui ont dépassé ma pensée. Je voulais dire que ces hommes étaient nos frères.

Mon supérieur, le père Bonnenfant, curé doyen de Saint-Michel-des-Marais, est venu me rendre visite deux jours après mon intervention en chaire. C'était la première fois que je le recevais. J'ai cru à une visite de courtoisie. Je l'ai accueilli avec joie à sa descente de voiture dans ma cour. J'ai tout de suite déchanté lorsqu'il m'a lancé, le chapeau sous le bras, sa large figure rouge fermée :

– Monsieur le curé, j'ai quelque chose à vous dire !

Je n'ai pas pris le temps de lui montrer mon pauvre mobilier. Nous avons bifurqué dans le jardin après qu'il eut soigneusement lié la bride de son cheval à l'anneau, et nous avons marché dans les allées. J'étais inquiet de sa réprimande.

– Vous avez eu la dent dure en chaire, dimanche. Lucien Rougier de la cabane de Bellenoue est passé me rapporter vos paroles hier soir. Il bouillait de colère.

Le père Bonnenfant était un prêtre selon le modèle de mon curé Perrin. Il m'avait dit en m'accueillant chez lui avec une évidente condescendance : « Mon cher Jean Guéry, j'aime bien la manière des Bretons de désigner leur curé. Ils l'appellent le recteur. Nous devons donner à nos paroissiens la rectitude qui leur manque... » Les jonquilles de mon prédécesseur étaient définitivement fanées dans les petits buis. Le vent d'ouest nous apportait le murmure de la mer. Des convois de nuages lourds couraient dans le ciel. Le père Bonnenfant s'est arrêté, il a croisé les bras, et j'ai compris à son regard son inquiétude à mon sujet.

– Lucien Rougier, je le sais, n'est pas un homme facile. Mais vous l'avez mis hors de lui ! Il a grommelé à votre sujet entre ses moustaches : « De quoi il se mêle ce drôlet à peine débarqué à Saint-Nicolas qui voudrait nous faire la leçon ! » Je l'ai repris : « Modérez vos paroles, ou je ne vous écoute pas ! » Il s'est excusé, et puis il a ajouté avec son rude franc-parler : « Écoutez-moi, monsieur le doyen, vous nous avez enlevé notre vieux curé qui nous convenait très bien. Vous l'avez remplacé par ce jeune qui prétend nous faire la morale et veut mélanger nos jeunes et ceux du chantier. Les ouvriers sont là pour travailler. Jusque-là on s'est supporté chacun de notre côté. Il n'y a déjà pas foule à l'église. S'il recommence, il ne nous verra plus ! »

Je connaissais Lucien Rougier. Il m'avait été signalé comme le plus riche cabanier de la commune. J'avais serré la main dure de cet homme sec en velours noir, botté de cuir. Nous avions échangé trois mots. Il m'avait lorgné avec l'orgueil du paysan rentré, intraitable. On m'avait assuré que son fouet ne le quittait jamais. Il le posait à côté de son assiette à table.

Le père Bonnenfant a mis ses mains derrière son dos et il a recommencé de marcher.

– Méfiez-vous, monsieur le curé. Je ne vous apprends pas que les Rougier sont les plus généreux donateurs de la paroisse. Si Lucien Rougier l'avait voulu, il serait maire. Il a de l'influence...

Je n'ai pas essayé de me défendre. Le père Bonnenfant ennuyé et radouci par mon silence est convenu que sur le fond je n'avais pas tort. J'arrivais du bocage. J'étais jeune. Je devais me familiariser avec les susceptibilités maraîchines. Il m'a mis la main sur l'épaule. J'ai bien saisi derrière la pression sur ma soutane qu'il s'agissait d'un avertissement sans frais. La prochaine fois, s'il y en avait une, on se montrerait plus sévère, on en référerait à l'évêché.

Nous sommes rentrés à la maison. Quelques gouttes de pluie rageuse s'étaient mises à tomber. J'ai promené mon curé doyen dans mon installation. Nous lui avons offert le café.

Maman a tout deviné de notre conversation sans en avoir rien entendu. Et devant mon air abattu, le soir, en apportant ma soupe, elle a appuyé sa main de lingère et de laveuse sur mon épaule. Le père Bonnenfant avait posé la sienne au même endroit.

– Mon pauvre grand, c'est vrai que tu as parlé fort dimanche...

J'ai pris mon bâton de pèlerin peu de jours après. Le courant des nouveaux venus s'était tari. Je ne les voyais pas à nos offices du dimanche. J'ai coiffé mon chapeau. J'ai prévenu ma mère que je serais sans doute en retard pour le dîner. Je n'étais pas décidé à capituler et à reproduire le modèle du vieux curé qui s'exaltait à préparer une monographie de Saint-Nicolas. J'étais jeune, et je n'avais pas choisi le sacerdoce pour me soumettre à un riche Lucien Rougier. Puisqu'on m'interdisait de passer par la porte, j'étais bien décidé à entrer par la fenêtre.

Je suis donc parti par un de ces beaux après-midi de la mi-mai sur la côte atlantique.

Aucune poudrerie ne traînait. La ligne verte des vagues était tirée comme un trait sur le bleu du ciel à l'horizon. Je suis passé par le port. Des débardeurs chargeaient des sacs lourds dans la cale d'un trois-mâts. J'ai cru qu'il s'agissait de grain, c'étaient des haricots secs. Les cales des mytiliculteurs étaient désertes. La mer était basse. Des barques dormaient sur la vase. Le port de Saint-Nicolas a la particularité d'avoir un embarcadère pour chaque bateau. Les boucholeurs ont enfoncé de longues perches dans la vase et y ont accroché les chemins de planches de leurs pontons jusqu'au-dessus de l'eau. Tout le monde a le sien, et ils se serrent les uns à côté des autres. Les perches montent dans le ciel, et elles donnent à Saint-Nicolas l'aspect d'un port chinois.

Des pieux pour les bouchots attendaient en tas sur le quai, des rouleaux de corde, des paniers d'osier brûlés par l'eau de mer. J'ai allumé ma pipe. J'ai tété mes premières bouffées, et j'ai marché vers la dune plantée de vignes aux ceps à ras de sable qui produisent un vin curieux au fort goût d'iode que je ne pouvais boire sans grimace. Les gens en boivent des barriques et, disent-ils, ils ne s'en portent pas plus mal. Ils oublient les victimes de la cirrhose, du delirium, isolés dans le sinistre hôpital des fous de La Grimaudière.

J'ai suivi la rive de l'embouchure du Lay à travers ces riantes petites vignes protégées du vent par des rideaux de tamarins. J'ai salué le gardien de la société du Fort assis sur sa chaise face à la mer. C'est là que s'ouvre la baie. Le pilote vient y chercher les trois-mâts pour les conduire dans le port de Saint-Nicolas. La mer retirée découvrait le sable et les vases, et les alignements des pieux noirs des bouchots. J'ai rejoint la digue, et j'ai pris par le chemin derrière la muraille.

J'ai rencontré les premiers ouvriers au croisement de La Vive. Un grand gaillard aux cheveux rouges conduisait un attelage de quatre petits chevaux du marais épuisés à tirer un train de wagonnets de pierre. Le fer des wagonnets semblait collé aux rails. Les bêtes ployaient les reins, les muscles tremblants. Des carrés de jute protégeaient leurs fronts et leurs yeux du soleil et des mouches. Le grand gars rouge a profité de ma présence pour souffler. Il a soulevé sa casquette pour me saluer, l'a battue contre sa cuisse. J'ai compris qu'il me disait dans sa langue :

– Bonjour, monsieur le curé !

Un nuage de poussière s'est envolé. De l'écume moussait aux jointures des jambes et de l'abdomen des chevaux. Des mouches vibrionnaient autour. Un maçon a éclaté de rire là-haut sur la digue.

– C'est un miracle, monsieur le curé ! Il parle aux bêtes en flamand, et les chevaux maraîchins le comprennent !

Le Flamand a haussé les épaules en rajustant sa casquette. Il a commandé aux chevaux dans sa langue, et les bêtes dociles ont creusé les reins. Les wagonnets se sont ébranlés lentement.

L'équipe des maçons rehaussait la digue, comme prévu par les ingénieurs. J'allais suivre les rails et le convoi de wagonnets lorsque le même bavard a hurlé là-haut :

– Norbert, nom de Dieu, apporte le mortier !

Le blasphème n'était pas lancé par hasard. Les autres maçons alentour feignaient de n'avoir rien entendu et me regardaient par en dessous. Je me suis approché des trois garçons qui s'activaient en bas sur les manches de leurs bouloirs à brasser le ciment. Le plus âgé devait avoir quatorze ans. Leurs mains étaient bleues de ciment. J'ai demandé :

– Lequel d'entre vous s'appelle Norbert ?

Le plus petit m'a répondu avec une surprenante voix grave pour son âge :

– C'est moi.

Je lui ai commandé :

– Verse l'eau.

J'ai pris le manche de son bouloir, et j'ai brassé la colle avec les deux autres, tandis qu'il mouillait le ciment. J'entendais que là-haut le travail s'arrêtait et qu'on nous regardait. Quand le ciment a été assez gâché :

– Remplis l'auge !

Je l'ai soulevée, pleine à ras bord. Je l'ai dit, j'étais de constitution fragile et je n'avais pas l'habitude des travaux de force. Mais je me suis demandé comment des enfants pouvaient porter tout le jour de telles charges. J'ai posé l'auge sur mon épaule. Je me suis accroché au barreau et j'ai entrepris l'escalade de l'échelle. Mes jambes flageolaient au sommet de la digue, et j'imaginais les mêmes mouvements au mortier. J'ai déposé l'auge au pied du maçon.

– À quoi bon jurer pour commander l'ouvrage aux enfants du bon Dieu ?

Le maçon m'a fixé de ses gros yeux veinulés de rouge. Il a remué le mortier avec sa truelle et grogné sur un ton apaisé :

– C'est bon, faites excuse, monsieur le curé.

Je me suis tourné vers la mer. La lumière grésillait comme sur un bol de friture. J'ai voulu frotter ma soutane et n'ai fait qu'étaler le ciment. Je suis redescendu tandis que le travail reprenait son cours. Un peu plus loin, une chaîne d'hommes montait les pierres au sommet de la digue. Trois d'entre eux s'étageaient dans l'échelle, le dos appuyé aux montants. Ils prenaient en dessous, ils passaient dessus. Quand une pierre était plus lourde, ils prévenaient :

– Attention !

J'ai regardé ces mains nues, dures et grises comme le fer des outils. Écorchées parfois, elles saignaient. Les hommes m'ont pris à témoin en riant.

– Il y aura du sang dans le mortier, monsieur le curé !

Et puis ils m'ont interrogé :

– Comment la trouvez-vous notre digue ?

Je leur ai dit que c'était le plus beau chantier de toute la côte atlantique. La fierté de ces bagnards m'a toujours impressionné. J'ai vu luire le même éclat orgueilleux dans les yeux des paysans devant leur charretée de foin après une journée éreintante, et dans ceux des boucholeurs quand ils déchargent en chantant leur cargaison de moules. J'y ai trouvé des motifs de ne pas gaspiller mon temps, de me lever tôt et de me coucher tard conscient d'être un privilégié.

J'ai rejoint la maison du Génie construite pour le logement et les bureaux des ingénieurs. J'allais frapper. L'ingénieur Forestier s'est avancé, la main tendue. J'avais déjà croisé cet homme sévère aux cheveux blancs quand il traversait Saint-Nicolas sur son grand hongre noir ou dans son cabriolet. Ses subordonnés et les cinq cents hommes du chantier avaient raccourci son nom en Forest. Descendu de sa monture, il m'a semblé aussi gringalet que moi.

– Qu'est-ce qui nous vaut l'honneur de votre visite, monsieur le curé ?

– La curiosité, monsieur l'ingénieur en chef du service maritime de la Vendée. Et l'idée qu'il pouvait être de mon devoir de vous proposer les services de mon ministère.

Forestier s'est retourné vers le trou d'ombre de la porte au parement de briques, l'index dans la poche de son gilet.

– Vous avez entendu, monsieur Charron ? M. le curé demande à s'inscrire sur les registres du personnel !

L'ingénieur en second s'est montré, petit, ventru, tendant une main moite. Fatigué par la chaleur, il avait tombé la veste et remonté les manches de sa chemise.

– Que diriez-vous d'une balade sur le chantier en compagnie de M. le curé, Charron ? Nous prendrons un moment ensuite pour parler.

Charron est rentré se coiffer de son panama, et j'ai suivi le gros bonhomme rougeaud qui activait ses jambes courtes et respirait fort. J'avais compris que la balade était pour lui une corvée et qu'il me la reprochait. Nous avons commencé par nous taire. Et puis il a crié soudain :

– Qu'est-ce qui a donné l'ordre de mettre ici ce tas de croûtes de carrière ?

Les ouvriers ont redressé la tête sans répondre.

– Quel est votre chef d'équipe ? Où est Berthier ?

Un grand dégingandé à la figure ravagée de rides a montré la tête de l'autre bord de la digue, du côté de la mer. Il a sinué parmi les hommes qui enrochaient la digue avec des moellons. J'ai cru qu'il souriait, mais je me suis aperçu qu'il clignait des yeux à cause de la lumière.

– C'est vous qui avez déchargé ici ces croûtes de carrière ?

Berthier a feint de chercher :

– Quelles croûtes ?

– Vous vous foutez de moi ? Qu'est-ce que vous voulez en faire ? Plus loin, à un kilomètre, on va manquer de garni à l'intérieur de la digue !

Berthier a haussé les épaules.

– Je ne savais pas qu'on avait déchargé ces croûtes.

– Eh bien ! vous auriez dû le savoir !

– Je pose les épis à l'avant de la digue comme vous me l'avez commandé. Je ne peux pas être à la fois d'un côté et de l'autre ! Les gars ont dû croire que ces croûtes serviraient à empierrer le chemin.

– Le chemin n'a pas besoin d'être réempierré !

Charron m'a invité à escalader l'échelle pour voir par-dessus l'enrochement. La mer avait monté. Elle léchait le sable où Berthier et ses hommes installaient des épis brise-lames. La baie s'élargissait encore. Ré et La Pallice flottaient au loin dans la brume de chaleur. La forêt des bouchots découverts était plus proche. Le soleil plaquait du feu sur ma soutane noire. Nous avons marché vers l'extrémité du chantier.

Soixante terrassiers travaillaient au creusement des fouilles de prolongement de la digue. Les plus jeunes avaient enlevé leur chemise, et leur dos et leur poitrine avaient déjà brûlé au soleil. Ils ouvraient dans le sable une tranchée béante d'une largeur de douze mètres et d'une profondeur de deux, roulant des brouettes de déblai sur des chemins de planche. Charron s'est agenouillé en soufflant au bord de la tranchée. Il a examiné le boisage qui maintenait le sable et l'empêchait de s'ébouler.

– Moïse, a-t-il demandé vers le trou, passe-moi un marteau !

Il a frappé sur les étais en tendant l'oreille comme s'il jouait d'un piano rustique. Il s'est attardé sur un madrier au son plus aigu que ceux d'à côté.

– Moïse, c'est toi qui as boisé cette tranchée ?

– Oui, monsieur, a dit Moïse.

Charron a frappé de nouveau. Et à moi :

– Vous entendez ?

Et à lui :

– Tu entends ?

Moïse a rejeté son béret vers l'arrière, secoué la tête. Il n'entendait rien.

– Ce madrier repose dans le vide. Il ne retient pas le sable. Si le sable s'éboule, il l'emportera comme une allumette. Est-ce que vous voulez crever dans ce trou comme des rats ?

Moïse a secoué la tête.

– Tu vas me reprendre ce boisage. Fais-le bien, je viendrai vérifier.

Il a lancé le marteau, qui atterrit au fond de la tranchée. J'avais appris le drame de dix hommes surpris par un éboulement, quatre ans plus tôt, et ensevelis sans qu'on ait rien pu faire.

– J'étais là, a dit l'ingénieur adjoint comme s'il avait lu dans mes pensées, il y a quatre ans. Aujourd'hui, je ne laisse rien passer sur le boisage, vous pouvez me croire !

Il frottait ses genoux de pantalon. Sa chemise dans son dos était mouillée. Il m'a montré derrière les dunes le toit rouge de la maison de la Pointe. La défense contre la mer devait s'allonger jusqu'à cette extrémité pour abriter toutes les terres.

– Normalement, nous devrions toucher prochainement une locomotive Decauville de dix tonnes. Nous pourrons tripler la longueur des trains. Nous modifions la passerelle du chenal de la Raque pour permettre le passage des convois de la carrière de La Vive.

Nous sommes revenus vers la maison du Génie en passant par les baraquements des ouvriers. Une entêtante odeur chimique flottait dans l'air surchauffé autour des cabanes de bardeaux badigeonnées au Crésyl. Des chiens faméliques au poil triste, attachés devant les portes, nous aboyaient après.

– Ils les lâchent la nuit. Les chiens mangent ce qu'ils trouvent.

J'avais été informé de plaintes au sujet de ces chiens errants responsables de dégâts dans les poulaillers et les toits à lapins. Le remugle de sueur confiné dans la baraque m'a soulevé le cœur malgré le Crésyl. J'avais respiré depuis l'enfance ce fumet de misère dans les maisons de pauvres. Je ne m'y suis jamais habitué. Charron a essayé de me rassurer :

– La nuit, ils ouvrent les portes pour faire de l'air.

Et puis il a ajouté :

– Certains sortent s'allonger dans la dune s'ils ont trop chaud. Ils ne sont là qu'à la belle saison.

Cinquante châlits à couvertures brunes s'alignaient dans chaque baraque éclairée par une meurtrière unique. Les bissacs soigneusement rangés dans des cases près des entrées représentaient la seule richesse dans ce dénuement. Nous avons rejoint sans tarder l'ingénieur Forestier incliné sur le plan en coupe de la digue. Il m'a invité à l'examiner avec lui et m'a demandé ce que je pensais du chantier.

– C'est une fourmilière.

Il a levé vers moi ses yeux verts, étonné par le peu d'enthousiasme de ma réponse. Et j'ai ajouté :

– Beaucoup d'ouvriers sont harassés après seulement quelques semaines de travail.

– Qu'est-ce que vous voulez que je fasse ? Que j'éloigne la mer et le soleil ?

Il a replié nerveusement sa carte.

– Je ne vous parlais pas de la mer, mais des trop longues journées de travail.

– Ils savaient à quoi ils s'engageaient en venant travailler à la digue. Si certains estiment qu'ils travaillent trop, ils sont libres de partir.

Nous nous sommes toisés, face à face. Nous savions que si nous poursuivions sur ce sujet nous atteindrions vite le point de non-retour. Un éclair a traversé le regard de l'ingénieur. J'ai tâtonné au fond de ma grande poche. J'y ai trouvé ma pipe.

– Vous me permettez de fumer ?

Nous nous sommes assis autour d'une petite table et d'un cendrier. L'ingénieur adjoint Charron avait accepté d'aller chercher sa pipe pour goûter mon tabac. Forest avait allumé un cigare. J'ai exposé l'objet de ma visite ; je voulais célébrer un office du dimanche pour les ouvriers de la digue. L'église était éloignée. Quelques rares ouvriers seulement osaient s'aventurer à la messe paroissiale. J'étais pourtant le curé de ces hommes sur le territoire de ma paroisse.

L'ingénieur en chef a pris une bouffée de cigare et s'est adressé à son adjoint :

– Eh bien, voilà une excellente initiative ! Qu'en pensez-vous, monsieur Charron ?

– Oui, monsieur.

– Je n'ai jamais compris que votre prédécesseur ne se soit pas rapproché de notre chantier. Je l'y avais encouragé après l'enterrement de nos accidentés. Il s'en est tenu à sa ligne : il était curé de Saint-Nicolas. Il ne voulait pas distinguer le chantier de la paroisse. Je crois surtout qu'il était vieux et n'avait pas envie de changer d'habitudes.

J'ai proposé la chapelle de La Vive. Elle n'était pas en très bon état. Elle avait servi d'écurie. C'était l'occasion de réparer un sacrilège. Je comptais sur son aide et son appui pour communiquer l'information aux hommes du chantier. M. Charron nous apportait des verres et une bouteille de vieux bordeaux. J'avais accepté un fond de vin coupé d'eau, même si l'ingénieur m'accusait de commettre un péché. Nous avons levé nos verres.

– Vous aurez mon appui, monsieur le curé, à condition que vous vous engagiez à ne pas mélanger la religion et le travail !

Il tenait son cigare pincé entre le pouce et l'index. Ses traits s'étaient de nouveau raidis. J'ai souri.

– Avec votre permission, je me contenterai de l'Évangile, monsieur l'ingénieur en chef du service maritime.

Il m'a accompagné jusqu'à la porte. Trois voitures lourdement chargées arrivaient sur le chemin poussiéreux.

– Le boisage des prochaines fondations nous vient de la forêt d'Aulnay, commenta-t-il.

Les croupes des chevaux las ruisselaient. L'écume moussait aux bords du corroyage. Les conducteurs marchaient tête basse comme des somnambules sous leurs chapeaux de paille à large bord. Des nuées de mouches tournaient autour d'eux et des chevaux. Ils les chassaient sans conviction de leur figure.

– En soignant leurs âmes, monsieur le curé, vous soulagerez leurs corps, suggéra l'ingénieur à mon oreille sur un ton de condescendance amusée.

Je lui ai répondu de même :

– Si vous épargniez un peu plus leur corps, je m'adresserais plus facilement à leurs âmes.

Je suis parti. Mon rabat était de travers. Je l'ai redressé. Il me restait le long chemin du retour. La mer avait monté. Les voiles des boucholeurs remontaient vers le port.

Nous avons passé une semaine, ma mère et moi, et quelques femmes généreuses à nettoyer ma succursale de La Vive. Même si elle ne servait plus d'écurie, le vitrail brisé autorisait l'entrée des poules, et elles pondaient sur l'autel et la stèle de la statue de la Vierge. Maman, à son avantage dans ces travaux, protégeait son chignon grisonnant avec un mouchoir de tête, radieuse de renouer avec les nettoyages en équipe du château des Essarts. Nous avons badigeonné les murs à la chaux en écoutant les femmes rappeler de nombreuses histoires de cette île aux serpents. Un enfant qui avait, paraît-il, avalé un serpent pendant son sommeil aurait été porté mourant par sa mère éplorée dans la chapelle où il vomit le serpent sur-le-champ. Qu'on ait livré cette chapelle aux animaux après un tel miracle était étonnant. Dans le bocage, on l'aurait vénérée.

La chapelle se dresse à la pointe de La Vive comme un rostre. Les hommes du chantier n'avaient jamais osé monter sur le rocher. J'ai vu s'avancer leur petite troupe d'une vingtaine sur le chemin de la carrière. J'ai reconnu en avant les rares familiers du fond de l'église de Saint-Benoît. Une petite troupe encore hésitante traînait la jambe par-derrière. Je suis allé à leur avance vêtu de l'aube, en compagnie des enfants de chœur. La chapelle était dépourvue de cloche. Nous avons longé les maisons des laboureurs, les charrettes, les toits à cochons, les jardins du sommet de La Vive, poursuivis par les chiens. Je me souviens d'un temps de demoiselle. Un plumetis de nuages traînait son ombre sur le marais inondé de soleil. Nous avons dépassé la chapelle rustique, toute grise comme une petite vieille, reconnaissable à son toit d'ardoises parmi les tuiles. Nous nous sommes avancés au ras de la falaise. Plus que par la baie et le ballet de voiles triangulaires sur la mer, ils étaient intéressés par leur chantier vu d'en haut. Ils ont tendu la main pour indiquer leur poste de travail.

– C'est quand même quelque chose, a soufflé l'un d'eux, épaté par la longueur du mur de la digue déjà dressée contre la mer.

L'ingénieur Forestier est arrivé en retard, sur son hongre, quand j'avais commencé la messe. La chapelle était presque pleine avec vingt personnes. J'étais satisfait d'avoir au moins triplé le nombre des ouvriers à la messe. Le dimanche suivant, ils ont été trente, le suivant quarante. La chapelle était trop petite. Les hommes se serraient sous l'arc bas du portail. Il pleuvait. Le vent poussait par la porte ouverte des tourbillons de pluie qui éclaboussaient jusqu'à l'autel.

J'ai remarqué pour la première fois Jean-Marie Chèze, ce jour-là. Il avait mis du blanc de chaux sur sa veste en se frottant contre le mur. Il se distinguait des autres par sa moustache et ses cheveux bouclés blonds. Ses grands yeux bleus très clairs me regardaient avec une douceur presque féminine. Son énergie n'avait pas l'air entamée par les pénibles travaux de ces premières semaines.

Ma satisfaction était grande à célébrer le saint sacrifice pour ces hommes. La bourrasque les resserrait autour de mon autel. Je me sentais solidaire de leur travail et de leur solitude. Je savais qu'à la différence de beaucoup de mes paroissiens de Saint-Nicolas ils n'étaient pas venus par conformisme ou habitude. Nous reconstituions dans cette chapelle battue par les vents, fouettée par les embruns salés comme une arche dans la tempête, une communauté priante des origines. Et le beau visage de Jean-Marie évoquait les disciples des peintures. Je n'imaginais pas que ce jeune ouvrier de passage allait changer ma vie.

J'écris ce récit sur un coin de la table de cuisine de mon petit presbytère de campagne charentaise, la même table que nous avons déménagée autrefois du village des domestiques du château des Essarts. Depuis la mort de maman, il y a déjà longtemps, je me passe de servante. Je n'ai pas voulu engager quelqu'un pour travailler à mon bien-être. J'ai sorti le bidon de lait et l'ai posé devant ma feuille de papier pour ne pas oublier d'aller à l'heure de la traite à la ferme des voisins Charbonnier. Il m'est déjà arrivé plusieurs fois, dans ma distraction, de laisser passer l'heure, et d'être privé de lait dans ma soupe et dans le café clair de mon petit déjeuner. Le lait avec le pain constitue l'un des éléments essentiels de ma nourriture.

Je ne sais pas si le bon Dieu me permettra de poursuivre mon histoire jusqu'au bout. Il me semble, certains matins, que je ne vais pas pouvoir me lever, tellement l'arthrose m'a transformé en un squelette de douleurs. Je reprends alors la chanson de ma mère.

Le ciel en est le prix,
mon âme prends courage...

Je pose un pied par terre. Le vieil homme chancelle et se dresse en gémissant. Je crois que d'avoir entrepris l'écriture de cette histoire m'aide à résister. Je me reproche de ne pas m'y être attelé plus tôt. Elle pourra me tenir lieu de testament.

Ah! je dois sortir aussi les clés de l'église pour ne pas oublier non plus d'aller fermer les portes. Je ne sais pas combien de temps me sera nécessaire avant le point final. À mon rythme laborieux, plein d'hésitations et de repentirs, il me faudra au moins jusqu'à la floraison des patates de dahlias que j'ai mises en terre cet après-midi.

II

La fille de la Pointe

4

J'ai entendu parler de Jean-Marie Chèze à la Pentecôte. Il s'agissait seulement de rumeurs. Les histoires de Saint-Nicolas perçaient difficilement parfois les murs du presbytère, comme le lointain grondement de la mer les jours de tempête. Mon compte rendu d'aujourd'hui repose sur des informations obtenues auprès des intéressés eux-mêmes et d'un certain nombre de témoins.

Au grand dam de toutes les autorités ecclésiastiques confondues, la fête religieuse de la Pentecôte est éclipsée à Saint-Nicolas par le Préveil du lundi de La Vive fixé au lundi de la Pentecôte depuis la nuit des temps. Le curé doyen de Saint-Michel, mon vieux prédécesseur, et bien d'autres ont essayé de déplacer cette débauche de cris, de rires, de danses, de boissons, sans résultat. Ils ont dû se contenter de menacer des flammes de l'enfer les bonnes âmes tentées de se fourvoyer dans les débordements de la fête païenne.

J'ai proféré, moi aussi, de sévères mises en garde. Je dois à ma décharge qu'elles n'ont eu d'effet qu'auprès de quelques jeunes filles veillées de près par leurs parents. Les admonestations d'un clerc restent souvent lettre morte pour les maraîchins. Ils n'en font qu'à leur tête et ne laissent pas échapper les occasions de plaisir données par la vie.

Le Préveil de La Vive célèbre le soleil et les foins dans les granges. Il est l'occasion d'une pause à l'approche des moissons et des battages, et dans les récoltes des bouchots. On ne peut pas empêcher le peuple qui travaille dur toute la semaine de s'offrir la récréation de quelques fêtes. L'Église a eu le tort de donner à voir un visage austère et triste. Pourtant elle le proclame : un saint triste est un triste saint.

Tout le marais accourt au Préveil. Il a lieu autour de l'auberge du bas de La Vive, sur le bord de la route de Saint-Michel. Les forains plantent leurs baraques de jeux et installent les manèges des chevaux de bois une semaine à l'avance. Les jeunes élisent le « maire » de La Vive le lundi matin. Ce garçon consacré pour un jour grand prêtre des débordements revêt l'écharpe tricolore, coiffe une perruque de filasse et un chapeau à l'ancienne mode. Il s'installe à califourchon sur un âne du marais transformé en zèbre à larges raies de peinture, proclame le remplacement du travail par le repos, de l'eau par le vin, et réclame des filles gentilles.

Gaston Gras, l'aubergiste de La Vive, avait invité les ouvriers de la digue à la fête. Son établissement se trouvait en face de la carrière.

Son chiffre d'affaires avait décuplé depuis l'ouverture du chantier. Il vendait du tabac à fumer et à priser de contrebande. Un siège en règle auprès de l'ingénieur Forest, et quelques caisses du vieux bordeaux que j'avais goûté, lui avaient obtenu l'autorisation de dresser le tivoli du bal devant chez lui sur le terre-plein dégagé par la carrière.

Les ouvriers et les maraîchins sont restés entre eux au début, lorgnant de loin leurs rangs serrés en chiens de faïence. Et puis les plus audacieux et les plus adroits des ouvriers ont osé se lancer dans la compétition des parties de quilles ou de boules. Les groupes se sont défaits à mesure que le vin coulait et que montaient les cris et les rires.

J'ai bien connu la mère Gras derrière sa caisse montée sur une estrade à l'entrée de la salle d'auberge. Elle avait l'œil à la fois sur les tables à l'intérieur et sur celles de la terrasse à l'extérieur. Elle portait pour la circonstance une étrange galette de paille noire ornée de fruits. La prunelle perçante, rengorgée dans son double menton, elle dirigeait le ballet des serveuses, et sa voix tonnait, puissante, mâle, dominant le brouhaha des buveurs, brutale comme une claque, remettant à l'ordre une fille tentée de plaisanter avec ses clients :

– Delphine, qu'est-ce que tu fabriques ? On t'attend !

Elle ne savait pas lire, mais elle comptait plus vite que n'importe qui. Elle demandait de payer avant de servir. Elle avait inventé un système de jetons marqués à son nom que les filles distribuaient à la commande. Elles les récupéraient en servant à boire et les rapportaient avec l'argent à la caisse. Tout le monde savait qu'elle était le vrai patron de l'auberge Gras. Gaston passait le plus clair de son temps à flemmarder à la chasse avec des clients coureurs de marais comme lui.

Or, par une surprenante générosité naturelle, la mère Gras avait engagé pour serveuse une pauvre fille qu'on appelait la Mularde. Un mulard est un croisement de canard musqué et de canard commun du marais. En fait il s'agissait d'une mulâtre. Elle vivait comme une sauvage à la Pointe de l'Aiguille avec son père dans une guérite. Elle courait les vases pour y ramasser les coquillages. Elle avait la peau sombre, pas vraiment pain brûlé, plutôt ocre. Ses courses l'avaient musclée. Elle lorgnait le monde avec un regard noir, farouche. La mère Gras avait sans doute flairé le moyen d'appâter la clientèle avec son exotisme et l'avait engagée. Mais elle avait trouvé en elle bien mieux qu'une serveuse. Elle avait vite compris qu'elle pouvait s'appuyer sur elle, et que la tête ne risquait pas de lui tourner comme à toutes les linottes qui essuyaient les tables en guettant les propos des buveurs. Elle passait entre les tables avec un port de reine, le menton haut, le regard absent, le tablier prêté par la patronne agrafé devant, la tête coiffée d'un voile de lin sur ses cheveux sombres et brillants. Parfois la mère Gras l'appelait :

– Lilas, viens ici !

La Mularde s'appelait Lilas. La mère Gras lui confiait sa place à la caisse. Elle était sûre que rien n'échapperait à la sauvage, qui comptait aussi bien qu'elle, qui s'imposait aux autres filles sans un mot, sans élever la voix.

Depuis le matin de ce lundi de Pentecôte la chaleur n'avait cessé de monter. La meule du soleil roulait sur les marais et les écrasait comme de la paille. Un vent brûlant venu de la terre grésillait comme de l'huile sur le feu. Les six rangs de perles de la porte de l'auberge cliquetaient, bousculés soudain par l'épaule du vent comme au passage d'un client, et les fêtards suivant son invitation faisaient la navette entre leurs parties et la buvette, plus altérés après chaque verre. Les plus fragiles, ou les trop assoiffés, étaient déjà tombés les bras en croix à l'ombre des blocs de la carrière.

Jean-Marie Chèze écarta les perles de la porte à trois heures et demie. Et Lilas devait me dire plus tard :

« J'ai cru à une rafale de vent. J'étais à la caisse. Je l'ai vu à contre-jour. Il riait. Ses cheveux lui tombaient en boucles sur le front comme de la laine de mouton. Il a posé sur moi ses grands yeux bleu de porcelaine si francs et, je ne sais pourquoi, je me suis sentie rougir... »

Longtemps après, à ce souvenir, son regard s'animait, un frissonnement de velours moirait sa prunelle couleur de nuit.

– ... J'avais honte de moi. Est-ce que vous comprenez cela, monsieur le curé ?

– On a du mal à comprendre les mécanismes de l'amour humain quand on n'en a pas l'expérience.

– ... Une fille est venue avec l'argent d'une table. Je ne la voyais pas. Elle m'a appelée. C'était comme si elle me réveillait. J'ai rendu la monnaie. J'ai regardé l'heure à la pendule. Il était trois heures et demie...

Jean-Marie Chèze s'était assis à une table et, lui aussi, il regardait la Mularde comme s'il ne l'avait jamais vue. Il était déjà venu boire chez Gras, et Lilas l'avait servie. Mais à la découvrir là, debout derrière sa caisse, droite, tête voilée, le menton pointu et volontaire, elle lui paraissait belle et mystérieuse comme une statue. Il a croisé son regard, et il en a eu le cœur douloureusement réchauffé. Il s'est dit que c'était l'effet de la chaleur, et qu'il avait peut-être un peu trop abusé du vin de noah qui rend fou. Il s'est efforcé de s'intéresser à la conversation de son collègue Marcel Ribière, des Couteilles dans la Creuse, qu'il avait retrouvé à Limoges, et en compagnie duquel il avait continué la route vers la Vendée et le chantier de la digue.

D'ordinaire il avait plaisir à écouter le Creusois bavard à la chevelure de crin toute blanche qui lui racontait ses histoires de limousinant en marche vers Paris aux côtés de ses grands cousins François et Louis, ouvriers maçons dans le Paris du baron Haussmann. L'évocation des Couteilles du Creusois donnait à Jean-Marie la nostalgie de son Orliac, de Toinou et des serments échangés avec des baisers. Il se jurait de ne plus la quitter à son retour. Mais en cet après-midi de lundi de la Pentecôte, les récits de Marcel Ribière ne l'intéressaient pas.

Le vent tomba en même temps que le crépuscule. La chaleur devint plus poisseuse. Les bâches de côté du tivoli de bal avaient été relevées pour respirer. Le joueur de flûte et le violoniste s'activaient pourtant sur leur estrade, et les jeunes inépuisables tournaient dans la poussière avec des cris sauvages. Des nuées d'insectes se brûlaient les ailes aux verres des lampes à pétrole. Les mères en noir, stoïques sous leurs coiffes blanches, faisaient tapisserie autour de la salle, surveillant leurs filles en train de danser avec une attention que rien ne pouvait distraire. La mère Gras, compatissante, avait accordé gratuitement le puisage d'un seau d'eau pour rafraîchir ces pauvres femmes dans la poussière. Le seau avait été vidé aussitôt qu'apporté. Une fille d'auberge en avait puisé un second en recommandant de se servir avec parcimonie.

Les garçons, bien sûr, ne buvaient pas d'eau. Ils y auraient perdu la face. Que s'est-il passé exactement ? On est venu réclamer mon assistance à minuit passé. J'étais à peine couché et j'avais sombré dans les profondeurs du premier sommeil bercé par les flonflons lointains du Préveil. J'ai reconstitué, morceau par morceau, les pièces de cette nuit de ribaude et ses conséquences.

La chaleur et la boisson avaient échauffé les têtes. Le puits est à cent mètres du terre-plein de la carrière où se trouvait le tivoli. Les lumières de l'auberge et du bal éclairaient vaguement la tour ronde du puits. Lilas est allée tirer un troisième seau d'eau. Elle s'est trouvée soudain encerclée par une ronde de danseurs qui tournaient autour d'elle en chantant des chansons. Ils ne se privaient pas de l'appeler la Mularde. Ils ont dit qu'ils n'avaient pas de mauvaises intentions. Ils l'ont bousculée. Le seau d'eau s'est renversé. Plusieurs ont prétendu qu'elle leur avait jeté de l'eau. Elle a certifié le contraire. D'autres ont osé des gestes.

Le maire du Préveil était là avec sa perruque, un dénommé Nivet de Saint-Michel. Nivet a soutenu qu'il voulait s'interposer. La Mularde a allongé le pied. Nivet a hurlé, plié en deux, les mains entre les jambes. Jean-Marie Chèze a déclaré que, s'il n'était pas intervenu, elle aurait connu un vilain sort.

La musique du bal et les cris de la fête couvraient ce qui se passait autour du puits. Jean-Marie a foncé tête baissée. Pourquoi se trouvait-il là ? Il avait passé la soirée à jouer à la manille avec ses collègues. J'ai supposé qu'il n'avait pas bougé de l'auberge pour continuer de regarder Lilas. Quand elle était sortie, il l'avait suivie.

– Ce n'est pas fini, cette comédie ? a interrogé Jean-Marie.

– De quoi tu t'occupes, toi ? ont demandé les maraîchins.

– Vous êtes costauds, les gars, pour vous attaquer à une fille !

Les joueurs de manille arrivaient tranquillement par-derrière. Si Jean-Marie n'avait pas bu, il n'aurait sans doute pas cherché la bagarre. Nivet se relevait en se tenant le ventre avec des grimaces.

– Toi, tu t'en vas, dit Marcel Ribière à Lilas.

– Elle reste ! fit un maraîchin.

– Laissez la fille ! insista le Creusois, imposant son âge et ses cheveux blancs à ces têtes brûlées.

– Allez viens, dit-il à Jean-Marie pâle de colère, en le tirant par la manche.

Les deux bandes étaient face à face. Les camarades de manille entouraient Jean-Marie, ceux de La Vive soutenaient Nivet.

– Je vais me battre contre ce caroulet, s'écria Nivet qui avait récupéré.

Il dépassait Jean-Marie Chèze d'une tête. Mais Jean-Marie ne recula pas. Il était ramassé sur lui comme un chat. Les amis de l'un et de l'autre se sont reculés. La musique sous le tivoli jouait un quadrille. La terre vibrait des martèlements des cavaliers et des cavalières. La lumière jaune des lampes à pétrole vacillait au loin.

Nivet le premier a lancé le bras. Il a empoigné Jean-Marie par la ceinture et la culotte, et l'a envoyé rouler dans la poussière. Comme un chat, Jean-Marie s'est relevé. Nivet l'a empoigné de nouveau et l'a envoyé bouler. Et ils ont recommencé une troisième fois. C'était devenu comme un jeu pour Nivet. Il riait. Les maraîchins l'encourageaient.

– Vas-y, monsieur le maire !

Mais Chèze se relevait chaque fois avec souplesse comme s'il avait été monté sur ressorts. À la quatrième fois, il est resté par terre. Et lorsque Nivet s'est penché vers lui, il lui a lancé une poignée de poussière, l'a fauché avec ses jambes et l'a renversé. Il lui a sauté dessus, l'a étendu et l'a bloqué dos à terre. Les témoins découvraient la force du petit Corrézien d'Orliac. Comme Nivet essayait de glisser ses mains et cherchait ses yeux avec ses ongles, il a cogné une fois, et une autre.

Il s'est relevé et s'est adressé aux autres :

– Venez-y au caroulet, si vous voulez une leçon ! Venez-y, je vous attends !

Les maraîchins restaient muets. Jean-Marie Chèze leur tournait le dos et s'éloignait lorsque Marcel Ribière lui a crié :

– Attention !

Nivet se tenait debout derrière lui, un couteau à la main.

– Viens, caroulet !

C'est la version de Chèze et même de certains maraîchins de la bande. Nivet et ses amis ont dit qu'il avait sorti un couteau lorsque Jean-Marie s'est armé d'un piquet à déplacer les blocs dans la carrière. Ils étaient comme deux taureaux qui se mesurent les cornes. La lame de Nivet déchirait la nuit, le piquet de châtaignier tourbillonnait. Tout a été vite. Le couteau du grand Nivet a filé, et s'est enfoncé dans l'épaule de Jean-Marie. Le gourdin de Jean-Marie a heurté Nivet avec un craquement de branches brisées.

La stupeur a figé les spectateurs. Nivet était allongé, immobile. Le bras de Chèze pendait sur le côté, son sang gouttait dans la poussière. La musique sous le tivoli venait de s'arrêter. Les gens sortaient attirés par ce qui se passait au-dehors.

– Sauve-toi ! Tu l'as tué ! a crié Marcel.

Les maraîchins se sont précipités. Jean-Marie s'est reculé vers ses compagnons et il a disparu derrière eux. Et la bataille rangée a commencé.

On aurait dit que tous attendaient cette étincelle pour allumer la mèche. Ceux qui dansaient l'un près de l'autre paisiblement comme des frères se sont découverts ennemis. Les clans se sont reformés. D'un côté les gars du marais, de l'autre les étrangers du chantier. Les femmes et les filles éplorées se sont sauvées en poussant des cris.

Ils ont cassé les bancs de la salle de bal, les vitres et des tables de la mère Gras. Des dents ont volé, des oreilles ont été abîmées, des nez ont été cassés. Un Gaudin de Triaize a été expédié dans le puits, et c'est un miracle qu'il se soit accroché à la chaîne et qu'on l'ait remonté par le mousqueton.

Heureusement l'ingénieur Forestier et Garnier, le maire de Saint-Nicolas, ont pu intervenir rapidement et séparer les combattants. Moi, je suis arrivé après, en même temps que les bicornes et les moustaches de la brigade de Saint-Michel. Gaston Gras se tordait les mains au milieu de sa salle d'auberge dévastée.

– Comment allons-nous remettre la maison en état ? Ils ont tout cassé.

Sa femme soignait l'un des blessés, la rotule complètement sur le côté il hurlait dès qu'on lui effleurait la jambe. Elle a saisi le pied et, d'un coup sec, elle a remis le genou en place.

J'ai cherché Lilas parmi les filles d'auberge. Elles ont levé la main en haussant les épaules.

– Elle n'est plus là. Elle doit s'être enfuie chez elle à la Pointe.

Je m'étais aventuré une seule fois à la Pointe de l'Aiguille. J'avais fait quelques pas sur le sable durci de la dune. Une herbe rase et craquante de sel poussait par plaques, fixant le sable sans cesse en mouvement. Quelques tamarins résistaient au cinglage, rongés par le vent et parfois enfouis jusqu'à la tête.

L'ingénieur Forestier m'a dissuadé de le suivre au village des ouvriers.

– Ne vous inquiétez pas, monsieur le curé, si l'un de mes hommes a besoin de vous, nous vous ferons signe !

On le sentait mécontent de se trouver au milieu de ce désastre. D'une certaine manière il en était responsable ; il n'avait pas su contenir ses troupes. J'ai deviné que la reprise en main du camp promettait d'être musclée.

Le Dr Liaigre était arrivé. Il fabriquait une attelle pour l'éclopé de la rotule. Il était deux heures et demie du matin. Je suis rentré en compagnie d'un couple de paysans de la sortie du bourg, les Perreau. Ils étaient accourus prendre des nouvelles de leur fils Jean qui participait aux débordements de la fête. Par chance, ou par prudence, il n'avait pas été blessé.

Pendant ce temps Jean-Marie Chèze essayait de se soustraire aux poursuites des gendarmes qu'il imaginait lancés à ses trousses. Il était blessé à l'épaule, la lame de Nivet lui était entrée dans le muscle. Un peu plus bas, elle aurait touché le cœur. Il perdait du sang. La blessure cuisait. Mais toute son énergie était tendue dans la fuite, et il en avait encore assez pour se traîner toute la nuit.

Il est d'abord passé par la baraque. Il a récupéré son sac. Il y avait son argent, un mot de Toinou, son lourd marteau pointu de smilleur à la carrière. Les rares « vieux » qui ne s'intéressaient ni à la boisson ni au bal dormaient. Il pouvait prendre un bateau et se sauver par mer vers La Rochelle ou l'île de Ré. Il pouvait remonter la Sèvre. On disait que plus haut, dans ce qu'on appelait les marais mouillés, des huttiers s'étaient installés au milieu de l'eau pour se soustraire à la justice.

Jean-Marie a escaladé la digue, l'épaule basse, le bras valide tiré par le poids de son sac. De curieuses sensations de chaud et de froid se succédaient dans son épaule. Sans cesse il palpait sa chemise et en retirait ses doigts mouillés de sang. Il se rappelait le choc du piquet contre le grand maraîchin et sa mollesse de poupée de chiffon. Il ne s'imaginait pas que c'était aussi facile de tuer un homme. Les paroles de son futur beau-père, le matin de son départ, lui revenaient lancinantes, il était orphelin :

– Reste un bon gars, Jean-Marie. Méfie-toi des mauvaises fréquentations !

Et celles de la petite Toinou, serrée contre lui, la bouche chaude mouillée de larmes :

– Ne pars pas, Jean-Marie, je deviendrai folle s'il t'arrive quelque chose !

À ces visages et à ces voix se mêlaient la statue de la lumineuse Lilas et son cri d'appel au secours devant le puits de La Vive.

La mer léchait les pierres de la digue. Elle vivait le grand calme des marées de morte-eau. Ses vagues se résumaient à un clapotis qui s'échouait dans un râle sur le sable. Jean-Marie est entré dans la mer. Il a marché jusqu'aux canots amarrés aux pieux des épis. C'étaient des barques à fond plat comme en utilisent les boucholeurs sur les vases, qu'ils appellent « acons ». Il en a difficilement détaché une avec sa main valide et l'a tirée derrière lui. Il avait de l'eau jusqu'à la ceinture. Le fond est plat à cet endroit, mêlé de sable et de vase. Il a continué de marcher sur le plat. Il avait trouvé l'eau froide en entrant, et elle lui semblait désormais agréable. Les constellations se reflétaient dans la mer. La nuit paraissait plus claire. Il était seul au milieu de l'eau. La muraille de la digue le séparait de la terre. Il s'est surpris à être presque heureux. Le fond s'est abaissé sous ses pieds. La mer montait dangereusement au-dessus de sa ceinture.

Alors il a poussé l'acon devant lui vers le large. La barque a hésité, elle est revenue vers lui, et puis elle s'est éloignée lentement, battue des flocs du flot contre ses flancs. Au matin, quand on découvrirait la disparition d'un acon, les gendarmes penseraient qu'il était parti par la mer.

Il est revenu vers la digue, mais il a continué de longer le bord pour ne pas laisser de traces. La joie l'avait quitté au moment où il avait abandonné l'acon. Il avait éprouvé une terrible douleur. Il avait vu les lumières du ciel et de la mer se brouiller. Il a chancelé. Il a pensé qu'il serait doux de se laisser aller dans l'eau. Le lendemain on le retrouverait sur le sable. Et puis il s'est rappelé la douce Toinou et la noblesse de Lilas au milieu des buveurs. Il s'est remis en marche dans les ténèbres avec un incroyable instinct de survie, ramant avec ses jambes, alourdi par son sac détrempé par la mer.

Il a dépassé l'extrémité de la digue. Il n'a plus entendu que le chuintement de la mer mourant sur le sable. Alors il s'est avancé vers la dune et il l'a escaladée sur les genoux en s'aidant de sa main valide. Le vent courait sur la nuit noire et aidait Jean-Marie en ramenant le sable sur sa trace profonde. Arrivé au sommet, il s'est laissé rouler vers le fond de la dune. Il a dû perdre connaissance un moment en bas. À son réveil, il s'est senti mieux, mais il n'avait plus que la force de se traîner sur trois pattes, en crabe.

Il s'est approché lentement, par étapes, réjoui de sentir sur ses genoux, sous sa main, contre sa joue, le sable dur et de respirer l'odeur de l'herbe rase. Il a deviné sur le ciel la silhouette de la guérite enfoncée dans le sable, les murs déjà à moitié avalés par la dune. Il l'avait vue en allant à la pêche aux coquillages quelques jours plus tôt.

Lilas l'a entendu gratter à la porte. Elle ne dormait pas. Les images de ce qui s'était passé la bouleversaient. Elle s'est levée.

– Qui est là ?

Elle ne craignait pas de réveiller son père qui dormait de son profond sommeil d'ivrogne. Comme elle n'avait pas obtenu de réponse, elle a cru qu'il s'agissait d'une bête. Des renards tournaient parfois autour de la maison après avoir chassé des bécassines. Les restes de nourriture jetés devant la porte les attiraient. Elle a tendu l'oreille au curieux glapissement derrière la porte. Elle s'est approchée.

– Qui est là?

Elle m'a dit :

– Quand j'ai vu cette forme noire effondrée dans le sable, j'ai été sûre que c'était lui.

Elle l'a tiré dans la guérite. Il était inconscient. Elle l'a allongé sur sa paillasse. Elle a allumé la lampe. La cabane n'avait qu'une pièce. Son père ronflait contre le mur dans son coin. Elle a nettoyé la plaie avec ce qu'elle avait : de l'eau, de l'eau-de-vie. Lorsqu'elle a versé l'eau-de-vie sur la vilaine plaie de l'épaule, il a ouvert les yeux. Il a réclamé :

– Mon sac ! Où est mon sac ?

Elle a souri.

– Ne vous inquiétez pas. Il est là.

Elle a pansé la plaie avec de la charpie, a entouré l'épaule d'un bandage de fortune. Alors qu'il restait prostré comme un enfant, elle lui a demandé en enfilant une manche de chemise de son père sur son bras valide :

– Aidez-moi, vous êtes lourd.

Elle lui a défait son pantalon mouillé, la tête détournée par la pudeur. Il a murmuré :

– Laissez...

Et il a fini de se débarrasser de son pantalon. Elle s'est assise sur une chaise à son chevet. Elle a éteint la lampe par économie et elle est restée à côté de lui, sans fermer l'œil, comme une gardienne, comme savent se tenir les femmes au bord d'un lit. Elle m'a expliqué, plus tard :

– Je n'avais pas envie de dormir.

– Vous aviez pourtant travaillé à l'auberge tout le jour et la moitié de la nuit.

Elle a secoué la tête.

– Je me disais que, si je dormais, il risquait d'en profiter et de s'endormir pour de bon.

Lorsque le jour a filtré par les fentes de la porte aux mortaises disjointes, la gardienne s'est levée, elle a ouvert. La dune était rose à l'heure où l'aube hésite. Le soleil n'avait pas encore surgi du côté des marais. Elle a gravi la dune. La mer basse scintillait d'écailles roses. Les pieux noirs des bouchots étaient découverts. Des bateaux de boucholeurs circulaient au milieu d'eux. Elle est redescendue vers la guérite où son père et Jean-Marie dormaient encore, et elle a commencé sa journée de travail en allant au puits.

L'eau douce était le trésor de ce désert de sable à deux pas de la mer. À cause du puits il y avait la guérite. Il était loin, à presque cinq cents mètres près des rochers. Le sable fluent le menaçait sans cesse, et il fallait désensabler sa margelle et sa réserve d'eau. À son retour elle a vu les yeux ouverts de Jean-Marie. Instinctivement elle a remis un peu d'ordre dans ses cheveux grossièrement noués sur sa nuque. Sa chevelure était jusque-là son dernier souci. Elle lui a demandé :

– Comment vous sentez-vous ?

Il s'est agité. Il a voulu se lever. Il a dit :

– J'ai tué un homme !

Il se sentait l'âme noire d'un damné. Il devait fuir. La terre ne serait jamais assez grande pour le cacher. Elle a pris son poignet valide dans ses mains bienfaisantes et l'a obligé à se calmer.

– Ne bouge pas. Ta blessure va saigner. Oui, on t'aidera à te sauver. Mais pas maintenant.

Elle a défait le grossier bandage de l'épaule. La plaie n'était pas belle. Une lymphe rosée s'écoulait des lèvres enflammées.

– Je voudrais mourir, a murmuré Jean-Marie Chèze.

Elle l'a averti :

– Je vais te faire mal.

Elle a versé l'eau-de-vie. Jean-Marie s'est cramponné, a crié. Elle a insisté pour faire pénétrer l'alcool. Et tandis qu'elle étalait sur la plaie une macération de pétales de lis dont on s'est communiqué le secret dans le marais, une comptine de son enfance lui est venue aux lèvres, et elle a chanté doucement :

Dordot, dordot
Mon poulot,
L'enfant dormira bientôt.

Son père, mal réveillé, accoudé à la table, la barbe longue, considérait l'allongement des rayons du soleil sur l'or du sable à travers la porte ouverte. Il a demandé :

– Qu'est-ce qui lui est arrivé ?

– Il s'est blessé hier soir au Préveil de La Vive.

Il a frictionné la broussaille de ses sourcils, gratté sa barbe grise, a claqué de la langue.

– Tu m'apporteras mon café, Lilas, quand tu auras fini, l'a-t-il priée gentiment.

Le lendemain, en fin de matinée, elle a accouru essoufflée.

– Les gendarmes !

Ils étaient venus par la maison du Génie, avaient interrogé des ouvriers et se dirigeaient vers la dune. Le père de Lilas, d'une maigreur d'alcoolique à faire peur, a ramené l'édredon sur les pieds de Jean-Marie et le couvre-pieds sur sa tête.

– Ne t'inquiète pas.

Il a laissé la porte ouverte et s'est assis sur le banc dehors contre le mur avec sa bouteille et son verre. Il a levé son visage sec creusé d'orbites profondes vers les deux cavaliers qui s'approchaient, et feint le visage préoccupé de l'homme qui boit. Il a salué les deux pandores qui portaient le doigt à leur bicorne. Il connaissait le brigadier de Saint-Michel et son adjoint.

– Eh bien ! ce n'est pas tous les jours qu'on a de la visite !

– On cherche un bagnard qui s'est évadé du pénitencier de Saint-Martin-de-Ré. Vous n'avez vu passer personne ?

– Moi, je suis sur mon banc. Je vois passer des goélands, des mouettes, des bécasseaux, des canards pilets, mais je n'ai pas vu l'oiseau dont vous me parlez. Lilas, peut-être, vous donnerait l'information que vous cherchez. Elle rentre de la pêche sur les rochers.

– Lilas, écoute ces messieurs !

Elle est sortie, les poings sur les hanches. Le père a lu la beauté de sa fille dans les yeux des gendarmes. Et lui, avec ses joues creusées de rides profondes, il a levé son verre d'un air malin.

– Vous n'allez pas me laisser boire tout seul ! Prenez donc un verre avec moi !

Les gendarmes se sont interrogés du regard.

– Lilas, apporte deux verres pour ces messieurs !

Ils sont descendus de leurs montures. Une nuée de mouches et de moustiques tournait autour du tas de coquilles vides à quelques mètres de la maison. La brise de mer y soufflait une désagréable odeur de marais croupi chauffée par le soleil. Lilas et son père semblaient ne pas s'en apercevoir. Les coquillages et les poissons constituaient la base de leur alimentation. Ils portaient au tas leurs coquilles vides et leurs déchets. Le vent et le sable achevaient de les nettoyer et de les digérer.

– J'entendais bourdonner les voix des gendarmes qui plaisantaient dehors avec le père de Lilas, m'a expliqué Jean-Marie. J'étouffais. Je me demandais quand ils allaient partir. J'avais encore de la fièvre. Dès qu'ils se sont éloignés sur le chemin de la dune, Lilas s'est précipitée pour me découvrir !

Ils ont été intrigués du silence des gendarmes sur les événements de la nuit du Préveil. On aurait dit qu'il ne s'était rien passé. Ils ont supposé que l'affaire avait été retirée à la gendarmerie et qu'elle était dans les mains de la police.

Jean-Marie s'est cru guéri deux jours après. Il s'est assis à la table. Il avait retrouvé des forces. Et puis la fièvre l'a repris la nuit. Il a déliré ensuite tout le jour. Il parlait dans son patois. Lilas, inquiète pour sa vie, a couru comme un chat le long de la côte, sur le sable et les rochers, derrière la digue pour ne pas être vue des ouvriers, et elle est venue frapper à la porte du Dr Liaigre. L'idée l'a effleurée de s'adresser au presbytère, mais ma soutane en route vers la Pointe aurait donné l'alarme. Elle a raconté une histoire de blessure de son père sur une coquille d'huître.

Le Dr Liaigre est allé chercher dans sa pharmacie de l'ouate et du désinfectant. Elle a refait les sept kilomètres de Saint-Nicolas à la Pointe, par la route cette fois, a longé les baraquements. La nuit était tombée, le chantier arrêté. Les chiens l'ont repérée et poursuivie. Elle craignait qu'il ne passe pendant son absence.

Elle ne s'était pas couchée depuis l'arrivée de Jean-Marie à la dune. Ils n'avaient pas de troisième paillasse. Elle aurait pu s'aménager une litière sous la table. Elle dormait assise sur la chaise au chevet de Jean-Marie.

Elle était assez lucide pour comprendre ce qui arrivait à son cœur. Elle savait que son inquiétude pour Jean-Marie, ce besoin d'être à chaque instant auprès de lui et ces bouffées de chaleur incontrôlables dès qu'elle l'approchait s'appelaient l'amour. Elle avait toujours vécu à l'écart, en compagnie de son père et de sa mère, puis de son père seul dans cette cabane. Elle avait été rejetée à cause de la couleur de sa peau et de l'étrangeté de ses traits. Elle avait porté la croix de son surnom : « la Mularde ! » lancé par les enfants de son âge comme un crachat. Elle courait les vases et les rochers de la Pointe à l'heure où elle risquait le moins de rencontrer du monde, toujours méfiante, toujours aux aguets.

Elle n'avait connu que la souffrance. Elle redoutait les hommes et leurs regards lourds à l'auberge Gras. Elle ne croyait pas en la bonté du monde. Et, autant qu'elle le pouvait, elle restait tapie dans son creux de maison, guettant les mouvements autour de la dune, apportant des bouteilles à son père qui s'enivrait. Elle redoutait l'avance de la digue. Elle y sentait comme une menace. Et voilà que la présence de cet homme dans son terrier, ses épaules larges, ses boucles collées sur son front, sa figure d'enfant battu appelant à l'aide lui mettaient dans la poitrine une douceur insoupçonnée. Elle se sentait remplie de lumière et elle avait envie de chanter sans cesse.

Le flacon de désinfectant du Dr Liaigre a eu un effet radical. Jean-Marie Chèze moribond est revenu à la vie en trente-six heures. Il a recommencé à s'énerver.

– Tu devais me laisser mourir ! Je dois partir ! Je ne peux pas rester ici !

Ils projetaient sérieusement de remonter en barque le cours de la Sèvre et de rejoindre les huttiers des marais mouillés dans leurs îles, lorsque le maçon creusois Marcel Ribière a surgi sur la dune. Il s'est heurté à Lilas, le trident à pêcher les plies et les soles au poing. Il a balayé l'arme de son bras.

– Où est Jean-Marie ? Ne me raconte pas d'histoire, je sais qu'il est là !

Et puis il a ajouté :

– Je parie qu'il croit qu'il a tué son maraîchin ! C'est ma faute. C'est vrai que l'autre a eu du mal à reprendre ses esprits. Mais il court aujourd'hui comme un lapin.

Il parlait de sa grosse voix de maçon demandant à son goujat de lui monter la colle. Jean-Marie est apparu dans l'embrasure de la guérite, l'épaule en écharpe, le teint comme son bandage de toile bise. Marcel Ribière a éclaté de rire.

– Tu es beau ! Tu as intérêt à te remettre vite. On trouve que tu en prends un peu trop à ton aise à la carrière !

Ils se sont embrassés comme des frères. Jean-Marie lui a demandé, fébrile :

– C'est vrai ce que tu as dit : il est vivant ?

– Puisque je te le dis !

Ils sont rentrés à la maison prendre un verre. Lilas a compris que Jean-Marie allait désormais guérir plus vite, trop vite. Mais il a dit à Marcel Ribière :

– Si moi je suis vivant aujourd'hui, c'est grâce à elle.

L'ombre était grande dans la guérite. Et personne ne peut dire lequel des deux avait le cœur plus brûlant. Jean-Marie a rejoint le baraquement des ouvriers quelques jours plus tard. Il a sorti sa smille de son sac et repris son travail de smilleur à la carrière. Le smilleur a pour tâche de dégrossir les moellons bruts.

5

Peut-être ma mémoire enjolive-t-elle cet été 1892. J'étais habitué à la rudesse du bocage, aux fonds glaiseux du château des Essarts dont la terre n'essore pas au cœur du plus beau mois d'août. L'été riant du marais entraîne sans doute l'insouciance chez les maraîchins. On y rencontre rarement la gravité fréquente chez les bocains. Même maman, pourtant déracinée et privée de ses chères allées de chênes, ne tarissait pas sur le beau temps de Saint-Nicolas.

– On respire le bon air, ici ! Tu vas te refaire une santé !

Il est vrai que sa première année à mes côtés l'entraînait à l'optimisme. Elle prenait parfois des airs de dame, le dimanche, la coiffe bocaine sur le chignon, le fichu de soie noire sur les épaules. Je le lui reprochais affectueusement :

– Maman, n'oubliez pas qui nous sommes !

Les larmes mouillaient ses yeux.

– Tu te moques de moi !

– Mais non, maman, je suis tellement fier de votre modestie. Je souhaite suivre votre exemple. Je ne serai jamais galonné. Je n'ai pas choisi d'être prêtre pour ça.

– Qu'est-ce que tu en sais ? disait-elle.

Je lisais dans ses yeux un orgueil naïf et un espoir surprenant. Les mères ont souvent ces sortes de rêves insensés pour leurs enfants.

Les travaux de la digue ont avancé à un rythme régulier cet été-là. La livraison de la locomotive Decauville a été un événement. Il n'y avait pas de train dans le marais, la gare la plus proche était à Luçon. La locomotive apportait le monde mécanique dans ces terres à l'écart. La visite à la machine garée à la tête de son train de wagonnets dans la carrière de La Vive fut l'une des principales sorties du dimanche. Les mains dans les poches, les gens commentaient le volume de sa chaudière ventrue, tendaient une main prudente vers ses gros phares ronds comme s'ils risquaient de s'y brûler. Son mécanicien l'appelait la mariée par antiphrase, parce qu'elle était toute noire. Il leur semblait que la présence de la Decauville grandissait leur territoire et les haussait eux aussi. Les plus audacieux imaginaient un temps où des mécaniques semblables remplaceraient les chevaux dans le marais. Les marins attablés chez la mère Gras rêvaient d'un port rempli de bateaux à moteur. Les plus pessimistes déclaraient fatalistes :

– Ce jour-là, ce sera la fin du métier. Les marins ne seront plus des marins.

Il n'y avait pas eu un geste déplacé entre Lilas et Jean-Marie pendant les jours de fièvre et de rétablissement. Jean-Marie était reparti après lui avoir serré la main, et celle de son père. Il s'était éloigné le sac sur l'épaule. Et Lilas, qui n'avait pas esquissé un geste pour le retenir, m'a dit :

– J'ai eu l'impression que ma vie était finie.

Elle s'est efforcée de reprendre ses longues courses solitaires sur les vases et les rochers. Elle se traînait désœuvrée comme une âme en peine. Elle ne pensait qu'à lui. Sa vie était désenchantée. Elle a essayé d'être plus attentive à son père qui ne s'était pas enivré en présence de Jean-Marie.

Je l'ai revu, lui, à la messe de La Vive, le dimanche suivant son retour au baraquement. J'ai observé qu'il avait maigri. Je lui en ai fait la remarque. Il m'a répondu :

– Ça va maintenant. Et mon adversaire de l'autre nuit ?

J'ai jugé chrétiennement son souci de son ennemi. Je l'ai rassuré.

– Il va bien, mais lui garde de la colère contre toi.

Il a haussé les épaules, et j'ai été étonné de son sourire insouciant.

Jean-Marie et Lilas se sont croisés quelques rares matins de cet été ensoleillé alors qu'il s'en allait embaucher et que la mère Gras avait demandé la jeune femme à son auberge.

– Pas un trait du visage de Lilas ne bougeait, m'a dit Jean-Marie. Elle était redevenue aussi lisse et lointaine que par le passé, et j'en étais blessé. J'aurais voulu un signe d'amitié, mais j'étais en compagnie de l'équipe des ouvriers de la carrière. Auparavant elle s'arrangeait toujours pour nous éviter et passer avant ou après nous. Elle a été débusquée, certains dimanches, par les chiens, alors que nous fumions à l'ombre et que quelques-uns se baignaient. Marcel Ribière a grommelé : « Elle est encore là, celle-là ! Elle est toujours en train de rôder ! » Un camarade de la baraque a ajouté : « Tu ne comprends pas pourquoi ? » En souriant il m'a désigné. Et j'en ai éprouvé du plaisir.

Les gens de lettres appellent *pasionaria* une femme dont le feu enflamme les cœurs. Lilas ressemblait à ces sortes de femmes. Son regard surprenait par l'intensité de son éclat. Sa peau à l'ocre lumineuse suscitait la curiosité et la crainte. Les hommes qui ne pouvaient se passer de femmes retrouvaient des filles de mauvaise vie au village des Caves. Ces malheureuses se vendaient dans une roulotte et dans les dunes. Les ouvriers lançaient des remarques vulgaires à l'apparition de Lilas, évoquaient l'odeur des femmes exotiques. Jean-Marie Chèze serrait les poings et les priait de se taire.

– Fermez-la ! Elle est meilleure que le meilleur d'entre nous !

La réputation du Corrézien depuis l'affaire du Préveil suscitait le respect. Mais ses camarades murmuraient entre eux :

– Elle l'a ensorcelé, il est fou d'elle !

Ils la rendaient responsable de la bataille rangée du Préveil. À cause d'elle la tension entre Saint-Nicolas et le chantier n'avait jamais été aussi grande. Les ouvriers ne se risquaient plus dans le bourg après la nuit tombée. J'ai été informé d'un projet de représailles par les jeunes les plus turbulents du port. J'ai lutté de toutes mes forces pour arrêter cette violence, en chaire d'abord. Et puis j'ai mobilisé le maire, les patrons pêcheurs. J'ai menacé de prévenir les gendarmes. Mon intervention a provoqué des commentaires et m'a valu des inimitiés. Certains m'ont rangé dans le camp des caroulets. Le projet a été abandonné.

Jean-Marie est devenu un habitué de l'auberge Gras. Comme le plus grand nombre il économisait jusque-là chaque sou afin de le rapporter en Corrèze. Il mangeait à la cantine du camp et refusait les extra attirants pour les têtes folles.

Désormais il prétextait un goût irrépressible pour la soupe de fèves de la mère Gras à la pause du matin. Assis à la table près de la fenêtre, face au mur de la digue qui fermait l'horizon au loin, il observait le marais à travers le carreau gris de sa poussière d'été. Il suivait des yeux le berger et son troupeau sur les levées de terre des canaux, recevait deux grandes louches de soupe épaisse dans un bol, payait trois sous. Il plongeait le nez dans la fumée savoureuse sans prêter attention aux conversations de ses voisins de table sur les patrons, leur pays. Marcel Ribière avait refusé de le suivre.

– Je n'ai pas d'argent à gaspiller.

Et il avait ajouté un jour avec du reproche dans la voix :

– Pourquoi vas-tu au café, mon gars ?

Jean-Marie avait répondu, faussement désinvolte :

– J'aime la soupe de la mère Gras !

La réponse de Ribière avait claqué :

– Je sais bien ce que tu aimes !

Jean-Marie avait ressenti une douleur cuisante à son épaule devenue son point sensible. Il se prétendait toujours attaché à Toinou qui le rejoignait dans son sommeil, sa petite main glissée dans la sienne. Il insistait pour que Marcel, si habitué à voyager, vienne au mariage avec sa femme au prochain printemps. Assis devant la fenêtre, mâchonnant la soupe épaisse, il s'en voulait de sa présence à cette table. Il décidait de finir rapidement sa soupe et se promettait de ne plus revenir.

Mais il suffisait que Lilas soit là, qu'elle s'arrange pour lui apporter la soupe, qu'ils se disent :

– Bonjour !

– Merci !

Ils se souriaient. Et ils étaient remplis de joie comme s'ils s'étaient annoncé une bonne nouvelle.

Le temps a changé à l'approche des malines d'équinoxe. Les orages se sont succédé. Ils arrivent de Ré ou de La Rochelle. Les nuages s'y rassemblent en troupeau et, à mesure qu'ils se serrent et s'entassent, ils deviennent de plus en plus noirs. Il peut encore faire très beau à Saint-Nicolas. Les maraîchins ne sont pas dupes. Au premier coup de vent, les nuées s'ébranlent dans un grondement de tonnerre. Les jambes d'éclairs marchent sur la mer, la soulèvent, dans des jaillissements d'écume. La pluie se met à battre. Le ciel écrase la terre. L'air sent le soufre. Le feu de la foudre roule dans le lit des canaux. Les tamarins se brisent au passage. Les saules perdent leurs branches. Il suffit d'un de ces accès de colère des éléments pour submerger des terres patiemment reprises et travaillées comme un jardin.

Par deux fois les ouvriers des baraquements se sont lavé les pieds dans l'eau pendant une nuit d'orage. Les trombes d'eau s'écoulaient dans le siphon naturel du contrebas de la digue où les baraques étaient construites. Craignant qu'il s'agisse de la mer, ils y plongeaient leur gamelle pour la goûter. Heureusement, c'était de l'eau douce. La digue résistait. Les plus grosses lames se heurtaient au mur de relèvement rapporté au sommet. Les hommes pataugeaient encore au lever du jour, battus de pluie, grelottant de froid et parfois de peur en entendant la mer cogner avec des hurlements furieux contre leur mur de pierre, et ils pensaient à retourner chez eux.

Forest a commandé, vaille que vaille, d'achever les chantiers en cours, sous la pluie. L'esprit n'y était plus. La digue s'allongeait désormais sur une longueur de quatre kilomètres. Elle était rehaussée, renforcée. Les épis brise-lames avaient pleinement joué leur rôle. Il restait encore deux kilomètres à construire, mais la partie la plus exposée était désormais à l'abri. Il a décidé de clore la campagne à la mi-octobre.

J'ai célébré ma dernière messe à la chapelle de La Vive. Il pleuvait ce dimanche-là. La porte était fermée. Les chandeliers de l'autel nous éclairaient, et nous respirions un air enfumé. Certains avaient déjà pris le chemin du retour. Nous étions moins nombreux. Nous avons vécu cette messe comme une veillée d'armes. J'ai demandé de prier pour ceux qui marchaient et ceux qui allaient se mettre en marche. Je savais que certains ne reviendraient pas à la prochaine campagne.

Marcel Ribière et Jean-Marie Chèze se tenaient au deuxième rang, leurs épais battoirs blanchis par la poussière et le mortier croisés sur leurs ventres. La pluie et le vent ne nous ont pas permis un dernier coup d'œil vers la digue et la baie, à la proue de La Vive. Le ciel était complètement bouché. La mer grondait couleur de cendre. Nous nous sommes serré la main.

– Dieu vous garde !

– Au revoir monsieur le curé.

– Au revoir les amis.

Ils sont partis le dos rond sous la pluie et le vent, et j'ai pensé avec tristesse que je ne les reverrais plus. Pourquoi n'aurais-je pas éprouvé de la peine ? Si nous refusons les émotions humaines comment pourrons-nous compatir ?

Jean-Marie est allé chez la mère Gras cet après-midi-là. Le café tournait à plein. Les ouvriers avaient touché leur salaire. Un courant d'air humide entrait avec les hommes aux épaules et aux casquettes mouillées de pluie. Ils dansaient d'abord d'un pied sur l'autre autour du poêle chauffé au rouge pour se sécher. Leurs voix lançaient joyeusement leurs multiples accents.

Leurs yeux rêveurs voyaient déjà le chemin, la barrière, le courtil, la porte de la maison s'ouvrir, et ceux qui se languissaient d'eux courir à leur avance. Les vieux plaisantaient les jeunes enfin au bout de leur première campagne :

– Alors, tu vas retrouver les jupes de ta mère ?

Et les jeunes secouaient crânement leur front, s'enhardissant à répondre pour la première fois :

– Et vous de quelles jupes rêvez-vous ?

Les pièces de monnaie claquaient sur les tables. Les doigts travaillés comme des écorces se refermaient sur les verres. Les filles circulaient avec les jetons et les bouteilles.

Jean-Marie avait bu à la table des Limousins et des autres. Il flageola soudain dans la fumée de tabac. Lilas passait, une bouteille pleine à la main. Il eut l'audace de lui prendre le poignet. Elle se raidit, sur le point de le repousser.

– Tu sais que je vais partir, lui dit-il.

– Et alors, fit-elle les lèvres de sa bouche fine dédaigneuses, qu'est-ce que tu veux que ça me fasse ?

Jean-Marie en eut les larmes aux yeux.

– Moi, ça me fera quelque chose de ne plus te voir.

– Ce n'est pas moi qui pars. Si tu le veux, tu peux rester.

Une larme jaillie du coin de l'œil de Jean-Marie glissait sur sa pommette. Il voulut glisser ses doigts dans sa main. Ses amis se moquaient.

– Jean-Marie ! Qu'est-ce qui t'arrive, Jean-Marie ?

Elle lui retira son poignet et, les sourcils comme l'arc tendu qui lance la flèche :

– Tu as bu. Assieds-toi !

Ils achevèrent de ranger le matériel, de nettoyer les baraques, le lendemain sous la même pluie têtue et lourde. La mer grise, de l'autre côté de la digue, continuait d'être démontée. Les gouttes de pluie se mêlaient aux embruns salés. Ce mauvais temps gâchait la joie des préparatifs, mettait de la nostalgie dans le cœur des hommes qui levaient les yeux vers la grande muraille sombre.

– Je ne sais pas si je reviendrai l'année prochaine. J'aurai toujours construit un bout de cette saloperie.

Le boulanger de Saint-Michel, fournisseur de pain au chantier, avait apporté de la brioche. Les cantiniers la distribuaient dans les baraquements avec de grands faitouts de café chaud. Les hommes tendaient leurs quarts pour recevoir des louchées, et ils trempaient la brioche dans le café, assis sur leurs lits.

– Je pars en sale, expliquait Marcel Ribière en pliant ses habits du dimanche. Quand j'approcherai des Couteilles je me ferai beau pour ma mariée. Et toi ? demanda-t-il à Jean-Marie.

– Moi ?

– Tu n'as pas envie de partir...

Un camarade de baraque constata :

– C'est curieux : pas un seul homme n'est resté ici depuis le début du chantier de la digue. Il faut être né dans ce pays de marais. Un homme ordinaire ne peut pas dormir tranquille avec la menace de la mer au-dessus de sa tête.

Jean-Marie a tiré sur la gueule de son sac pour ranger lui aussi ses pantalons du dimanche.

– Je pars, a-t-il affirmé. Toinou m'attend.

– As-tu envie de la retrouver ? a insinué Ribière familier des séparations et des retours depuis sa première campagne.

Jean-Marie a hoché la tête, et puis ses bras et ses épaules sont tombés. Ses beaux yeux clairs se sont troublés.

– Je ne sais pas. Je n'arrive pas à être content comme vous.

Marcel Ribière s'est assis près de lui au bord du lit. Ils ont chuchoté tandis que les autres allaient et venaient en s'interpellant d'un bout à l'autre de la baraque. Le Creusois lui a tapoté la main.

– Tu es sérieusement pris, fils. Un vieux comme moi ne peut rien pour soigner cette sorte de maladie. Sais-tu, au moins, si cette... Mularde tient à toi ?

Les yeux de Jean-Marie ont lancé des éclairs. Il a compris que Marcel employait ce nom pour le provoquer. Il a haussé les épaules.

– Peut-être. Je le crois.

Il s'est relevé en se frappant la tête avec les poings.

– Mais je ne peux pas rester. Je dois tenir ma promesse.

– Tu lui as tant promis que ça ?

Jean-Marie a rougi. Sa barbe qu'il raserait le lendemain au moment du départ lui faisait une brosse blonde. Il a jeté un regard vers le maçon.

– Plus que tu crois.

– Ça..., a répondu Marcel Ribière.

Jean-Marie a alors laissé ses affaires, son sac ouvert sur son châlit, et s'en est allé sous la pluie. Il m'a dit :

– J'ai marché jusqu'au bout de la digue. Il faisait un temps infernal. J'ai tout de suite été enfondu. Le vent me sifflait aux oreilles. J'ai filé vers la dune. Le sable me criblait la figure. J'ai marché jusqu'à la guérite de Lilas battue par le vent. La porte était fermée. J'ai tourné autour avec le regret de cette nuit où j'étais venu mendier, la poitrine en sang. Je suis revenu vers La Vive et le café de la mère Gras. On n'y voyait plus tellement. Au moment où j'allais entrer, la porte s'est ouverte. C'était Lilas. Elle m'a entraîné vers l'appentis qui servait de terrasse en été.

– Viens !

Il pleuvait toujours. Le ciel n'était qu'une eau.

– Tu as vu comme tu es fait ? Tu vas attraper du mal...

Pour la première fois Jean-Marie retrouvait l'intimité de la Lilas de la guérite, et il se sentait bien.

– Je viens de la dune.

– Qu'est-ce que tu cherchais ?

Elle croisait les bras, les manches retroussées.

– Toi.

Elle a haussé les épaules, mais ses prunelles noires ont brillé, ses lèvres ont frémi. Et Jean-Marie l'a entendue murmurer parmi les râles de la mer et du vent, et les battements de la pluie.

– Reste.

Il s'est mis à claquer des dents. Elle a esquissé un mouvement, comme si son grand corps souple allait serrer Jean-Marie pour le réchauffer. Et puis elle a haussé les épaules. Elle les haussait souvent comme pour se soulager d'une charge trop lourde. Et elle l'a entraîné.

– Viens te chauffer !

Elle a poussé la porte du café, l'a conduit jusqu'au poêle. La salle était presque vide, sauf un vieux maraîchin en béret. La mère Gras croyait avoir du monde pour la dernière soirée et elle avait sollicité le service de Lilas. Mais la pluie avait dissuadé les derniers assoiffés. Jean-Marie a demandé une bouteille de noah, et encore une autre. La mère Gras, à son comptoir, a dit à Lilas :

– Si tu veux t'en aller, ma fille, je me débrouillerai.

– J'ai le temps, a répondu Lilas.

Et puis longtemps après :

– Il pleut.

Le père Gras et le vieux maraîchin au béret jouaient à la coinchée. La nuit est tombée très vite. Le père Gras s'est tourné vers Jean-Marie qui n'avait pas bougé de devant le poêle, tantôt de face, tantôt de dos ou de profil pour se sécher. Ses souliers avaient formé une flaque sur le plancher. Ses jambes de pantalon fumaient sur lui, sa veste sur le dossier d'une chaise.

– Viens jouer avec nous..., lui a proposé le père Gras.

Ils jouaient à l'argent. Le bonhomme, sachant la bourse de l'ouvrier garnie, flairait l'occasion de le plumer de quelques francs.

– Je me sèche ! a répondu Jean-Marie en riant, déjà gris de ses deux bouteilles de noah.

– Eh bien, nous allons nous rapprocher du poêle !

Les compères ont rapproché leurs tabourets. Jean-Marie a commandé une autre bouteille. Lilas est venue servir. Le père Gras a réclamé la lampe à pétrole. Ils ont continué de taper le carton et de boire. La mère Gras était partie dans sa cuisine. Lilas avait posé les tabourets tête en bas sur les autres tables, et elle balayait le plancher pour s'occuper. Marcel Ribière est entré en courant d'air. La porte a cogné contre le mur. Le vent était tombé avec la nuit. La pluie venait de cesser. Il avait profité de l'éclaircie.

– Qu'est-ce que tu fabriques? lui a-t-il demandé en colère. Je t'ai cherché partout.

Jean-Marie lui a adressé son sourire d'ange ivre.

– Tu vois, je joue aux cartes. Assieds-toi. Tu vas boire avec nous.

– Non.

Il a regardé du côté de Lilas qui poussait son balai dans l'ombre.

– N'oublie pas. Nous prenons la patache demain matin avant le jour. Le train part de Luçon à neuf heures. Il ne nous attendra pas.

Il a bouilli d'impatience jusqu'à la fin du tour de cartes. Jean-Marie gagnait vingt sous.

– Je gagne! Je ne peux pas m'en aller!

Le père Gras et son compagnon ricanaient de l'ivresse avancée de leur jeune partenaire.

– Écoute-moi, au moins! se fâcha Marcel Ribière en tirant Jean-Marie par l'épaule.

Il l'entraîna dans un coin du café.

– Tu as laissé ça sur ton sac ouvert. Tu veux que quelqu'un te vole?

Il lui montrait la bourse de tissu serrée par un long lacet qui renfermait les belles pièces de son salaire. Jean-Marie avait prévu de porter sa fortune sous sa chemise autour de son cou. Ribière agissait de même. Il commanda Jean-Marie :

– Enfile ta bourse, glisse-la sous ta chemise !

Et comme Jean-Marie pivotait vers les joueurs de cartes pour les rejoindre.

– Viens avec moi.

– Je joue une petite dernière et je te suis.

Il titubait.

– Ne touche pas à l'argent de ta bourse pour jouer aux cartes !

– Ne t'inquiète pas !

Jean-Marie s'est laissé tomber sur le tabouret. Il n'écoutait plus son ami. Lilas s'est avancée avec son balai.

– Je vais m'occuper de lui.

Marcel Ribière a hésité, et puis il a eu un geste de la main : après tout qu'il fasse ce qu'il veut.

Jean-Marie a commandé une autre bouteille. La chance lui souriait. Il ne perdait pas d'argent. Quand il n'a plus été en état de jouer, le maraîchin a quitté la partie. L'éclaircie durait. Le père Gras a accompagné le bonhomme qui s'en allait dans la cour. Il est rentré, a rejoint sa femme dans la cuisine. Jean-Marie restait affalé, le verre à la main. Lilas s'était assise près de la caisse. Elle avait décroché sa pèlerine couleur de terre. La mère Gras lui avait apporté une assiette de haricots et une tranche de pain. Jean-Marie a demandé encore à boire. La mère Gras est intervenue.

– Tu as assez bu maintenant. Tu vas rentrer aux baraques. On ferme.

Lilas ne l'a pas écoutée. Elle est allée prendre une autre bouteille dans le casier, elle l'a posée vivement sur la table.

– Tu veux boire ? Paye !

Elle a tendu la main. Il a cherché maladroitement la monnaie dans sa poche. Elle lui a rempli son verre pour l'encourager à boire. Il a pris le verre et l'a répandu sur la table et sur lui. Alors elle a tranché :

– Ça suffit. On s'en va !

Elle avait revêtu sa pèlerine. Elle s'est glissée sous l'épaule de Jean-Marie. Le père Gras a mollement proposé de l'aider.

– Ce n'est pas la peine. J'ai l'habitude avec mon père !

Mais son père était un homme frêle à qui l'alcool n'avait plus laissé que la peau sur les os. Jean-Marie Chèze était d'un autre calibre. D'où cette fille tenait-elle la force de le soutenir ? Ils ont commencé de marcher dans la cour. La mère Gras a lancé inquiète :

– Faites attention en passant le pont de la Roque !

Ils sont entrés dans la nuit noire. Les flaques d'eau brillaient comme de l'huile. Qu'est-ce qui s'est exactement passé entre eux pendant cette marche dans la nuit ? Lilas m'a assuré qu'elle était décidée à le ramener au chantier pour lui permettre de prendre la patache de

Luçon. Ils ont changé d'avis. Elle qui s'est beaucoup confiée ne m'a jamais donné davantage d'explications. Elle a conduit Jean-Marie vers la dune, l'a couché dans son lit où il s'est endormi aussitôt. Et lorsque sont arrivés les événements par la suite, elle s'est contentée de dire.

– Je l'ai voulu. Je n'ai de reproche à faire à personne. Je savais ce qui m'attendait.

Je voudrais que chaque ligne que j'écris soit une prière. J'aimerais posséder assez de ferveur pour faire de ces pages l'hymne à la Création du modeste curé de campagne que j'ai été. Parfois les mots me manquent. Mon esprit bute. Ma cervelle récalcitrante répugne à aligner quelques bribes de pensée raisonnable. Je rature. Je m'interroge sur la vanité de mon entreprise. Je vois resurgir le petit domestique en lourds sabots crottés dans l'allée cavalière du château des Essarts. J'abandonne le cahier et la plume sur la table de la cuisine. Je reviens le lendemain. Tout ce qui me semblait pénible s'est curieusement allégé. Les scènes s'enchaînent. Le passé renaît. J'entends les voix. Je vois les gestes, les visages.

On me reprochera d'écrire un roman avec cette poignée d'hommes et de femmes que le bon Dieu m'a confiés. Mais a-t-on trouvé mieux que le roman pour réinventer la vie ? Et puis, je l'avoue, c'est la consolation de mes vieux jours d'exil de me transporter dans l'univers de ma jeunesse. Plus j'écris, plus j'éprouve le besoin de mon rendez-vous quotidien avec mon cahier. J'ai le sentiment alors d'une présence comme si un ange conduisait ma main. Hélas, je croyais m'être détaché de tout en m'installant au presbytère de Martignac ! Et voilà qu'un trésor de mots me relie au passé. Je ne suis pas délivré de mon ministère dans le marais. C'est ma façon de radoter. Je me surprends parfois à prononcer tout haut des phrases que j'écris. Si quelqu'un entrait et me surprenait dans cet état, le bruit courrait vite que le vieux curé perd la carte !

Je prends soin de ranger mes pages dans le tiroir de la commode de ma chambre qui ferme à clé. Je garde cette clé dans ma poche, et il m'arrive, lorsque je la rencontre par hasard en cherchant mon mouchoir, d'éprouver un élan de joie, comme si un ami m'adressait un signe. Cela s'est produit hier à l'autel. J'en demande encore pardon à Dieu. Je ne m'illusionne pas sur mon génie. Je me rappelle la parole du père Chalet, notre bon maître de classe de rhétorique qui justifiait ses notes sévères : « N'oubliez pas qu'il ne faut pas craindre d'émonder l'arbre pour qu'il donne du fruit ! » Humblement, j'essaie de faire de mon mieux.

Je reviens de passer la soirée avec les Pasquier. Cette généreuse famille habite Boisrond à trois cents mètres du bourg de Martignac. Leur clos renferme les ruines d'un relais de templiers. À cause de cela peut-être je leur attribue de la noblesse. Les Pasquier ont cinq enfants. Ils cultivent la vigne et élèvent quelques vaches comme la plupart des petits propriétaires de la commune. La mère, Mme Alice, est venue m'inviter le dimanche suivant mon installation à Martignac. Et aujourd'hui, comme chaque vendredi, j'ai donné une leçon de musique à ses deux filles. Je les prépare à accompagner les célébrations de l'église à l'harmonium. M. Robert, le père, est un curieux paysan artiste. Il soigne convenablement ses vignes, je crois. Il est estimé de toute la commune et a été élu adjoint au maire. Mais, en taillant ses vignes, il rêve de voyages et d'aventures. Il me cite par cœur des pages entières de Pierre Loti. Il a punaisé un planisphère sur le mur de la cuisine et, tandis que nous mangeons à la table, il emmène la famille en voyage dans les mers de Chine. Pendant ce temps sa femme se lève et apporte les plats. Elle ramène son mari au quotidien :

– Robert, sers à boire à M. le curé !

Il y a un abîme entre mes vignerons charentais et mes maraîchins de Saint-Nicolas. Robert Pasquier m'a appris le bridge pendant les veillées d'hiver. Nous jouons avec les enfants, parfois avec des voisins. Ce soir, la nuit est si claire qu'elle fait craindre des gelées tardives catastrophiques pour la vigne. Alice Pasquier a préparé une cassolette de braises. Je l'ai cachée sous ma pèlerine et j'ai emporté avec moi la chaleur de cette maison hospitalière. J'ai rendu grâce en rentrant, les yeux rivés aux étoiles comme des gouttes de glace, pour la générosité de mes paroissiens, et j'ai prié Dieu d'épargner du gel les champs de vignes de ses serviteurs.

La cassolette réchauffe le bout de table où je suis installé à écrire. Les braises rougissent sous la cendre. Elles suffisent pour dégourdir mes doigts qui tiennent la plume. J'y ai allumé une dernière pipe en entrant dans mon presbytère glacé. Je ne vais pas tarder à aller me coucher. J'emporterai la cassolette sur ma table de nuit. Cela me suffit pour m'allonger chaud entre mes draps. J'ai cette chance de ne pas avoir les membres gelés comme beaucoup de vieux. Au fond, malgré une apparence fragile, j'ai toujours joui d'une bonne santé. Je trompe mon monde avec ma maigreur. Grâce au ciel je suis d'une constitution robuste.

Je ne vais pas écrire bien longtemps. Il me reste une page de bréviaire à réciter. Demain je célèbre la messe à sept heures et je dois rejoindre mes confrères à Bassac pour une réunion de prêtres du doyenné.

6

À son réveil, le lendemain matin dans le lit de Lilas, à neuf heures, Jean-Marie Chèze a su qu'il ne partirait pas. Elle avait retrouvé sa place de gardienne dans sa chaise, à son chevet, les bras croisés. Il a eu honte. Il lui a adressé un pauvre sourire.

– Tu es là ?

Elle l'enveloppait de ses grands yeux noirs avec une douceur de velours. Elle s'est excusée.

– J'aurais peut-être dû te ramener malgré toi au chantier.

Il a soupiré, a promené sa main sur sa barbe longue, secoué la tête, s'est levé, la chevelure ébouriffée. Le père de Lilas était assis sur le banc, dehors, près de la porte. Il a ri tout bas en voyant Jean-Marie sortir et, des sourcils, lui a montré le ciel tout bleu.

– Après la pluie vient le beau temps !

Il l'a invité à s'asseoir près de lui.

– Lilas va te servir la soupe.

Jean-Marie pensait qu'il était neuf heures. Le train de Luçon venait de partir. Aucun ouvrier du chantier n'était resté à Saint-

Nicolas jusque-là. Il ne savait pas s'il devait être fier ou honteux d'être le premier.

– Qu'est-ce que tu vas faire ?

– Je vais aller aux baraques. Il doit y avoir encore quelqu'un. Je crois que l'ingénieur ne part que ce soir.

Après avoir franchi le seuil de la guérite, il s'est tourné vers l'ombre de l'intérieur, les deux mains cramponnées au chambranle comme s'il ne tenait pas debout. Il a articulé, la gorge serrée :

– Si j'avais vraiment voulu revenir au chantier, je ne me serais pas mis dans cet état.

Il aurait pu partir encore le soir, ou le lendemain, par le train de neuf heures. Il avait encore, contrairement à ce que certains ont prétendu, sa bourse intacte autour du cou. Lilas ne la lui avait pas volée pendant son sommeil. Le mécanicien de la Decauville achevait de la mettre « en hiver » avant de la rentrer dans le garage construit pour elle près de la maison du Génie. Forest a donné à Jean-Marie l'autorisation de s'installer gratuitement dans l'appentis des chefs d'équipe. Il était entendu qu'il assurerait en échange la garde de l'installation. Toutes les clés lui ont été remises.

S'imagine-t-on la solitude de ces étendues livrées au vent d'hiver ? Il n'y a pas âme qui vive à moins d'un kilomètre. Les seules voix qui s'élèvent sont celles des mouettes, des goélands, et des canards qui s'y sont installés à demeure. Les chasseurs le savent, et ils arpentent le marais avec leurs fusils. La terre labourée est noire comme l'enfer. L'eau morte des canaux attend l'heure de sauter sur les terres saoules. Les nuages s'y mirent un instant et répondent à l'appel de l'infini.

J'ai rencontré Jean-Marie alors que je revenais de porter le bon Dieu à une pauvresse du côté de La Vive. J'étais encore sous le coup de cette misère qui se chauffait à la fumée d'un maigre feu de bouses. Les pommes de terre qui germaient sur la table étaient moins flétries que le vieux visage que j'avais consolé. Je recommandais à mon petit enfant de chœur de tenir sa clochette par le battant pour l'empêcher de sonner, puisque nous étions sur le chemin du retour. Des nuées menaçantes charbonnaient le ciel. J'ai aperçu un tombereau, et un homme penché au milieu d'un grand champ de betteraves. J'ai reconnu Jean-Marie Chèze. J'ai remis mon surplis et mon étole à l'enfant de chœur.

– Tu les laisseras à la sacristie.

J'ai gardé avec moi les huiles du sacrement de mourants. Je me suis avancé au bord du champ. Des milliers de vanneaux s'étaient posés sur le marais, immobiles, les plumes de leur huppe et de leur plastron froissées par le vent. Parfois l'un d'eux sans savoir pourquoi se mettait à courir avec une rapidité étonnante. La terre grasse, malgré l'herbe, remontait sur mes souliers. Je soulevais ma robe, mais j'en avais déjà taché l'ourlet, et je pensais à ma mère qui me reprocherait de m'être embourbé. J'ai appelé :

– Jean-Marie !

Comme il ne m'entendait pas, je me suis avancé dans ce jeune marais un peu moins inondable et donné aux betteraves. Mon pied s'est enfoncé dans un trou, la terre l'a happé jusqu'à la cheville avec un bruit de bouche. J'ai senti l'eau ruisseler dans mon soulier. J'ai eu du mal à me décoller. Jean-Marie arrachait les betteraves avec un croc. Il lançait des han ! Un paquet de terre venait avec la betterave. Il l'enlevait avec le croc et puis achevait le nettoyage à la main. Il jetait la betterave dans le tombereau. J'ai pensé, en m'approchant, à tous les journaliers comme lui que j'entendais partir le matin avant le jour, la pelle, la fourche, le râteau sur l'épaule, pour prendre les ordres du cabanier. Le cheval du tombereau lui a signalé ma présence. Je m'attendais à lui voir la même attitude timide qu'à la chapelle de La Vive. Il s'est redressé, fièrement.

– Monsieur le curé, vous allez vous crotter !

– C'est déjà fait.

Il a souri. Il était nu-pieds dans ses sabots emplis de paille. Il s'est essuyé les mains au sac de jute lié à sa taille par une ficelle, a remonté la visière de sa casquette pour me saluer, libérant ses boucles de cheveux blonds. J'ai soulevé mon chapeau, et j'ai dit :

– C'est dur !

Il a de nouveau souri, rayonnant. Et à voir son bonheur, malgré sa barbe mal rasée, son pantalon, ses mains, couverts de terre, j'ai envié son sort. Il m'a lancé tout de suite, alors que je ne lui demandais rien :

– Je suis resté pour elle !

Ses yeux bleus ont étincelé. Il s'appuyait sur le manche de son croc. Il m'a semblé avoir grandi. Il était pourtant toujours d'une taille inférieure à la mienne.

– Tu n'as pas le mal du pays quelquefois ?

Il a secoué son large front, ses boucles lui sont tombées sur les tempes.

– Il suffit de ne pas y penser, monsieur le curé.

Son souffle et celui du cheval chassaient de la buée devant eux.

– Pour qui travailles-tu ? À qui appartient ce marais ?

– À la cabane de la Pointe. Mais je n'y travaillerai pas longtemps. Quand je trouverai autre chose, je m'en irai. La cabanière nous apporte les haricots, et elle sert la viande à son mari et à ses enfants.

– Tu ne t'ennuies pas dans ta maison du Génie ?

– Quand le vent souffle, parfois, tout seul, je crois devenir fou.

– Qu'est-ce que tu fais ?

– Je vais retrouver Lilas. Elle est toujours dehors. Elle aime la mer. On racle les vases ensemble pour trouver des sourdons. Elle m'apprend à tendre les filets.

– Elle veut bien de toi ?

Son beau sourire à fossettes a illuminé son visage, et il a bombé le torse.

– Quand je ne vais pas à la dune, elle vient à la maison du Génie. Nous prendrons bientôt rendez-vous avec vous, monsieur le curé !

Il a saisi le manche de son croc et il a recommencé à cogner avec une énergie renouvelée. Il a déterré quatre, cinq grosses betteraves à la suite, qu'il a déshabillées de leur terre. Il les a balancées dans le tombereau. Elles ont rejoint le tas avec un bruit sourd. J'ai insisté.

– N'attendez pas qu'il soit trop tard !

Un rire de garnement l'a secoué.

– Ne vous inquiétez pas, nous n'attendrons pas longtemps !

Les circonstances ont voulu que nous nous retrouvions le 1er janvier 1893. Le père de Lilas s'est levé ce matin-là en proie à l'un de ses délires éthyliques de plus en plus fréquents. Il a réclamé à boire, a renversé deux bouteilles vides et embouché le goulot de la pleine que sa fille lui tendait. Il l'a tétée jusqu'à la dernière goutte et renversée en tournant des yeux fous autour de lui. Il a titubé autour de la table et, alors qu'elle croyait qu'il allait se laisser tomber sur son lit, il s'est emparé du panier et du couteau de Lilas pour la pêche. Il a ouvert la porte en grognant. Un rude vent du nord balayait la dune. Elle lui a crié :

– Couvre-toi, papa !

Il filait déjà en bras de chemise. Elle l'a rattrapé avec sa vareuse de laine et l'a obligé à l'enfiler bien qu'il se débatte. Elle l'a regardé disparaître au bout de la dune du côté de la mer. Elle est rentrée prendre sa pèlerine et a couru à la suite de son père.

Lorsqu'elle l'a trouvé sur la grève, il gisait au bord de la première flaque de mer, la joue couchée sur les varechs. Il était probablement déjà mort. Elle l'a pris dans ses bras, l'a soulevé, emporté jusqu'à la guérite. Jean-Marie l'a découverte en larmes, assise au bord de la paillasse de son père, sa tête sur ses genoux. Il l'a priée de ne pas bouger et il est venu me chercher.

Je finissais de déjeuner quand il a frappé à la porte du presbytère. J'ai dit à maman d'aller demander la voiture du menuisier Plassard. Par chance sa jument était attelée. Il revenait de souhaiter la bonne année à sa belle-mère de Moricq. Lilas caressait toujours son père tout à fait froid sur son bras, lorsque nous sommes arrivés à la dune. Elle m'a dit en pleurant, les yeux rouges, et refusant de le lâcher :

– Il a beaucoup souffert !

Je ne la connaissais pas assez alors pour comprendre. Jean-Marie et moi avons eu du mal à l'éloigner du lit. Nous avons prié ensemble pour le repos du défunt. J'ai cru, parmi ce désordre infâme de bouteilles répandues, mesurer le mystère de l'attachement des êtres. Comme le menuisier Plassard nous avait amenés, il en a profité pour prendre les mesures.

J'ai annoncé le décès en chaire. Et l'affluence à l'enterrement m'a surpris. L'église s'est remplie comme un dimanche, avant l'arrivée du corbillard qui mettait longtemps à venir de la Pointe. Lilas marchait derrière toute seule. Jean-Marie se tenait à distance. Il n'osait pas encore venir à côté d'elle.

L'entrée du mort et de sa fille dans l'église a soulevé un murmure d'étonnement. Où avait-elle pris cette robe de deuil, et ces beaux souliers, et ce voile ? Elle avait quitté sa robe sale et ses galoches. Elle se dressait sur des talons hauts, grande, majestueuse, dans les ondulations de cette robe et de ces voiles noirs. Le tulle du voile était abîmé. Son visage doré transparaissait. Elle ne pleurait plus. Son regard fier, qui fixait droit dans l'ombre les hommes et les femmes de Saint-Nicolas, les impressionnait tous. Jean-Marie m'a dit :

– Elle a cherché au fond du coffre de la guérite. Elle en a sorti une boîte en carton qu'elle a ouverte devant moi. Elle m'a montré cette robe et ces souliers. C'étaient la robe et les souliers de deuil de sa mère. Elle m'a demandé de sortir. Et, quand elle a été habillée, elle m'a appelé.

– Crois-tu que je pourrai y aller comme ça ? Crois-tu que je ferai honte à mon père ?

Nous avons conduit le défunt dans la modeste tombe à croix de bois où reposait sa femme. J'ai avisé Plassard le menuisier en compagnie d'Ambroise, mon sacristain, alors que je sortais du cimetière avec la barrette et la lourde chape noire des enterrements. Je les ai interrogés près du portail.

– Vous ne trouvez pas étonnant, tout ce monde, à cet enterrement ?

Ils ont haussé les épaules. J'ai ajouté :

– Saint-Nicolas est un pays extraordinaire ! Cet homme et sa fille vivent tout seuls comme des sauvages à l'écart du pays. Le père boit. La fille est considérée comme une bête curieuse. Et toute la paroisse se déplace pour conduire le père au cimetière !

Ils ont baissé la tête avec ce même air ennuyé que j'avais surpris sur le passage de Lilas. Et puis Ambroise a objecté avec mauvaise humeur :

– C'est à Saint-Nicolas comme ailleurs !

Il avait raison. Ailleurs aussi on se fâchait, on s'ignorait, et on se retrouvait aux enterrements. La mort avait cette vertu de rassembler. Les vivants y trouvaient parfois simplement l'occasion de se féliciter d'avoir été épargnés. Le menuisier a levé le nez qu'il avait rouge.

– La Mularde et son père sont des Rouger. Les Rouger sont nombreux à Saint-Nicolas. Il y a des Rouger marins, paysans, boucholeurs. Rien qu'avec les Rouger on remplirait la moitié de l'église.

Le brave Ambroise a trouvé bon de renforcer le constat du menuisier, en tirant sur les poils de sa moustache.

– Saint-Nicolas est une grande famille. Tout le monde pleure les morts.

– Alors pourquoi a-t-on laissé les Rouger vivre dans cette guérite de la Pointe ?

Les deux compères ont regardé du côté de la tombe. Le fossoyeur requérait soudain avec urgence leurs services. Le sacristain Ambroise a grommelé très vite :

– Pierre Rouger a ramené une Guyanaise. Ils se sont mariés. Leurs affaires n'ont pas marché. Elle est morte d'accident. Lui s'est mis à boire et s'est installé dans la guérite de la Pointe avec sa fille.

Jean-Marie et Lilas sont revenus me voir un mois après à la sortie de ma messe du matin. Je tirais derrière moi la porte de l'église. Les chapelets des religieuses de la communauté de l'école des filles tintinnabulaient sur la place. Une vague lueur grise plombait le bourg. J'ai invité les deux jeunes gens à me suivre et à partager ma soupe au presbytère. Ils marchaient depuis une heure. Ils avaient dû laisser leurs galoches à l'entrée du bourg pour chausser des souliers. Ils s'étaient habillés : preuve de la gravité de leur démarche. Lilas avait revêtu sa robe de deuil, sans le voile, Jean-Marie son costume de velours.

Ils se sont timidement assis à ma table. Maman s'est discrètement retirée dans la souillarde. Son sacrifice n'était pas grand. Elle avait l'habitude de prendre son petit déjeuner debout, l'assiette dans la main, comme au temps où elle était servante.

Lilas a levé son front lisse et fixé sur moi ses grands yeux francs. La lampe n'était pas allumée pour économiser la lumière, mais son sourire a éclairé ses belles dents blanches.

– Nous sommes venus vous demander de nous marier, monsieur le curé.

Jean-Marie, silencieux, me dévisageait dans le petit jour.

– Quand ?

Ils se sont interrogés des yeux avec inquiétude. Et Lilas a encore pris la parole.

– Bientôt. Dès que possible.

– Vous ne croyez pas que bientôt est un peu trop tôt. Vous venez d'enterrer votre père.

– Et alors, cela n'empêche pas le chagrin !

Elle avait relevé son menton volontaire en un mouvement de défi, et ses prunelles étaient devenues plus noires. J'ai suggéré :

– Les gens de Saint-Nicolas estimeront que vous n'avez pas respecté le délai de deuil.

La voix de Jean-Marie a tranché :

– Ça nous est égal, nous voulons savoir si vous voulez nous marier.

– Et si je ne voulais pas ?

Lilas a répondu sur le même ton :

– Nous nous marierions sans vous !

La discussion semblait mal engagée. Mais je l'avais voulue ainsi. Je les avais provoqués pour mesurer leur détermination. La large main de Jean-Marie s'était posée sur la main fine de Lilas. J'ai souri et, en exhalant un profond soupir :

– D'accord.

Je leur ai proposé encore un peu de soupe. J'avais tant de raisons d'être favorable à ce mariage. Il m'est arrivé si souvent de célébrer des unions qui n'étaient que des arrangements.

On mariait des terres, des intérêts. On m'obligeait à jouer un rôle de complice d'une mascarade. L'amour comptait si peu, il viendrait éventuellement ensuite, par surcroît. Quand il ne s'agissait pas de mariages forcés.

J'ai vu pleurer des filles dans mon confessionnal parce qu'on les conduisait à la noce comme des brebis au sacrifice. Alors, ces deux, côte à côte à la table de ma cuisine dans le jour qui grandissait, étaient une aubaine. Leur amour crevait les yeux. Ils étaient comme le jour et la nuit. Elle était aussi brune qu'il était blond. Elle était fine, il était solide. Elle bouillonnait d'ardeur. Il connaissait la patience. Ils allaient bien ensemble.

Je leur ai tout de même fait remarquer que nous allions entrer dans le carême. Je ne pourrais les marier qu'après Pâques. Lilas m'écoutait avec une moue de pure forme. La lumière du matin nimbait sa peau cuivrée sans grain comme une soie très fine. Il fallait le temps de publier les bans, d'obtenir les papiers d'Orliac. Jean-Marie a paru inquiet.

– Vous devez avertir Orliac ?

– Je vais écrire à votre paroisse. Il y a un empêchement à ce sujet ?

– Non, monsieur le curé.

Il a baissé les yeux.

– Il serait bon que vous fassiez savoir vous-même, ai-je suggéré, à votre famille que vous avez décidé de vous marier.

– Je n'ai pas grand monde. Je suis orphelin.

– C'est quand, Pâques ? a interrogé Lilas.

– La deuxième semaine d'avril.

– C'est loin ! a-t-elle soupiré.

Et elle a éclaté d'un grand rire heureux. Elle était loin de la sauvage que certains avaient voulu dire. Et j'étais convaincu que sa beauté ne venait pas seulement de ses traits, mais du plus profond de son âme. Jean-Marie levait vers moi ses grands yeux bleus délavés avec le sourire ravi de celui qui attend Dieu.

– Vous avez bien tenu jusque-là. Vous tiendrez encore, si vous voulez que Dieu vous regarde avec tendresse.

Je les ai mariés en avril, le matin de la Saint-Georges. Il pleuvait. Les nuages filaient à toute allure au-dessus du marais. L'océan grondait jusque dans l'église et la secouait comme une barque sur la mer. Ils avaient voulu le mariage des pauvres, à l'aube, sans les cloches, généralement réservé aux cérémonies précipitées des filles enceintes. J'avais objecté qu'on les supposerait coupables puisqu'ils se mariaient à l'heure des pécheurs. Lilas avait secoué la tête, entêtée.

– Les bonnes âmes en seront pour leurs frais quand elles ne verront rien venir !

– Pourquoi vous punissez-vous, Lilas ?

– Nous avons vécu à l'écart avec mon père. Je me marierai à l'écart.

Ce matin-là donc, à l'aurore, il pleuvait. Le vent cinglait les vitraux du chœur. Le trois-mâts du milieu de l'église oscillait doucement à l'extrémité de sa corde au gré des courants d'air. Jean-Marie Chèze et Lilas Rouget se sont agenouillés sur les prie-Dieu devant la sainte table. Elle avait seulement raccourci son voile noir et l'avait bordé d'une guipure d'Auvergne. Elle avait discipliné ses cheveux revêches en une tresse formant diadème autour de son front. Les flammes des bougies la moiraient. L'humidité bouclait de plus belle les cheveux blonds de Jean-Marie. Sa fine moustache était taillée au cordeau. Le cordonnet dans le col de sa chemise serrait son large cou. Nous n'étions qu'une dizaine. Jean-Marie avait choisi pour témoin le neveu de Marcel Ribière, qui remplaçait le généreux compagnon maçon sur la digue, et un autre camarade du chantier. Lilas avait demandé la mère Gras et une fille de l'auberge.

L'enfant de chœur a apporté les anneaux martelés dans des sous percés par le maréchal-ferrant de la digue. Je les ai priés de joindre leurs mains. J'ai tracé sur elles le signe de la croix en récitant la formule rituelle : *Ego conjungo vos in matrimonium*... Nous avons récité ensemble le *Notre Père*. Et j'ai prié Dieu d'alléger leur lourd fardeau. Je craignais que la joie de leur union ne soit de courte durée. J'imaginais la misère attendant derrière leur porte pendant qu'ils s'aimaient. Je me suis reproché mon peu de foi, et je me suis rappelé les paroles de mon professeur : « Prends garde qu'à trop raisonner tu ne résonnes comme une grosse caisse ! »

Je les ai invités à me suivre à la sacristie pour signer les registres. Une poussée du vent a secoué l'église. Sa charpente a craqué. Elle a semblé tanguer comme une arche dans la tempête. Nous nous sommes tournés vers le trois-mâts suspendu au plafond. Le regard heureux de Lilas a filé vers la pénombre du fond de l'église et s'est assombri. Ses traits se sont durcis.

Près du bénitier, devant la grande porte, appuyé sur son manche de fouet, se carrait debout, botté, une limousine sur les épaules, le maître de la cabane de Bellenoue, le cabanier Lucien Rougier. Que faisait-il là ? Nous ne l'avions pas entendu entrer. Les bans avaient informé tout le monde du mariage. Pourquoi était-il venu ? Nous nous sommes tous tournés vers le fond de l'église. Le père Gras a plaisanté.

– Il est raide comme la justice, parce qu'il a eu une éventration. Il porte une ceinture de cuir. Sinon il se démantibulerait au fond de l'église.

Il parlait fort. Sa femme lui a tapé sur la main.

– Tais-toi ! Il pourrait t'entendre !

Nous avons ri. Lucien Rougier a marché vers la grande porte, l'a ouverte. Nous avons vu la pluie tomber dans le petit matin pâle. Le vent mouillé s'est insinué jusqu'à nous, et les bougies ont frissonné.

– Je n'aime pas ce bonhomme, s'est excusée Lilas. Il me fait peur. En le voyant là-bas, je ne sais pas pourquoi, j'ai pensé au malheur.

Elle s'est accrochée au bras de son époux. Nous sommes entrés dans la sacristie. La fille d'auberge a chantonné : *Mon père i' m'a mariée.*

L'année 1893 est demeurée dans les mémoires comme une année de temps pourri. Le niveau d'eau est resté dans les canaux aussi élevé en été qu'en hiver. Les chanceux qui sont passés entre les gouttes n'ont pas eu de granges assez grandes pour abriter leur foin : année de foin, année de rien. Les grains qu'on n'a pas pu moissonner ont germé dans les champs. Le vent a soufflé sans répit. Nous avons été réveillés en même temps, une nuit de juillet, maman et moi. Je me suis levé. J'ai trouvé maman, le front soucieux contre la vitre du corridor à l'étage. La lune ronde ocrait un ciel éblouissant d'étoiles. Maman m'a dit :

– Tu as été réveillé. Toi aussi tu as entendu quelque chose.

– Peut-être.

Nous avons écouté ensemble. Et puis j'ai compris.

– Tu sais ce que nous avons entendu, maman ? Le silence. Il n'y a plus de vent.

Elle a encore écouté, et ri.

– C'est vrai. Quel drôle de pays ! Le vent rend fou. Les gens ne peuvent pas se reposer tranquilles !

Les tempêtes successives ont emporté les noyaux de sable, les pierres, les fascines, posées par les ouvriers. Le prolongement de la digue n'a pu s'effectuer. Les ouvriers ont été employés à boucher les brèches ouvertes dans les perrés de la partie achevée. La campagne était désastreuse. Les hommes étaient honteux par avance de s'en retourner chez eux sans rien, la bourse vide.

J'ai vu Jean-Marie et Lilas à la messe de la chapelle de La Vive. J'avais repris mes célébrations du dimanche pour le chantier. Mon confrère de Grues m'avait lancé, perfide, sachant que ces messes des ouvriers ne plaisaient pas à tout le monde :

– Tu es bientôt davantage le curé de La Vive que de Saint-Nicolas !

Je savais que Lilas et Jean-Marie étaient heureux dans leur creux de sable. Ils attendaient les jours de tempête comme une bénédiction. Ces jours-là ils avaient le loisir d'être ensemble. Leur intimité était, paraît-il, si grande qu'elle semblait indécente. Ils se fouillaient des yeux. Ils se tenaient les mains. Et le reste du monde n'existait pas.

Ils ont déménagé à la Saint-Michel dans une petite maison du bout du bourg sur le chemin de la digue, devant les communaux. Les femmes viennent traire les vaches à cet endroit, c'est pourquoi on l'appelle le tirouet. La maison des Chèze était donc la maison du Tirouet. Elle appartenait à un ouvrier agricole qui venait de mourir, et sa femme était partie s'installer chez sa fille. On y descendait par une marche comme dans la plupart des maisons du front de mer. Ma taille m'obligeait à prendre garde de ne pas heurter du front le linteau bas de la porte.

Lilas a recouvert de sable de dune la terre battue du sol pour l'assainir et chasser l'odeur lourde des précédents occupants. La mère Gras lui avait cédé un lit à rouleaux, trois chaises, qui venaient se joindre au pauvre mobilier de la guérite.

– Il nous en a coûté vingt-cinq francs. C'est une folie. Mais nous ne pouvions pas continuer à vivre sans rien !

La petite cour derrière la maison les intéressait. Elle permettait d'envisager une basse-cour. Une cabane de bois en état passable avait précédemment abrité la charrette et l'âne du défunt propriétaire. Pourquoi n'en auraient-ils pas un à leur tour, voire un cheval ? Un toit à cochon de fortune s'appuyait sur elle. Ils commenceraient par là.

En face, de l'autre côté du chemin, c'était la dune, couverte d'herbes et de fleurs sauvages, et dans le contrebas l'estuaire du Lay par où glissaient à marée haute les grands trois-mâts, et les voiles des gabares et des bateaux de boucholeurs. Tout le peuple de la mer passait devant leur porte. Et les nuages qui avaient couru sur l'océan promenaient leur ombre sur les tuiles de leur maison.

Ils travaillaient désormais ensemble pour le cabanier Nicou à une demi-heure du bourg. Ils partaient avant le jour, le sac au côté, la pelle à labourer sur l'épaule, et tout un bazar utile ficelé sur le dos. Ils n'étaient pas seuls. Tout le village se mettait ainsi en mouvement à la pique du jour. On appelait Jean-Marie le Corrézien, Lilas était toujours affublée du surnom de la Mularde. Elle restait à la cabane avec la bru, une fille de Moricq toujours en blé et en guéret, qui avait mis au monde six petits Nicou en six ans. Elle soignait, mouchait, lavait, grondait, mignotait, Jérémie, Lucien, Malvina, Aimée, Jules, Frédéric. Les enfants filaient doux devant elle et la recherchaient. Ils l'appelaient tantine, ils lui tendaient les bras. Elle s'en allait parfois « lever » les œufs dans la cour de la cabane, Jules et Aimée sur chaque bras, Malvina jalouse accrochée à sa robe. Elle était l'opposé de Blanche Nicou, toujours dolente, vite fatiguée des cris de ses enfants et les expédiant avec une claque. Blanche geignait :

– Tu ris, tu t'amuses avec eux. Tu verras ce que c'est d'avoir le gros ventre ! Et si cette maladie te prend tous les ans, tu ne les regarderas plus comme des petits anges !

Elle s'est effondrée, un matin de cet hiver 1893-1894, en avouant à Lilas qu'elle était de nouveau enceinte et que son beau-père s'était fâché en trouvant l'addition un peu salée. La pensée de sa septième grossesse et d'une nouvelle petite tête autour de la table lui a encore tiré les larmes au déjeuner. Le vieux Nicou, veuf depuis quatre ans, n'était pas un méchant homme. Vert encore, il souffrait du manque de sa femme emportée par une embolie, et il aimait cette éclosion de vies dans sa maison.

– Quand la crèche est bonne, disait-il, l'étable se remplit.

Il avait du bien. Son fils était vigoureux, entreprenant comme lui. Le vieux considérait seulement qu'il était temps de mettre le frein. Il le dit à sa bru en pleurs :

– Il y a un temps pour tout, ma fille. Si vous ne voulez pas voir la marchande de papots, il ne faut pas en faire la commande.

Blanche Nicou a hoqueté de plus belle. Son mari, à table à côté de Jean-Marie, taillait des cubes dans son pain, apparemment insensible et ennuyé de cette discussion devant témoins. Lilas, qui donnait sa bouillie à Aimée sur le coffre à sel, a explosé.

– Quand on passe commande, on est deux ! a-t-elle rétorqué, tournée vers le grand silencieux d'époux. Si le coq chantait un peu moins, la poule pleurerait moins !

Le vieux Nicou a frappé sur la table avec le manche de son couteau.

– Depuis quand les servantes se mêlent des conversations des maîtres ! Écoute-moi, ma fille, je suis content de ton travail. Mais tu sauras que chez Nicou les servantes sont les servantes, et les maîtres sont les patrons !

Lilas a répliqué, le visage en feu :

– Les servantes sont les servantes. Mais chez moi les poules n'ont pas l'habitude de céder devant le coq !

Le vieux Nicou en est resté muet. Les deux autres hommes se sont regardés, ont regardé Lilas. Blanche, hésitante, est passée des larmes au rire. Et les hommes à leur tour ont éclaté de rire. Le bonhomme Nicou, bon prince, a pointé le doigt vers Jean-Marie à qui le rire mettait facilement les larmes aux yeux.

– Apprends-la à se taire.

– C'est difficile !

Ils ne rentraient jamais, à la nuit noire, après le pansage et les enfants couchés, sans emporter de la verdure ou des graines pour leur poulailler. Ils n'avaient pas encore de cochon, mais ils y pensaient. Lilas disait soudain en marchant :

– Je suis si lasse. Je crois bien que j'ai dormi debout !

Jean-Marie la serrait plus près. Et dans son patois corrézien :

– Dors, ma belle !

Je leur ai reproché leur absence aux vêpres le dimanche. Lilas m'a répondu avec sa franchise naturelle, sa prunelle étincelant de joyeuse insolence :

– Le dimanche après-midi, on est fatigués, on a besoin de dormir. On vous aime bien, monsieur le curé, mais ne venez pas toquer à notre porte, ces après-midi-là !

Je les ai rencontrés, certains dimanches soir de ce printemps et de cet été 1894, assis sur le vieux banc du père de Lilas, devant leur porte, au bord du chemin. Ils avaient l'air encore tout engourdis. Leurs regards étaient pleins d'une lassitude heureuse. Tout d'un coup les voiles d'un trois-mâts frissonnaient sur le Lay. Jean-Marie disait :

– C'est le *Bretagne*. Il apporte du charbon d'Angleterre.

S'il ne le reconnaissait pas, le couple s'avançait vers la dune. Leurs souliers écrasaient l'herbe dure à l'odeur acidulée. L'air embaumait les lilas de mer que Lilas cherchait dans le sable. Si elle apercevait une bouillée de la fleur bleue, elle cueillait toute la gerbe et y enfonçait le visage. Jean-Marie en approchait le nez, humant à la fois la fleur et sa femme, il murmurait :

– Lilas ! Lilas !

Je crois bien que c'est le manège de voiles devant leur porte qui leur a donné le désir de passer à la mer.

Mes dahlias sont nés. Leurs petites épées vert bouteille me sont apparues perçant la terre ce matin après la messe. La végétation a au moins quinze jours d'avance en Charente sur la Vendée. J'avais les jambes et la tête lourdes, l'esprit morose, en me levant. Je n'arrive pas à me débarrasser d'un mauvais rhume qui me fatigue et m'a arraché les bronches tout l'hiver. Des poussées de fièvre me mettent dans les mains d'insupportables tremblements. Je grelotte physiquement, et les frissons se communiquent jusqu'à l'âme.

J'étais dans cet état d'esprit pour célébrer la messe de Sainte-Bernadette. Rien ne parvenait à me réchauffer le cœur. Et puis, avant de revenir à cette table, de m'obliger à réchauffer mon café et préparer une grillée, j'ai aperçu ces premières pousses vertes, et mon cœur a exulté.

J'ai toujours aimé gratter la terre. Lorsque j'avais trois ou quatre ans, maman m'a donné un bout de parterre devant la porte. J'y ai semé mes premières graines, et j'ai pris ma place dans la chaîne paysanne. Je les ai protégées des poules et des limaces. J'ai appris la patience et la confiance dans l'action du temps.

À Saint-Nicolas, quelles que soient les obligations, j'ai toujours accordé une demi-journée par semaine au jardinage. Chaque printemps j'ai revêtu une vieille soutane protégée d'un tablier bleu et j'ai tourné la terre. Nous nous partagions ensuite la tâche des semis et des plantations, maman et moi. Elle se prétendait la main plus verte, prenait garde à la lune. En entretenant mon jardin, je me rapprochais de mes paroissiens. Je voyais leurs yeux rire lorsqu'ils me trouvaient le rabat de travers, poussant une brouette de mauvaise herbe ou de pommes de terre. Tout de suite ils engageaient la conversation, et nous parlions des mêmes choses.

J'ai repris le même ouvrage dans le jardin humide de Martignac abandonné aux orties et aux menthes. Et j'ai été victime de ma première attaque de sciatique en nettoyant mon premier carré – ici on parle plutôt de planche. J'ai fait appel aux bénévoles et, comme la jambe me tirait, j'ai offert au père Godet de cultiver mon jardin à moitié. Il s'y est installé comme chez lui, avec sa salopette, ses cheveux blancs, sa moustache et ses sourcils poivre et sel, et quand j'ai voulu l'aider, il m'a lancé sévèrement :

– Monsieur le curé, ce sera vous ou moi !

C'est lui. Je me contente de le rejoindre quand il allume son mégot au coin de sa moustache. J'approche ma pipe de son briquet. Mais j'ai exigé de garder la plate-bande près de la pompe, devant le massif de buis. Il me prépare la terre. J'y plante mes dahlias. C'est là que j'ai surpris mes premières pousses. La planche fumait cet après-midi au doux soleil d'avril. Il m'a semblé qu'elles avaient encore grandi.

J'ai réuni ensuite une douzaine de jeunes dans la salle de catéchisme pour préparer les chants de Pâques. Et au hasard de la conversation, je leur ai proposé de monter une pièce de théâtre. J'ai suggéré *Le Curé Grand Bot, un prêtre vendéen pendant la Révolution*, une pièce qui a rempli les salles de patronage. Une grange était aménageable en salle de théâtre. Avec l'argent gagné nous organiserions un voyage à Lourdes. Les garçons et les filles se sont aussitôt querellés à qui lirait le livret.

Ma mère me dirait que je suis complètement fou, et la pauvre femme aurait raison. Est-ce qu'on se lance dans une telle entreprise à mon âge ? Il faudra diriger les répétitions, préparer le décor, mobiliser la paroisse. Je n'éprouve pourtant pas d'inquiétude. Dieu y pourvoira.

Ma plume court, ce soir. Je ne me sens plus malade. Je ne tousse pas. J'ai envie de reprendre l'Alleluia de la messe de Bernadette :

Alleluia ! Je l'ai vue belle comme la colombe
entourée de fleurs d'églantier
et de lis des champs
Alleluia ! Viens, ma préférée,
et je ferai de toi ma demeure,
car je suis le Roi épris de ta beauté.

III

Le Lilas de mer

7

Jean-Marie avait mis sa smille au clou. Il avait décidé de ne plus travailler au chantier de la digue pour mieux s'intégrer à la population de Saint-Nicolas.

Il lui est arrivé plusieurs fois d'aller décharger du charbon sur le port après sa longue journée chez Nicou. Un bateau venait d'arriver d'Angleterre ou de La Rochelle. On manquait de matelots pour vider les cales. Le père Chaigne, le patron du commerce de charbon sur le quai, frappait à la porte de la petite maison du Tirouet.

– Oh ! le Corrézien ! Oh ! Jean-Marie ! Tu es couché ?

Jean-Marie et Lilas étaient arrivés depuis un quart d'heure, ils étaient dans leur premier sommeil.

– Tu travailles demain matin chez Nicou ?

– Oui.

– Veux-tu gagner le double cette nuit ?

Jean-Marie reprenait son souffle. Lilas serrait les bras autour de son mari en gémissant sous les couvertures. Ils étaient fatigués. Ils entendaient le marchand piétiner derrière la porte, déjà impatient.

– J'arrive !

Jean-Marie s'asseyait au bord du lit, cherchait à tâtons ses hardes, trouvait ses sabots.

– Couvre-toi ! lui recommandait Lilas en jetant ses bras autour de son cou.

Il partait dans la nuit vers le chantier éclairé par les lampes tempête. Il grognait un bonjour au capitaine breton du bateau et se coltinait son premier sac de soixante-dix kilos. Normalement les bateaux se vidaient le jour. Mais le père Chaigne savait que le lendemain il ne trouverait pas de main-d'œuvre sauf les quelques boit-sans-soif des bistros du port incapables de porter un sac et peu désireux d'entreprendre ce travail fatigant et sale.

Jean-Marie serrait les dents, un sac propre en capuchon sur la tête et les épaules, pour se garder un peu de la poussière noire. Il empoignait la gueule du sac de charbon et, d'un coup d'épaule sauvage, le hissait sur son dos. Il montait l'échelle de meunier de la cale, puis parcourait le chemin de planche de l'embarcadère.

À mesure qu'il descendait et remontait, la poussière de charbon collée à la sueur lui noircissait ses boucles blondes et le visage.

– Ce n'est pas un homme, murmurait le père Chaigne impressionné et plein d'admiration, c'est un taureau ! Il a assommé un maraîchin au Préveil de La Vive et a failli le tuer. L'autre était pourtant armé d'un couteau.

Jean-Marie était capable de décharger ainsi dans le froid de la nuit, dans l'odeur de vase montée du port, dans le balancement du bateau soulevé par la marée, pendant trois heures sans s'arrêter. Il portait les derniers sacs en titubant et puis tendait sa main noire de charbon pour être payé comptant avant de s'enfuir vers sa maison du Tirouet.

Plus loquace, une nuit de mai 1894 après ce manège, peut-être moins fatigué, fortifié par l'énergie du printemps, il dit en souriant, et ses dents étaient toutes blanches sur sa face charbonnée :

– Au moins, cette fois, je suis plus bronzé que ma femme !

Il ajouta :

– Ne vous inquiétez pas. Elle a mis de l'eau à tiédir au coin du feu pour me laver.

Le père Chaigne, qui était un vieux farceur, cligna de l'œil.

– Elle t'attend pour la toilette...

Jean-Marie répondit, brutal :

– Oui, pourquoi ?

C'est cette nuit-là que le père Chaigne l'a raccompagné jusqu'à la grille de son chantier. La lune était à son dernier croissant, mince comme un fil d'argent.

– Écoute, ça me fatigue de te voir te crever comme un sot pour gagner trois sous. Tu es fort. Tu es courageux. Tu as une femme qui peut t'aider. Viens me voir demain, j'aurai quelque chose à te proposer.

– Demain, je ne peux pas, monsieur Chaigne !

– Viens me voir demain soir.
– Demain soir, je dors, monsieur Chaigne !
– Viens me voir dimanche !
Le dimanche, ils ont marché tous les deux jusqu'aux grilles du chantier de charbon sur le port. Le père Chaigne se prétendait victime des voleurs et avait enfermé son dépôt derrière une balustrade hérissée de pointes d'acier où il détachait la nuit son molosse que tout Saint-Nicolas entendait aboyer. Il s'est empressé de sortir de l'auberge La Belle Henriette en voyant le couple s'approcher. C'était après la sortie de la grand-messe, l'heure à laquelle même les plus païens se retrouvent au café. Le père Chaigne était de ces sans-foi. Il était petit, coiffé d'une casquette de marin à visière cirée. Il agitait toujours très vite ses pattes courtes, toujours pressé, toujours en quête d'un bon coup, toujours un juron à la bouche. Et les gens murmuraient :
– Il est malin, le père Chaigne ! Il n'a pas d'arrêt !
Il était devenu le premier fournisseur en charbon de la Vendée. Il avait compris qu'en même temps que les locomotives le monde entier allait fonctionner au charbon. Il affrétait des bateaux bretons pour le charbon anglais. Des équipages de rouliers livraient son charbon à la Vendée, et au-delà à Niort, Cholet, l'écriteau Charbons Chaigne à leurs ridelles. Il réclamait depuis longtemps la liaison ferroviaire Luçon-Saint-Nicolas qui lui aurait permis de mettre directement son charbon dans

les trains et de développer son commerce. Il avait envoyé une pétition à la préfecture, mobilisant les mytiliculteurs et leur faisant miroiter les avantages de la liaison pour toute la baie de Saint-Nicolas, et la population l'avait suivi. Le maire, un gros cabanier sans histoire, s'était fait taper sur les doigts, et il commençait à trouver dangereuse cette montée des agités de la mer contre la placidité des paysans.

Le père Chaigne, chaussé de sabots comme tous les jours de l'année, a ouvert les cadenas de sa grille. Il leur a demandé de patienter, le temps d'attacher son chien, et les a accompagnés jusqu'à la cabane en planches qui lui tenait lieu de bureau, répétant la formule renouvelée à tous ses visiteurs :

– Il faudrait que je m'installe mieux. Mais je n'ai pas le temps !

Le jeune couple s'est retrouvé assis sur un banc que Lilas avait soigneusement essuyé avec son mouchoir. De la poussière de charbon traînait autour de la porte. Lilas portait toujours la robe noire de sa mère, Jean-Marie son costume de velours. Des modèles de boulets de charbon ovales, cubiques étaient mélangés aux papiers sur la table. Le père Chaigne a appuyé son menton dans sa main. Ses petits yeux marron ont sauté de Lilas à Jean-Marie.

– Je ne vais pas vous faire de dessin. Vous travaillez pour Nicou qui n'est pas un mauvais gars. Mais je vous assure qu'avec tous ces cabaniers vous n'arriverez à rien. Moi, j'ai éprouvé de la sympathie pour vous en vous voyant travailler avec courage. Je me fiche pas mal que vous soyez des étrangers de la digue ou d'ailleurs. Ceux qui travaillent méritent d'être récompensés. Alors j'ai eu une idée pour vous...

Il s'est gratté le crâne, les doigts dans sa brosse courte, il en avait l'habitude lorsqu'il réfléchissait.

– J'ai vu une gabare à quai, à Charron. Elle est en vente. Elle n'est pas de la première jeunesse, mais elle peut tenir le coup après quelques réparations. Je ne sais pas combien vous avez de côté. Peu, sans doute. Je vous propose une chose : je rajoute au pot ce qui vous manque. Vous ne me remboursez pas. Vous n'y arriverez pas. En échange vous travaillez pour moi, par exemple la moitié du temps... Vous transportez le charbon de chez Lambert-Péqueux à La Rochelle. Cela pourra durer par exemple cinq ans, le temps de me rembourser la valeur de ma mise. Tout le reste du temps est à vous. Et je connais assez de monde ailleurs pour vous obtenir des contrats.

Lilas et Jean-Marie n'ont pas bougé. Ils se sont regardés. On leur aurait proposé la lune qu'ils n'auraient pas été plus étonnés. Lilas a murmuré enfin, les mains crispées dans son giron :

– Mais monsieur Chaigne, c'est que nous ne connaissons pas la mer !

– La mer ! La mer ! réagit le père Chaigne, on ne vous demande pas de traverser l'Atlantique. Il ne s'agit que de circuler dans la baie entre l'île de Ré et La Rochelle, éventuellement de caboter un peu plus loin.

Jean-Marie et Lilas ont opiné, interloqués. Le père Chaigne a ajouté :

– Vous ne pourrez pas naviguer tout seuls sur une gabare de dix-huit mètres. Je vous trouverai deux matelots qui vous mettront à la coule au début.

À l'évocation de deux matelots sous leurs ordres, Lilas a ouvert tout grands ses yeux noirs. Elle a hoché la tête et dit :

– Je ne sais pas. Je ne sais pas...

Jean-Marie en restait cloué sur son banc. Le père Chaigne a semblé déçu du peu d'enthousiasme de ses interlocuteurs. Il a repoussé un boulet de charbon avec sa règle tachée d'encre, s'est levé.

– Je crois que vous ne mesurez pas la chance que je vous offre, les enfants. Je vous donne l'occasion de devenir vos maîtres. Si vous restez chez Nicou, vous serez toujours des domestiques.

– Peut-être bien, a répondu Jean-Marie, mais laissez-nous le temps d'y penser.

– Ne réfléchissez pas trop, a insisté le bonhomme en leur serrant la main, quelqu'un d'autre pourrait acheter la gabare de Charron !

Il les a suivis sur les marches de sa cabane, a ordonné à son chien qui tirait sur sa chaîne et aboyait avec fureur de se taire. Jean-Marie m'a guetté à la sortie des vêpres, l'après-midi, et m'a prié de le suivre.

– Monsieur le curé, nous aurions besoin de votre aide.

Lilas était assise sur le banc devant le mur de la maison du Tirouet. Elle n'avait pas l'air lunaire de certaines soirées de dimanche. Ils m'ont expliqué. Le soleil se couchait sur la mer en lançant de longues flèches sanglantes à travers des cirrus blancs, altiers, immobiles.

Ils sont partis ensuite bras dessus, bras dessous, vers le port. Jean-Marie a cherché le père Chaigne. Il l'a demandé dans les cafés où les tables bourdonnaient de joueurs de cartes. Il a attendu dans la fumée des pipes et des cigarettes que le tour de table soit fini. Le père Chaigne est venu les rejoindre sur le pas de la porte. Et Lilas lui a lancé, souriante et déterminée :

– Alors monsieur Chaigne, quand allons-nous la voir, cette gabare ?

Ils sont rentrés dans le port de Saint-Nicolas un matin de mai. Ce printemps n'était pas avare en beaux jours. Je me trouvais là. Je faisais mon tour sur le port après ma messe. Le bateau du passeur de Saint-Martin-de-Ré venait d'accoster, et ses passagers se répandaient dans le bourg avec leurs paniers. Deux grands trois-mâts étaient amarrés à l'estacade toutes voiles repliées. Les échelles fines de leurs espars montaient à l'assaut du ciel. La brise agitait leurs gréements. La mer finissait de monter. L'eau mouvante affleurait la bordure du quai.

J'ai tout de suite deviné qu'il s'agissait d'eux. Ils avaient déployé leurs belles voiles neuves, couleur safran. La brise les poussait dans la passe à bonne allure. Ce mécréant de père Chaigne est venu se poster à côté de moi, les mains dans les poches.

– Alors, monsieur le curé Guéry, vous êtes venu bénir ce nouveau bateau ?

Ses petits yeux riaient. Je comprenais qu'il était heureux. Cette gabare était un peu son œuvre. Je lui ai répondu :

– Pourquoi pas ? Toutes les bonnes actions humaines méritent d'être sanctifiées.

Aussitôt, de crainte de s'être compromis, il a voulu se rattraper.

– C'est dommage pour vous : un couple de plus à la mer, c'est un couple de moins à l'église !

J'ai haussé les épaules.

– Dieu est partout. Jésus-Christ a marché sur les eaux...

Le bateau manœuvrait pour venir à quai. Il n'avait pas la grâce des coureurs des mers. Il mesurait cinq mètres de large, était pourvu d'un ventre pansu pour contenir les marchandises. Il devait tenir la mer comme une coquille de noix. C'était une gabare. On appelait aussi borneur ce type de bateau, parce qu'ils faisaient le transport le long des côtes, de port en port, de borne en borne. C'était un borneur de la belle espèce, construit en chêne, imposant de puissance avec ses trois grandes voiles gonflées au vent.

Lilas, postée debout à côté de la cabine, nous a adressé un petit signe d'amitié. Nous lui avons répondu l'un et l'autre. J'ai compris que cette première manœuvre était déjà un examen de passage. Jean-Marie Chèze tenait la barre. Il écoutait les ordres donnés par ses matelots qui se déplaçaient sur le pont et tiraient les voiles. Le bateau s'est glissé entre les autres, les a effleurés, et il est venu mourir doucement à bout d'erre contre un embarcadère à longues perches et à mouvant chemin de planches. Le père Chaigne a poussé un soupir de satisfaction et s'est précipité. Jean-Marie avait baptisé son bateau et peint sur la cabine en belles lettres couleur des voiles : *Le Lilas de mer*.

Le père et le fils Rossignol, Marius et Michel, sont descendus. Ils étaient réputés pour leur savoir-faire et leur tempérance. Ils étaient tous deux de la même petite taille, coiffés de la même casquette de toile de marin, et on confondait leur allure, mais la figure du père était comme un vieux bois travaillé par le soleil, le vent salé. Ils ont soulevé leur casquette.

Ni l'un, ni l'autre n'étaient du genre bruyant et démonstratif. Ils entraient au café comme tout le monde en arrivant au port, allumaient une cigarette roulée à partir de la même blague à tabac, prenaient un verre, mais pas deux, et s'en allaient vers la venelle où ils étaient attendus. Que ces matelots réputés aient accepté, sur la recommandation du père

Chaigne, de rejoindre *Le Lilas de mer* était de bon augure.

Jean-Marie et Lilas sont venus vers moi les mains tendues. Mais Jean-Marie n'a pas pris le temps d'écouter nos compliments et de s'attarder dans la contemplation de sa gabare en ce beau matin de mai. Il s'est adressé au père Chaigne.

– On décharge ?

Le père Chaigne a eu l'air étonné. Jean-Marie ne s'était pas contenté de prendre livraison de son bateau remis à neuf. Il avait fait le détour chez Lambert-Péqueux et effectué un premier chargement pour ne pas rentrer à vide. Il a surgi de la cale en maillot de corps, un sac de charbon sur l'épaule. Il est devenu plus noir à mesure qu'il remontait, les épaules, les bras, la figure, les cheveux, à chaque fois plus encrassés par la poussière. Mais il riait, sa bouche charbonnée découvrait ses gencives roses et ses dents blanches. Jean-Marie Chèze travaillait pour lui.

Ils ont travaillé sans arrêt, premiers à partir dès que le lit de la rivière était navigable, derniers à rentrer. Ils acceptaient tout. « Il n'y a pas de bonne ou de mauvaise cargaison, disait Jean-Marie, il n'y a que des cargaisons utiles. »

Ils ont pris des grains de Luçon dans les greniers des courtiers de Saint-Nicolas, des ails et des oignons de La Tranche, de la laine du marais. Ils ont rempli leurs cales à la brouette avec du sable de l'île de Ré pour le chantier de la digue. Ils ont charrié des pins de la forêt de La Coubre pour les boucholeurs, rempli *Le Lilas de mer* de paniers en osier de Marans pour les moules. Leurs concurrents se sont moqués de leur frénésie, attendant, narquois, le moment où ils n'allaient plus tenir. Car il ne suffisait pas de décharger au port, il fallait nettoyer aussitôt et préparer la cale pour un nouveau chargement.

J'ai vu Lilas, les manches retroussées, la lourde chevelure noire tout juste fixée derrière les oreilles par deux épingles, nu-pieds, la brosse à la main, lavant à grande eau le plancher de son bateau. Je l'ai interpellée :

– Prenez bien garde que tout soit propre !

Elle a abandonné un moment son eau savonneuse, et elle a traversé la jetée, nu-pieds et armée de son balai. L'essoufflement de l'effort lui soulevait la poitrine. L'air du large l'avait hâlée. L'effort lui rougissait les joues. Je lui ai reproché :

– On raconte que vous travaillez comme des fous. Vous dormez à peine dans votre maison du Tirouet. Vous avez sacrifié toutes vos poules parce que vous n'avez pas le temps de les soigner. Quand prendrez-vous le temps de faire un héritier ? Mais vous avez bonne mine. Vous ne semblez pas si épuisée.

Elle a repris son souffle. Une belle lumière éclairait ses yeux. Elle m'a répondu sans rire :

– Vous avez observé les mouvements du ciel sur la mer ? Tout va vite. Il est sombre. La tempête menace. L'océan se soulève. Et puis soudain, alors qu'on n'y croyait plus, les nuages s'écartent, le soleil renaît.

J'ai hoché la tête en murmurant :

– Vous avez raison de parler de renaissance.

Un sourire a éclairé sa bouche bien dessinée. Elle avait perdu l'air un peu sauvage d'animal traqué du temps de la guérite de la Pointe. Elle n'était plus la sombre Mularde. Un trio de matelots a passé, ils se sont salués. Elle était adoptée par les gens de mer. Elle a continué :

– Je ne travaille pas plus que lorsque j'allais à la pêche sur les rochers. Les gens croyaient que je me promenais. J'étais prisonnière des barreaux de la misère, et c'est la pire des prisons. Aujourd'hui, je me sens libre !

Jean-Marie nous a rejoints, les jambes de pantalon retournées, pieds nus lui aussi, en tenue bleue de marin, coiffé de la casquette. Sa peau fragile de blond rosissait. Le soleil et le vent la brûlaient. Ses épaules musclées, ses biceps remplissaient la toile de sa veste. Lilas s'est appuyée avec confiance sur son bras.

– Quant à l'enfant, monsieur le curé, ne vous inquiétez pas, si Dieu le veut, il viendra.

Je suis allé réciter mon bréviaire le long de l'embouchure de la rivière, cet après-midi-là. La mer était basse. Mes souliers écrasaient par dizaines des coquilles de moules vides, de pétoncles, de lavaillons. Des nuages ronds, pommés comme des choux, remplissaient le ciel à l'infini. Le soleil se cachait derrière eux et les changeaient en boules de feu. La rivière grise dormait au fond de son lit de vase. J'ai prié pour l'équipage du *Lilas de mer*. J'avais l'impression que leur bonheur les éloignait de moi. Ils n'avaient plus besoin de mon aide. J'éprouvais du dépit de les perdre.

J'ai ruminé la réflexion de Lilas sur la liberté et les barreaux. Et je me suis revu, un soir de commencement d'octobre, en souliers à semelle de bois, la tête coiffée d'un béret, la pèlerine bleue sur les épaules. J'étais encadré de ma mère et du curé de ma paroisse, chargés des valises et de mes paquets. J'avais onze ans. Je pénétrais dans la clôture du séminaire fermée de grands barreaux et de portes de fer. Et aussi surprenant que cela puisse paraître, j'avais la sensation de marcher vers la liberté. Je n'éprouvais pas de cafard comme certains de mes camarades me l'ont confié par la suite. J'avais conscience de sortir de ma condition. Je n'étais plus le petit orphelin du village des domestiques. J'allais apprendre le latin et le grec. J'allais disposer de longues heures pour réfléchir et contempler en étude et à la chapelle.

Est-ce l'ombre d'un nuage ? Je suis soudain devenu inquiet. J'ai craint que tout cela ne soit trop beau. J'ai eu le pressentiment que les Chèze ne connaissaient pas le bout de leur malheur. Et j'ai levé les yeux vers le ciel si tranquille en le suppliant de leur épargner la tempête.

Un an après, Lilas attendait son premier enfant. Elle est venue nous apporter un bar de trois livres que Jean-Marie avait pris à la ligne pendant la traversée. Je rentrais d'une visite à l'extrémité de la paroisse, du côté de la digue du Maroc. J'étais saoulé de vent. Lilas, qui était là, s'est levée. La coquine, je pense, était venue offrir son cadeau pour se montrer. Je ne l'avais aperçue qu'au milieu des fidèles dans la pénombre de l'église, le dimanche. Elle devait avoir pris quinze kilos. Elle cambrait les reins pour contrebalancer le poids de son ventre.

Maman m'a donné à admirer le bar dans sa caisse, et elle a tout de suite sorti son couteau pour le préparer. Elle était friande de ces poissons qu'elle avait parfois servis à la table du château les jours de fête et auxquels elle attribuait une saveur de luxe incomparable. Nous mangions quatre ou cinq fois par semaine du poisson ou des coquillages à Saint-Nicolas. Et chaque fois elle répétait ravie comme une petite fille devant son cadeau :

– Si on m'avait dit que je mangerais du poisson de mer tous les jours !

J'ai demandé à Lilas à quelle date la naissance était attendue. Elle a ri en appuyant la main sur le haut de son ventre.

– Pour bientôt. Peut-être un mois.

– Et vous travaillez toujours autant ?

– Qu'est-ce qui ferait mon travail à ma place ?

– Vous n'avez pas été malade ?

– J'ai toujours le mal de mer sur les battures. J'ai encore vomi tout à l'heure.

– Vous vomissez sur les battures depuis le début ?

– Depuis mon premier voyage, monsieur le curé !

On appelle battures le lieu de rencontre des courants du Lay et de la mer. Les meilleurs marins redoutent la barre qu'ils forment les jours de mauvais temps. Dès que la mer bouge un peu, le courant paisible de la rivière se cabre en vagues courtes, frappe la coque. Le bateau tangue, se soulève. La houle le secoue, le renverse. La vague grandit, s'affaisse, et soudain, comme par miracle, le calme revient. On a franchi la barre. On a rejoint la mer.

– Comment faites-vous ? l'ai-je interrogée, perplexe. On ne s'aperçoit de rien à votre arrivée à Saint-Nicolas.

Elle a haussé les épaules.

– J'ai appris à garder mes misères pour moi.

Je m'étais assis auprès d'elle. Ma mère nous avait rempli des bols de café.

– Vous êtes courageuse.

Ses joues rondes étaient tachées comme des pêches brunes. Elle a plissé les yeux. Une fossette a creusé le coin de sa bouche.

– Le courage, c'est d'avoir assez de confiance pour mettre cet enfant au monde.

Elle prenait maman à témoin. Nous comprenions que dans sa joie présente elle n'avait rien oublié du passé.

– Ce que vous appelez la confiance, nous les gens d'Église, nous l'appelons la foi.

Je l'ai accompagnée jusqu'à la porte. Le bar éventré répandait son odeur de marée dans le presbytère. Le chat de la voisine se régalait des viscères servis au milieu de la cour dans une assiette ébréchée. J'ai mis la main sur son bras.

– Prenez tout de même soin de vous.

Elle a noué le lien de sa quichenotte sous son menton.

– Chaque fois que nous rentrons et sortons, nous passons devant la dune et la digue. Cela aide à supporter le mal de mer, et le reste.

Elle a traversé la cour, la rue, la place de l'église, sous l'amoncellement du jupon, de la jupe immense et du tablier, aux ceintures remontées sous les seins. J'ai admiré cette belle nature voguant à travers le bourg comme une caravelle, moi le fragile, le pâle, le maigre, le souffreteux, malgré les bons soins prodigués par ma mère.

Elle a mis au monde son petit Pierre, un mois après. Elle était déjà dans les douleurs quand *Le Lilas de mer* a touché terre. La gabare avait attendu une heure à l'embouchure de la rivière que la marée soit assez haute. Le fils Rossignol a couru chercher Clorinthe Naud, la vieille sage-femme, pendant que Jean-Marie accompagnait sa femme au Tirouet. Clorinthe, à soixante-dix ans, avait mis au monde les trois quarts de la commune.

Les femmes ne regardaient pas sa pesante silhouette traversant le bourg sans un pincement de terreur, et elles se passaient la nouvelle :

– La marchande de papots s'est mise en route avec son grand sac. Il y en a une qui va faire son petit.

Elle habitait à l'autre bout du bourg, sur la route de Moricq. Ils ont arrêté un cabanier qui s'en allait avec son cheval et sa charrette chercher du foin dans les marais. Clorinthe a peiné à lever le pied jusqu'au marchepied. Et puis elle a grondé :

– Plus vite ! Plus vite ! Ton cheval n'avance pas. Ce n'est pas l'heure de lambiner quand un enfant s'annonce !

Elle avait raison. Elle a reconnu les vagissements du bébé avant d'entrer. Elle est descendue plus lestement qu'elle n'était montée. Le petit Pierre Chèze était né tout seul. Jean-Marie le tenait dans ses grosses mains maladroites, encore tout gluant des humeurs maternelles.

– Donne ! lui a dit la sage-femme.

Et à Lilas :

– On peut dire, toi, que tu ne perds pas de temps !

Elle était froissée d'être arrivée en retard et d'être, d'une certaine façon, prise en défaut.

– Il est cuivré, il a le nez de sa mère.

– L'important, lui a répliqué Lilas, c'est qu'il ait le nez au milieu de la figure !

Elle lui a demandé de l'examiner sur toutes les coutures pour vérifier s'il était normal. La bonne femme a répondu, l'air pincé :

– Il est normal autant que peuvent l'être son père et sa mère !

Elles ont éclaté de rire en même temps. Clorinthe Naud n'était pas du genre à se dérider facilement, d'autant plus à son âge. Mais ce jour-là n'était pas ordinaire avec ce petit diable qui avait su se passer d'elle.

Je me suis hâté vers le Tirouet, le soir, après avoir fermé mon église. J'ai été témoin d'une scène paisible de nativité, la mère donnant le sein à son petit dans son lit à rouleaux, le père assis à leur chevet. Jean-Marie a sorti une bouteille. Le vin a coulé dans les verres comme du bonheur liquide.

J'ai baptisé Pierre Chèze le lendemain, jour de la Saint-Pierre-et-Paul. Quelle coïncidence ! Les Chèze m'ont dit que l'enfant se serait de toute façon appelé Pierre, comme son grand-père. Michel Rossignol était le parrain, Blanche Nicou la marraine. Elle se réjouissait cette fois de porter le petit d'une autre, et elle prêta la robe blanche qui avait déjà servi pour tous ses enfants.

Les cloches ont carillonné. Les enfants se sont bousculés sur la place pour ramasser les dragées. La maman était encore dans son lit. J'ai pensé que son cœur devait sauter dans sa poitrine. La voix des cloches célébrant l'heureux avènement rattrapait le mariage clandestin.

Deux jours après, le père, la mère aux jambes encore flageolantes et le fils vagissant, les Rossignol descendaient l'échelle qui reliait *Le Lilas de mer* à l'embarcadère. Le travail ne pouvait attendre. Et les Chèze avaient ce petit bec de plus à nourrir. Lilas aurait pu prendre le temps de se rétablir au Tirouet. Elle avait dit à Jean-Marie :

– Je m'ennuierai sans toi.

Ils partaient chercher du sable de Ré pour la digue. Le chantier se languissait. Les querelles de financement entre syndicat des propriétaires, conseil général et préfecture avaient resurgi. L'urgence était moins grande. Les kilomètres déjà construits et surélevés protégeaient les terres. Les kilomètres restants jusqu'à la dune semblaient seulement un complément. Il aurait pourtant suffi de deux ou trois campagnes sérieuses pour achever les travaux. L'ingénieur Forestier, déçu de la réduction des moyens, avait donné sa démission. Les effectifs des ouvriers avaient été restreints. Les baraquements étaient à moitié vides. Le chantier tournait au ralenti.

Les ravages de la phtisie préoccupaient toute la population de Saint-Nicolas. J'ai enterré cette année-là pour la même maladie cinq personnes de la même maison des Caves, dont un petit garçon de quatre ans, une petite fille de deux. La promiscuité, le manque d'hygiène en étaient responsables. Des lits étaient partagés à trois, voire quatre. Tout le monde buvait au même pot. Le cas du père, un homme robuste et encore en bonne santé huit jours avant sa mort, semait l'effroi. On parlait de phtisie galopante.

8

La présence de leur enfant à bord a encore multiplié l'ardeur des Chèze.

Je leur ai reproché plusieurs fois de travailler sept jours sur sept, quatorze à quinze heures par jour, et de négliger le repos du dimanche. En fin de semaine, par beau temps, ils débarquaient les Rossignol et reprenaient tout seuls la mer, désormais familiers des manœuvres de navigation. Elle s'activait sur le bateau comme un homme, hissait la voile, levait l'ancre, sautait pieds nus à terre pour amarrer la gabare.

– Je ne vous ai pas vus à la messe dimanche, les réprimandais-je.

– Nous y sommes allés à Saint-Martin-de-Ré, monsieur le curé !

Ils me mentaient, et ils savaient que je le savais.

– Vous n'avez pas le droit de travailler le jour du Seigneur !

– Nous ne travaillons pas, monsieur le curé, nous sommes sortis en mer, en famille pour notre plaisir...

– Vous voulez faire de votre Pierrot un païen qui n'aura ni Dieu ni maître et sacrera toute la journée ?

Elle m'a répondu, blessée :

– Je voudrais qu'il ait une autre enfance que la mienne !

Et levant son regard fier :

– Il faut bien que nous payions cette gabare. Elle est en moins bon état qu'elle ne paraissait. Nous avons dû la reconduire chez le charpentier pour réparer la quille.

Elle avait aménagé la cabine comme une petite maison. Tout son matériel de cuisine était rangé autour du poêle à charbon.

– En un tournemain, disait-elle, je trouve la cuvette pour laver les pommes de terre et la bassine pour le linge.

Leur couchette était logée dans un renfoncement sous le plancher du pont.

– Cela ne donne pas beaucoup d'espace. Jean-Marie occupe de la place, et maintenant nous avons le berceau de Pierre avec nous.

Les Rossignol couchaient dans le coffre de la poupe. Tout était d'une propreté impeccable. Elle exigeait que ses trois hommes se savonnent dans la bassine après un chargement salissant.

– Je ne donne pas à manger à des mains sales, insistait-elle, et elle levait son nez effilé comme un chien qui prend le vent. N'essayez pas de me tromper. J'ai trop longtemps respiré la saleté, je la connais.

Elle s'adressait surtout à Marius Rossignol qui se satisfaisait de barboter dans l'eau. Elle se rattrapait de ses années de misère dans la guérite de la Pointe. Avoir une cabine nette balayée par le vent du large, un pont où marcher nu-pieds comme sur du parquet, c'était déjà avoir rompu avec un passé qui la hantait. C'était déjà la belle vie. Elle étendait son linge sur les cordages. Un jour elle a dit à Jean-Marie, en brassant un ragoût de poissons sur le poêle :

– J'aime l'odeur du charbon qui brûle. Quand nous aurons fini de payer le bateau, nous achèterons une cuisinière.

– *Come voï*, ma belle !

Bras croisés, Jean-Marie considérait sa femme avec tendresse en pianotant de ses gros doigts de travailleur sur ses biceps qui avaient encore épaissi au travail en mer.

– Je tiens la barre, précisait-il, mais c'est ma femme qui décide de la destination !

Et il ajoutait :

– Vous n'imaginez pas comme c'est agréable d'obéir quand on est bien commandé !

Un jour, *Le Lilas de mer* chargeait une cargaison de vin chez le marchand Charneau d'Ars-en-Ré. Les hommes roulaient péniblement les lourdes barriques de deux cent vingt-cinq litres sur le poulain bancal du négociant. Michel Rossignol laissa échapper un fût qui heurta une borne sur le quai. Le cercle du fond glissa sous le choc. L'extrémité d'une douelle se brisa. On colmata le fond qui suintait au mastic. Jean-Marie ressortit penaud de l'entrepôt du marchand avec la facture des frais de tonnellerie.

– Combien te prend-il ? demanda Lilas.

– Huit francs.

– Fais voir.

Elle avait tout juste appris à lire. Mais elle s'était entraînée à compter au café Gras.

– Avec huit francs il pourrait presque se payer une barrique neuve !

Elle traversa le quai d'un pas décidé, s'engouffra sous le porche à l'enseigne CHARNEAU VINS ET SPIRITUEUX en lettres capitales sang de bœuf. Le ton monta entre le marchand de vins et Lilas. Il refusait de réduire la note.

– Eh bien, si c'est ainsi, nous ne paierons rien ! C'est le croc de votre poulain qui a lâché !

– Vous paierez ! Ou vous aurez les gendarmes !

Charneau furieux de la résistance de cette femme esquissa un geste avec sa jauge de caviste qu'il avait l'habitude de brandir comme un fouet contre ses employés. Lilas blêmit, recula. Elle traversa le quai écrasé de soleil, s'approcha du poulain abandonné sur les pavés et, avec une énergie démultipliée par la colère, elle hissa à bout de bras le lourd assemblage de deux madriers aux barreaux de fer. Elle chancela sous le poids et se mit à marcher, pâle encore, lèvres serrées, le regard comme la nuit au fond de ses orbites profondes. Jean-Marie lui a crié :

– Lilas, attends !

Elle est entrée dans la cave Charneau. On a entendu un coup sourd, un vacarme de verre brisé et d'objets qui volaient. Et la voix de Lilas :

– Est-ce que c'est nous qui l'avons cassé celui-là ?

Elle est ressortie de la cave. Elle avait retrouvé sa couleur ocrée. Jean-Marie s'est précipité.

– Qu'est-ce que tu as fait ?

Elle souriait, les yeux comme des tisons.

– J'ai déposé le poulain sur son comptoir !

– Et qu'est-ce qu'il a fait ?

– Il s'est caché dessous !

Ils sont revenus à la gabare. Lilas a dit :

– On décharge et on s'en va.

Ils ont déchargé les barriques de vin et les ont laissées sur le quai.

Le marchand Charneau ne leur a envoyé ni facture ni gendarmes. Le récit de l'exploit de la Mularde a fait le tour des cafés des ports du pertuis breton. On l'a brodé, enjolivé. Il a fait la joie des matelots à la merci des armateurs et des courtiers. Lilas a gagné l'estime de ces hommes peu enclins à attribuer des brevets de courage aux femmes, et tout l'équipage du *Lilas de mer* a grandi en considération.

Pierrot a entrepris ses premiers pas sur le pont un jour où la gabare filait sur les crêtes sautillantes d'une mer calme. Et très vite il a suivi partout les mouvements du bord avec une curiosité qui le mettait dans les jambes. Sa mère craignait un mauvais coup ou de le voir passer par-dessus bord. Elle l'attachait à la porte de la cabine lors des manœuvres dangereuses, ou par gros temps. Ce n'était pas du goût de Pierrot qui pleurnichait et tendait les bras afin qu'on le délivre.

Il a voulu une ligne pour pêcher comme les hommes. Il a tourné ses grands yeux noirs remplis de larmes vers son parrain, et il a eu sa ligne. Il a connu tous les bonheurs d'une petite enfance sur la mer. Il a goûté aux premières flammes de l'incendie qui embrase l'horizon un matin et se répandent sur les mille crêtes de l'océan. Il a trépigné d'excitation aux bonds rythmés d'un marsouin noir qui accompagnait la gabare. Il a suivi le vol des mouettes et les a crues mortes quand elles piquaient comme des pierres. Il n'a pas connu le mal de mer sur les battures. Il avait failli naître sur la mer. Il appelait Marius Rossignol : tonton.

À quatre ans, il grimaçait encore à l'approche d'un quai, celui de Saint-Nicolas en particulier. Lilas le prenait sur ses genoux. Il appuyait sa tête au nez droit comme sa mère sur sa poitrine, tétait son pouce.

– Mon petit poisson n'est pas content de revenir à terre, disait-elle. Mais tu apprendras qu'on ne peut pas rester toujours entre ciel et terre.

Il était lourd. Il était déjà trapu et corpulent comme son père. Il ne craignait pas le soleil. Il était hâlé avec des reflets rouges comme un petit marin des mers du Sud.

Nous sommes entrés à reculons dans le XXe siècle, par des tempêtes d'une rare violence. La digue a encore souffert. La mer est entrée par l'extrémité de la dune non protégée. Le père Chaigne m'a interpellé le jour de la Saint-Sylvestre 1899, alors que le vent ronflait et secouait dangereusement les bateaux dans le port.

– C'est les battures !

Je ne comprenais pas. Il m'a expliqué en riant.

– C'est comme pour le Lay et la mer ! Il y a le XIXe siècle qui descend, et le XXe qui monte. C'est normal que leur rencontre fasse des vagues. On va encore être secoué pendant quelques jours. Tout se calmera après. On sera en 1900.

Il était fier de son parallèle entre les intempéries et la géographie locale. Et il me le rapportait avec son petit rire finaud, les paupières plissées. Je préférais cette interprétation autochtone amusante aux sinistres prédictions de quelques paroissiens superstitieux.

Les Chèze allaient être définitivement propriétaires du *Lilas de mer* et gagner sur tous les voyages. La carcasse du bateau craquait dans les coups de vent et gémissait sous les paquets de mer, donnant des signes de fatigue. Jean-Marie rongeait son frein sur le port, pendant ces mauvais jours, et il aurait bien pris le risque de se lancer contre les vagues parce que, disait-il, on mange tout ce qu'on a gagné à se tourner les pouces. Le père Rossignol lui conseillait d'être sage.

– Ne bouge pas, attends. Tu vas casser ton bateau. Il est comme moi, il est vieux. Tu veux le perdre, et nous perdre avec lui ? Le bon marin, c'est celui qui sait choisir le bon moment pour sortir. Regarde-toi, les mains dans les poches, tu es comme un taureau limousin derrière sa clôture !

Jean-Marie souriait. Il écoutait Marius Rossignol. Il savait que le vieux loup de mer à la démarche encore chaloupée comme un jeune homme cachait une grande expérience sous sa casquette bleue. Il lui avait évité bien des bêtises, et il n'était pas étranger à sa réussite de ces cinq années.

Le Lilas de mer était vieux, en effet. Il avait fallu le mettre sur cale et lui changer des planches de côté. Et puis Jean-Marie et son équipage lui demandaient beaucoup. Ils le chargeaient jusqu'à la limite de ses possibilités.

– Flottera ? Flottera pas ?

Ils surveillaient la ligne de flottaison.

Le père Chaigne a invité une nouvelle fois Jean-Marie et Lilas à le suivre dans la cabane de son entrepôt.

– Je ne veux pas me priver de mes meilleurs transporteurs de charbon !

Il leur a tendu le contrat qu'il avait préparé à leur intention. Il ne changeait rien à leur engagement à transporter à mi-temps pour lui. Mais il leur proposait désormais une somme qui leur permettait d'envisager plus tranquillement l'avenir : mille francs. Un grand valet employé à plein temps dans le marais était payé trois cents. Bien sûr les Chèze avaient à décompter leurs frais, les salaires de leurs matelots. Mais ce gros chiffre sur le papier leur paraissait trop énorme. Et il leur restait l'autre moitié du temps qui leur avait permis jusque-là de vivre.

Lilas tenait Pierrot sur ses genoux. L'enfant serrait son bateau d'écorce qu'il lançait dans l'eau et traînait par la ficelle dans le sillage du Lilas. Elle a regardé Jean-Marie signer difficilement le contrat avec le porte-plume trop fin pour ses doigts durs. Elle a à peine écouté le père Chaigne babiller sur l'avenir du charbon. Il rentrait d'un voyage dans le bassin houiller du Nord. Il garantissait la liaison ferroviaire prochaine Luçon-Saint-Nicolas. Il en avait eu la confirmation en haut lieu. Il a mis la main sur l'épaule de Jean-Marie après s'être frotté les mains.

– Notre petite entreprise va croître !

Les Chèze ont traversé le dépôt de charbon comme des somnambules. Ils étaient riches. Ce sentiment était difficile pour eux à porter. Lilas a tiré par la manche Jean-Marie qui avait pris Pierrot à son cou.

– Je voudrais passer par l'église.

Jean-Marie a levé des yeux étonnés. Sa femme n'était pas d'une nature à se confire en dévotion. Mais il y avait tant de muette supplication dans la prunelle noire qu'il a hoché la tête.

Ils sont entrés dans l'église en regardant derrière eux, honteux d'être surpris à pousser la porte au milieu de l'après-midi. Il n'y avait heureusement personne. Ils se sont avancés vers la flamme de la lampe à huile qui vacillait auprès du tabernacle. Lilas a agenouillé Pierrot entre ses bras devant elle sur les marches de la sainte table. Jean-Marie est resté debout derrière, emprunté, d'une jambe sur l'autre, attendant la fin des dévotions de sa femme. Et après avoir vérifié une fois encore autour d'elle que l'église était vide, elle a chuchoté :

– Tu te rends compte, je ne pensais pas qu'il nous donnerait tant... Je songe à mon père, et à ma mère. J'espère qu'ils nous voient...

En parlant elle serrait Pierrot dans ses bras. Elle pressait ses épaules, ses bras, ses jambes, entre ses mains agiles.

– Est-ce que tu penses à Orliac quelquefois ? a-t-elle demandé, et elle s'est retournée, soudain inquiète.

Il a appuyé la main sur le cou de sa femme, et la voix grondante sous les voûtes :

– Pourquoi veux-tu que je pense à Orliac ? Est-ce que je n'ai pas assez ici ? Est-ce que ma vie n'est pas avec vous ?

Elle a pris la main de son mari, sans lâcher celle de son fils, et appuyant convulsivement l'une et l'autre contre elle :

– Il me semble que c'est trop beau. Ça me fait peur !

Jean-Marie a posé ses deux mains sur les épaules de sa femme.

– De quoi t'inquiètes-tu ? Est-ce que nous avons volé ce qui nous arrive ? Ne l'avons-nous pas mérité ?

Elle a soupiré.

– Je sais.

Il a repris Pierrot qui ne comprenait pas bien ce qui se passait et tenait toujours son bateau. Ils ont laissé passer une femme qui arrivait avec une remorque d'herbe à lapins. Ils sont sortis prestement. Et quand ils ont été dans la rue, en plein soleil, tenant chacun de leur côté leur petit par la main, Jean-Marie a dit en riant :

– Tu l'auras ta cuisinière à charbon !

Elle l'a eue l'année suivante. Ils l'ont achetée à La Rochelle et l'ont ramenée sur la gabare, une Godin en fonte toute noire, avec des boutons de cuivre et un robinet sur le côté, au réservoir d'eau. Toute la route du Tirouet est sortie voir passer la Godin portée par l'équipage du *Lilas de mer*. Les voisines sont venues l'admirer au coin de la cheminée. Lilas a retiré les rondelles du foyer, et les voisines ont tendu le nez au-dessus du fourneau rempli de boulets chauffés au rouge. Elles ont promené leur main autour du feu en grimaçant :

– Ça ne chauffera jamais mieux qu'un bon feu de bouses dans la cheminée !

– Et puis comment cuire le pot de haricots sur cette cuisinière à charbon ? Ça va tout de suite coller au fond !

Elles ont accepté le café préparé sur la cuisinière et ne l'ont pas trouvé mauvais.

Six mois après les Chèze achetaient leur petite maison du Tirouet. La vieille propriétaire était morte en une nuit d'une angine de poitrine dans la cabane de son gendre. Et comme sa fille jouait maintenant les cabanières, ayant gagné en se mariant le droit de porter le nom de dame, bientôt celui de porter le chapeau, elle voulait se débarrasser bien vite de la masure accrotillée à la queue du village où elle avait passé son enfance. Jean-Marie l'avait compris. Et, le jour de l'enterrement de la bonne femme auprès du cercueil de son mari dans le cimetière de Saint-Nicolas, il a serré la main de la fille dissimulée derrière son voile de deuil et lui a proposé le marché. La fille, intéressée, lui a retenu la main.

– Ça pourrait se faire. On a assez à s'occuper chez nous comme ça à Grues.

Ça s'est fait six semaines plus tard. L'acte s'est signé chez le notaire de Saint-Michel. La cabanière avait déjà abandonné le grand voile de deuil pour le demi-deuil. La charpente manifestait de la faiblesse, le toit faisait le creux du côté de la mer, les murs étaient bosselés. Ils l'ont payée trois mille francs, le prix d'un bon cheval de travail et d'un hectare de terre des marais.

Et la semaine pascale de 1901, Jean-Marie a nettoyé le crépi sale, l'a enduit à la chaux, la petite maison a retrouvé la fraîcheur d'une nouvelle jeunesse.

Quelques mois plus tard, à la fin de cet été-là, ils ont acquis la concession d'un bouchot de cinquante mètres en face de la pointe d'Arçay. Le domaine maritime les accordait pour vingt-cinq ans, renouvelables sur simple demande. Ils n'ont pas laissé passer l'occasion. Ils ne savaient pas trop comment ils allaient trouver le temps de cultiver les moules et de continuer le bornage.

– Si on n'y arrive pas, on le donnera à faire ! a dit Jean-Marie.

Il s'agissait d'un lopin de vase et de sable, fréquenté par les étoiles de mer, les bigorneaux et les oiseaux. Mais c'était leur premier bout de terre. Jusque-là, sur la dune, Lilas s'était contentée de ramasser les coquillages roulés par la vague. Elle était une coureuse de rochers. Désormais ils changeaient de camp. Ils rejoignaient celui des propriétaires. Ils possédaient ce bien le plus précieux au monde, un morceau où planter des pieux, semer des moules, récolter. Sans aucun doute ils n'en laisseraient le plaisir à personne.

Et c'est au terme de cette année de réussite qu'ils ont accepté de remonter un chargement de vin de Bordeaux par la Charente jusqu'à Cognac et Châteauneuf. À l'époque, à Saint-Nicolas, on ne disait pas la Charente, mais la rivière de Rochefort.

– Nous ne pensions pas alors être si près du désastre, m'a souvent répété Lilas avec un soupir. En tout cas, nous aurons eu ça.

Elle gardait de ce voyage sur « le plus beau fleuve du royaume » un souvenir ébloui. Je n'ai pas de peine à raconter leur périple avec ce que je connais maintenant de la Charente. La rivière était encore, à cette époque, une artère commerciale importante. Des gabares à fond plat remontaient le sel, le vin, le charbon, les étoffes, les cordes, à partir de Rochefort, et redescendaient du port de l'Houmeau, à Angoulême, les papiers, les armes de la fonderie de Ruelle et, bien sûr, le cognac. Le train n'avait pas tué le trafic fluvial. Les écluses et les chemins de halage restaurés sous le second Empire étaient en excellent état. La concurrence était rude entre les gabariers, et ils ne permettaient guère à un borneur de la côte de s'immiscer dans leur trafic, même si un bateau à quille comme *Le Lilas* pouvait remonter la rivière en saison de hautes eaux.

C'était l'automne. Les violents orages abattus sur le Limousin et les longues journées de pluie avaient grossi la Charente. La saison de remonte du sel de Ré et d'Oléron mobilisait toutes les gabares. Jean-Marie et Lilas ont bien voulu se charger d'acheminer une cargaison de demi-muids de vin de Bordeaux parce que le courtier leur promettait un retour à plein avec du cognac. Lilas surtout était curieuse de la Charente. Elle disait à Jean-Marie :

– Toi, tu as voyagé ! Tu me parles de tes forêts, des grands hêtres, des châtaigniers. Moi, je n'ai jamais quitté la côte. Je rêve de la Guyane de ma grand-mère. Mon plus grand voyage m'a conduit à Luçon ! Je ne sais pas ce qu'est une forêt. Je connais les sapins de La Tranche, et la double rangée de peupliers des Nicou derrière leur cabane ! Ce voyage fera du bien au petit. Il découvrira du pays. Et qui sait, peut-être que nous prendrons goût à ces transports sur la rivière...

Jean-Marie n'avait pas besoin d'être poussé davantage. Il suffisait que le regard noir de Lilas s'allonge par-delà la ligne où le ciel et la mer se rejoignent, que ses traits s'adoucissent, et qu'elle le regarde avec de la prière au fond des yeux, il était prêt à tout.

Ils ont calé les lourds demi-muids sur la gabare à La Rochelle, les ont solidement câblés. *Le Lilas de mer* a redescendu vers Rochefort, a longé l'arsenal, et Pierrot, le doigt dans le bec, a ouvert de grands yeux au défilé des beaux marins en uniformes bleus galonnés de rouge et coiffés de bonnets à pompons.

À Tonnay-Charente, ils ont confié leur destin au *Ville de Cognac*, un remorqueur de soixante-dix chevaux. Des gabares se sont accrochées derrière eux à la queue leu leu. Et comme *Le Lilas* tenait glorieusement la tête, unique bateau à quille mâté en goélette, Pierrot s'est dressé, à la proue, imitant les vrombissements du moteur, il s'est tourné vers les autres, derrière :

– Suivez-moi !

Ils se sont arrêtés à Port-d'Envaux pour la première nuit. Le soleil lançait encore des éclats fauves par-delà la grande courbe de la rivière, et les gabares frissonnaient sur l'eau pâle à peine nacrée. La soirée était douce comme souvent en automne sur les bords de la Charente. Les gabares de rivière n'ont souvent ni cabine ni pont, et les gabariers fréquentent les auberges. L'équipage Chèze s'est installé à manger chez lui. Lilas s'est sentie soulagée de la pression salée qui enferme les côtes. On respirait autrement, les odeurs n'étaient plus les mêmes, et elle a dit, le doigt levé :

– Vous n'avez rien remarqué ?

Ils se sont arrêtés de manger, se sont interrogés du regard.

– On n'entend pas le bruit de la mer !

Les trois hommes accoudés à la table ont souri.

– Bien sûr, s'est-elle emportée, toi à Orliac tu ne risquais pas de l'entendre ! Moi, c'est le premier soir de ma vie où je ne l'entends pas. Pierrot aussi n'a pas passé un seul jour sans elle. Même quand on s'éloigne un peu dans les marais, le murmure de la mer est là.

Marius Rossignol a acquiescé à mi-voix.

– C'est vrai, c'est sans doute la même chose pour nous.

Elle a souri, son mouvement d'humeur passé, et le regard perdu dans une bienheureuse béatitude :

– C'est calme...

Elle regardait par la porte ouverte, et ils ont regardé à leur tour. Les crépuscules en mer ont toujours quelque chose de tragique. Ici, assis au bord du quai de Port-d'Envaux, ils étaient les témoins d'une fusion tranquille. Les bords du fleuve s'enveloppaient lentement dans un voile gris. Le soir apportait la paix.

Ils se sont empressés de se lever de table avant la nuit. Ils sont descendus se promener sur le quai, ont marché sur les moellons du bord de l'eau, saluant les hommes qui montaient la garde sur les gabares. Ils se sont arrêtés devant la petite porte entrebâillée dans le haut mur de la cour d'un négociant. Les tilleuls avaient répandu leurs feuilles sur la pelouse et le toit du puits. Les chaises de jardin inclinées contre la table laquée de blanc sur la terrasse laissaient espérer encore de belles soirées et des déjeuners dehors. La haute maison d'un gris délicat, à deux étages, aux persiennes blanches, à la porte-fenêtre à balcon en corbeille au-dessus de la porte centrale respirait l'aisance et la solidité.

– Quand on possède une maison comme ça, a murmuré Lilas, on peut dire qu'on a du bien au soleil.

D'autres maisons cossues se succédaient derrière de hauts murs d'enceinte tout le long du quai. Ils ont gravi la ruelle déjà sombre entre les murs et débouché sur la place de la petite église romane. Les bruits de voix les ont attirés vers l'auberge. Jean-Marie a proposé :

– Voulez-vous que je vous paye à boire ?

Les Rossignol ont haussé les épaules. Ils n'avaient pas l'habitude de fréquenter les auberges en compagnie de la femme et du fils du patron.

– Acceptez, est intervenue Lilas, puisque c'est offert de bon cœur.

Michel Rossignol a pris son filleul à son cou, et ils sont entrés les premiers dans les odeurs de cuisine mêlées à la fumée de tabac. Les lampes étaient allumées. Le brouhaha de voix a baissé. L'arrivée d'un enfant et d'une femme à cette heure surprenait les clients. Ceux qui ne connaissaient pas Lilas ont observé son teint de cuivre, sa lourde chevelure noire. Elle s'est raidie.

Il n'y avait plus de place dans la grande salle, et une servante les a conduits dans l'arrière-salle. Jean-Marie a commandé du vin blanc. Lilas n'a pas refusé un verre. Pierrot a senti ses paupières s'alourdir. Il a lutté autant qu'il le pouvait sur les genoux de son parrain, s'est accroché au bruit des voix, à la lumière, à la fumée, et puis sa tête a glissé sur la table.

Ils sont sortis dans la nuit, sous la lune. La flaque de lumière jaune d'un réverbère éclairait les pavés à l'angle de l'église. Leurs sabots ont claqué sur les pierres de la ruelle. Un vent plus frais agitait les gréements et les lanternes suspendues aux mâts des bateaux. Lilas, agréablement étourdie par le vin blanc et la fumée, s'accrochait au bras de son mari, fermait les yeux, et respirait à pleins poumons l'air miellé auquel elle n'était pas habituée.

Ici on n'avait pas à craindre les tempêtes, on pouvait être plus facilement heureux. La Charente étincelait d'argent. Des petits nuages ambrés s'effilochaient devant la lune. L'haleine blanche de la rivière glissait sur l'eau. Elle a eu envie de se serrer très fort contre son mari. Il s'en est aperçu. Ils sont montés sur *Le Lilas de mer*. Michel Rossignol lui a rendu l'enfant qui dormait contre son épaule. Elle a déshabillé son petit qui continuait de dormir. Jean-Marie s'est allongé à côté d'elle.

La rivière frôlait le bateau avec des bruits de bouche. Elle le soulevait doucement, le berçait à peine. Parfois elle claquait la coque d'un floc plus bruyant. Le bois heurtait la pierre du quai. Et un glouglou d'eau s'élevait comme un gloussement de rire.

Lilas m'a répété avec nostalgie :

– Cette montée et cette descente de la Charente, ç'a été le plus beau voyage de ma vie.

À Cognac, le lendemain, les gabares se serraient par rangs de trois ou quatre contre les quais. Des chariots de fûts arrivaient, des portefaix élevaient des remparts de caisses de sapin rosé marqué au feu. Lilas a regretté de ne pas s'arrêter dans cette ville aux toits rouges regroupés autour du château noirci par la respiration de l'eau-de-vie. Elle a envié les toitures en génoise et la dentelle de pierre. Elle a deviné dans les rues montantes des magasins remplis de richesses. Mais il n'y avait pas de temps à perdre pour rejoindre Châteauneuf. *Le Ville de Cognac* s'arrêtait. Le remorqueur *L'Union* sur le départ acceptait de les accrocher en bout de train.

– Nous ferons escale une autre fois, a dit Jean-Marie optimiste.

Ils se sont endormis dans des vapeurs vineuses près d'une pile du vieux pont à Châteauneuf. Les vendanges étaient commencées. Des arômes troublants de fruit mûr, de raisin pressé, d'alcool jeune, coulaient dans le lit de la rivière. Les marteaux des tonneliers les ont réveillés.

– Il avait beaucoup plu en septembre, a raconté Lilas, la Charente était large. Mais nous devons avoir eu de la chance, je garde le souvenir d'un ciel tout bleu pendant tout le voyage.

Le Lilas de mer avait déchargé les barriques de bordeaux et les avait remplacées par les caisses de cognac Tiffon. Il a entrepris la descente à la voile et à la rame, en se laissant porter par le courant. Le plaisir était plus grand encore. L'air n'était plus vicié par les vrombissements et la fumée du remorqueur. Jean-Marie, à la barre, luttait contre le courant pour rester en eau profonde, et les Rossignol, le nez au vent, attendaient les ordres pour orienter les voiles. Des trains de gabares les croisaient et les dépassaient, secouant *Le Lilas* dans leurs remous.

La lumière douce, à peine voilée, se poudrait de miel blond. Parfois le fleuve se divisait en bras autour d'îles plantées de peupliers et de saules. Ils patientaient dans le sas d'une écluse. Des bataillons serrés de peupliers montaient la garde sur les berges. Leurs feuilles jaunissantes tombaient en pluie, volaient sur l'eau emportées par le courant. Et puis leurs rangs s'ouvraient, découvrant de vastes horizons de prairies vertes où paissaient des vaches rousses, et des collines douces où dégringolaient des cordons de vignes.

Ils ont fait escale à Graves, dans un tournant de la rivière, à l'heure du déjeuner quand la cloche de la petite église romane sur son rocher appelait à l'angélus. Les flammes sombres des cyprès léchaient la pierre dorée au-dessus d'une vigne remplie de vendangeurs. Ils ont descendu le gabarot à l'eau et ont accosté entre deux aulnes. Lilas a déplié une toile bise, et ils se sont assis sur la rive à l'ombre d'un frêne. Les porteurs de hotte gravissaient l'échelle de la cuve dans la vigne. Les vendangeurs les appelaient :

– Panier ! Panier !

Des grives faisaient la navette entre la vigne et la rive. Elles dégustaient la perle blonde dans les branches et piquaient à nouveau pour voler leur gourmandise à la barbe des vendangeurs.

Pierrot s'est aventuré jusqu'à eux.

Il est revenu en trottinant.

– Regardez ce qu'ils m'ont donné !

Une grappe éclairait sa figure ronde. Il a picoré trois grains et puis est reparti. De la rive, ils l'ont vu avec des vendangeuses. L'heure de la pause avait sonné. La troupe remontait vers la cuve et les maisons du village. Lilas a dit :

– Il va falloir que j'aille le chercher.

Elle a rejoint le bas du coteau. Deux filles dénouaient leur foulard. Elles étaient jeunes, avaient les cheveux châtains. Lilas a appelé Jean-Marie. De la main, elle lui a fait signe. Il a invité les Rossignol à l'accompagner. Et en clignant de l'œil :

– Il y a de belles filles à voir.

Ils se sont approchés, les mains dans les poches. Marius Rossignol roulait une cigarette. Lilas a demandé à Jean-Marie :

– Connais-tu Saint-Pierre-des-Mines ? Ce ne serait pas près d'Orliac ? Un vendangeur vient de là-bas.

Jean-Marie a haussé les épaules.

Les filles souriaient. Elles lançaient vers Michel des regards hardis, amusées de le voir absorbé par la fabrication d'une cigarette. Elles ont appelé vers le haut de la vigne :

– Ohé ! Robert ! Raymond !

Pierrot restait dans leurs cotillons réjoui d'être à l'origine de cette fête de cris et de rires. Deux hommes sont descendus, coiffés de vieux chapeaux de feutre. L'un d'eux était le Raymond de Saint-Pierre-des-Mines. Il ne connaissait pas non plus Orliac. Et puis ils se sont appris qu'Orliac était en Corrèze et Saint-Pierre en Creuse. Ils étaient aussi étrangers qu'un Vendéen et un Charentais ! La conversation a dévié sur la vendange.

Et ils ont été invités à remonter jusqu'à la charrette pour goûter le vin de l'année précédente. Ils se sont retrouvés une douzaine autour de l'échelle. Ils ont bu du blanc et du rouge. Pierrot ne lâchait pas la main de la plus jolie des filles aux yeux jaunes comme les raisins. Elle a plaisanté :

– Ça y est, je me suis trouvé un amoureux !

Et elle l'a embrassé.

Les hommes se sont serré la main. Pierrot a embrassé sa fiancée. Il a fini au cou de sa mère, les sourcils joints, boudeur, désolé que s'achèvent ces moments de grâce. Les deux groupes se sont éloignés. Les bruits de voix des vendangeurs, les claquements de l'essieu de la charrette, se sont perdus dans le village.

Comme le soleil mûr était chaud, que le vin les avait rendus un peu gris, ils ont décidé de ne pas repartir tout de suite. Le père Rossignol a étendu sa veste bleue sous le frêne et s'est allongé dessus. Lilas et Jean-Marie sont allés s'étendre un peu plus loin, à l'ombre d'un ormeau. Michel et Pierrot sont partis se promener sur le chemin de rive qui montait vers les maisons et l'église en espérant revoir leurs amis.

Jean-Marie s'est endormi sitôt couché. Le bruit de son souffle dans son sommeil s'est mêlé à celui de la rivière qui chuchotait contre la berge. L'herbe était d'un beau vert riche. Des taches blondes de soleil filtraient à travers la ramure. Lilas ne dormait pas. Elle avait replié son bras sous sa tête. Elle regardait l'ondulation des collines charentaises sur le ciel bleu, et de leur mouvement elle voyait s'élever des fumées bleuâtres. Les grives qui avaient désormais le champ libre fondaient sur la vigne en un ballet incessant. Certaines se posaient dans l'ormeau, et leurs battements d'ailes froissaient le silence. Lilas a murmuré, ravie :

– Ils n'ont pas remarqué que j'étais mularde, et Pierrot aussi.

Jean-Marie qui dormait ne lui a pas répondu. Elle a fermé les yeux. Elle a vu danser des rideaux de peupliers, des îlots plantés de roseaux. Elle a vu la rivière s'élargir, ses berges s'éloigner et se perdre dans l'océan. Elle s'est endormie en entendant au loin le battement d'un marteau sur une enclume.

Quand elle s'est éveillée, le marteau battait toujours, Jean-Marie dormait encore. Elle a cueilli un brin d'herbe sèche et s'est approchée pour le promener sur la moustache de son mari.

Les répétitions de la pièce de théâtre m'épuisent, comme je le craignais. Elles s'ajoutent aux célébrations du mois de Marie. Certains soirs, comme aujourd'hui, je n'ai pas le temps de dîner. Je mange à onze heures quelques restes froids. Cet activisme peut porter à rire chez un vieux prêtre sur la touche. Et encore personne n'imagine que je continue mon compte rendu de ma petite écriture serrée !

Peut-être s'agit-il d'une sotte vanité. Mais cette histoire nourrit ma prière. J'ai voulu apprendre à bien prier pendant mes années de séminaire. J'ai demandé comment faire à mon directeur de conscience. Le cher vieil homme à la chevelure blanche, à la peau gaufrée, grand organiste titulaire du Cavalié-Coll de la cathédrale, m'a conseillé avec le sourire :

– N'essaie pas de prier comme les penseurs et les gens de grande importance. Accepte de prier dans ta condition. Qu'est-ce que tu crois que je fais, moi, quand je joue de l'orgue ? Je mets de l'air en circulation dans les tuyaux. Je presse les touches. J'appuie sur les pédales.

Je respecte les indications inscrites sur la portée, au soupir près. Tu n'imagines pas ma satisfaction lorsque j'arrive à bien réussir un soupir.

J'ai hésité à comprendre.

– Tu es jeune. Ne réfléchis pas trop. Prie comme tu vis. Nourris ta prière de ta vie, et ta prière nourrira ta vie.

Aujourd'hui dans mon exil de Martignac, tandis que je remplis des cahiers avec cette histoire, qui aura été l'une des grandes joies et des grands drames de mon ministère, je crois que je prie. À moins que je n'écrive tout simplement mon plaidoyer contre mes accusateurs ?

C'est pour lutter contre ma propension à rabâcher que j'ai voulu lancer du théâtre à Martignac. Mon jeune curé Grand Bot, grand et large d'épaules, ne manque pas d'allure dans le rôle du réfractaire poursuivi par les soldats bleus. Son accent charentais m'amuse. Il ne nous reste qu'un mois avant la première. Et nous devons aménager la grange, fabriquer la scène, peindre les décors.

Toutes ces tâches qui reposent sur mes fragiles épaules m'épuisent. Le mauvais rhume de cet hiver est revenu. J'ai ressorti mon cache-col de grosse laine malgré les beaux jours. Je me réveille au matin dans un état fébrile. Certaines aubes me laissent pressentir que le moment est proche où je serai cloué au lit, capable de ne bouger ni bras ni pattes. Je prie Dieu de m'éviter cette épreuve et lui demande de m'accorder la grâce de m'emporter dans mon sommeil.

J'ai mangé, tout à l'heure, en rentrant de répétition, une demi-douzaine de petites sardines fraîches. Leur odeur m'a attiré à mon passage devant l'épicerie Durand. Je souffre d'un manque d'appétit chronique contre lequel luttait déjà maman, et que connaissent bien mes paroissiens. Ils insistent pour m'obliger à manger davantage lorsqu'ils m'invitent. J'ai eu envie de ces sardines bleues allongées dans leur caisse. J'en ai acheté une demi-douzaine que j'ai mangées crues en décollant les filets des arêtes avec la pointe de mon couteau.

Elles n'avaient pas la fraîcheur des sardines juste sorties des bateaux et rapportées bien vite sur la table du presbytère de Saint-Nicolas. Leur chair était un peu douceâtre. J'imagine que la mort avait bien entamé son œuvre de corruption. Il eût été sans doute plus raisonnable de les poêler. Pourtant je les ai mangées avec appétit. J'ai retrouvé avec elles le goût de la mer.

On manque cruellement de poisson de mer ici. Les carpes, les tanches, les anguilles, ont une fade saveur d'eau douce qu'on tente de corriger avec des sauces au vin. Je me suis senti l'estomac un peu lourd, ensuite. Je me suis servi un petit verre du bon cognac de mes amis Pasquier pour aider la digestion. J'ai appris depuis le temps à chauffer mon verre et à y retrouver les parfums subtils. J'en savoure les dernières gouttes tandis que je m'applique sur mon cahier. Pardon, mon Dieu, pour mon péché de gourmandise ! Je sais que cette faiblesse me sera comptée lorsque j'apparaîtrai devant mon juge.

IV

L'arche dans la tempête

9

C'est au retour de cette « lune de miel » avec « la rivière de Rochefort » que Marius Rossignol est mort, de sa belle mort comme on dit chez nous. Il est rentré dans sa maison avec son fils. Lui aussi était enchanté de cette expédition en eau douce. Il a dit à sa femme Marthe, en ouvrant son couteau :

– Je ne suis pas sûr que ce voyage ait rapporté beaucoup au patron. On a pris du bon temps. Ces Charentais ne mènent pas la même vie que nous. Ils ont de belles vignes, de grosses maisons aux murs épais. Il faisait un temps superbe.

Il s'est assis à table, prenant à témoin Michel qui s'en allait tirer du vin à la cave. Marthe trempait la soupe sur la pierre de la cheminée. Elle s'est levée pour apporter la soupière quand Michel revint, la bouteille à la main. Le fils et la mère se sont interrogés du regard et se sont précipités. Marius Rossignol, la joue appuyée à côté de son assiette, était un peu plus rouge qu'à l'ordinaire. Ils l'ont secoué, appelé.

– Va chercher le médecin ! a crié la mère.

Michel a secoué la tête.

– Le médecin ne le ressuscitera pas, maman.

Elle est sortie sur son seuil en hurlant. Elle a appelé les voisins à l'aide.

– Venez vite, Marius est en train de mourir !

Les voisins sont venus. Je suis arrivé. La pauvre femme m'a confié en pleurant :

– Je me reproche, monsieur le curé, de ne m'être aperçue de rien. Il me paraissait bien. Si je l'avais entendu...

Le médecin a constaté une rupture d'anévrisme. Elle entourait la tête de son mort avec son bras, lui caressait la joue avec sa grosse main de laveuse.

– Il ne se plaignait de rien. Ce n'était pas dans sa nature. C'est le meilleur homme que la terre ait porté.

Jean-Marie et Lilas sont arrivés alors que j'étais là. Les pleurs de Marthe ont redoublé. Lilas a pris discrètement les choses en main pour remettre de l'ordre dans la maison. Les assiettes du déjeuner étaient encore sur la table. Elle a chassé les voisins qui entraient et sortaient comme dans un moulin.

Elle a montré son visage des mauvais jours pendant cette période de deuil. Certaines voisines de la rue des Rossignol qui essayaient de se rendre utiles en ont été pour leurs frais. Je n'ai pas compris la raison de cette méchante humeur pour le décès d'un homme, très estimable sans doute, mais qui n'était que le bras droit du *Lilas de mer*. Je suis sorti, un soir, de la maison du mort en même temps qu'elle après le chapelet. Le silence n'était troublé que par le froissement de nos robes heurtées par le vent.

– Vous avez l'air très peinée. Vous aviez de l'affection pour Marius Rossignol...

Elle a répondu, la voix étranglée :

– Marius était bien plus qu'un bras droit. Il était la boussole du *Lilas de mer*. Sa mort tombe très mal.

J'ai cru intelligent de philosopher :

– La mort tombe toujours mal. Elle arrive quand on ne l'attend pas.

Elle ne m'a pas répondu. Je me suis retourné vers elle dans le noir. Elle n'était plus à côté de moi. Elle avait dû repartir vers la maison des Rossignol.

Comme la venelle était proche de l'église et du cimetière, ils se sont passés du corbillard. Quatre marins, dont Jean-Marie, ont porté le cercueil sur une civière sous la pluie. On enterrait tout à la fois Marius Rossignol et les derniers beaux jours. Marthe était soutenue par son fils derrière le corps. Les frères et sœurs de Marius, et toute la parentèle suivaient. Lilas marchait parmi eux, tenant Pierrot par la main, un pli amer au bord de la lèvre. La population de Saint-Nicolas en habit du dimanche attendait sur la place, stoïque sous la pluie, pour être vue de la famille. Les hommes se sont découverts de leurs casquettes et de leurs chapeaux, et j'ai récité sur le seuil de l'église les prières de la levée de corps et le *Miserere*.

Je n'imaginais pas alors les bouleversements causés par sa disparition. Beaucoup de choses ont changé à bord du *Lilas de mer* après l'enterrement de Marius Rossignol. La mi-octobre était la date de la rentrée des classes. Pierrot allait avoir sept ans. Et Lilas avait décidé de ne plus embarquer, du moins pendant les premiers temps, pour accompagner la rentrée de son fils à l'école des garçons. Les hommes avaient prévu de se débrouiller entre eux. Le décès du père Rossignol rendait indispensable le recrutement d'un troisième homme.

Par reconnaissance, Jean-Marie a proposé la place à Auguste, le frère de Marius, de deux ans son cadet. Cela s'est passé au cours d'une veillée funèbre, lorsque la famille et les amis attablés prononçaient l'éloge du défunt. La conversation rebondissait naturellement du passé sur l'avenir. Auguste Rossignol ressemblait par la carrure et la petite taille à son frère figé dans la mort. Sa figure en betterave rougie par le chagrin a dû émouvoir Jean-Marie qui a pensé qu'en remplaçant l'un par l'autre il restait fidèle au passé et ne changeait rien. Et il lui a proposé d'être le troisième de la gabare. Lilas est bien intervenue en disant :

– On prendra le temps de parler de ça plus tard.

Mais Auguste Rossignol a compris l'intérêt de la situation. Il en a rajouté dans le chagrin.

Sa réputation n'était pas à faire : il buvait. Et quand il buvait, il devenait méchant. Il battait sa femme. Il s'était querellé plusieurs fois avec des matelots de passage après une saoulerie sur le port. Il avait récolté d'une rixe à coups de gourdin la raideur de la jambe gauche qui le handicapait. Jean-Marie savait cela, comme il n'ignorait pas qu'Auguste avait été débarqué de tous les équipages de Saint-Nicolas.

– Sorti du bistro, disait-on, il n'est pas bon à grand-chose. Ah ! il ne ressemble pas à son frère !

Mais Jean-Marie, avec sa bonté d'âme, s'est senti sans doute capable de racheter le frère perdu. Il s'est entêté malgré le refus de Lilas. Les paroles prononcées devant le lit d'un mort étaient sacrées.

– Attention ! Pas de bêtise avec la boisson ! a-t-il prévenu Auguste Rossignol. Quand on voyage, on ne boit pas. On a assez de travail pour ne pas penser à autre chose.

Auguste s'est confondu en remerciements. Il était prêt à tout promettre. Il a cherché la main de Jean-Marie et l'a serrée dans sa main rouge. La bonne nouvelle n'a pas convaincu la femme d'Auguste qui avait trop espéré par le passé. Elle se levait le matin pour s'en aller chercher sa vie et gagner le pain de ses cinq enfants dans des cabanes à cinq, parfois huit kilomètres, fabriquant des bousats ou ramassant des fèves. Elle avait droit aux scènes, et parfois aux coups, en rentrant le soir. Ses souffrances se lisaient dans les rides de sa figure. Son seul mot de remerciement a été :

– Ah ! misère...

Et Michel a averti Jean-Marie :

– Je ne sais pas si vous avez bien fait de prendre mon oncle.

Au début tout s'est bien passé. Auguste a été le premier sur le quai, les matins d'embarquement. Il s'est précipité sur les amarres, s'est chargé des sacs les plus lourds. Il grimaçait, vengeur, en nage, écarlate, lucide sur son état.

– Je transpire toutes les barriques que j'ai ingurgitées !

Il a refusé de mettre les pieds dans les cafés de Saint-Martin, de La Rochelle, et de tous les ports où il était célèbre.

– Je ne bois plus !

Il ajoutait les larmes aux yeux, pleurant sur lui :

– Mon frère était trop bien, trop travailleur, trop honnête. Je ne mérite pas de prendre sa place.

Cette reconnaissance fraternelle et sa sobriété forçaient l'admiration.

On a félicité Jean-Marie pour le miracle de cette sagesse retrouvée. Les tempêtes de décembre ont immobilisé les bateaux. *Le Lilas de mer* a brisé quelques couples et planches de bordage, et dut attendre le charpentier. Quand les voyages ont repris à la fin de janvier 1903, Auguste a commencé d'arriver en retard. Il disait toujours qu'il s'était acheté une conduite. Mais un ressort semblait cassé. Il souffrait, disait-il, de sa mauvaise jambe. Il rechignait à soulever les charges. Il ordonnait avec une mauvaise volonté sournoise à son neveu :

– Vas-y, toi. Tu es jeune. Moi, je ne peux pas.

Ils l'ont surpris à la sortie du bistro de l'Horloge à l'occasion d'un voyage à La Rochelle. Il a feint de passer devant, et a prétendu qu'il était entré boire une limonade. Michel a trouvé une bouteille d'eau-de-vie dissimulée parmi les cordages. Jean-Marie s'est fâché.

– Ça suffit. Notre bateau n'est pas un cabaret. Je vous ai engagé par amitié pour votre frère. Si j'en retrouve une autre, je vous débarque !

Il a débouché la bouteille, l'a vidée par-dessus bord. Les petits yeux marron d'Auguste lançaient des regards de haine. Jean-Marie a reconnu qu'il n'avait pas mis sa menace à exécution par principe d'humanité. Il voulait encore lui donner une petite chance. Ils ont commencé par livrer leur cargaison en retard. Le père Chaigne me l'a appris. Il m'a hélé à midi dans la rue, à l'heure de l'angélus, et a battu des sabots à côté de moi jusqu'à la porte de l'église.

– Je n'ai pas l'habitude de me mêler de vos oremus, monsieur le curé. Mais les affaires des Chèze m'inquiètent. Ils sont de vos amis. Ils ne sont plus foutus de nous livrer le charbon dans les délais. Ce n'est plus moi qui décide chez moi depuis que j'ai passé les commandes à mon fils. Et vous savez qu'il n'est pas du genre à faire des sentiments. Si vous pouviez leur parler... Lilas manque cruellement sur la gabare, elle ferait marcher cet ivrogne d'Auguste, ou elle le ferait sauter.

Peut-être tout est-il de ma faute... Je n'ai pas pris le temps de leur parler... C'était pendant les malines d'équinoxe de printemps. Tout aurait peut-être été changé. Une cargaison de sel roux les attendait à Rivedoux depuis deux semaines. Jean-Marie en avait accepté le transport à un prix dérisoire. Les grossistes avaient rempli leurs greniers à sel depuis longtemps, et ils attendaient désormais le sel blanc de la prochaine saison.

Auguste est arrivé pour embarquer avec une demi-heure de retard, la figure grise, l'arcade et la joue écorchées. Jean-Marie l'a violemment pris à partie.

– Où étiez-vous ? Vous n'étiez pas encore dessaoulé ?

Auguste a essayé de se justifier.

– Je n'avais pas bu, hier... La pendule s'est arrêtée.

– Et nous, pendant ce temps, on faisait le travail à votre place !

– J'ai oublié de remonter la pendule hier soir, a bégayé Auguste, persistant dans son mensonge, debout et flageolant devant l'échelle de l'estacade.

– On n'a rien à faire d'un feignant d'ivrogne avec nous ! Vous avez vu dans quel état vous êtes encore, ce matin ?

Auguste Rossignol a titubé, hésitant à descendre un barreau de l'échelle, et puis il a remonté vers le quai, rouge d'avoir été outragé. Jean-Marie l'a rapidement rejoint, empoigné par le veston, et l'a repoussé sans explication sur le pont du *Lilas de mer*.

– Ça suffit comme ça. On a assez attendu ! On y va !

Michel a délié les amarres. La gabare a glissé vers la passe. Un chaos de nuées noircissait l'horizon sur la mer. Les murs et les toits de Saint-Nicolas étaient gris de pluie. Le vent malmenait la toile.

– Ça va secouer sur les battures, a dit Michel.

Ils avaient embarqué une douzaine de petits cochons pour Rivedoux. Les cochons, assoupis dans leurs cages, hurlaient déjà, atteints par les premiers haut-le-cœur du mal de mer. Comme prévu la traversée a été nerveuse. Ils ont eu du mal à accoster. Rivedoux n'a pas de port. C'est une rade de sable au nord-est de Ré, tout près du continent. Elle était encombrée de petits bateaux de pêcheurs qui dansaient dangereusement.

Le saunier Papin s'est emporté.

– Si je n'avais pas été satisfait de vos services par le passé, j'aurais donné mon sel à quelqu'un d'autre !

La remarque a blessé Jean-Marie. Les deux hommes s'estimaient. Aussi durs au travail l'un que l'autre, ils avaient galopé ensemble pour le plaisir sur les relevées de terre entre les bassins, la pelle à sel à la main. Jean-Marie s'est excusé, a évoqué la réparation de la gabare. Papin a rétorqué la chute des prix à cause du retard. La discussion s'est envenimée. Jean-Marie est sorti de la saline en claquant la porte. Il se voyait déjà racontant la perte de la clientèle du saunier à Lilas.

Ils ont nettoyé à grande eau les saletés des cochons malades et, sortant les sacs, ils ont commencé à les remplir sur la bascule en silence. Il s'est fâché contre Auguste Rossignol parce qu'il ouvrait mal la gueule du sac.

– Mon Pierrot la tiendrait mieux que vous !

Auguste Rossignol était dans la période critique d'après-boire. Sa main tremblait. Sa figure ruisselait.

– Essuyez-vous ! Vous allez goutter dans le sac !

Il en voulait à Auguste. Il s'en voulait aussi de l'avoir embauché par pitié, et de s'être cru capable de le ramener dans le « droit chemin ». Michel portait les sacs plombés à la gabare. Jean-Marie ordonna à Auguste après avoir rempli :

– Allez, portez-en un !

Le bonhomme levant une paupière larmoyante découvrit un œil mauvais. Il avait la force de porter un sac dans son état normal. Il s'accroupit dessous, le souleva en soupirant, parcourut quelques pas hésitants jusqu'au seuil de la saline, ploya l'échine dehors comme s'il allait se briser.

– Nom de Dieu ! cria Jean-Marie.

Il ne jurait jamais. Il s'empara du sac de sel sur le dos de l'ivrogne et, le tenant d'une main par la gueule, comme s'il s'agissait d'un sac de plume, il le descendit dans la cale de la gabare. Quand tout fut terminé, les papiers remplis, Jean-Marie dit :

– Bon, on y va.

Il était plus de trois heures. La pluie tambourinait sur les tuiles de la saline et le chemin du bord de mer. On voyait à peine la gabare au bord de l'embarcadère. Michel regarda son patron avec l'air de lui demander s'il parlait sérieusement.

– Eh bien quoi, insista Jean-Marie, il est temps de partir si nous voulons arriver avant la nuit !

– Je ne suis pas certain qu'il soit prudent de prendre la mer, osa Papin, honteux lui aussi d'avoir blessé un ami.

Ils se tenaient sous le porche. La pluie couvrait les grondements de la mer.

– Heureusement, ajouta-t-il, le ciel était plus clair pour le chargement.

Et sortant sa blague à tabac :

– Attendez, au moins, que l'averse soit passée.

Jean-Marie accepta le tabac. Ils allumèrent leurs quatre pipes. Et comme Jean-Marie tassait le tabac dans le fourneau avec son pouce :

– Regardez, voilà l'éclaircie !

Il montrait, du tuyau de sa pipe, la grande déchirure noire qui ouvrait le ciel. La lumière filtrait derrière. La trouée s'élargit. Le soleil s'y engouffra. La pluie ralentit. Les bateaux réapparurent dans le petit port de Rivedoux, et la mer parut tout de suite plus riante. Jean-Marie sortit sous la pluie et leva la tête au ciel.

– On va en profiter pour mettre les voiles ! dit-il joyeusement.

Il tendit la main au saunier.

– Sans rancune ? lui demanda Papin.

– Sans rancune.

Il fonça, le dos rond, vers *Le Lilas de mer*, Michel et Auguste suivaient avec moins de conviction. La large fenêtre ouverte dans le plafond de nuages montrait du bleu. Le vent soufflait toujours par bourrasques. Papin rejoignit la gabare, inquiet.

– Je ne sais pas si vous avez raison de prendre la mer.

Jean-Marie haussa les épaules et regarda l'océan gris où moutonnaient des crêtes d'écume.

– On est passé ce matin, ce n'est pas pire.

Il désigna Michel :

– On a connu du temps plus mauvais que ça avec son père. On est toujours passé.

La voile safran du *Lilas de mer* étincela sous le soleil en s'éloignant de Rivedoux. La gabare avait à peine rejoint la mer que le ciel se refermait. Quelques gouttes de pluie tombaient.

– Ça va être plus dur qu'à l'aller, reconnut Jean-Marie, cramponné à sa barre.

Michel tendit le bras. Une muraille noire, surgie de la pointe de l'île, se déployait sur la mer à vive allure. Jean-Marie se tourna vers Rivedoux. Il n'était pas question de revenir. Il choisit de mettre le cap sur La Pallice pour y trouver un abri. Mais la montagne noire les avait rejoints. Un éclair gigantesque déchira le ciel, et l'obscurité fondit sur le bateau qui gémit de toute sa vieille membrure en s'enfonçant dans un trou de mer.

Aussitôt une vague énorme le balaya et le coucha. Il se redressa. Jean-Marie s'aperçut que la grand-voile s'était déchirée. La Pallice était désormais injoignable. Aucune crique n'était non plus abordable. Il hurla dans le vent de descendre les ancres. Auguste Rossignol, allongé sur le pont, se cramponnait au bord sans un geste. Jean-Marie lui fit signe de ramper et lui donna la barre.

Il descendit trois ancres avec Michel, vérifia la fermeture de la cale. Des paquets de mer noire écrasés sur le pont les mouillaient jusqu'aux os.

Le vieux *Lilas* craquait, se dressait, s'abattait, se couchait, se relevait encore. Des bouts de bois de la cabine volaient.

Jean-Marie reprit la barre. Une secousse l'agenouilla. Il s'aperçut qu'il saignait. Le dos de sa main était emporté, la peau flottait sur toute la largeur, mais il n'avait pas mal.

Il ne savait plus où ils étaient, si c'était le jour ou la nuit. Ils restèrent accrochés à leur planche de salut pendant des heures qui leur parurent une éternité. La gabare prisonnière du tourbillon de la tempête ne pouvait pas s'en libérer.

Ils ont cru qu'ils allaient mourir. Le grand mât s'était effondré.

Et puis, alors que la colère des flots et du vent semblait s'apaiser, que la clameur assourdissante de la tempête baissait d'intensité, que leurs muscles tétanisés commençaient à se relâcher, ils ont entendu un craquement terribble. La coque de la gabare a vibré sous eux. Une violente secousse les a projetés à terre. Le bateau raclait un haut-fond de rochers.

Jean-Marie a senti la gabare s'enfoncer. Il a abandonné la barre, s'est traîné à genoux jusqu'à Michel dans le noir, l'a secoué par l'épaule et lui a dit :

– Nous coulons !

Michel, accroché au moignon du mât, n'a pas bougé. Jean-Marie a hésité, et il a tendu le bras vers Auguste Rossignol qui tremblait. L'eau a passé plusieurs fois par-dessus bord et, alors qu'ils s'attendaient à être engloutis, à chaque fois elle s'est retirée. Ils ont compris qu'ils s'étaient échoués sur la côte, et que la tempête se calmait avec la marée basse. Ils ont dû s'endormir, à bout de fatigue et de peur, serrés les uns contre les autres.

Quand ils se sont réveillés, il faisait jour, la gabare était immobile. Le brouillard était si épais qu'ils ignoraient où ils étaient. Jean-Marie a ouvert la porte de la cale. Les sacs éventrés baignaient dans l'eau. La cargaison était perdue. Michel a enjambé le bord de la gabare. Il s'est laissé glisser.

– Nous sommes au sec, sur les rochers. Vous pouvez venir.

Ils sont descendus avec lui. Ils ont fait le tour du bateau éventré sur toute sa longueur. Jean-Marie a détaché une planche qui ne tenait plus et cliquetait dans la brise.

– *Le Lilas de mer* ne voguera plus.

Ils ont cherché en vain des repères à travers la brume mystérieuse.

– Nous sommes revenus dans l'île, a supposé Michel.

Ils ont marché sur les rochers, dans les vases, le sable. Auguste avait du mal à les suivre. Ils l'ont perdu dans le brouillard, l'ont appelé. Il les a rejoints. Il boitait.

– Vous marchez trop vite !

Ils ont découvert la haute falaise de craie jaune, la petite maison de pêcheur au sommet. Ils ont compris qu'ils avaient échoué à la Pointe Saint-Clément, de l'autre côté de l'anse de Saint-Nicolas.

Ils ont erré dans les marais de Charron, se sont heurtés à des canaux, ont tourné en rond, cherché des ponts dans le brouillard. Des moutons se sont enfuis devant eux en bêlant. Ils ont accéléré le pas pour éviter le berger. Michel a glissé sur une motte et s'est enfoncé en hurlant jusqu'à mi-cuisse dans un trou rempli d'une bouillie froide. Ils se sont précipités pour l'en sortir. Le brouillard sentait le marécage. Ils traversaient des étendues de lin des marais et de roseaux. Le squelette d'un canot surgissant de terre s'est dressé devant eux, noyé dans les vases. Des goélands, serrés les uns contre les autres, le colonisaient. Jean-Marie a agité les bras, et ils se sont envolés en criant.

Les rideaux de la brume se sont levés pour une brève éclaircie à l'embouchure de la Sèvre, alors qu'ils empruntaient une barque pour traverser la rivière. Les flèches d'or du soleil balayaient la baie. Les hommes ont baissé le nez sur leurs pieds, les yeux en larmes.

Le brouillard s'est refermé sur eux quand ils ont débarqué sur la dune de la Pointe de l'Aiguille. Ils avaient faim. Ils n'avaient rien mangé depuis la veille. La tempête avait roulé de lourds madriers, transporté une chèvre du chantier de la digue au milieu du chemin. Ils ont croisé de rares ouvriers qu'ils ont fuis comme des fantômes. Auguste boitait bas en s'appuyant sur un bâton. Jean-Marie a grogné.

– Vous, on vous aura toujours traîné comme un boulet !

– Qu'est-ce que tu as dit ?

– Tout est de votre faute. Nous étions en retard à cause de vous, et la tempête nous a pris !

– Qu'est-ce qui a décidé de partir alors que c'était de la folie ?

Auguste Rossignol glapissait. Il s'est laissé tomber, à bout, contre le mur de la digue.

– Laissez-moi là. Allez-vous-en ! Vous avez envie de m'abandonner depuis que nous avons commencé de marcher !

– Oui, on en a marre de vous ! Même on aurait aimé que la mer vous emporte. Ça n'aurait été que justice.

La brume enveloppait les cris de leur dispute. Michel et Jean-Marie se sont éloignés. Ils se sont arrêtés. Ils n'entendaient plus que le frissonnement des gouttes, et le grondement lointain de la mer. Ils sont revenus, ont pris le bonhomme chacun de leur côté sous le bras.

– Allez, venez ! a dit Jean-Marie.

Ils sont arrivés au Tirouet quand il faisait nuit. J'étais là. Une gabare de vinaigre de l'île de Ré avait accosté pendant le jour et demandé des nouvelles du *Lilas de mer*. Le gabarier de Rivedoux avait vu le bateau disparaître dans la tempête. J'avais été averti. J'avais passé une partie de l'après-midi à attendre sur le port avec Lilas, Pierrot et Marthe Rossignol. Mais presque aucun bateau ne rentrait ni ne sortait à cause du brouillard. Lilas m'avait invité en fin de soirée.

– Viendrez-vous manger la soupe avec nous, monsieur le curé ?

– Vous devez avoir d'autres préoccupations en tête.

– Vous nous tiendrez compagnie. Marthe va venir aussi.

Nous avions ressassé pendant l'après-midi toutes les solutions possibles. Nous nous étions interdit d'évoquer le pire. De temps à autre Marthe, serrée dans la vareuse brune de Marius frangée de brume, laissait échapper un sanglot. J'étais passé fermer les portes de l'église, et je me préparais à partager une de ces nuits d'attente comme en ont vécu beaucoup de maisons de marins. Lilas a ouvert sa porte en disant :

– Grâce à la cuisinière à charbon mon feu n'est pas éteint et la soupe est chaude !

Elle a enfilé son tablier, essuyé la table, demandé au petit Pierre de mettre sa chemise de nuit pendant qu'elle le servait.

– Monsieur le curé, si Pierre n'obéit pas à sa mère, vous ne le prendrez pas comme enfant de chœur l'année prochaine, n'est-ce pas ?

Sa force de caractère m'impressionnait. Marthe Rossignol s'était affalée sur le banc, épuisée par cet après-midi d'attente. Elle avait sorti son mouchoir et s'en tamponnait les paupières. Elle a soupiré en se mouchant.

– Il y a trois mois, c'était Marius, maintenant...

– Maintenant quoi ? s'est insurgée Lilas tranchante, l'obligeant à se taire.

Elle a repris son calme.

– Ils sont dans la peine. Ils se donnent du mal, et nous devons être courageuses !

– Est-ce qu'il est vivant, papa ? a demandé Pierrot.

– Bien sûr, a répondu Lilas en effleurant la nuque de son fils. Tu vas te coucher. Il te réveillera quand il rentrera.

Elle nous a servis. Marthe a gémi.

– Je n'ai pas faim.

Lilas a soulevé sa cuiller, l'a reposée. Elle m'a supplié :

– Mangez, vous, monsieur le curé. Donnez l'exemple.

Je me souviens de cette soupe à l'oignon mitonnée sur le coin de la cuisinière. Je devais avoir fini mon assiette. Tout d'un coup ils ont été là. Nous ne les avions pas entendus arriver. La porte s'est ouverte, et Jean-Marie a crié avec sa grosse voix et l'accent corrézien.

– Nous voilà, et la soupe est prête !

Il occupait toute la porte. Les femmes se sont levées. Pierrot s'est précipité.

– Papa !

Et Marthe, souriante, les mains jointes devant sa bouche, des larmes coulant sur ses joues rougies par la chaleur du feu :

– Michel ! Mon Michel !

Lilas n'avait pas bougé. Jean-Marie et elle se fixaient, et malgré la lueur dorée de la flamme vacillante, je lui voyais un teint de cire. Elle a balbutié :

– J'en étais sûre. Je le savais.

Pierrot a babillé en tirant son père par la main.

– Maman disait que tu arriverais pendant que je dormais !

Ils sont entrés. Ils étaient sales, la boue, le sel collaient sur leurs vêtements bleus mouillés. Auguste Rossignol a clopiné sur sa jambe et son bâton. Ils l'ont assis sur le banc. Michel s'est excusé de ses pieds nus.

– J'ai perdu mes sabots au fond d'un trou dans le marais !

Et Jean-Marie, la voix tremblante :

– *Le Lilas de mer* est perdu !

Lilas n'a rien dit. Elle a enfoncé ses deux mains dans la poche ventrale de son tablier, comme pour se protéger. Son large front s'est creusé de rides. Michel s'est mis à claquer des dents. La porte était restée ouverte. Lilas s'est ressaisie, s'est secouée. Elle s'est précipitée pour fermer.

– Vous allez attraper la mort dans vos hardes trempées !

Elle a ouvert la grande armoire, a posé sur la table de gros torchons de toile bise.

– Essuyez-vous avec ça !

Et à moi :

– Si ce n'est pas trop vous demander, monsieur le curé, voulez-vous venir chercher du bois avec moi pendant que Marthe les aide à se déshabiller ?

Nous avons marché en silence dans le brouillard jusqu'à la resserre au fond de la cour. Elle m'a déposé un paquet de bois sur les bras. Elle est revenue avec une autre brassée. C'était du bois flotté apporté par la mer, des planches lisses que je devinais blanches comme l'os, des rondins dépouillés d'écorce, poncés comme des allumettes. Elle a pris des bousats dans un panier. Nous sommes rentrés. Marthe glissait le torchon sous la chemise de Michel pour lui frotter la poitrine. Lilas a approché une allumette du bois étrillé par la mer, qui s'est enflammé comme de l'étoupe. Le feu a repoussé l'ombre jusqu'au fond de la pièce. Lilas m'a interrogé :

– Est-ce que ça vous fera tort, monsieur le curé, s'ils enlèvent la chemise ?

Elle s'est obligée à sourire en approchant une chaise devant le feu pour y asseoir Auguste Rossignol, mais je voyais bien que le cœur n'y était pas. Elle l'a aidé à lever sa chemise qui collait à sa peau. Les lueurs des flammes ont dansé sur les poils blancs de la poitrine, les bras courts, presque sans muscles. Jean-Marie l'a imité ; il s'est découvert, tout en force, taillé en colosse, la peau blanche, sans poil.

Elle lui a regardé la main à la peau pelée.

– Je vais te soigner ça.

Elle a pris le torchon et s'est mise à lui frotter le dos et la poitrine avec énergie.

– Mais avant il faut faire circuler le sang ! Il ne manquerait plus que d'attraper la pneumonie !

La maison a senti le linge mouillé. Les culottes ont fumé. Michel présentait son dos au feu, accroupi avec son filleul. Sa jeunesse lui permettait déjà d'oublier et, si l'heure n'avait pas été à la gravité, il aurait sans doute joué avec l'enfant. Lilas a rempli les assiettes et les a distribuées devant le foyer. Les hommes les ont lapées à grandes cuillerées. Elle les a de nouveau remplies. La chaleur était maintenant moite. La fumée du feu et des vêtements répandait un poudroiement de buée. Les cuillers raclaient la grosse faïence. Et Jean-Marie en rendant son assiette à sa femme et en la regardant dans les yeux, la prunelle trouble, lui a répété avec des sanglots dans la voix :

– Il n'y a plus de *Lilas de mer*.

Elle a gardé un visage lisse et elle l'a prié doucement :

– Ne parle pas de ça maintenant. Vous êtes là. Le reste n'a pas d'importance.

Mais j'ai remarqué que ses doigts se crispaient sur la poche de son tablier. Marthe déboutonnait pour Michel une chemise bleue de Jean-Marie, et ses yeux s'étaient emplis à nouveau de larmes. Lilas a soulevé le menton, ignorant les larmes de Marthe.

– Où l'avez-vous laissé ?

– Sur les rochers de la Pointe Saint-Clément à Esnandes.

– Vous avez parcouru tout ce chemin à pied ?

– Il a bien fallu.

Nous les regardions au milieu de nous dans les mouvements d'ombre et de lumière du foyer. Lilas enveloppait son mari de son regard d'amour. Jean-Marie suppliait sa femme des yeux. Elle s'est agenouillée devant Auguste Rossignol.

– Faites-moi voir votre jambe !

Le lendemain matin, Jean-Marie et Lilas sont partis à Esnandes sur le sloop d'un pêcheur de soles et de mulets. Des haillons de brume traînaient encore sur Saint-Nicolas et la mer, mais le vent les a dissipés. Le bateau était échoué sur les rochers, à la limite de la terre et de l'océan. Il aurait pu aussi bien s'écraser contre la falaise. Jean-Marie est tombé à genoux devant les débris de la quille arrachée à la gabare. Des sacs de sel étaient semés sur les rochers. Ils sont montés sur le pont en compagnie du marin-pêcheur. Des pêcheurs à pied se sont approchés, hochant la tête avec des airs de pitié.

– Vous avez eu de la chance, dans votre malheur. Vous auriez pu être broyés !

Jean-Marie est resté pour essayer de sauver ce qui pouvait l'être. Il a transporté ce qui restait de sel au sec sur le sable. Lilas est repartie mendier une gabare sur le port. Et c'est encore le père Chaigne qui a retardé un chargement de grain et commandé au capitaine de se mettre à la disposition de Lilas et de Jean-Marie. Je sais qu'il a soufflé à Lilas :

– Tu aurais dû continuer à naviguer. Vos affaires ne vont plus depuis que tu as débarqué.

– C'est la malchance ! a répondu sèchement Lilas.

– La malchance..., a bougonné le bonhomme en traînant ses sabots. Peut-être que ton Jean-Marie porte la poisse !

– Non, il m'a porté bonheur !

– En tout cas, a ajouté le vieux un peu vexé, nous ne pourrons pas reprendre ce qui nous a réussi, ma fille. Je ne dis pas que je ne voudrais pas, mais mon fils commande à présent.

Ils ont passé une semaine à désosser la gabare, planche après planche, clou après clou. Jean-Marie a glissé le tire-fond avec soin derrière l'écriteau *Le Lilas de mer*. Il l'a tenu dans ses mains en plein soleil :

– Peut-être qu'il resservira...

Comme par ironie le temps était redevenu très beau. L'océan ourlait calmement de grandes lames vertes. Les mouettes battaient la mer de leurs ailes blanches en s'appelant à travers le ciel immaculé. *Le Lilas de mer* a été déposé morceau après morceau sur le quai de

Saint-Nicolas. D'un côté les planches récupérables, de l'autre les débris pour la cheminée. Les gens sont venus sur le port pour voir la fière gabare réduite à un tas de bois. Le malheur des autres attise les curiosités. Il effraie et rassure.

J'ai interrogé Jean-Marie, le dernier soir, alors qu'ils en avaient fini avec le cadavre de leur bateau.

– Qu'est-ce que vous allez faire maintenant ?

Il a haussé les épaules.

– Nous allons cultiver notre bouchot. Nous n'avions pas le temps de nous en occuper. Nous irons travailler chez les autres, comme nous le faisions avant. La cabane à Nicou est prête à nous reprendre. Et puis, peut-être qu'un jour on reverra un autre *Lilas de mer*.

10

Jean-Marie a tiré parti d'une vieille barque abandonnée sur les vases dans le port. Il a utilisé les clous et les planches récupérées sur l'épave du *Lilas de mer*, et il s'est fabriqué un acon de six mètres, une barque à fond plat pour circuler parmi les pieux de son bouchot. Il y a planté un mât et une voile cousue par Lilas. Il a chaussé les lourdes cuissardes de cuir clouées sur des sabots de bois qui devenaient dures trempées dans l'eau saumâtre. Il fallait les graisser longtemps, le soir, pour assouplir le cuir. Ils sont partis de bonne heure, certains matins, à la marée haute, pour arriver sur leur chantier de la Pointe d'Arçay au moment où la mer commençait à baisser.

Ce mois de mai 1903 a été pluvieux, et on dit que mai pluvieux favorise le naissain sur les clayonnages. Lilas a embarqué un grand parapluie noir de berger.

– On s'y met à l'abri cinq minutes. On y resterait. Mais puisqu'on est né pour souffrir, il y en a toujours un pour sortir !

Elle est revenue du bouchot, la quichenotte et la culotte bouffante enfondues, collant à la peau. Les hommes la regardaient, parce qu'elle était toujours belle et que ses vêtements mouillés la moulaient.

Elle avait ruminé la réflexion du père Chaigne sur son absence à côté de son mari. Elle ne le quittait pas. Il faut deux hommes pour cultiver un bouchot, enfoncer au maillet dans la vase les lourds pieux longs de quatre mètres en amont, de six mètres en aval. Jean-Marie a dit de sa femme :

– Elle est le deuxième homme de l'acon !

Il joignait à sa force l'acharnement et l'intelligence des choses de Lilas. Et leur attelage réussissait à effectuer le travail du bouchot sans le secours de personne. Leurs voisins de concessions avec qui ils entraient en concurrence n'appréciaient pas de les découvrir les premiers, par tous les temps, sur le bouchot.

– Ils sont encore là, ces deux ? Ils vont finir par coucher sur leur bouchot !

Au mois de juin, ils ont rapporté les premiers paniers de leur récolte. Jean-Marie a échafaudé par deux les « grands » de cinquante kilos de moules recouverts de goémon. Lilas a empoigné une anse et encouragé son mari :

– Allez !

Ils ont soulevé d'un même mouvement les cent kilos. L'effort a tressé des cordes sur le poignet de Lilas, les veines saillaient. Jean-Marie feignait de ne pas épargner sa femme, comme s'il avait un équipier de force égale, et ils ont apporté les moules à la voiture du marchand.

Cet été-là Jean-Marie, quelquefois Lilas, mais elle s'y est refusée souvent pour s'occuper de son fils, a repris le rythme de deux journées dans une pour lutter contre l'infortune. Il est allé moissonner et battre les orges escourgeons et les blés à la cabane à Nicou, en fonction des marées. Il s'est levé à minuit pour récolter les fèves. La fève est réputée pour améliorer la terre des marais. On la transforme en farine pour les animaux. On la mélange au froment pour le pain. On la récolte avant l'aurore parce que le soleil ouvre les gousses, et les graines se perdent.

Jean-Marie a marché pendant six kilomètres derrière la charrette des Nicou jusqu'à la prise des Canons. Il a arraché les fèves, les a liées en gerbes avec des rouches jusqu'au matin. Il est reparti tout seul en sens inverse au lever du soleil, à l'heure de la marée. Il a hissé la voile de l'acon avec Lilas. Ils ont récolté les moules, les ont lavées à grande eau pour les débarrasser de la vase du bouchot, les ont mises en panier. Il chantait pour se tenir éveillé, et des airs de Corrèze lui montaient aux lèvres. Les voisins secouaient la tête en grimaçant.

– Voilà qu'il chante maintenant avec des mots qu'on ne comprend pas !

Le mois d'août de cette année reste dans les mémoires comme celui de l'arrivée du train à Saint-Nicolas et de la bénédiction de la digue. La double cérémonie a eu lieu le deuxième dimanche d'août, traditionnellement celui de la fête des régates.

J'ai pris place dans la voiture officielle de mon évêque, Mgr Catteau, à Saint-Michel. Il était accompagné de son grand vicaire et d'une demi-douzaine de chanoines du chapitre. Sa voiture était pavoisée aux couleurs de la France, comme celle du préfet et du président du conseil général, juste devant la nôtre. On était en plein dans le tourbillon de la tempête de la loi sur les congrégations qui privait les religieux et religieuses du droit d'enseigner. Pour cette raison précisément les représentants de l'Église et de l'État se retrouvaient dans le même train, mais dans des voitures différentes. J'estimais pour ma part indignes ces guerres de tranchées du cléricalisme et de l'anticléricalisme. Je soutenais les religieuses de l'école des sœurs contre la loi de laïcisation, mais je me refusais à déterrer la hache de guerre comme certains de mes confrères. Peut-être la situation n'était-elle pas aussi tragique qu'on le prétendait, et des solutions étaient possibles.

Je baisais l'anneau pastoral de celui qu'on a appelé « l'évêque des écoles » au moment où le train quittait la gare de Saint-Michel avec un soubresaut. L'anneau du prélat m'a heurté les dents, et il s'est excusé en souriant :

– Le chauffeur devra se faire la main pour apprendre les démarrages en souplesse.

Le petit train, comme on allait l'appeler, n'était qu'un tacot à voie étroite comme on en a installé au bord de beaucoup de routes de France. Mais ainsi pavoisé, rutilant, cinq voitures derrière la loco, il avait l'allure conquérante à travers la platitude du marais. Le chauffeur a poussé la vitesse. Les escarbilles ont volé, et nous avons dû fermer les fenêtres.

Il s'est annoncé joyeusement de loin en abordant la courbe de l'entrée de Saint-Nicolas. La population était rassemblée autour de la tribune de la gare-ville. Le préfet en bicorne et le président du conseil général en chapeau haut de forme sont montés à la tribune selon le protocole. La locomotive continuait de soupirer sur les rails pendant que les représentants officiels haranguaient la foule. Et puis, lorsqu'ils ont eu fini, elle a lancé un discret coup de sifflet.

Les officiels sont remontés dans les voitures et ont été transportés à un train de sénateur jusqu'à la tribune de la gare-port, à quelques centaines de mètres de là, accompagnés par la population qui leur faisait une haie d'honneur. J'ai montré cette fois les marches de l'estrade à Mgr Catteau et à son grand vicaire. La fanfare jouait *Sambre et Meuse*. Le chef de gare gesticulait dans son bel uniforme bleu à col rouge et casquette à galon d'argent. Les deux délégations ont imité leurs chefs de file en se bornant à un froid salut de la tête. Le préfet arborait des moustaches à la Badinguet. Mon évêque cachait une âme ferme dans un visage rond.

Deux repas officiels étaient proposés aux habitants de Saint-Nicolas : un banquet républicain sur la place de la mairie, avec table, nappe blanche, huîtres, moules, cochonnailles ; un pique-nique paroissial dans la cour de l'école des sœurs autour d'un stand de produits locaux offerts par les paroissiens. Quelques malins en cachette ont mangé aux deux râteliers. Clovis-Joseph Catteau s'est assis sur un banc du préau et a invité les religieuses à prendre place autour de lui. Ces dames de Mormaison, ainsi qu'on appelait les religieuses des Saints-Cœurs-de-Jésus-et-de-Marie, se sont approchées en rougissant sous leur cornette, émues de la place qui leur était choisie. Il a été question de sécularisation, la parade trouvée à la politique de laïcisation du gouvernement. Les sœurs allaient demander le détachement de leur congrégation, elles quitteraient leur voile et leur habit de religieuses, et elles continueraient d'enseigner. J'ai voulu dédramatiser en citant le dicton populaire : L'habit ne fait pas le moine. L'important était l'attitude du cœur. L'enseignement y trouverait une vigueur nouvelle. La solidarité en sortirait raffermie. Mgr Catteau m'a écouté avec un délicat sourire de mansuétude. Mais le vicaire général a froncé les sourcils. Mes propos modérés semblaient de mauvais goût. Ils laissaient supposer une dangereuse inclination à pactiser avec l'ennemi.

La lumière de craie du grand soleil d'août aveuglait. Le brouhaha des voix grandissait à mesure que les bouteilles de vin blanc et de rosé se vidaient. En début d'après-midi, les enfants de chœur nous ont conduits avec la croix des processions jusqu'à la goélette ronde de Clovis Ravon toute de blanc parée comme une mariée. Les officiels républicains étaient montés quant à eux sur un grand trois-mâts pavoisé de drapeaux tricolores. La goélette s'est engagée en tête sur l'eau grise du chenal suivie par le cortège des bateaux. La foule avait marché jusqu'à la digue et elle s'y était juchée en rangs de plus en plus serrés à mesure qu'on approchait de la maison du Génie où attendait une flottille de bateaux et d'acons remués par les crêtes sautillantes, voiles penchées, tournant en rond dans la cuvette chauffée à blanc de la baie, se croisant, se fuyant, se frôlant dangereusement. Ils venaient de Saint-Nicolas, mais aussi de Charron, de Marsilly, de l'île de Ré. Toutes ces voiles en mouvement sur la mer aveuglée de lumière, on aurait dit un vol de mouettes géantes posées sur l'eau. J'ai cherché Jean-Marie et Lilas parmi elles. Je ne les ai pas vus.

L'ingénieur Forestier nous attendait sanglé dans sa redingote noire au pied de l'escalier de la digue en face de la maison du Génie, au milieu de la dernière équipe des ouvriers revêtus de costumes et casquettes d'uniforme en toile grise. Mgr Catteau, retenu par ses deux acolytes contre les dangers de la vague, et debout à l'avant de la goélette, a brandi le goupillon :

– *Benedicat vos omnipotens Deus...*

La foule s'est signée. Les hommes ont brandi leurs chapeaux, les femmes agité leurs mouchoirs. La muraille de pierre aux moellons parfaitement jointoyés a été secouée par une lame de cris et d'applaudissements. L'air chaud était piquant de sel. Des crêtes d'écume s'épanouissaient à la surface des vagues. Nous avons entamé une lente descente le long de la digue, continuant d'asperger et soulevant le même enthousiasme.

Nous sommes revenus vers le port tandis que derrière nous commençait l'autre fête traditionnelle des régates. La foule sur la digue occupait une excellente tribune pour assister aux courses. Beaucoup de bateaux venus des ports voisins s'étaient inscrits par catégories. Notre bateau touchait l'estacade de Saint-Nicolas lorsqu'a retenti le coup de canon du départ de la première régate.

Une petite troupe d'hommes et de femmes nous a accueillis sur le port devenu désert. Maman était là, avec Jean-Marie, Lilas, Pierrot.

– Qu'est-ce que vous faites ? Vous devriez être là-bas, à continuer la fête.

Lilas a plaisanté, grandie par la cabanière qui ajoutait de l'éclat à sa peau dorée.

– La fête est ici aussi, puisque vous voilà !

J'ai vu Jean-Marie détourner le regard. J'ai compris qu'il avait le cœur gros. S'ils avaient eu *Le Lilas de mer*, ils se seraient mêlés à la flottille. Ils auraient sans doute concouru à la régate des gabares. L'eau du port m'a paru grise, l'odeur de poisson en plein soleil suffocante.

Jean-Marie aurait mérité aussi de rejoindre les ouvriers en uniforme rassemblés autour de leur ingénieur. Son absence était une injustice, et il s'en punissait parce que son naufrage l'atteignait dans sa fierté. Il n'avait pas le courage de se montrer et de s'amuser avec son petit acon bricolé à partir des morceaux du *Lilas de mer*. De bonnes âmes m'avaient rapporté qu'on l'avait vu ivre, et qu'il lui arrivait de suivre de mauvais garçons dans les cafés du port. J'avais cru à des calomnies. J'ai compris cet après-midi-là que ce devait être vrai.

Nous avions prévu de rejoindre le presbytère avec monseigneur et de prendre un peu de repos autour de rafraîchissements en attendant son départ. J'ai invité les Chèze à nous rejoindre. Lilas m'a répondu :

– Oui, peut-être, si Jean-Marie le veut bien.

Ils ne sont pas venus. Je me suis rendu compte qu'il n'était pas aussi solide qu'il le paraissait. J'ai toujours envié depuis l'enfance les êtres robustes. Il me semblait, à les voir se déplacer, s'asseoir, manier une fourche ou une cuiller que tout devait être plus simple pour eux. Je me suis efforcé dans la mesure de mes moyens de me tenir à leur hauteur. Je me suis levé longtemps avant l'aube parce que je savais que mes paroissiens étaient debout. Je récitais mes prières, je lisais mon bréviaire en regardant la nuit bleuir. Maman gémissait :

– Tu t'es encore levé à pas d'heure, ce matin ! Tu n'es pas d'une constitution à résister comme d'autres ! Tu ne peux pas rester au moins dans ton lit pour lire ? As-tu besoin de te lever comme tout le monde !

Elle s'était dit que les fatigues et les tourments des paysans seraient épargnés à son fils prêtre. Il garderait de belles mains blanches et mènerait une existence douillette. Je lui expliquais que je devais être le premier levé comme le bon pasteur qui veille sur son troupeau. Elle haussait les épaules.

– Comment font les autres prêtres ? Le curé des Essarts n'était pas debout dès potron-minet !

J'ai souvent interrogé mon enfant de chœur le matin avant la messe.

– Où est ton père ?

– Il est parti travailler.

– Tu l'as vu ce matin ?

Le petit levait vers moi ses yeux embués de sommeil en secouant la tête.

– Tu le vois souvent ton père ?

Il secouait la tête.

– Pourquoi ?

– Le travail.

– Tu le vois le dimanche !

Il haussait les épaules.

– Le dimanche, il joue aux cartes.

– Où ça ?

– Au café.

J'emportais sur l'autel le combat opiniâtre et éreintant de ces hommes et de ces femmes pour survivre, ramassant tout, ne jetant rien, recueillant les épluchures pour les lapins, les miettes pour les poules, les eaux de vaisselle pour les cochons. L'arrivée du petit train à Saint-Nicolas avait développé une nouvelle industrie : les cendres des bouses brûlées étaient ramassées et expédiées dans le bocage pour l'allégement des terres; en contrepartie les bocains envoyaient des wagons de fournille pour les boulangers du marais. J'ai aimé mes maraîchins et maraîchines courant gratter les rochers dès qu'ils avaient une minute, déplaçant les pierres, traquant les crabes avec des crochets, décrochant les huîtres au burin et au marteau. Je les ai rejoints avec maman quand aucune visite ou cérémonie ne m'en empêchait.

Les Chèze poussaient à l'extrême cet empressement de fourmi. Ils avaient un handicap encore plus grand puisqu'ils étaient étrangers. Même vivant à Saint-Nicolas ils étaient peut-être plus étrangers que les Bretons qui arrivaient avec leurs femmes et leurs enfants sur leurs trois-mâts et venaient à l'église le dimanche dans des tenues bizarres. Eux repartaient. Les Chèze ajoutaient à leur présence le tort de ne pas rester à leur place. Ils avaient la prétention de réussir. Ils refusaient le fatalisme qui voulait qu'un pauvre soit condamné à demeurer pauvre. Maman m'a rapporté un jour les propos d'une vieille au lavoir :

– Je suis née de rin, disait la vieille (elle ne disait pas « rien »), j'ai vécu de rin, je suis arrivée à rin !

Je me souviens d'avoir vu Jean-Marie labourer le marais Nicou à la pelle pendant l'hiver qui a suivi. Ce devait être après Noël, peut-être bien le jour de la fête des Saints Innocents, du côté des Marais Verts, sur la route de Grues. On dit que le bri, la couche de glaise bleuâtre sur laquelle repose le limon, garde l'eau et que la terre n'essore jamais. La labourer à la charrue est impossible. Le limon compact et gras casse les socs. Les meilleurs attelages s'y embourbent. Les orges y viennent bien pourtant.

Ils étaient quatre, alignés côte à côte, avec leurs pelles emmanchées de fer. Des manches de bois ne résistent pas à ces terres-là. Ils formaient un tableau tragique comme sur certaines peintures réalistes. La terre noire du marais s'étalait jusqu'à l'horizon, sans arbres, tachée de quelques touffes de tamarins dépouillés. Et elle se perdait dans le ciel chargé de nuages lourds.

J'ai reconnu Jean-Marie en avance d'une enjambée sur les trois autres. Plus vif et plus efficace, il enfonçait la pelle d'un coup de sabot avec une force brutale qui paraissait déborder de lui. Il soulevait la motte sans un effort des reins comme les autres. Il pleuvait. Le vent alternait les rafales sèches et mouillées. J'étais enfondu comme eux et, comme eux sans doute, je redoutais davantage les rafales sèches qui glaçaient les vêtements mouillés. Je marchais tête baissée. J'avais hâte de rentrer chez moi. Et j'imaginais déjà les lamentations de maman me reprochant d'être sorti par un temps pareil.

Ils se sont redressés sur mon passage. Je les ai salués de la main.

– Vous êtes bénis, mes pauvres amis !

Ils m'ont répondu par un geste fataliste. Et Jean-Marie, s'essuyant le front, la casquette dans la main.

– Nous voilà de retour à la case départ.

J'ai hésité d'abord à comprendre ce qu'il voulait dire, mais son amertume m'a frappé. Puis m'est revenu le souvenir de ce matin d'hiver où il déterrait les betteraves des Nicou. J'ai cru utile de répondre :

– Après l'hiver vient le printemps !

Il m'a regardé tristement, déçu sans doute de ma légèreté, et a enfoncé sa pelle profond. Je me suis promis de rendre visite à Lilas pour l'interroger sur le mal qui rongeait Jean-Marie. J'avais la certitude désormais qu'il mettait certains jours la même détermination à s'abrutir d'alcool. Il ingurgitait, disait-on, dans ces moments-là des quantités à assommer un bœuf.

Je n'ai pas eu cette conversation avec Lilas. J'ai craint qu'on ne me reproche de prendre trop souvent la direction du Tirouet. Les fautes par omission sont celles qu'on a le plus de mal à se pardonner.

On a frappé à ma porte le matin du 14 juin 1904. Je lisais dans mon bréviaire la collecte à Saint-Basile-le-Grand. La vivacité du tambourinement m'a tout de suite fait penser à un malheur. J'ai dégringolé l'escalier pour ouvrir. Le jour était levé. Le jeune Joachim Reverseau essoufflé, en bras de chemise, a bégayé en triturant sa casquette :

– Venez vite ! Apportez vos affaires ! Il y a eu un malheur extraordinaire !

– Où ça ?

– Sur le port.

– Qu'est-ce que tu veux que j'emporte ?

Joachim est resté bouche ouverte, surpris par ma question, et en s'épongeant la nuque avec sa casquette :

– ... Pour les morts !...

Je l'ai poussé sur les marches.

– Conduis-moi. On verra après.

Il était mousse sur *La Confiance*. Il m'a précédé au petit trot. Nous avons longé l'église, et j'ai hésité à entrer prendre les saintes huiles comme il me l'avait suggéré. Nous sommes arrivés sur le port. Un rond d'une vingtaine d'hommes s'est ouvert pour me laisser passer. L'effroi se lisait sur leurs visages. Je me suis avancé sur un ponton de guingois, et j'ai regardé là où les yeux étaient fixés, entre deux barques couchées sur le flanc dans la vase. Un homme était allongé, à plat ventre, à moitié enseveli, les bras tendus au-dessus de la tête. Il était mort.

– Il n'était pas là hier soir, a commenté Albert Clemenceau, le patron de *La Confiance*. Je me suis approché de ma barque tout à l'heure avec Joachim. J'ai cru que c'était d'abord un morceau de voile ou de filet roulé par la mer.

– Qui est-ce ?

Albert Clemenceau ne m'a pas répondu. Il a tiré sur ses moustaches jaunes pour les mordiller.

– À mon avis ce n'est pas un noyé. Regardez comment est mise sa tête.

Le jeune Joachim, derrière nous, opinait en tournant des prunelles, la pomme d'Adam montant et descendant dans sa gorge. J'ai insisté.

– Qui est-ce ? Vous le connaissez ?

Albert Clemenceau a recraché les poils de sa moustache. Et il a murmuré entre ses dents :

– Je pense que c'est ce pauvre Félicien Calot, le gardien des communaux. Vous ne le reconnaissez pas, monsieur le curé ?

J'ai haussé les épaules.

– Pour en être sûr, a ajouté Clemenceau, il suffirait de courir le demander chez lui.

J'ai senti Joachim prêt à bondir. Je l'ai retenu par la manche.

– Qui avez-vous prévenu ?

– Vous, et M. le maire, qui n'était pas encore levé.

Tout le monde chuchotait autour, les mains dans les poches comme s'il faisait froid. Les premiers rayons du soleil rasaient les eaux grises du milieu de la rivière. La mer montait. Elle se haussait à rebrousse-courant et se répandait sur les vases. Des vols de mouettes tournaient en piaillant. Des gens arrivaient en courant. Leurs visages prenaient une apparence grave en se penchant sur les vases.

Enfin le maire fut là, coiffé d'un chapeau de paille qui le grandissait, et le murmure devint brouhaha. Le cabanier possédait le moulin à vent sur la digue du communal et élevait des chevaux. Son anticléricalisme était notoire. Il s'est appuyé à la rambarde à côté de moi, le ventre rond en avant. Il a tiré sa montre de son gousset et relevé l'heure de sa découverte du cadavre. Il s'est retourné vers le public pour réclamer le silence et a envoyé prévenir les gendarmes de Saint-Michel. Deux hommes ont chaussé les sabots à cuissardes et se sont avancés dans la vase que la mer commençait d'envahir. Ils se sont inclinés sur le mort. Et quand ils l'ont décollé de la vase, des spectateurs n'ont pu retenir un oh ! de surprise. La tête était sur le point de se détacher du tronc. Quelques lanières de chair seulement la retenaient. Albert Clemenceau m'a soufflé :

– Je vous l'avais dit, qu'il n'était pas mort noyé.

Ils l'ont transporté sur la terre ferme, l'ont retourné. Le maire a fait reculer les badauds et m'a invité d'un geste à l'accompagner.

Un masque de vase noire adhérait au visage du mort. J'avais dans ma poche l'un de mes grands mouchoirs de batiste. Je me suis accroupi. J'ai demandé à Dieu miséricorde pour cet homme dont je découvrais la peau grise, la barbe, la bosse du nez. J'ai interrogé du regard le maire et les hommes derrière.

– C'est suffisant, monsieur le curé, a-t-il remercié d'une voix sourde, tout le monde a reconnu Félicien Calot.

Je me suis relevé. Je devais être pâle. Je n'avais pas cessé de regarder l'entaille béante, maculée de vase, du cou de Félicien Calot pendant que je le nettoyais. Je faisais l'inventaire des hommes de la paroisse et je cherchais lequel avait pu commettre une telle monstruosité. S'il était de mes paroissiens, alors j'avais failli à ma mission. Je n'avais pas fait avancer l'Évangile d'un pouce. Je crois que, seul, j'aurais pleuré, sur Félicien Calot, sur son assassin, et sur moi et mon incapacité à convertir.

Je pressais dans ma main mon mouchoir maculé de vase. J'en avais sur la manche et le bas de ma soutane. J'ai vu tous les Calot présents autour de nous s'avancer. Ils formaient une dynastie à Saint-Benoît. On disait qu'il n'y avait personne de la commune qui n'ait un peu de sang Calot dans les veines. Leur fécondité était réputée. Certaines familles étaient fières de leur douzaine d'enfants vivants et en bonne santé. D'autres avaient essaimé et on parlait d'une lignée de Calot au Canada. J'avais du mal moi-même à ne pas les confondre. Parmi les six présents, il y avait trois marins, le maréchal-ferrant et son fils, et un modeste ouvrier agricole sans terre travaillant pour les autres. C'est lui qui a parlé.

– Félicien était mon cousin germain. Je vais aller prévenir sa femme.

Mais il n'a pas bougé. Sa barbe bleue mangeait ses joues creuses. Le maréchal-ferrant est venu à son secours.

– Je vais avec toi.

– Non, a dit le maire, c'est à moi d'y aller. D'autant plus que Félicien recevait une indemnité de garde des communaux par la mairie.

À cause de cela, il était considéré comme un privilégié, et il s'en vantait dans les cafés du pays, où il reversait généreusement une grande partie de son salaire. Je me suis avancé :

– Je vais avec vous.

Le maire a recommandé :

– Vous allez le préparer pendant qu'on va chez lui. Portez-le à la mairie.

– On va le porter à La Belle Henriette, a proposé le maréchal-ferrant. Il y était habitué. On trouvera des femmes pour lui faire la toilette.

Nous sommes partis tous les trois. Nous avons pris par le bord de mer pour éviter de traverser le bourg. Mais les portes se sont ouvertes sur le chemin, et les femmes que nous n'avions pas vues jusque-là sont sorties. La nouvelle de la mort s'était répandue comme une traînée de poudre. Elles se sont approchées.

– Savez-vous qui est l'assassin ?

– Il faudra lui couper le cou !

– Il paraît qu'il avait bu...

Lorsque nous avons franchi la barrière des communaux, et pris le chemin de la maison du gardien, nous avons aperçu Maria, la femme de Félicien, dans son courtil. Elle nous attendait, ses plus jeunes enfants accrochés à ses cotillons.

Peut-être n'arriverai-je pas au bout de mon récit. Je sors d'une rude empoignade. Le beau soleil blond sur les vignes de Martignac m'a entraîné à des imprudences de jeune homme. J'ai voulu me passer de ma douillette, et le rhume chronique qui m'accable s'est changé en bronchite.

Je n'ai pas pu me lever, un matin, malgré tous mes efforts, il y a trois semaines. La fièvre était la plus forte. Je me souviens très bien de ma terreur, non pas tant dans la perspective de ma mort, mais dans celle de la dépendance. J'ai attendu la venue de mes paroissiennes. Je les avais prévenues.

– Il est possible que vous ne me voyiez pas à l'heure de ma messe un matin. Peut-être ne serai-je pas réveillé, tout simplement, ou peut-être serai-je malade. N'hésitez pas. Tambourinez à ma porte, et entrez, je ne ferme jamais à clé.

Je ruisselais de sueur. J'avais froid dès que je sortais les mains de dessous les couvertures. J'ai entendu les femmes arriver et m'appeler dans le couloir. Je ne me souviens pas du reste. J'ai déliré pendant plusieurs jours. Je vois dans un halo la silhouette du bon Dr Audebert. Sa voix bourdonne et se confond avec celle de ma mère près de mon lit d'enfant dans notre maison des Essarts. Elle me murmure :

– Sois courageux, Jeannot. Garde ce cataplasme de farine de moutarde. Il va te guérir.

La poitrine me brûle. Et me voilà au grand soleil de Saint-Nicolas. La mer grésille comme une braise blanche. J'ai beaucoup déliré autour de ce que j'écrivais.

Je suis revenu au réel après trois jours. Mes bons amis Pasquier m'avaient confié à Marie, leur sœur, une vieille fille que j'ai vue soigner leur père jusqu'au bout avec abnégation. J'ai souri en la découvrant près de moi. J'ai pensé à maman et à son inquiétude pour les soins du corps à mon sujet. La vieille demoiselle doit avoir soixante-dix ans. Ses deux yeux verts supportent sans ciller toutes les situations. Elle a approché de moi ses traits lourds mais réguliers. À vingt ans elle pouvait être belle.

Sans Marie, sans mes paroissiens, dans l'état où je suis, j'étais bon pour l'hospice des pères de Bassac. Mon déménagement était prévu. Mais Marie m'a appris que son frère et quelques autres fidèles de la paroisse sont allés à Angoulême, et ont plaidé ma cause à l'évêché. Ils m'ont obtenu un sursis. La bonne nouvelle m'a fait du bien. Je ne tousse presque plus. J'ai recommencé à marcher. Aujourd'hui dimanche, bien couvert, j'ai célébré la grand-messe et j'ai remercié mes paroissiens. Maman disait souvent :

– Mon Jean fonctionne au sentiment.

Je lui répondais :

– Quelquefois ça me joue des tours.

Les jeunes ont continué les répétitions de théâtre sans moi. Mon absence les a obligés à sortir d'eux-mêmes et à prendre leurs responsabilités. Je fais confiance à l'enthousiasme et à la grâce de leur jeunesse. La première représentation aura lieu samedi prochain.

Je rentre du jardin. Marie a refusé de soigner mes dahlias. Elle les laissait pour moi, m'a-t-elle dit, quand je serais guéri. J'ai coupé les fleurs fanées, taillé les branches cassées par l'averse orageuse de la semaine dernière. Le massif n'a pas encore atteint sa plénitude. Les modestes dahlias pompons de la bordure n'ont pas commencé de fleurir, et les gros soleils du milieu sont encore un peu verts.

Je suis toujours convalescent. Ces quelques pas dans le jardin autour des fleurs m'ont épuisé. J'ai eu raison de refuser l'invitation à dîner des Pasquier. On verra la semaine prochaine. Je croyais pouvoir me passer de Marie et reprendre ma vie solitaire. Ils ont insisté pour qu'elle vienne trois heures par jour s'occuper de mon ménage et préparer mon déjeuner. Ils ont bien fait. Je me sens tout fébrile. Mon écriture tremble.

V

Dans la vigne du père Babinot

11

Maria Calot était réputée pour la tenue de sa maison, malgré un mari ivrogne et une kyrielle de sept enfants. Les deux drôles accrochés à ses jupes et le plus petit dans ses bras étaient lavés et bien peignés. Tout Saint-Nicolas savait que la grande femme maigre de Félicien était la vraie gardienne des communaux, avec l'aide de ses deux aînés prompts à courir après les bêtes rétives. Elle posa tout de suite au maire la question qui la tourmentait :

– Allez-vous nous chasser maintenant et mettre quelqu'un d'autre à notre place ?

Le maire soupira.

– Vous savez bien qu'on ne vous enlèvera pas de là, si le travail est fait. Mais à la condition que cela n'empêche pas vos enfants d'aller à l'école. M. Couzinet m'a signalé leurs trop nombreuses absences.

Les yeux marron restèrent durs un moment, puis les traits s'adoucirent. Elle baisa machinalement la tempe de l'enfant dans ses bras. Le vent de mer soufflait plus fort dans les hauteurs du ciel. Il effrangeait de lourds nuages qui se déformaient et cachaient le soleil. Elle nous a confié, le regard perdu vers les grèves :

– Il n'est pas venu dormir la nuit dernière. J'en avais l'habitude. Il était parfois plusieurs jours sans rentrer. Il dormait dans les barges. Je lui avais prédit : Un jour on te trouvera mort, et personne ne se sera soucié de toi.

Elle a ajouté, fataliste :

– Il n'était pas plus mauvais que d'autres. Il laissait la moitié de la pension pour moi et les enfants. Le reste, il le buvait.

Elle acheva avec franchise :

– Maintenant, si nous restons là, ce ne sera pas plus mal pour nous. Les plus grands sont en âge de m'aider...

Elle nous regarda comme si elle était surprise de nous voir devant elle tandis qu'elle s'était laissée aller à penser tout haut, et son regard s'assombrit. Elle dit :

– Il y avait ce Chèze, paraît-il, avec lui, hier soir.

Elle se retourna vers la porte de la maison.

– Lucie !

Une petite voix lui répondit. Et une fillette en blouse bleue, aux cheveux châtains en tresse liés avec des brins de laine, sortit.

– Oui, maman.

C'était l'aînée de ses filles, sa troisième enfant.

– Tu vas t'occuper de tes petits frères et sœurs pendant que je serai partie. Et, s'ils bougent, gare !

Lucie hocha la tête, le visage grave comme une grande personne. Sa mère lui déposa son lourd poupon dans les bras. La petite le serra fort et rentra en marchant avec précaution, suivie des deux autres qui avaient docilement lâché les cotillons de leur mère pour prendre ceux de leur sœur. Maria Calot tira le foulard noir qu'elle avait dans sa ceinture et le noua autour de sa tête.

– Je vais avec vous. Nous allons le ramener là. Je lui ai préparé ses affaires pour l'habiller. Faut-il les emporter ?

– Laissez les vêtements. Vous l'habillerez comme vous voudrez quand il sera de retour chez vous.

Les gendarmes de Saint-Michel arrivèrent en même temps que nous. Ils avaient télégraphié à la caserne de gendarmerie de Luçon. Un inspecteur était attendu en fin de matinée. Ils interdirent le déplacement du corps de la victime sans l'autorisation du fonctionnaire de police. La patronne de La Belle Henriette avait ceint la gorge de Félicien Calot avec une large écharpe blanche qui lui donnait une apparence propre. Et ses yeux clos, son visage reposé, ne suggéraient pas une mort violente.

– Il n'a pas vu venir la mort, commenta-t-elle avec son habituel franc-parler, il avait bu.

Le brigadier exigea de voir la plaie.

– Ce n'est pas la peine de s'être donné tant de mal ! bougonna Henriette en agitant ses cheveux bouclés.

Elle défit les épingles de nourrice. Comme je l'avais vu en enlevant la vase, on avait tranché la gorge de Félicien Calot d'une oreille à l'autre. L'arme de l'assassin était parfaite de fil. La coupe était nette, peut-être au rasoir, ou au couteau de boucher. Félicien Calot était allongé sur une table de l'arrière-salle du café, revêtu d'une chemise et d'un pantalon un peu ample du mari d'Henriette. Des chaises étaient empilées sur les tables voisines. Les allées et venues étaient nombreuses. Seule, Maria, postée près de son mari, droite sur sa chaise, ne bougeait pas. Henriette lui avait apporté un café. Le café refroidissait dans sa tasse.

– Elle est plus choquée qu'elle ne veut le faire croire, m'a chuchoté Henriette.

– Voulez-vous que nous récitions une prière ensemble, Maria ?

Elle a hoché la tête.

Les gendarmes avaient envoyé chercher Jean-Marie Chèze, le dernier, disait-on, à avoir vu Félicien vivant. Ils avaient effectué ensemble le parcours périlleux d'un café du port à l'autre dans le même état éthylique. Mais ni Jean-Marie ni Lilas n'étaient chez eux. Je l'avais remarqué en passant en compagnie du maire : leur porte était fermée. Ils n'étaient pas partis, non plus, sur leur bouchot. Leur acon était dans le port. On ne les avait pas vus embarquer pour travailler au bouchot d'un autre. On a conclu qu'ils ne pouvaient être que chez Nicou.

Ils fabriquaient des bousats. Jean-Marie et Nicou roulaient le fumier de la cabane, à la brouette, vers un grand trou creusé près de l'abreuvoir. Le vieux Nicou y lançait des fourchées de paille hachée. Et quatre domestiques, deux hommes et deux filles, y piétinaient nu-pieds pour mélanger la bouse et la paille. Les hommes avaient retourné les jambes de leurs pantalons, les filles retroussé leurs jupes. Les pieds et les mollets étaient graissés de bouse. Des cris jaillissaient lorsqu'une glissade maladroite provoquait une éclaboussure. La chaleur exaltait l'odeur. Lorsque le mélange était satisfaisant, Jean-Marie prenait le moule. Il retirait une galette bien ronde et la mettait à sécher au soleil.

Il était midi lorsque les émissaires des gendarmes trouvèrent Jean-Marie chez Nicou. Les filles aux corsets et aux corsages dégrafés, les garçons en chemise, se lavaient autour du puits. Les galettes séchaient, les plus fermes étaient soigneusement rangées en tas comme des galets. L'odeur stagnait sur la cabane écrasée de soleil, remuée par la brise de mer. Une bouteille de vin était posée sur la margelle. La ficelle qui permettait de la descendre au frais était encore fixée à son goulot. Les filles plongeaient les pieds dans une bassine, et elles s'amusaient des regards des deux jeunes envoyés des gendarmes sur leurs jambes qui devenaient soudain blanches et belles. Elles leur crièrent de se retourner pour qu'elles puissent se laver les genoux. Blanche Nicou et Lilas sortirent de leur cuisine en demandant ce qui se passait. Et les garçons racontèrent la découverte macabre du matin. Ils s'adressèrent à Jean-Marie qui s'essuyait les bras à un torchon.

– Les gendarmes nous envoient vous chercher, puisque vous l'avez vu hier soir. Vous buviez ensemble.

– Tu as bu, hier ? a demandé Nicou, surpris. Il ne s'était aperçu de rien. Jean-Marie a précisé avec un petit sourire triste.

– J'aurai du mal à donner des informations aux gendarmes, je ne me souviens de rien.

– Tu en as une carcasse ! lui a reproché Nicou, mi-admiratif, mi-critique.

Et s'adressant aux deux jeunes :

– Il était saoul hier soir, et il roule des brouettes avec moi depuis le lever du soleil. Si vous voulez vous y essayer...

Les garçons ont baissé la tête, oubliant les filles qui avaient rechaussé leurs sabots. Ils ont lorgné les bras comme des pilons de Jean-Marie qui a rendu son torchon à Nicou.

– Je vais avec eux. Puisqu'il faut y aller, il vaut mieux que ce soit tout de suite !

Il parlait entre ses dents pour ne pas être entendu. Mais Lilas s'est approchée, redoutant le pire avec les gendarmes. Elle avait tout entendu.

– Où tu vas je vais, Jean-Marie. Viens au moins manger, la soupe est trempée.

Il s'est efforcé de la rassurer avec un sourire confiant.

– De quoi as-tu peur ? Félicien Calot est mort. J'étais avec lui, hier soir. Je ne veux pas qu'on m'accuse. Laisse-moi m'arranger de ça.

Les larmes ont roulé dans les yeux de Lilas. Elle lui a reboutonné un bouton de sa chemise sur sa poitrine en sueur. Il l'a repoussée doucement.

– Je serai de retour pour reprendre l'ouvrage. Je ne veux pas qu'on croie que je me cache.

Et plus fort :

– Vous garderez la soupe au coin du feu pour moi.

À ce moment-là le commissaire Tribot descendait de la voiture de la police devant La Belle Henriette, serré dans une redingote, grandi d'un chapeau haut de forme. La nouvelle du crime de Saint-Nicolas l'avait opportunément rejoint à l'occasion d'une visite à la gendarmerie de Luçon. Le parquet ne serait sur place que le lendemain.

Il nous pria de sortir avec un sourire glacé de croque-mort, ordonna aussi aux gendarmes hésitants d'évacuer la salle. Et il resta une demi-heure seul, en compagnie du mort.

– Qu'est-ce qu'il fabrique, ce pendard ? me murmura Henriette en rapportant avec elle une odeur de friture de daurade.

Nous ne nous étions jamais autant parlé. Son établissement m'avait été signalé à mon arrivée comme l'un des moins recommandables. Les bals du samedi attiraient chez elle, disait-on, tous les mauvais garçons et les filles perdues du marais.

– Voulez-vous manger avec nous, monsieur le curé ? m'a-t-elle proposé généreusement avec un large sourire rose et gras.

Je l'ai remerciée. On aurait jasé dans le port en apprenant que je mangeais à la table de La Belle Henriette. Et cette mort n'était pas de nature à me donner de l'appétit. La figure aux joues creuses et pâles du commissaire est enfin apparue derrière la vitre. Il a ouvert la porte et s'est adressé aux gendarmes.

– Le corps de la victime pourra être rendu à sa famille.

Maria s'est approchée de la table de Félicien. Elle a vu l'épingle de nourrice fixée de travers sur le bandage de son mari et, se penchant sur le cou du défunt, elle l'a réajusté.

Alors Jean-Marie est arrivé, précédé d'une odeur d'étable. Des cernes de fatigue creusaient sa figure tannée. Maria Calot l'a interpellé.

– Alors, vous voilà, vous! Vous faisiez la bombe ensemble, hier soir?

Il s'est balancé d'une jambe sur l'autre, a haussé ses lourdes épaules.

– Peut-être.

Le commissaire Tribot s'est encadré derrière lui dans la porte.

– C'est vous, monsieur Chèze?

Jean-Marie a pivoté.

– Oui.

Il s'est approché encore de la table, et ses larges mains croisées sur son ventre :

– Quel malheur!

Maria Calot lui a répondu avec colère :

– Quel gâchis! vous voulez dire! Je ne sais pas qui lui a tranché la gorge, mais il est sûr que, s'il n'avait pas bu, il ne serait pas là.

Jean-Marie a réfléchi et balbutié :

– C'est sans doute qu'il avait soif.

Elle a levé les yeux, me prenant à témoin des propos déraisonnables de Jean-Marie. Les gendarmes sont entrés avec une civière pour transporter le mort au communal. Le commissaire s'est adressé à Jean-Marie :

– J'aurais quelques questions à vous poser, monsieur Chèze.

Nous avons échangé un regard, Jean-Marie et moi. J'ai compris qu'il m'appelait à l'aide. Il m'a paru une proie facile pour le policier à la redingote noire. J'ai essayé de le rassurer :

– Dites tout ce que vous savez, tout simplement.

Il a soupiré :

– C'est que je ne me rappelle rien.

– Vous aviez donc tant bu ?

J'ai hésité à l'abandonner à la figure triste du commissaire. Mais on m'appelait. Maria Calot avait besoin d'un cierge et d'eau bénite. Je suis passé au presbytère, où j'ai avalé debout le bol de soupe servi par ma mère. Elle a voulu m'obliger aussi à manger une tartine de pain beurrée avec des cerises cœur-de-pigeon. J'ai emporté une poignée de cerises pour lui plaire.

Je suis arrivé à la maison du mort après le départ des gendarmes. L'odeur du cirage de leurs bottes traînait encore entre les murs. Deux femmes s'affairaient à habiller Félicien avec Maria. J'insistai pour entrer avant la fin de la toilette. Je vis Félicien en chemise, ses longs doigts de pied dressés vers le plafond. Les femmes ont épilogué sur des malheureux descendus en terre aussi nus qu'ils étaient venus au monde. J'ai disposé la croix, le cierge, l'assiette d'eau bénite et le brin de buis des Rameaux. J'ai effectué la première bénédiction, et j'ai promis de revenir réciter le chapelet le soir.

J'ai deviné que quelque chose de grave venait de se passer avant d'arriver à La Belle Henriette. Saint-Nicolas s'était plongé dans le silence depuis le matin. Les gens rassemblés commentaient à voix basse de veillée funèbre. Les figures étaient fermées. Et les vieilles méfiances, les drames du passé resurgissaient.

Et puis, alors que je passais devant la venelle des Grollier, j'ai entendu des bruits de voix. Une bonne femme criait joyeusement de sa porte à sa voisine décrochant son linge à l'étendoir, dans sa cour :

– Il est fort, ce commissaire ! Il n'a pas eu besoin de lui appuyer longtemps sur le ventre pour qu'il crache la vérité !

J'ai failli m'avancer pour demander de qui elles parlaient. J'ai remarqué alors que Saint-Nicolas s'était réveillé. J'ai entendu d'autres voix, d'autres cris. Même un vol de mouettes a glissé en se querellant au-dessus de moi. J'ai débouché sur le port. Les buveurs étaient sortis des cafés : des hommes et des femmes du bourg, des marins convergeaient vers eux en gesticulant. Albert Clemenceau m'a lancé au passage :

– Ça y est, monsieur le curé, ils l'ont arrêté !

J'ai remarqué qu'un renfort de gendarmes était arrivé. Leurs uniformes chamarrés de rouge et de bleu donnaient à ce rassemblement un air de fête. Les fourreaux des sabres rutilaient, les bicornes à cocarde s'agitaient sous la craie du soleil. J'ai avisé le père Chaigne.

– De qui parle-t-il ?

Il a hoché tristement la tête, en rupture avec l'euphorie générale. J'ai insisté auprès de la belle Henriette, les mains croisées sur sa lourde poitrine sous la bavette de son tablier.

– Qui ?

De la tête, elle m'a désigné la dune à l'extrémité du port :

– Ils sont là-bas.

Je distinguai Jean-Marie et le commissaire Tribot par-delà le cordon de gendarmes à bicorne au milieu du champ de vigne de la dune. Je me souviens de ma traversée de la place du port dans l'oppression du soleil. Une suffocante odeur saumâtre montait du bassin. La mer baissait de nouveau. Les mâts des bateaux avaient recommencé de descendre à l'extrémité des pontons. Je sais que le chien jaune d'Ambroise, le sacristain, me suivait. Les gendarmes se sont écartés pour me laisser passer à cause de ma soutane. Le chien a dû prendre un coup de botte, car je l'ai entendu s'enfuir en aboyant.

Je me suis approché parmi les rameaux de vigne en désordre sur le sable. Jean-Marie se tenait entre le commissaire et le brigadier rubicond de la gendarmerie de Saint-Michel. Il ne s'était pas départi de l'air ahuri de son arrivée à La Belle Henriette. Il a cligné des paupières à cause de la lumière, et j'ai interprété sa grimace comme un sourire qui m'a rassuré.

J'ai épongé mon front et mes cheveux mouillés sous mon chapeau. Ils regardaient le nez de leurs souliers, et j'ai découvert les restes de ce qui avait été une large flaque brune bue par le sable et séchée par le soleil. Le sang mêlé au sable avait formé une croûte avec des caillots que, hors ces circonstances, on aurait prise pour de la lie de vin. Les yeux du commissaire se sont relevés, ont glissé sur la vigne, filé jusqu'aux pontons du port.

– Regardez, Chabassut, a-t-il dit au brigadier, le meurtrier et sa victime sont passés par là. Il faut boucler cette vigne et l'interdire jusqu'à ce que nous ayons relevé les empreintes.

L'interdiction venait un peu tard. Je me rappelais avoir vu le père Babinot circuler le matin dans sa vigne. Mais le commissaire Tribot voyait juste : on distinguait les traces d'un passage parmi les ceps à partir de l'endroit piétiné où Félicien Calot avait dû être égorgé. Des pampres étaient écrasés. Le criminel n'avait pas traîné sa victime. Il l'avait soulevée et portée dans ses bras jusqu'aux eaux du port. Il fallait qu'il fût robuste. Quant aux empreintes de souliers ou de sabots, le sable était si fin, la brise avait passé sur lui. Il ne restait plus que des ondulations insignifiantes sur le lieu supposé du crime.

Alors le commissaire Tribot a sorti sa main osseuse de sa poche de redingote. Il a défroissé la feuille de papier quadrillé pliée en tube qu'il me brandissait sous le nez, l'a ouverte et l'a promenée devant Jean-Marie avec un ricanement froid.

– Monsieur Chèze, répétez devant M. le curé, ce que vous nous avez déjà dit. À qui appartient cet épissoir ?

Les plis autour des paupières de Jean-Marie se sont resserrés encore et l'ont défiguré. Il a examiné l'objet et soufflé, sans voix.

– À moi. Je l'avais perdu.

Il a répété, comme égaré dans un mauvais rêve.

– Je l'avais perdu !

– Oui, vous l'aviez perdu ici, ricana encore le commissaire Tribot. M. Babinot l'a trouvé au pied d'un cep.

Il a ramené l'enveloppe de papier quadrillé devant mes yeux. Ses prunelles grises se sont durcies, ses traits sont redevenus de marbre.

– Nous tenons l'arme du crime, monsieur le curé. Regardez les traces de sang sur la lame et le manche.

C'était un de ces grands couteaux à manche de corne et lame recourbée comme les boucholeurs en promènent dans leurs poches. Ils leur servent à tout, à manger, à racler le byssus sur les coquilles de moules, à trancher les cordes de chanvre fixées aux pieux pour recueillir le naissain. Le commissaire Tribot a examiné la lame, glissé le pouce sur la pointe.

– C'est une arme redoutable, fabriquée à Thiers. Elle coupe comme un rasoir. Elle vous saigne un homme ivre avant même qu'il s'en soit aperçu.

Il a ajouté en desserrant tout juste les lèvres :

– Nous tenons le coupable.

J'ai demandé :

– Mais pourquoi aurait-il fait ça ?

– Félicien Calot venait de recevoir son indemnité de gardien des communaux à la mairie. C'est pourquoi il était ivre. Chèze a bu avec lui et a vu l'argent dans les poches de Calot. Les gendarmes ont fouillé la victime et n'ont pas trouvé un sou sur lui. Chèze a besoin d'argent pour rembourser ses dettes, à ce qu'on m'a dit, et pour boire...

Je me suis détourné. Je n'aimais pas cet homme qui n'aimait pas les hommes. Jean-Marie était immobile, ses larges épaules basses, sa casquette dans sa main. J'ai eu envie de lui dire : « Défends-toi ! » Il a passé les doigts ouverts de son autre main sur son front en sueur.

– Je ne me souviens de rien, m'a-t-il confié, et il me suppliait, j'avais trop bu.

– Un petit séjour à la maison d'arrêt va peut-être vous rendre la mémoire, Chèze !

Nous sommes revenus vers La Belle Henriette. Nous avons franchi le cordon de gendarmes, et des cris se sont élevés de l'attroupement.

– Assassin ! Bandit !

Une femme criait le plus fort. Je l'ai cherchée parmi les visages. Et puis soudain, sortie de la foule, Lilas a été là. Elle a dénoué le lacet de sa quichenotte, et l'a enlevée, comme si elle était trop lourde. Des voix d'enfant ont crié derrière elle :

– La Mularde ! La Mularde !

Elle s'est retournée. Les cris se sont tus. Son chemisier à carreaux tombait sur sa jupe. Ses cheveux noirs étaient toujours fixés aussi fièrement haut, dégageant son long cou. Une rafale de vent chaud a passé sur la place, soulevant la poussière. Le drapeau bleu-blanc-rouge a clapoté sur la maison de la douane. Jean-Marie et Lilas face à face se fixaient. Il a bougé les lèvres, mais aucun son n'est sorti de sa bouche. Je connaissais déjà l'intensité de leur échange de regards. Est-il choquant d'écrire que cet après-midi-là, dans ces circonstances, ils m'ont paru enviables ? Il y avait un abandon total dans les yeux pâles et désolés de Jean-Marie. Il n'y avait pas l'ombre d'un doute dans les prunelles noires de Lilas. Sa confiance dans son mari était entière. Les péripéties et les accidents de la vie ne parviendraient pas à les séparer. Je n'étais pas le seul à m'en rendre compte. Tout le monde se taisait.

Enfin Jean-Marie est parvenu à articuler :

– Je l'avais perdu, tu le sais...

– Quoi ?

– Mon couteau.

Je crois qu'elle lui a souri, en hochant la tête. À ce moment-là, nous avons entendu un cri, un martèlement de galoches. C'était Pierrot qui traversait la place du port en courant. Blanche Nicou était allée le chercher à l'école. Les gendarmes ont hésité et puis l'ont laissé se jeter contre le pantalon de coutil de son père.

– Papa !

Le père a promené la main sur le crâne rasé de près par la tondeuse, a tapoté les joues. Ils se sont regardés. Et Jean-Marie, enlevant sa casquette, l'a posée sur le petit crâne nu. Elle était trop grande. Elle flottait et recouvrait les oreilles de Pierrot. Mais c'était comme une passation de pouvoirs.

Le commissaire Tribot, gêné, a ordonné aux gendarmes :

– Mettez-lui les fers.

Ils ont fixé les bracelets aux poignets de Jean-Marie. La berline noire du commissaire est sortie de la cour de La Belle Henriette. Une nuée de moucherons poursuivait les chevaux noirs. Lilas tenait maintenant son fils par la main.

Jean-Marie est monté dans la berline entre deux bicornes. L'officier de police a escaladé à son tour le marchepied, s'est découvert de son chapeau qu'il a déposé sur le siège en décollant ses cheveux mouillés sur sa nuque, l'air d'un homme satisfait d'une affaire rondement menée. Les gendarmes se sont déployés pour ouvrir un passage. Le commissaire a tiré la portière sur lui. Les chevaux ont piaffé. Quelques voix ont réclamé la guillotine.

La berline a tourné dans la rue de l'église en direction de Saint-Michel et de Luçon, et nous

nous sommes retrouvés seuls. L'adjudant de gendarmerie prenait des notes au crayon fuscine sur son carnet à souches. Lilas serrait la main de Pierrot au milieu de la place toute blanche d'air brûlant et épais, et elle semblait avoir froid. Je me suis avancé. La chaleur me collait la langue. Le remugle du port passait sur nous avec des tourbillons de poussière éblouissante. J'ai dit :

– Maintenant nous allons tous rentrer chez nous. Nous commencerons par enterrer notre malheureux ami Félicien.

Ma langue se déliait à mesure que je parlais. J'ai terminé sur un ton plus ferme, tourné vers les badauds qui insultaient :

– Aucun d'entre nous, je crois, n'est qualifié pour condamner. Personne n'aura l'audace de s'ériger en juge.

J'ai entendu sur le côté :

– C'est bien dit !

J'ai cru qu'on se moquait. C'était le père Chaigne. Il ne plaisantait pas. L'assentiment du vieux commerçant influent l'a emporté. Les gens ont hésité et se sont retirés lentement par petits groupes. J'ai avisé Blanche Nicou :

– Voulez-vous raccompagner votre filleul et sa mère chez eux ? Je vous rejoindrai plus tard.

Elle a ouvert de grands yeux effrayés. La grasse Blanche Nicou n'était pas d'une nature à incliner vers l'héroïsme. J'ai ajouté :

– Vous n'allez pas rentrer chez vous par cette chaleur. Reposez-vous un moment au Tirouet. N'ayez pas peur, il ne vous arrivera rien.

Elle a hoché la tête sous son grand chapeau de paille et elle s'est avancée vers Lilas. Elle a pris la main libre de Pierrot. Lilas avait toujours sa quichenotte entre les doigts. Ils sont partis sur le chemin qui longe le port. Les mâts des bateaux s'étaient encore enfoncés avec la marée descendante. Des gendarmes transportaient des piquets et de la corde pour installer une barrière autour de la vigne du père Babinot.

Je suis allé au Tirouet en fin d'après-midi, trop tard à mon goût, mais j'avais voulu entendre des témoins de la soirée de la veille dans les cafés. Je voulais savoir si l'assassinat d'un homme ivre par un autre homme ivre était plausible. Saint-Nicolas était gagné par une fièvre de délire. On m'a rapporté des histoires de disparitions en mer inexpliquées, de matelots glissant sur des bouts-dehors qu'on n'aurait jamais repêchés. Des histoires comme les marins en racontent dans les cafés m'ont été jurées authentiques. Je découvrais un village en train de sombrer dans une sorte de folie collective. Ma mère est rentrée de chez l'épicier effondrée :

– Tous les diables sont lâchés ! Ils feraient s'entre-tuer père et mère avec ce qu'ils racontent ! Ils disent n'importe quoi !

Je me suis arrêté chez Lilas en allant diriger le chapelet de Félicien. J'ai été étonné d'y trouver encore Blanche Nicou, tassée sur le banc, les robes étalées autour, le chapeau de paille sur la tête, un pichet d'eau et un verre sur la table devant elle.

– Eh bien, monsieur le curé, vous voilà ! On se demandait si vous alliez venir !

J'ai compris qu'elle avait choisi son camp et qu'elle était fière de monter la garde aux côtés de Lilas exposée désormais à toutes les calomnies. Elle occupait ses mains à peler des fèves pour la soupe. Je me suis assis à la place de Blanche Nicou sur le banc. J'ai sorti mon couteau de ma poche, et j'ai joint mon petit tas de peaux de fèves au sien. Elle s'est préparée à partir.

– Je vais profiter de la fraîcheur. C'est mieux que de marcher en pleine chaleur.

Elle s'est abreuvée d'un dernier grand verre d'eau. Elle s'en est allée avec son gros ventre et sa lourde poitrine dans sa robe à rayures grises. Lilas a suivi des yeux avec envie la lourdeur tranquille de sa patronne et amie. Elle a croisé mon regard. Ses yeux se sont mouillés. Elle a essuyé le coin de sa paupière avec sa main. Elle n'avait pas bougé du bout de la table où elle était effondrée, la tête dans les mains. Elle se montrait pour la première fois anéantie, les joues rougies de chagrin, la lèvre tremblante. Pierrot était assis derrière elle, sur la pierre de la cheminée. Il m'a demandé en pleurant :

– Est-ce qu'ils vont le guillotiner mon papa, monsieur le curé ?

Il a provoqué de nouvelles larmes. J'étais las de cette terrible journée. Par la porte ouverte, la lumière orange du couchant nappait le chemin, la dune, et la chapelure de sable sur la terre battue de la maison. Le beau rouge nocturne du massif de dahlias ornait la porte. Elle s'est levée pour sortir de l'armoire la bouteille de vin, j'ai préféré l'eau fraîche. Nous ne nous sommes rien dit pendant que la pointe de mon couteau s'activait sur les grosses fèves à la peau épaisse. Elle m'a demandé en déglutissant avec peine :

– Laissez cela, monsieur le curé. Ce n'est pas à vous de faire mon travail. De toute façon, je ne crois pas que nous pourrons manger, ce soir.

Il ne restait que quelques grosses fèves à peler pour la soupe. J'ai fini l'ouvrage, refermé mon couteau. Elle s'est levée.

– Il faut que j'aille panser les bêtes.

Elle a tiré les épluchures et les fanes dans son tablier. Je l'ai suivie jusqu'à ses toits à lapins derrière la maison. J'avais sorti ma pipe et, en l'allumant, tandis qu'elle repoussait les museaux avides, je lui ai demandé :

– Est-ce que vous avez trouvé de l'argent dans les poches de Jean-Marie, hier soir ?

Elle ne m'a pas répondu et a continué d'ouvrir les portes, de donner aux bêtes. Elle versait de l'eau dans l'abreuvoir lorsqu'elle a desserré les dents.

– Parce que vous croyez Jean-Marie capable de tuer ?

– Il avait bu, Lilas...

Elle s'est retournée vers moi.

– Quand mon père a commencé à s'enivrer, après la mort de maman, j'ai été terrorisée. J'attendais son retour toute seule, dans la grande cabane de la Pointe. Dès qu'il poussait la porte, je rejetais les couvertures. J'avais neuf ans. Il se heurtait à la table, renversait le banc. Plusieurs fois, dans un accès de rage, il s'est mis à tout casser. Et puis il me découvrait, en chemise, sur la pierre de la cheminée. Il ne m'a jamais frappée. Il s'arrêtait et m'appelait à l'aide de sa voix brisée d'ivrogne : « Petite, je crois que nous aurons du mal à nous coucher ! »

Elle marqua un temps.

– Jean-Marie est rentré sans bruit, hier soir. Tout d'un coup la porte s'est ouverte, et je l'ai vu tituber dans le clair de lune. Il a poussé un grognement, et s'est écroulé au milieu de la pièce.

Elle était passée dans le toit aux poules. Elle ne me regardait pas. Elle accomplissait les gestes utiles à l'entretien des animaux et les paroles coulaient de sa bouche comme le sang d'une blessure. J'ai pensé que, peut-être, elle m'avait oublié et elle continuait de parler parce qu'elle ne pouvait plus endiguer le flot.

– Je me suis précipitée. Il a mis son doigt devant sa bouche : « Tu vas réveiller Pierrot ! » Il a passé son bras autour de mes épaules. Une embardée nous a précipités vers le lit. Il m'a demandé la bassine et s'est mis à rendre dans le noir, au clair de la lune. Il m'a dit longtemps après, quand les hoquets ont été finis, et que je suis rentrée de jeter dehors : « Je deviens comme Auguste Rossignol ! » Je l'ai aidé à se déshabiller.

– Il n'avait pas de sang sur les vêtements ?

Elle m'a répondu, indignée :

– Vous croyez que je ne l'aurais pas remarqué ?

Et puis la voix radoucie, au bord des larmes :

– Jean-Marie parle dans son sommeil, quand il a bu. Il emploie le patois de sa Corrèze. Je devine qu'il est de retour là-bas et que, s'il boit, c'est qu'il est miné par notre naufrage. Il ne se supporte plus à Saint-Nicolas. Il a la nostalgie de son pays. Il ne me l'a pas dit, il n'ose pas. Il est malheureux à cause de moi. C'est moi qui l'ai retenu. Peut-être n'est-il pas si désolé d'avoir été arrêté.

– Mais non, Lilas, pourquoi vous faites-vous du mal avec ces idées ?

– Même si je suis convaincue qu'il ne peut pas avoir commis ce crime parce qu'il est un homme bon, j'ai peur qu'il ne s'en sorte pas...

– Et s'il avait vraiment assassiné Calot ?

– Ce ne serait pas un crime de Jean-Marie, mais de la bête qui le ronge.

– Un homme doit répondre de tous ses actes, Lilas.

Nous revenions vers la maison. Le soleil s'éteignait dans un rougeoiement de braises. À l'abri du vent, le mur rayonnait une chaleur de four. Pierrot sortait de la maison comme une âme en peine. Elle s'est arrêtée, a serré nerveusement son fils dans ses cotillons contre ses jambes. Elle s'est adressée à moi, le regard intense, elle m'a prié :

– Est-ce que vous m'aiderez, monsieur le curé ?

– Pourquoi ne vous aiderais-je pas, Lilas ? Mais, mes prières mises à part, je ne sais pas si je vous serai d'un grand secours.

12

L'article du journal *Le Publicateur*, que j'ai découpé le 16 juin 1904, n'a plus quitté mon portefeuille. Il a pour titre : *Crime sordide à Saint-Nicolas-sur-Mer*. Et en sous-titre : *L'assassin démasqué*. Le journaliste, qui rapporte les faits, brosse un panégyrique du commissaire Tribot dont « la perspicacité a accompli des merveilles », et charge l'assassin Chèze, « un ouvrier corrézien de la digue de défense venu égorger un pacifique autochtone » pour quelques billets, un soir, après boire. Il n'a pas eu à gratter bien loin pour recueillir ces types de remarques vénéneuses. Elles couraient les rues de Saint-Nicolas sous le choc à ce moment-là.

Maman est passée un matin pendant ces jours sombres prendre comme à l'habitude chez Hortense, la boulangère, la toute petite miche de pain fendue, spécialement pétrie pour nous par son mari l'Élie Pacreau. Les deux femmes avaient évoqué, une fois à l'heure de l'angélus, mes douleurs d'estomac, et Hortense m'avait prescrit le remède de ce pain léger que je trempais dans mon café, et je ne souffrais plus d'aigreurs, brûlures et autres sensations de pierres dans l'estomac. Aussi c'était devenu une habitude : pendant que je récitais mes actions de grâce après la messe, maman se rendait chez Hortense, pour que la belle miche tendre encore chaude d'Élie m'attende près du bol de mon petit déjeuner.

On descend dans la boulangerie Pacreau par deux marches, comme dans toutes les boutiques de Saint-Nicolas. Maman a tourné le bec-de-cane et déclenché le carillon des tubes fixés au panneau de l'imposte. Hortense l'a saluée de son habituel :

– Alors, madame Guéry, la messe est dite ?

Maman lui a répondu :

– J'ai prié pour vous, madame Hortense.

La boulangère servait deux gros pains de six livres au père Relet de la rue des Écoles. Elle a glissé un pain de quatre sous le tranchoir et ajouté le quignon sur la bascule. Elle a tendu le pain vers le grand cabas du père Relet. Sa ceinture défaite donnait de l'ampleur à sa blouse et dissimulait la largeur de ses hanches. Elle était boulangère et bien nourrie par profession. Son Élie répétait fièrement à qui voulait l'entendre qu'il préférait que sa femme fasse envie que pitié. La peau du visage d'Hortense était lisse comme un beau fruit, et je l'atteste, moi qui l'ai confessée, son âme à l'image de son visage n'avait pas une ride.

Comme tous les matins à cette heure, les gens rentraient et sortaient. Les rentrants tenaient la porte aux sortants, aux bras encombrés. Le tour de maman est venu. Notre miche attendait, de côté, sur le second étage de la panière. Hortense a tendu le bras. Le père Relet, déjà servi, heureux dans cet univers de femmes, dansait d'une galoche sur l'autre, ses gros pains dans son cabas, en évoquant avec un petit sourire moqueur la chute de l'épicier renversé de son échelle par un chien alors qu'il nettoyait son enseigne.

À ce moment-là, la porte s'est ouverte, Hortense posait notre miche sur le plateau de sa balance. Les clients ont suivi son regard et, ostensiblement, se sont détournés. Lilas est entrée en lançant un courageux :

– Bonjour, messieurs-dames !

La boulangère lui a rendu son bonjour dans un silence de mort. Le père Relet s'est éclipsé comme un voleur. Les femmes ont pincé les lèvres en bourse de porte-monnaie. Les pièces de maman ont claqué dans le tiroir-caisse. Le boulanger Élie, inquiet du silence de sa boutique, est sorti du fournil en gilet de peau poudré de farine. Il a baissé aussitôt son long nez et s'est affairé à ranger ses pains sur la panière.

– On aurait dit une pestiférée, m'a expliqué maman. Lilas a pris son tour, les bras croisés derrière ces femmes qui rentraient le ventre et le dos pour éviter de la toucher. À sa place je me serais sauvée !

– Et vous, maman, qu'avez-vous fait ?

– Pas grand-chose. Hortense avait le feu aux joues. J'ai adressé un petit signe de la tête à Lilas en sortant, et j'ai appuyé comme ça ma main sur son poignet.

La compassion m'est une vertu naturelle, et je n'ai pas de mérite. Je tiens de ma mère le goût pour les victimes, les rejetés, les misérables, et la méfiance pour ce qui brille. La pauvreté m'attire et m'intéresse.

La vie quotidienne a donc été profondément chamboulée à Saint-Nicolas. Le commissaire est revenu perquisitionner chez les Chèze. Il a vidé les armoires, retourné le poulailler et les toits à lapins. Les gendarmes ont sondé la dune du Tirouet avec des baguettes de bambou à la recherche d'une culotte ou d'une chemise de Jean-Marie ensanglantée. Lilas certifiait qu'il portait les mêmes vêtements le jour de son arrestation et la veille, soit une paire de culottes en coutil bleu, une ceinture de flanelle et une chemise de toile grise. Les Nicou chez qui il travaillait aux bousats l'ont confirmé. Mais on s'est méfié du témoignage des rares cabaniers à le défendre.

Les bruits les plus fantaisistes ont circulé. Certains piliers des cafés du port ont prétendu avoir vu Jean-Marie, le soir du crime, en chemise à petits carreaux et culottes avec un empiècement sur le genou gauche. Cette version s'est répandue, a enflé, est devenue certitude. On a cherché partout cette culotte et cette chemise à carreaux, qui ne prouvaient rien. On avait trouvé en effet quatre chemises de toile grise dans l'armoire de Jean-Marie, absolument semblables à celle du jour de son arrestation. Il pouvait très bien avoir changé de chemise avec la complicité de Lilas. Quant à croire qu'on retrouverait ses linges ensanglantés, s'ils avaient existé, le couple avait pu aussi bien les ensevelir dans le marais ou les jeter à la mer.

Le juge Schoechofer est arrivé sans bruit à La Belle Henriette. Il s'est assis à une table, a commandé un plateau de fruits de mer et une bouteille de vin blanc, a mangé avec bon appétit, épongé avec une bouchée de pain le jus de la carapace du crabe. Il avait déboutonné son col de chemise et défait sa cravate. Il a ensuite demandé une chambre et l'a réservée pour une semaine. Il en est sorti, le gilet ouvert, comme un bon bourgeois qui profite des circonstances pour s'offrir un peu de bon temps.

Henriette ne l'a pas cru d'abord lorsqu'il lui a appris qu'il était juge. Elle était étonnée qu'il ait choisi son établissement et puis elle n'imaginait pas cet homme important en déplacement sans une escouade de pandores.

Il a salué tout le monde, s'est intéressé aux travaux des gens. Il a voulu aller à la pêche, et Clovis Ravon l'a embarqué sur sa goélette. Il en est revenu radieux avec des soles si grandes qu'elles ne logeaient pas dans son panier et a demandé à Henriette de les lui préparer.

– Quand il y a des marsouins, a-t-il commenté comme un vieux loup de mer, il y a du poisson !

Il est venu à la messe le dimanche. Il est entré par la porte du port et s'est installé timidement à l'extrémité d'un banc. Il a écouté mon prêche attentivement. On aurait dit qu'il avait oublié le crime. Il n'était pas allé interroger Lilas. Nous nous sommes rencontrés le lendemain sur la place, comme par hasard. Il m'a offert de l'accompagner à la digue jusqu'à la Pointe de l'Aiguille.

– Il vous faudra de bonnes jambes. Il n'y a pas moins de quinze kilomètres aller et retour.

– J'ai les jambes, on verra si elles sont bonnes, m'a-t-il répondu avec un petit sourire modeste.

Il m'attendait devant le port chaussé de bons souliers rouges, les mollets serrés dans des culottes de cheval. Il a monté et descendu souvent les escaliers de la digue pour profiter de la vue sur la baie. Il avait les jambes courtes. Il a montré une curiosité insatiable. Le rocher de La Vive l'a passionné.

– On dirait un steamer au milieu du marais !

Il m'a appris ce mot anglais. Il m'a demandé de lui raconter la légende de saint Hilaire et de La Vive. Je lui ai indiqué ma chapelle.

– Pour un curé, quelle aubaine ! n'est-ce pas ? m'a-t-il affirmé sérieusement. Rien ne cache le ciel ! J'aimerais me retirer un jour dans un lieu comme celui-là.

Il m'a confié un peu plus tard, l'air inquiet et serrant dans sa main une poignée de sable mouillé comme de l'or :

– Le problème, avec la justice, c'est qu'elle doit être juste. Et ce n'est pas à vous que j'apprendrai que la justice n'est pas de ce monde.

Nous nous sommes avancés jusqu'à l'extrême langue de sable de la dune de la Pointe, là où la vue embrasse toute la baie. On était en octobre. Le ciel était gris souris, des frissons d'écume moiraient la soie grise de la mer tranquille. Le regard vert du juge a filé jusqu'à l'île de Ré, qu'on voyait très bien, signe de pluie prochaine. Je lui ai signalé la forteresse Saint-Martin-de-Ré. Des rides ont vieilli son visage juvénile.

– Ce sont les bagnards qui vous rendent malheureux ainsi ?

Il a hoché la tête et soupiré.

– Je pense à ces misérables, et à leur châtiment derrière ces murailles au nom de la justice.

– Ils payent le prix de leur faute.

– Les animaux de certains de vos cabaniers dans leurs étables sont infiniment mieux traités que ces hommes. Je pense toujours avec angoisse à ceux qu'on a enfermés dans cet enfer et qui ne le méritent pas. L'éventualité de l'erreur judiciaire m'empêche de dormir. Et je n'ai pas le droit d'épargner un coupable pour ne pas risquer de condamner un innocent.

Son regard errait sur la mer. Il a tourné son visage pâlot vers moi et, croisant mes yeux, confus d'avoir confessé ses doutes et sa faiblesse.

– Bien sûr, le mieux est d'être sûr de la vérité.

Je lui ai rendu son sourire. J'ai été convaincu que, s'il y avait quelque espoir d'humanité à attendre de la justice pour Jean-Marie Chèze, il viendrait de ce juge. Et nous avons alors parlé de l'affaire.

La soirée de la reconstitution judiciaire a été pour moi l'un des pires moments de cette tragédie. Elle hante encore mes nuits de fièvre. Elle a été organisée un soir de la mi-avril 1905. Le temps était exécrable. Aucun bateau n'était sorti depuis une semaine. Les gendarmes de Saint-Michel avaient demandé à surseoir, mais quand la machine judiciaire est en marche... Le vent grognait dans les rues en cinglant des gouttes piquantes comme du Crésyl. La mer, disait-on, avait ouvert une brèche dans la grand-digue. Saint-Nicolas sentait l'iode. Quand on se passait la langue sur la bouche, on trouvait une mince pellicule de sel.

Le commissaire Tribot avait réglé la mise en scène dans ses moindres détails. Il avait choisi cette nuit parce que le calendrier lunaire convenait. Et à dix heures précises, lorsque la lune rentra dans l'ombre de la terre, il a ordonné aux gendarmes d'allumer les trois feux de fagots prévus sur le port, l'un au débouché de la rue de l'église, l'autre sur le quai au bord des pontons, le troisième auprès de la dune et de la vigne du père Babinot.

Tout le village était rassemblé. Nous étions repoussés contre les murs de la place par un cordon de gendarmes, mouillés par l'averse malgré les parapluies, tremblant de froid, et surtout d'émotion à l'idée d'être les témoins du crime dans son théâtre authentique.

Les premières flammes tremblantes des brûlots ont accroché les chamarrures des gendarmes, découpé l'arête d'un nez, ciselé une moustache. Elles se sont élevées. Elles ont découvert la forêt des longs pieux des pontons du port et se sont haussées jusqu'aux grandes croix des mâts de hune des trois-mâts. Une rafale les a couchées. Elles se sont redressées dans une gerbe d'étincelles, et nous avons vu surgir le fourgon cellulaire noir tiré par deux chevaux, éclairé aux quatre coins par un fanal. Ses roues immenses grinçaient dans les cahots des fondrières du port. Je me tenais non loin du feu de l'église près de maman qui pétrissait d'émotion la manche de ma soutane.

Le commissaire Tribot et le juge Schoechofer se sont approchés du fourgon avec une paire de gendarmes. Ils ont ouvert la portière et ont pénétré dans la voiture, les gendarmes montant la garde sur le marchepied. Les flammes tordaient des lueurs dansantes contre les parois vernies du fourgon, et Jean-Marie est apparu dans la lumière jaune brouillée de pluie. Maman m'a serré nerveusement le bras, et elle n'a pas été seule à pousser un « oh ! » de surprise.

En moins d'une année d'emprisonnement, Jean-Marie Chèze était devenu méconnaissable. On aurait dit qu'il avait rétréci. Ses joues s'étaient creusées, et il avait perdu son visage rond. On avait tondu ses boucles blondes pour lui modeler ce profil de bagnard. Il a descendu les marches de la voiture en titubant, embarrassé par ses lourdes chaînes.

– Il est malade ! a murmuré quelqu'un près de nous.

J'ai cherché Lilas parmi les spectateurs. Je savais qu'elle se tenait de l'autre côté en direction du Tirouet. Blanche Nicou m'avait promis de lui tenir compagnie. Je n'étais pas le seul à regarder vers le Tirouet. Car Jean-Marie sur le marchepied, les poignets et les chevilles entravés de chaînes, s'était tourné vers sa maison, et son regard fouillait le noir éclairé par les œillades rouges des feux. Sa tête a pivoté, et il nous a parcourus du regard comme s'il essayait de nous reconnaître. J'avais craint le retour des cris comme le jour de son arrestation. Mais cette nuit, ces feux, le changement de Jean-Marie, rendaient muet tout le monde.

Attisées par le vent, les flammes ont éclairé la scène comme en plein jour. Elles se sont aplaties encore, et la pluie a cinglé. Nous nous sommes blottis les uns contre les autres. Et quand l'averse s'est éloignée, alors que les gendarmes jetaient de nouveaux fagots sur les feux, nous avons vu sortir de La Belle Henriette un pauvre bougre de paysan dégingandé, habillé d'un pantalon et d'une veste de coutil bleu, comme Félicien Calot, chaussé des mêmes sabots, coiffé de la même casquette de toile un peu sur le côté. On aurait dit le mort ressuscité, et le « oh ! » de surprise est encore monté de la foule. J'avais croisé Maria Calot un peu plus haut devant la maison de la douane. Sa tribu de petits se serrait autour de sa robe et de son foulard de deuil descendu au ras des sourcils. Je l'avais interrogée :

– Vous êtes venue, Maria ?

Elle avait haussé les épaules.

– Est-ce qu'on sait ce qui s'est passé ? Si ça se trouve leur histoire entre eux aurait pu tourner dans l'autre sens !

Je lui avais répondu :

– Vous êtes une brave femme, Maria.

Elle avait de nouveau haussé les épaules.

J'ai commenté pour ramener un peu de sérénité dans les esprits abusés par la ressemblance autour de moi :

– Le commissaire Tribot a ramené un comédien !

Et comme pour confirmer mon propos, le suppléant de Félicien Calot s'est retourné et a lancé d'une voix forte en direction de la porte de La Belle Henriette :

– Alors, tu viens, Corrézien ?

Il prenait le ton de l'ivrogne dont la langue devenue trop grosse bute dans la prononciation de toutes les syllabes. Il a ajouté :

– Tu m'as promis un dernier coup chez toi pour la route !

Jean-Marie chancelait dans l'embrasure du café, sans entraves, hésitant. Les gendarmes l'ont poussé dehors. Un bataillon de greffiers et d'avocats ont suivi, portant des calepins et prenant des notes autour du commissaire et du juge. Le comédien a pris Jean-Marie par l'épaule.

– Si tu en veux un chez moi après, je t'invite !

Il a entraîné Jean-Marie qui l'accompagnait comme un somnambule, courbait l'échine, relevait la tête comme s'il cherchait quelque chose.

– Peut-être l'ont-ils drogué ? a suggéré maman.

Le faux Félicien a glissé son bras sous celui de Jean-Marie et l'a entraîné jusqu'au feu de fagots de la vigne du père Babinot. Les gendarmes lui ont remis un couteau de théâtre. Il a regardé la lame de bois avec un air ahuri, et nous avons entendu distinctement la voix du commissaire Tribot portée par le vent commander avec impatience :

– Eh bien, Chèze, qu'est-ce que vous attendez ?

Jean-Marie l'a regardé comme s'il avait oublié son rôle. Il a interrogé le juge des yeux. Quelques voix dans le public ont demandé aussi :

– Alors, qu'est-ce qu'il fait ?

Jean-Marie a été docile. Il a levé son couteau dans la lueur des flammes, a frappé au bon endroit, à la gorge, et a imité le geste de trancher. Le faux Félicien s'est laissé tomber, prestement remplacé par un mannequin de chiffon. Jean-Marie a cherché de l'argent sur lui et l'a glissé dans sa ceinture de flanelle. Il a commencé de le tirer à travers la vigne.

Le mannequin était lourd. Ses sabots traçaient des sillons dans le sable. Il les a perdus après quelques mètres. Jean-Marie peinait. Le commissaire avait présumé des forces de son coupable et son mannequin était trop lourd. La faiblesse de Jean-Marie était bouleversante. Il a dû s'arrêter pour reprendre souffle. Mes regards allaient sans cesse de sa silhouette hésitante à l'autre, celle de sa femme, que j'avais reconnue le long du mur. Mais elle avait pris soin de se dissimuler derrière le large bord d'une quichenotte. Et elle ne bougeait pas la tête, immobile, droite, tétanisée par le spectacle qu'on lui imposait.

Enfin Jean-Marie est reparti avec son fardeau de chiffon. Il l'a traîné jusqu'au feu du port. La mer était haute. Les mâts des bateaux se balançaient. Et les reflets des flammes dans les eaux du port miroitaient sur la voûte de la nuit. Il s'est engagé sur un chemin de planches. Un pied du mannequin s'est accroché à une écharde ou une pointe. Jean-Marie a trébuché. Les gens ont crié :

– Attention, il va tomber !

Deux gendarmes se sont précipités. L'espace d'un instant j'ai souhaité qu'il saute. J'ai imaginé qu'il nage, traverse le port et fuie dans la forêt. Il a retrouvé son équilibre, s'est avancé encore un peu sur l'estacade, encadré par les deux gendarmes. Et il a jeté son mannequin à l'eau. Ils l'ont regardé flotter. Le feu du port manquait d'ardeur. Le mauvais bois qui éclatait lançait des étincelles. On était arrivé au terme de la reconstitution. La tension se relâchait. Jean-Marie a sorti l'argent de Félicien Calot de sa ceinture, a levé la main au-dessus de sa tête. Les gens ont crié.

– Oh ! il jette les billets !

Les billets ont tourbillonné comme des feuilles mortes vers les eaux du port. L'un d'eux a atterri sur le quai. Des spectateurs ont voulu courir vers cet argent qui pleuvait. La voix du commissaire les a arrêtés :

– Ne vous en faites pas, ce sont de faux billets !

Tout le monde n'a pas été convaincu. J'ai traversé la place. Il pleuvait à nouveau. J'ai ouvert mon parapluie. J'avais arraché au juge Schoechofer l'autorisation d'une rencontre du prisonnier et de sa femme en ma présence. Je n'ai pas eu besoin de me retourner. J'ai senti qu'elle marchait derrière moi.

Nous nous sommes retrouvés dans l'arrière-salle de La Belle Henriette. Deux gendarmes aux lourdes moustaches noires montaient la garde, bras croisés dans la porte, tournés vers nous. Je les ai priés de s'éloigner. J'ai repoussé le vantail sur leurs ceinturons.

– Je ne sais pas si c'est permis, monsieur le curé !

– Mais si, messieurs. Nous ferons comme si.

J'ai fermé la porte. Une lampe était allumée sur la table où Félicien Calot était couché autrefois. Jean-Marie attendait, debout, les jambes et les bras écartés, comme s'ils étaient toujours chargés de chaînes. J'ai vu Lilas trembler et se précipiter au cou de son mari. Je l'ai entendue gémir tandis qu'ils s'embrassaient. Elle a rejeté sa quichenotte sur ses épaules. J'ai serré la main amaigrie de Jean-Marie. J'ai vu la marque des fers à ses poignets, ses joues creuses, les os pointus de ses pommettes.

– Tu as maigri.

Il m'a répondu :

– Ça va bien, monsieur le curé. Ne vous inquiétez pas.

Je me suis éloigné dans l'ombre et je me suis tourné vers la cloison pour les laisser ensemble. J'ai entendu Lilas.

– C'était insupportable, tu sais !

Il a soupiré.

– Je t'en ai fait endurer ce soir, ma pauvre !

– Ça m'est égal.

Ils parlaient à voix haute comme si je n'étais pas là. J'étais sûr qu'ils m'avaient oublié. Elle a demandé :

– Pourquoi tu as accepté de jouer ça ?

– Pourquoi je ne l'aurais pas joué ?

– Tu n'es pas coupable !

– Pourquoi je ne le serais pas ?

– Je te sauverai malgré toi.

Ils se sont embrassés, ont gémi. Et puis :

– Est-ce que cette dernière scène était prévue ?

– Laquelle ?

– Les billets dans les eaux du port.

J'ai reconnu le ton amusé du Jean-Marie ardent d'autrefois.

– Personne n'a retrouvé l'argent de Félicien Calot. Pourquoi ne se serait-il pas envolé dans la mer ?

La réponse de Lilas a cinglé.

– Même ivre mort, tu étais incapable de jeter de l'argent. Tu l'as fait ici parce que tu savais que ce n'étaient que des bouts de papier.

Il a murmuré :

– Est-ce que je sais de quoi je suis capable ? Puisqu'on me dit que j'ai tué.

– Ce n'est pas parce qu'on te le dit que tu es coupable ! s'est-elle emportée. Tu ne te défends pas !

– Je ne me souviens de rien. Je sais que j'ai dormi. Je suis sûr d'une seule chose, c'est que j'avais un couteau. Je l'avais perdu, et on l'a retrouvé plein de sang dans la vigne du père Babinot.

Lilas a fondu en larmes, et en frappant des poings la poitrine de son mari :

– Alors, pourquoi tu ne te défends pas ? Sauve-toi. On dirait que tu veux qu'ils te condamnent !

– Non Lilas, si tu savais comme je rêve de retourner avec vous.

Elle a étouffé ses sanglots contre lui. J'ai sorti ma montre de la poche de ma soutane. Je m'étais assis sur un tabouret devant la porte gardée par les gendarmes.

J'ai cherché mon chapelet et, pour ne pas les entendre, j'ai égrené des Ave à voix basse. Le juge nous avait accordé un quart d'heure. Les gendarmes ont ouvert à la minute près. Ils lui ont mis les chaînes. Lilas a poussé un cri, la voix nue comme l'amour alors qu'il franchissait la porte :

– Reste en vie !

Il s'est arrêté. Nous avons tous été frappés par cette voix comme un crissement de cristal. Il s'est retourné. Je suis convaincu que ce soir-là, comme à toutes ses visites, elle l'a rattrapé au moment où il se noyait. Elle était maigre, elle aussi. Ses souffrances l'avaient creusée. Elle était grande. J'ai posé ma main sur son bras.

– Prenez soin de vous, Lilas. Il ne faudrait pas que vous tombiez malade. Il a besoin de vous, et Pierrot aussi.

Elle a réajusté sa quichenotte. Elle est sortie dans la nuit. Les gendarmes se mêlaient aux buveurs dans les cafés du port. Les feux se mouraient sur la place. Le vent attisait les dernières braises. Quelques gouttes de pluie se sont mises à tomber. J'ai marché jusqu'à l'estacade et je me suis appuyé à la rambarde en tétant ma pipe. Je me suis penché sur l'eau noire. Blanche Nicou m'a rejoint.

– Ah ! monsieur le curé, on vous cherche ! Le petit Pierre a disparu. On l'avait couché avant de sortir. Il n'est plus dans son lit.

– Ne vous inquiétez pas. Il savait ce qui se passait. Il a fait semblant de vous obéir. Il est sorti dès que vous avez été partie...

– Lilas a peur qu'il lui soit arrivé malheur.

Nous sommes partis à la recherche de l'enfant chacun de notre côté. J'ai marché jusqu'au brûlot de la vigne que les gouttes de pluie achevaient d'éteindre. J'ai suivi le double sillon des pieds du mannequin dans le sable. Je suis descendu vers la grève. J'allais appeler, et puis je me suis dirigé vers la haie de tamarins. Les rafales ployaient les branches. Sans le savoir, j'étais allé droit sur eux. Ils étaient deux. J'ai distingué leurs taches noires pelotonnées sous les branches. Pierre avait avec lui son camarade Jean Couzinet, le fils de l'instituteur. Ils ne bougeaient pas. Je me suis penché, les ai secoués.

– Alors les garçons ?

Ils ont sursauté. J'ai deviné leur panique à travers le noir. Ils dormaient l'un contre l'autre comme deux frères. Je les ai grondés.

– Qu'est-ce que vous faites là, garnements ?

Pierre Chèze a bégayé :

– Monsieur le curé !

Il venait de me reconnaître. Jean Couzinet a expliqué :

– On voulait voir...

– Vous vouliez voir, et vous vous êtes endormis. Qui vous en avait donné la permission ? Si les gendarmes vous avaient trouvés, ils vous prenaient par les oreilles et vous enfermaient dans leur fourgon. Vos familles sont aux cent coups !

Je les ai giflés avec mon chapeau.

– Allez, dépêchez-vous de retourner chez vous ! Les cuisses pourraient vous cuire !

Ils ont détalé. Je me suis incliné à leur place derrière les tamarins. Ils avaient choisi un poste d'observation idéal. Ils tenaient en enfilade toute la vigne et la place du port, au ras de la dune. La présence de Jean Couzinet auprès de Pierrot était rassurante. Les enfants, du moins le fils de l'instituteur, ne l'avaient pas rejeté à cause de son père. Mais comment, après avoir vu son père mimer un meurtre, un enfant pouvait-il s'endormir paisiblement dans le sable humide ? C'était la grâce de l'innocence et de la fatigue. Le sommeil avait enveloppé ces visions et elles devenaient comme un rêve.

Je suis remonté à travers la vigne. J'ai longé la maison du Tirouet. La porte était close, la lampe éteinte. Pierre Chèze avait dû filer au lit avec ou sans correction, sans demander son reste. J'ai tendu l'oreille. Je n'ai entendu que les jappements des chiens dans les cours des voisins. Ma paroisse retrouvait sa quiétude. Une rafale s'est levée. Du sable m'a criblé le visage. Le tourbillon a vrillé ma soutane autour de mes jambes.

13

J'ai accepté de témoigner devant les assises de la Vendée, le 16 octobre 1905, malgré l'opposition de mes supérieurs.

Le vicaire général m'avait recommandé la plus extrême prudence. J'ai été surpris de le rencontrer au bas du rocher de La Vive alors que je descendais d'une visite à un petit valet gravement blessé par un coup de pied de cheval. Il m'a avoué qu'il revenait du presbytère et que maman lui avait indiqué où j'étais. Il m'a fait signe de monter m'asseoir près de lui sur la banquette de son cabriolet. Je me doutais qu'il ne s'était pas déplacé seulement pour épargner mes forces. En effet, dès que sa bourrique aux longs poils jaunes a pris le petit trot, il m'a lancé un coup d'œil en coin, les guides dans ses mains tendues.

– J'espère que vous ne vous êtes pas mis dans l'idée d'aller au tribunal, monsieur le curé !

J'ai regretté aussitôt de ne pas avoir accompli le voyage à l'évêché que je repoussais sans cesse. Je me sentais apte à affronter la rude bonhomie de mon évêque. Mais je dois confesser que le grand vicaire propret m'agaçait. Rien qu'à sa manière de tenir les guides avec coquetterie dans sa soutane neuve je me disais avec une mauvaise foi évidente qu'à tant vouloir être net il devait dissimuler des passions inavouables. La foi sereine de mes paysans dans leur corps mal lavé suscitait davantage ma sympathie. Comme je ne lui répondais pas, il a pivoté lentement le buste vers moi et, avec une gravité qui m'aurait fait rire parce qu'il était de mon âge :

– Méfiez-vous d'une affaire comme celle-là, monsieur le curé, quoi que vous fassiez, avec les meilleures intentions du monde, dans les circonstances actuelles, cela se retournera contre vous et nuira à l'institution tout entière. Monseigneur me le disait ce matin.

Je lui ai répondu fermement :

– Je ne peux pas rester les bras croisés quand le destin d'un homme, peut-être sa vie, est dans la balance ! Je ne sais pas si Jean-Marie Chèze est coupable ou innocent. Il dit qu'il ne le sait pas lui-même. J'avais de l'estime pour cet homme. Et mon devoir est d'apporter mon témoignage à la justice. Mes modestes explications peuvent aider les jurés à y voir plus clair dans une affaire où on a eu trop rapidement des certitudes.

Il a paru réfléchir, les yeux fixés sur les oreilles de sa jument. La route tournait. Les roues soulevaient de la poussière. Quelques nuages d'un blanc d'opaline glissaient dans le ciel immense. Il a ronchonné :

– Ils se passeront de vos lumières. Vous vous croyez indispensable. Si vous voulez être utile, contentez-vous de prier !

J'ai souri et j'ai pris plaisir à scandaliser cet homme habitué à proposer la consolation de la prière.

– Il arrive que la prière ne soit pas suffisante, monsieur le vicaire général !

Il a sursauté. Il a eu une expression désagréable que je ne lui avais jamais vue. Mais il a su rester dans son personnage.

– Vos doutes sur l'efficacité de la prière m'inquiètent, monsieur le curé. Pourquoi vos paysans et vos marins prieraient-ils si vous, le ministre du culte, n'êtes pas convaincu des vertus de la prière ?

– Je n'ai pas dit cela. Je voulais dire seulement qu'il y a un temps pour la prière et un temps pour l'action.

J'ai ajouté insidieusement :

– Le Christ ne nous a-t-il pas déclaré qu'il n'était pas venu apporter la paix mais la guerre ?

Il a hoché la tête.

– Si vous voulez la guerre, ce n'est pas difficile...

Et il m'a prévenu avec un sourire crispé :

– Vous êtes libre. Mais n'oubliez pas qu'à travers vous on juge l'Église. Et que nos adversaires attendent le moindre prétexte, et la présence d'un prêtre à la barre en est un, pour nous calomnier.

J'ai compris l'avertissement, presque la menace, derrière le ton toujours poli. Nous ne nous sommes rien dit de plus. Nous étions entrés dans le bourg de Saint-Nicolas. Sa jument s'essayait à tourner la tête lorsque nous croisions d'autres voitures, mais il la conduisait avec adresse et la ramenait dans le droit chemin. Nous sommes arrivés au presbytère. Je l'ai invité à prendre un rafraîchissement. Il n'en a pas voulu.

Mon nouveau curé doyen est passé huit jours plus tard. J'estimais cet homme d'une autre trempe, imprégné d'esprit évangélique, qui serait devenu évêque s'il avait eu le goût du commandement. Il m'a laissé entendre que le couplet du vicaire général était repris en chœur par la plupart des prêtres du secteur, et il m'a renvoyé à ma liberté dans la lumière de l'amour de Dieu.

J'ai donc répondu favorablement au tribunal. J'ai pris le petit train pour Luçon, et le train de Luçon à La Roche-sur-Yon. Il s'est mis à pleuvoir à mon arrivée. Je n'avais pas emporté de parapluie malgré les recommandations de maman. La ville m'a paru grise, et j'ai mesuré la différence de lumière entre la côte et l'intérieur.

J'ai gravi les marches du palais de justice sous une pluie battante qui a percé mon manteau. La salle d'audience était pleine. Les lourdes tentures grenat, les lambris de bois sombre, les lustres m'ont impressionné. Les magistrats sont entrés en robe rouge bordée d'hermine. Je me suis demandé ce que je faisais là. Est-ce que je n'allais pas me ridiculiser, moi le petit curé, à cette réunion de bourgeois et bourgeoises habillés comme au spectacle ? J'ai aperçu alors Lilas, de dos, assise au premier rang, entre Blanche Nicou et son mari. Ceux-là avaient le courage de la fidélité. Et puis j'ai reconnu, en face, le bloc de la tribu Calot. Ces présences familières m'ont rassuré.

Le procès avait commencé trois jours plus tôt. Des habitudes étaient déjà prises. Quand le premier magistrat a ordonné :

– Gardes, faites entrer l'accusé !

Tous les visages se sont tournés vers la petite porte pratiquée dans la boiserie. Jean-Marie est apparu entre deux gendarmes dans le costume de velours qu'il portait le dimanche à la messe. Il inclinait la tête, montrant son crâne tondu, intimidé d'être la cible de tous les regards.

Il a levé les yeux vers Lilas et il s'est redressé. J'ai retrouvé un instant, derrière l'accusé fatigué au visage gris, l'homme costaud cramponné à la barre du *Lilas de mer*. Son attitude était pourtant celle d'un faible. Et j'ai craint qu'il ne tienne pas le temps de son procès.

J'ai peu à peu compris le fonctionnement de la cour d'assises. J'ai identifié les jurés sur les gradins, côte à côte comme les chanoines dans les stalles du chapitre à la cathédrale. L'un des douze ne portait pas de moustache. J'ai vite distingué l'avocat général et l'avocat de la partie civile. J'ai découvert dans le public le commissaire Tribot et le juge Schoechofer.

On m'a enfermé, tout seul dans la salle des témoins, après la suspension de séance. La salle était humide. Ma soutane était encore mouillée sur les épaules. La lumière tombait de vasistas en demi-lune rayés par la pluie. L'huissier est venu me chercher.

Je me suis avancé vers la barre. Et j'ai commencé à dire tout le bien que je pensais du couple Chèze. Jean-Marie semblait ailleurs, dans son box, par-delà les robes noires de ses avocats. Son visage n'exprimait rien. Ma voix se perdait sous les voûtes du haut plafond à caissons.

J'ai souligné le courage du couple après le naufrage de leur bateau. J'ai perçu l'émotion des jurés et, derrière moi, de la salle. Je n'ai jamais été un tribun. Mon vocabulaire est pauvre, mais il touche parfois par ses accents de sincérité. C'est peut-être ce qui a déplu au président Delhomme qui m'a cloué le bec en me renvoyant à ma place avec un railleur :

– Monsieur le curé, Jean-Marie Chèze ne pouvait pas trouver meilleur avocat que vous !

Je crois que j'ai rougi. J'ai entendu des rires. Je me suis défendu maladroitement.

– Je vous dis la vérité, monsieur le président !

– Encore heureux, mon père !

Alors j'ai pris à partie ce juge qui se comportait en procureur. Je me suis emporté. Je me souviens de mes mains agrippées à la barre, du silence de la salle. J'ai rarement été écouté aussi attentivement en chaire.

– Avez-vous pensé que ce soir, quand vous rentrerez chez vous après une journée de tribunal harassante, cet homme sera reconduit à la prison ? Il subira pour la millième fois la fouille au corps. On le conduira dans sa cellule où il retrouvera le bat-flanc, la tinette sale, la couverture râpée. Le gardien le lorgnera par le trou du judas. On lui apportera une gamelle infecte. Et demain on le ramènera sur ce banc, exposé devant nous qui aurons bien dormi, bien mangé. J'ai connu Jean-Marie Chèze avant qu'on lui passe les menottes. Il avait figure de brave homme. Vous ne vous seriez pas retourné sur lui dans la rue. Je me demandais tout à l'heure ce que je serais devenu si j'avais été arrêté à sa place. J'aurais probablement ce même visage creusé, ces yeux hagards. J'aurais le profil de coupable idéal. Et pourtant je ne serais pas coupable. Je serais un homme brisé. C'est pourquoi j'ai voulu vous rappeler comment était Jean-Marie Chèze avant son arrestation. Maintenant c'est à vous de juger s'il est coupable, ou innocent !

Je crois bien que j'avais les larmes aux yeux en prononçant les derniers mots. Un lourd silence les a suivis, et un vacarme d'applaudissements. Le président, furieux, m'a demandé de me retirer, avant de réclamer le silence et d'ordonner une suspension de séance.

J'ai sans doute eu tort de me rebiffer devant le premier magistrat de la cour. Le lendemain

Le Publicateur titrait : *Le curé de Saint-Nicolas sermonne le président du tribunal.* Je ne suis pas sûr d'avoir desservi Jean-Marie. Mon témoignage a fait le contrepoids aux déclarations de certains témoins qui ont insisté sur sa situation d'étranger, stigmatisant même l'emploi du patois corrézien. J'ai mesuré par la suite combien mon attaque était audacieuse. M. Delhomme était le chef de file du parti radical dans le département. Ses joutes avec les parlementaires monarchistes étaient célèbres. Je me souviens de sa barbiche et de son regard de vieux crocodile de marigot rivé sur moi pendant que je parlais. Je crois qu'il ne m'a pas interrompu parce que je le stupéfiais en le prenant de front dans ce temple de la république alors que la tension entre l'Église et l'État était à son comble.

À distance, je ne suis pas mécontent d'avoir réussi, dans mon inconscience, à rabattre le caquet à cet anticlérical sectaire. Je suis surtout fier de m'être dressé contre son mépris. J'aurais eu devant moi, à ce moment-là, un ecclésiastique manifestant le même dédain, mon attitude aurait été la même. Il est sûr, en tout cas, que je me suis discrédité auprès de ma hiérarchie. Mes propos, et les remous qui ont suivi dans la presse, m'ont catalogué dangereux agitateur incontrôlable. Ma place à Saint-Nicolas, aux confins du diocèse, en a été renforcée. Mon pouvoir de nuisance était limité.

Quant à moi, j'étais de plus en plus attaché à ces terres instables. Je remerciais Dieu chaque jour de me permettre d'arpenter ces dunes et ces espaces boueux sans cesse remaniés par la mer et le vent, ces lais de mer, ainsi qu'on les désigne là-bas. On ne les trouvait que sur les cartes détaillées. La digue de défense les avait un peu plus amarrés au continent, mais les grondements des tempêtes rappelaient la fragilité de ces conquêtes.

J'aimais aussi ces hommes et ces femmes faits de sable et de vent, leurs maisons modestement rentrées en terre pour résister aux tempêtes à côté des orgueilleuses constructions des cabaniers dressées au-dessus des marais. Ils aimaient rire, parlaient trop. Ils étaient bruyants, menteurs, buveurs, querelleurs. Mais quand le ciel était bleu, quand le soleil incendiait la mer, ils m'émerveillaient.

Ils couraient sur le sable et les rochers, manches retroussées, la figure brûlée de soleil, et ils criaient comme des enfants. Ils étaient quasiment tous pauvres, mais riches d'un goût de vivre qui était une louange aux dons du Créateur. Les enfants du patronage, que je rassemblais le jeudi au presbytère, avaient choisi de s'appeler les marsouins. Ils avaient raison. Mes paroissiens ressemblaient aux bons marsouins noirs qui s'ébattaient à grands bonds rythmés à travers la baie.

Albert Clemenceau m'a invité un jour de morte-eau à la pêche sur son sloop. Le vent a accompagné nos longues bordées heureuses au soleil vers l'île de Ré. L'équipage faisait griller des couennes de seiche. Et lorsque les marsouins ont commencé d'accompagner nos bonds sur les vagues, les fusils sont sortis. Le plomb a rougi l'écume. Mes compagnons n'ont pas cessé de rire. La cruauté aussi leur était naturelle...

L'écriture me garde vivant, j'en suis convaincu. Sans elle mes paroissiens de Martignac m'auraient déjà conduit dans leur charmant enclos de pierre au milieu des vignes. Je leur ai demandé la permission d'être enterré en compagnie des leurs. Je trouve bien de rester auprès du dernier troupeau qui m'a été confié. Ils m'y réservent une bonne place, au pied de la croix de pierre, à côté de leur bon curé Guignabert, dont ils évoquent la mémoire avec vénération.

Je suis allé hier au pèlerinage à Notre-Dame d'Obezine. L'évêque d'Angoulême autorise ce rassemblement des Vendéens de l'émigration. Ils s'y retrouvent et entretiennent la nostalgie de la patrie perdue en chantant ensemble *La Vendéenne.* Le chanoine Chauvet fait la tournée des paroisses pour réunir et « refféconder la foi » des familles d'émigrés, comme si les prêtres charentais n'en étaient pas capables ! Je sais que je suis disqualifié puisqu'on m'a expédié en Charente pour y faire pénitence. Justement, rien ne me retenait de dire au chanoine ce que j'avais sur le cœur.

– Vous mettez à part les Vendéens, comme un peuple choisi, et vous lui donnez des leçons particulières d'Évangile. N'oubliez pas qu'ils sont arrivés ici comme des va-nu-pieds demandant l'asile aux Charentais.

Le chanoine Chauvet a souri. Et la franchise de ce sanguin ne m'a pas déplu.

– C'est pour cela, père Guéry, que nous nous inquiétons d'eux. Ils ont besoin de nous. Ils sont encore dans la situation de la brebis égarée.

Je me suis donc mêlé à cette mobilisation patriotique. Et quand je me suis trouvé dans la prairie de la grotte, en compagnie de trois cents Vendéens essaimés à travers la Charente, l'enthousiasme des retrouvailles m'a gagné. Mes réticences ont disparu lorsque j'ai réentendu l'accent du pays. Je croyais avoir tourné la page en m'installant à Martignac. À mon âge, je n'avais aucun espoir de retour. Et au cours de cette journée de 15 août, remplie de chants à la Vierge, à l'ombre mouvante des grands peupliers de la prairie, de grandes bouffées nostalgiques de Vendée me sont revenues en plein visage.

Je n'étais pourtant pas très en forme. Les Augizeau qui ont émigré au Moulin en 1902 étaient passés me chercher avec leur jardinière. Jérémie Augizeau a arrêté sa voiture devant les platanes de la place de l'église pour écouter les cigales.

– Si elles chantent dès ce matin, à midi ça va cogner !

Moi, j'avais froid. J'avais une chemise de laine sous ma soutane, et je frissonnais. J'admirais la belle santé de ces hommes et de ces femmes aux chemises ouvertes. J'ai essayé de dissimuler ma fébrilité, mais la femme de Jérémie s'est penchée vers moi.

– Vous n'avez pas l'air dans votre assiette, monsieur le curé !

Sa lourde main s'est appuyée sur mon poignet. Elle a voulu me prendre le pouls.

– Oh ! s'est-elle étonnée, vous n'êtes pas bien épais !

J'ai aimé la pression de ces doigts de femme rugueux. Ils me soulageaient de ma lassitude.

– Vous vous nourrissez mal. Il ne faudra pas faire semblant au déjeuner aujourd'hui !

Ils avaient apporté le pique-nique pour moi. Nous avons célébré la messe dans la grotte de Lourdes. Des gouttes tombaient de la voûte de rocher malgré la chaleur. Une brise fraîche coulait sous les branches des peupliers. Les pèlerins la trouvaient agréable. Moi, j'avais froid.

J'ai dû trop manger. Les Augizeau avaient apporté des fèves, des œufs durs, du pâté, du lard, des tartes aux prunes. Nous sommes passés, nous les prêtres, d'une famille à l'autre assise autour des nappes. Nous avons goûté le pineau. Je dois reconnaître que mes frissons ont disparu. Aux vêpres j'ai chanté avec exaltation le *Nous voulons Dieu*. Le chanoine Chauvet m'a paru encore plus sympathique. Je suis monté dans la jardinière des Augizeau en souhaitant un chaleureux au revoir à tous.

J'ai dû être victime d'une indigestion. Mon estomac n'est plus capable de supporter toutes ces cochonnailles lourdes. Marie Augizeau insistait.

– Faites un effort, monsieur le curé !

Elle m'a adjugé pour finir une énorme part de tarte que j'ai mâchonnée longtemps avant de réussir à l'avaler.

J'ai eu envie d'aller voir mes dahlias après qu'ils m'eurent laissé au presbytère. Mon massif est en ce moment dans sa plus grande splendeur. Même Maurice, mon jardinier, qui n'aime pas gaspiller de la terre pour les fleurs a condescendu à les admirer. J'avais rangé mes patates en caisses étiquetées dans la cave pour l'hiver, et projeté sur le papier leur disposition en étoile pour les planter : ici les « Angora » doubles, aux pétales blancs frisottés, là les « Arabian Night » aux fleurs presque noires à l'ouverture et qui se fanent dans une couleur rouge sang. La nature a bien voulu réaliser mon rêve de massif.

Je ne m'en approche pas sans une action de grâce au Créateur. J'écoute le bourdonnement des insectes autour. Je me félicite de la splendeur du « Bishop of Llandaff » aux grandes fleurs écarlates, aux anthères jaunes, et je caresse leur texture veloutée. La fragilité des branches des hauts cultivars m'inquiète sans cesse, et je crains pour leurs grandes fleurs simples qui frissonnent au-dessus du massif. Je ne crois pas être entré ou sorti du presbytère sans un détour par le jardin depuis longtemps.

Je ne sais pas ce qui s'est passé. J'étais donc devant mes dahlias, fatigué mais content de ma journée. Je priais, me semble-t-il. Je me rappelle avoir pensé qu'on avait sonné l'angélus sans moi. Il faisait bon. De petits insectes dorés vibrionnaient autour des fleurs.

J'ai eu la sensation contre ma joue, mon front, d'une caresse humide et douce. J'ai entendu un halètement. La caresse a descendu sur mes mains. J'ai entrouvert les yeux. J'avais le nez dans la terre noire de mon massif. J'étais bien. J'ai pensé : tu aurais pu trouver pire endroit pour mourir qu'au milieu de tes dahlias. Puis j'ai craint d'avoir gâté mon parterre. J'ai redressé la tête. Dieu merci j'étais tombé au bord. Je n'avais pas la force de bouger davantage. La caresse humide est revenue sur mon front. J'ai dit, mais je ne suis pas sûr que ma bouche l'ait articulé :

– Suffit, Comtesse !

C'est la chienne au panache blanc de la mère Pacaud, la voisine. Comtesse m'a adopté dès mon arrivée au presbytère. Elle est devenue plus assidue depuis que je traîne ma maladie. Elle sait que je triche avec la nourriture que m'apportent mes paroissiens. Elle attend sa part, souvent la meilleure. Sans doute les coups de langue de la brave bête n'étaient pas exempts de tendresse mais elle s'affairait autour de moi parce que je m'étais souillé.

J'ai dû rester longtemps allongé, immobile. Je me suis aperçu soudain que je ne voyais quasiment plus mes dahlias. Une première étoile scintillait. J'ai entendu sonner dix heures au clocher. Comtesse s'était couchée tout près.

Son corps chaud pesait contre mes jambes. J'ai décidé de me relever coûte que coûte. J'ai mobilisé le bon Dieu, la Sainte Vierge, mon ange gardien, mon saint patron, et toutes les puissances du ciel à mon secours. J'ai réussi à me redresser sur les genoux et les poignets. Je me suis traîné à quatre pattes vers le presbytère. Comtesse étonnée, peut-être amusée de me voir marcher comme un animal, s'est mise à aboyer.

– Tais-toi, Comtesse !

Cette fois j'avais retrouvé ma voix. Je craignais que la chienne n'alerte la mère Pacaud ou quelqu'un du bourg. J'ai enfin rejoint mon seuil. Je me suis cramponné au chambranle et je suis parvenu à me tenir droit. La tête me tournait. J'ai vu voleter quelques chandelles. J'ai bu un verre d'eau fraîche qui m'a réconforté.

J'ai gagné ma chambre, me suis allongé. J'ai passé une fort mauvaise nuit. J'étais à peine couché que je me suis rappelé l'état de ma soutane maculée que les femmes découvriraient au matin pour mon ménage. Je me suis relevé. J'ai mis ma soutane à tremper dans le bassin à lessive.

Sitôt recouché, la pensée de Maurice découvrant les saccages de mon malaise autour du massif est venue me hanter. Je me suis levé une seconde fois. J'ai pris la bêche et le râteau et, en chemise et bonnet de nuit, ma lampe devant les dahlias, j'ai recouvert, ratissé en geignant, honteux comme un voleur, utilisant mes outils en guise de cannes. Les bons gros yeux de Comtesse ont brillé soudain dans le halo jaune de la lampe. Mon manège l'avait sortie de sa niche, et elle levait vers moi son museau moqueur.

J'ai tendu la main vers elle en contemplant mon ouvrage et en essuyant mon front et mon cou en sueur. Une fleur traînait à terre, je l'ai coupée au sécateur. Je me suis enfin allongé dans mon lit, plus tranquille, et j'ai essayé de dormir.

Mes douleurs sont revenues. J'ai souffert à hauteur du diaphragme d'une piqûre très vive comme si on m'y enfonçait une aiguille. La douleur s'est diffusée vers les épaules, jusqu'à l'extrémité des doigts. J'ai pensé que c'était ainsi qu'on devait mourir du cœur. J'ai demandé pardon de mes péchés. Dans un sursaut j'ai réagi : ce n'est pas possible que je meure cette nuit, je n'ai pas fini l'histoire de Lilas !

Je me suis levé ce matin pour écrire avant ma messe, et avant l'arrivée des femmes de ménage. Je me sens étonnamment bien. Ma main tremblait tout à l'heure quand j'ai pris la plume sur le coin de ma table de cuisine. Elle est ferme maintenant. Mon esprit aussi, je crois. Les terreurs de la nuit se sont envolées. Le jour se lève. J'ai l'espoir d'une belle journée de 16 août.

L'écriture est ma meilleure médecine. Il me semble que si je pouvais écrire sans arrêt je réussirais à me débarrasser de la maladie.

Quand j'écris, je ne suis plus le vieux Jean Guéry, toussant, boitant, gelé, moribond. Je redeviens Jeannot. J'ai vingt-cinq ans, de l'énergie à revendre. Maman est à côté de moi. Sa présence me rassure. Près d'elle comme à l'autel je reconstitue mes forces avant de reprendre ma houlette de pasteur. Je connais le travail des bergers. Je les ai si souvent vus gardant leurs troupeaux dans les marais, se protégeant du soleil sous leur grand parapluie bleu en été, ou de la pluie et du vent à la mauvaise saison. Je rends grâce au bon Dieu de m'avoir donné l'écriture pour exalter mes vieux jours qui auraient pu sombrer dans le désespoir d'un croyant pessimiste. Je ne me nourris plus guère que de pain. Mon malaise d'hier me renforce dans la conviction de mon incapacité de supporter des nourritures riches. En m'alimentant de mots, je vais mourir jeune !

Mais j'entends sonner la cloche de l'église de Martignac. Elle m'appelle pour la messe. Il faut que j'abandonne mon chantier d'écriture. Je dois me relever. La fatigue revient. Je sens que la célébration dans la petite église sombre et humide va être pénible. Mon Dieu, vole au secours de Ton serviteur !

VI

L'allée des Soupirs

14

Jean-Marie Chèze a été condamné à dix-huit ans de travaux forcés par les assises de La Roche-sur-Yon, le 21 octobre 1905. Les circonstances atténuantes lui ont été accordées parce que le crime a été commis en état d'ivresse. La nouvelle, parue à la une de la presse locale, a été vite éclipsée par les péripéties des inventaires. L'expédition de Jean-Marie Chèze au bagne de Guyane était prévue pour le prochain convoi.

Le 23 octobre au matin, deux jours après la condamnation de son mari, Lilas était sur son ponton avec Pierrot à l'heure de la marée. Il pleuvait. Il a beaucoup plu cet automne-là, beaucoup venté. Elle était revenue du tribunal, la veille au soir. Elle avait abandonné ses vêtements de couleur habituels. Elle avait décidé de prendre le deuil. On ne la verrait désormais qu'en noir. Elle avait chaussé les raides cuissardes, revêtu les pantalons bouffants, coiffé une quichenotte noire.

La mère et le fils ont chargé des pieux de pin dans leur acon. La dernière tempête d'équinoxe avait causé des dégâts dans les bouchots. L'attelage de la mère et de son jeune fils transportant les lourds morceaux de bois aurait dû faire pitié, mais personne ne se proposait pour les aider. Des matelots avaient témoigné contre Jean-Marie au tribunal, Auguste Rossignol en premier. Michel, qui aurait pu le défendre, travaillait désormais sur un brick anglais, et déchargeait du grain à Liverpool. Tout le monde était gêné. Personne n'osait leur parler. Cependant il est certain que, ce matin-là, Lilas aurait refusé sèchement l'assistance de n'importe qui. À dix ans, Pierrot n'était pas encore bien épais. Les pieux qu'il portait étaient presque plus gros que lui. L'un d'eux lui a échappé, lui a heurté le tibia, a rebondi sur son sabot. La douleur l'a fait danser sur le quai. Sa mère lui a frotté la jambe.

– Tu aurais pu casser ton sabot !

Il n'a pas laissé filtrer une plainte. Mais ses yeux charbonnés comme ceux de sa mère étaient remplis de larmes. Ils se sont de nouveau accrochés au pieu trop lourd, et leur équipage chancelant l'a transporté jusqu'à l'acon. Lilas a mis la voile. Pierrot manœuvrait l'aviron. Ils ont descendu l'embouchure sous la pluie sale, sont arrivés à la Pointe d'Arçay au moment où la mer s'en allait. Elle a soulevé la lourde masse, et elle a cogné pendant que son fils maintenait la barque comme son père le lui avait appris.

La mer a découvert encore plus de vase noire et de sable roux. Il n'est plus resté qu'un grand fleuve d'eau glauque entre les champs de bouchots, où grouillaient les paysans de la mer, et l'île de Ré. La pluie a cessé. Le gris du ciel s'est déchiré. La déchirure a découvert du bleu toujours plus clair, encore plus bleu. Le fleuve de mer a scintillé. Lilas a continué de redresser les pieux de son bouchot et de frapper. Les coups de marteau se mêlaient aux bavardages des voisins et aux cris rauques des mouettes.

Mais le lendemain matin la porte et les volets des Chèze sont restés fermés. Le surlendemain, dimanche, aussi. La place de Lilas à l'église est demeurée vide. J'ai appelé Pierrot après la messe dans la sacristie. Je l'avais gardé comme enfant de chœur malgré les récriminations de certaines bonnes âmes. J'enlevais donc mon aube et mon amict. Pierre s'est balancé derrière moi, d'une jambe sur l'autre, dans sa soutane rouge. Je lui ai demandé, un peu vivement peut-être :

– Qu'est-ce qui se passe ? Que fait ta mère ? Elle n'était pas à la messe.

Le petit bonhomme a reculé. Il a levé les sourcils en rougissant, les mains derrière le dos.

– Elle est malade.

– Qu'est-ce qu'elle a comme maladie ?

Il a haussé les épaules.

– Elle est restée couchée.

– Et c'est toi qui la soignes ?

Il a hoché la tête.

– Et tu n'arrives pas à la guérir ?

Il a seulement pincé les lèvres.

– Allez, va te déshabiller. Et dépêche-toi d'aller t'occuper d'elle !

J'ai frappé à la porte de la petite maison du Tirouet l'après-midi, après les vêpres. La paroisse commençait de défiler au cimetière. Des voitures s'alignaient dans la rue du presbytère. Les gens portaient dans leurs bras de lourds pots de chrysanthèmes. On préparait les tombes pour la fête de la Toussaint, et on rivalisait à qui aurait la plus belle. Comme je n'entendais pas de réponse à mes coups contre la porte, j'ai tourné la poignée. J'ai tout de suite vu le feu dans l'âtre et j'ai été rassuré. Une rafale de vent est entrée en même temps que moi, Lilas m'a prié :

– Fermez la porte, s'il vous plaît, monsieur le curé.

Je lui ai obéi. Une flaque de lumière violette, tombée des deux carreaux de l'imposte éclairait à peine la pièce au crépuscule. J'ai demandé :

– Où avez-vous mis la chandelle ?

Elle m'a montré la poutre de la cheminée. J'ai allumé la chandelle de résine au feu du foyer, l'ai posée sur la table de nuit près de Lilas. Je me suis adossé à la table. Tout était propre et en ordre. La terre était arrosée de sable frais. Le cerisier de la haute horloge ramenée de La Rochelle sur *Le Lilas de mer* brillait, la table sentait bon le savon noir. C'est la seule fois où j'ai vu l'épaisse chevelure noire de Lilas répandue sur l'oreiller. La fièvre rougissait sa figure, et sa chemise de finette rose paraissait presque blanche. Elle a gémi.

– Il a fallu que Pierrot s'en aille courir avec Jean Couzinet !

– C'est normal qu'un enfant ne reste pas enfermé dans une maison noire comme une tombe !

Une toux rauque a secoué Lilas. Elle m'a soufflé :

– De l'eau, s'il vous plaît.

Elle m'a montré le seau, la coussote. Ma main a effleuré ses doigts brûlants en lui donnant son verre. Elle m'a invité :

– Prenez un verre, vous aussi.

Je me suis servi. La flamme de la lampe soulignait des pattes d'oie que je n'avais pas remarquées au coin de ses yeux. Le bouton du col de sa chemise était défait. Je ne l'avais jamais vue malade. Soudain son visage et sa gorge ont été mouillés de larmes. Elle a crié :

– Je suis sûre qu'il ne l'a pas tué !

Elle a encore toussé. Elle a cherché son mouchoir. Elle s'est apaisée, m'a souri.

– Vous devez penser que je suis folle !

J'ai secoué la tête. Les ailes de son nez frissonnaient, ses mains tiraient nerveusement le drap. Elle m'a surpris avec une remarque optimiste.

– En tout cas, nous ne mourrons pas de faim. J'irai travailler chez Nicou. S'ils n'ont pas besoin de moi, je sais pêcher et chasser. Je l'ai déjà fait.

Une flamme a étincelé dans ses prunelles au rappel de ses combats passés. Elle s'est redressée. J'ai cru qu'elle voulait se lever. Ses cheveux ont coulé sur l'oreiller.

– Vous écrivez bien, monsieur le curé. Voudriez-vous écrire une lettre pour moi à Jean-Marie. Ma main n'arrive pas à former les mots qui me tournent dans la tête.

J'ai feint d'hésiter. Mais je ne voulais pas lui refuser cette aide. J'ai ouvert le tiroir de la table. Il y avait un cahier d'écolier, un crayon de bois. J'ai apporté la lampe de résine près de moi. Lilas a remonté la couverture sous son menton. Elle se montrait presque contente. Elle ne toussait pas. J'ai tisonné le feu de bousats. Le méthane a tiré ses langues bleues et répandu son odeur irritante. Je me suis attablé. Elle a dicté.

Très cher Jean-Marie,

J'ai demandé à M. le curé de prendre le crayon à ma place. Je vais pouvoir exprimer sans crainte tout ce que j'ai sur le cœur. Car je crois que j'en ai trop retenu...

Elle a hésité. Ses yeux dans l'ombre étaient rivés sur moi en train d'écrire.

Que fais-tu maintenant entre les murs de ta prison ? Que deviens-tu avec tes gardiens qui te traitent pire qu'un animal ? Je ne voudrais pas qu'ils te changent en une brute mauvaise, rongée par la haine, mon petit, mon très doux. Nous allons bien...

J'ai sursauté. Je me suis retourné. Elle a insisté.

Nous allons bien. Aujourd'hui Pierrot est parti sur la grève en compagnie du petit Couzinet. Avant-hier, nous avons relevé ensemble les pieux secoués par la tempête. Tu aurais vu Pierrot conduire le bateau. Il enrage de manquer de force, mais comme toi il ne dit rien. Il continue à avoir du mal à rester sagement assis à une table d'école, et sa volonté de tenir ta place n'arrange pas les choses. De ça je me débrouillerai.

Mais je veux que tu saches que je ne te crois pas coupable. Tu n'es pas coupable ! Même s'ils t'ont condamné. Je trouverai des preuves de ton innocence. Je ne capitule pas. Je compte sur toi pour ne pas capituler. Je voudrais, Jean-Marie, te convaincre de ton innocence, t'enlever tes doutes. C'est là que tu trouveras assez de forces pour résister à toutes les épreuves qui t'attendent. Résiste, mon Jean-Marie. Je sais que c'est facile de parler quand on est libre. Je suis sûre que tu n'as pas tué. Je te connais. Tu avais bu. Tu ne te souviens de rien, et alors ?

Elle avait élevé le ton. Sa voix s'échauffait à mesure qu'elle parlait. Les mots coulaient de sa bouche. Je l'ai arrêtée.

– Doucement ! Je n'arrive pas à vous suivre !

J'entendais le bruit de sa respiration encombrée. Elle a repris, plus bas, comme si elle récitait une leçon apprise par cœur.

Tu ne te souviens de rien. Cela t'est arrivé d'autres fois. Je t'ai entendu arriver; je ne dormais pas. La pendule avait sonné trois heures. Je t'ai trouvé au clair de la lune à quatre pattes. Tu m'as vue. Tu as essayé de te redresser en grognant. J'ai failli tomber avec toi. Tu avais honte. Tu m'as dit : Je ne recommencerai pas. Je vais aller coucher dans la cabane. Est-ce qu'un homme qui a tué son voisin dit : Je ne recommencerai pas? En plus de l'alcool, j'ai senti sur toi une odeur de foin. Je t'ai demandé : Où étais-tu? Tu m'as répondu : Je ne sais pas.

Tu avais dû tomber quelque part dans une grange et dormir pendant deux ou trois heures. J'ai pris ton bras sur mes épaules. Tu m'as grommelé dans l'oreille : Il ne faut pas réveiller Pierrot.

J'ai enlevé tes culottes. Il faisait noir, mais j'ai entendu que tu pleurais. Tu as dit : Pourquoi est-ce que je bois, Lilas? Je t'ai répondu parce que tu m'énervais : Cela, il fallait te le demander plus tôt.

Tu as toujours eu le vin doux, Jean-Marie. Quand tu étais un peu gris, tu avais envie de me caresser, tu te souviens? Je le dis devant M. le curé. J'aurais peut-être dû le dire devant le tribunal. Tu ne pensais pas à des méchancetés dans ces moments-là. Cela n'est arrivé qu'une fois pour me défendre au Préveil de La Vive. Oh! comme j'aimerais revivre ce moment-là!

Elle a retenu un sanglot.

La nuit du crime, après t'avoir rembarré, tu ne t'en souviens pas non plus, je t'ai caressé, j'ai pris ta tête entre mes mains...

Elle m'a lancé avec des vibrations dans la voix :

– Comment j'aurais pu croire, monsieur le curé, que c'était notre dernière nuit ensemble ?

Elle s'est agitée. Elle a sorti les bras, tiré son drap. La bougie crachotait. Elle a soufflé.

– On continue. Je vais bientôt m'arrêter.

J'ai rangé ton pantalon, ta veste, sur la chaise. Tu ne les avais pas salis, je te le jure. Nous ne nous sommes pas assez défendus, mon chéri. Nous avons été honnêtes. Je regrette de ne pas avoir dit assez que tu étais un homme bon. Mais aussi, pourquoi prenais-tu un air coupable ? Tu vas partir en Guyane. Tu retrouveras la terre d'où sont partis les miens. Mon grand-père y était chaouch, *garde-chiourme. Il y avait épousé une belle sauvage, ma grand-mère. Je ne t'abandonnerai pas de l'autre côté de l'océan. La traversée ne me fait pas peur. La Mularde ira te rejoindre. Mais il faut que Pierrot soit un peu plus grand. À cause de lui, je vais essayer de patienter, attendre.*

Ce dimanche sans toi a été comme tous les dimanches, interminable. Je me suis réveillée cette nuit en sursaut. J'avais chaud. J'ai cru d'abord que j'avais fait un cauchemar. Je t'ai cherché auprès de moi. Et puis je me suis rendu compte que c'était la réalité : ils t'avaient condamné. J'ai pensé que tu avais froid sur ton bat-flanc, mon chéri, mon Jean-Marie. Je n'ai pas pu me rendormir. Je me suis serrée contre toi. J'ai voulu te réchauffer contre ma poitrine. Ne désespère pas, mon trésor. Mange tout ce qu'ils te donnent, même si tu le trouves mauvais. Soigne-toi. Si ce n'est pas pour toi, fais-le pour nous.

Tu vois, je te parle librement. Je profite de la vitesse du poignet de M. le curé. Ça me fait du bien. La nuit est là. Cela fait une journée de prison en moins. Gardons l'espoir. Je ne passe pas une minute sans te parler, sans t'écouter, sans te raconter. Ma vie, notre vie, c'est toi. On t'aime.

Elle s'est arrêtée. Son silence m'a surpris. J'étais sous le coup de ce flot de cris du cœur. Peu d'autres femmes à Saint-Nicolas étaient capables de s'adresser ainsi à leur homme. Je lui ai demandé :

– Voulez-vous que je relise ?

Elle a répondu :

– Non. C'est bien comme ça. Merci.

Elle a toussé un peu, s'est glissée plus profond dans son lit. J'ai su qu'elle allait guérir. Sa faiblesse était passagère. J'ai rapporté la chandelle à son chevet. Elle m'a dit :

– Éteignez-la.

Je lui ai donné sa lettre. Elle l'a glissée sous son oreiller. J'ai tisonné le feu. Les flammes bleues ont agité leurs grandes ombres contre les poutres blanchies du plafond. Lilas m'a soufflé :

– Encore merci, monsieur le curé.
– Dieu vous bénisse.

Je suis sorti. Le vent forcissait avec la nuit. Pierre arrivait accompagné du petit Couzinet, qui s'est sauvé en me voyant, et a crié :

– Bonne nuit, monsieur le curé !

J'ai posé la main sur la tête de Pierre. Le vent froid l'avait toute refroidie.

– Pourquoi n'as-tu pas mis ta casquette ? D'où venez-vous ?

Il a montré le chenal.

– Rentre vite te chauffer. Ta maman s'inquiète.

Il m'a répondu :

– Je vais m'occuper d'elle.

J'avais mon chapeau, ma pèlerine. J'ai pris la direction indiquée par Pierre. Je n'avais pas envie de rejoindre le bourg. J'ai respiré le vent salé mêlé de relents fades des vases. J'ai remercié le bon Dieu de m'avoir permis d'être le scribe de cette lettre d'amour. J'ai rejoint la grande digue après les tamarins qui semaient leur manne sur le sable. Je suis monté au sommet de la muraille. Une dernière flaque de lumière s'éteignait à l'horizon sur la mer. Je me suis tourné vers la terre. La Vive dressait sa haute silhouette noire. J'ai tourné le regard vers les communaux. J'ai aperçu le clignotement de la lumière de la maison du gardien. J'ai prié pour ces deux femmes que le même coup du sort avait privées de leurs maris. J'ai prié pour les deux hommes ravis à ma communauté paroissiale par le tranchant d'un épissoir. J'ai demandé à Dieu qui régnait sur ce monde salé d'attribuer aux uns et aux autres, selon leurs besoins, les humbles grâces de ma prière.

J'ai sorti ma pipe, l'ai bourrée dans le noir. J'ai savouré l'âpreté de la fumée. Le vent a soulevé ma pèlerine. J'ai résisté à ses vigoureux coups de tête contre ma soutane.

D'obscures traînasseries administratives ont maintenu Jean-Marie à la prison de La Roche-sur-Yon jusqu'au printemps. Il a été transféré à la citadelle de Saint-Martin-de-Ré à la mi-avril 1906. Lilas se raccrochait à de petits espoirs comme celui-là.

– Qu'est-ce qu'ils attendent ? s'impatientait-elle. Quand il sera à Saint-Martin, on l'aura plus près de nous. Il verra le même ciel. Il profitera du même soleil.

À partir du moment où il a été à Saint-Martin, elle s'est rendue sur la dune tous les jours, toute seule ou en compagnie de son fils, et elle est restée longtemps, immobile, face à l'autre côté de la baie. Quand la brume cachait l'île, elle disait :

– Jean-Marie souffre.

Elle restait sombre toute la journée. Quand la vue était si nette que le soleil découpant la côte profilait d'un trait blond chaque construction sur l'île, elle était elle-même tout illuminée. Elle m'a dit en allumant un cierge à l'église :

– On voit bien l'île aujourd'hui. On dirait qu'il suffit de tendre le bras pour la toucher !

Sa silhouette noire sur le sable a hanté la grève, et elle a impressionné les gens de Saint-Nicolas. Elle a obtenu l'autorisation d'une visite par mois, mais on a compté qu'elle a traversé douze fois sur le vapeur qui fait la navette entre Saint-Nicolas et Ré pendant les cinq mois précédant le départ de Jean-Marie.

Plus d'une semaine sur deux la mère et le fils ont été les premiers à attendre sur l'estacade qu'on jette la planche reliant au bateau. Ils ont pris place à la proue, et attendu immobiles, elle coiffée d'un chapeau de paille noir, son fils d'une casquette, insensibles aux allées et venues, aux embarquements de marchandises et de voyageurs. Le petit balançait ses jambes. La mère serrait son grand panier d'osier contre les siennes. Docilement ils se poussaient lorsque les autres banquettes étaient prises et que quelqu'un s'installait près d'eux. Les gens ont calculé la dépense et l'ont jugée déraisonnable pour une femme sans ressources. Heureusement encore, en trichant un peu sur son âge, Pierrot ne payait pas sa place sur le bateau !

Lilas m'a dit que les jours sans visite ils s'installaient sur les galets ou le sable à l'ombre d'une encoignure de la citadelle face à la mer. C'était l'été. Elle ouvrait son panier. Elle en sortait le pain, les fèves, les échalotes, le bouquet de crevettes. Ils s'approchaient des gardiens armés sur les remparts, qui s'habituaient à la présence de cette femme et de cet enfant.

– Ils ne nous chassent plus, ils nous reconnaissent. Nous avons passé une journée aussi bonne que possible. Nous étions tout près de lui, il le sait. Et nous devons nous rapprocher de lui autant que nous le pouvons.

J'ai obtenu l'autorisation d'une visite parce que j'étais le curé de sa paroisse. J'ai pris le bateau qui a longé les murs verdis de mousse de la forteresse de Vauban et nous a débarqués dans le port de Saint-Martin. J'ai remonté l'allée du bois de La Barbette baptisée « allée des Soupirs » parce que c'est le chemin qu'empruntent les forçats pour embarquer. Je me suis présenté à la porte Royale, face à la mer. Le vent était chaud. La mer verte qui nous avait tranquillement ballottés pendant la traversée clapotait contre les pierres du petit havre de la citadelle. Le soleil dorait à l'horizon la langue de sable des dunes de l'Aiguille. J'ai imaginé Jean-Marie l'œil rivé sur nos côtes pendant la traversée de La Pallice à Saint-Martin. Il ne manquait pas de repères. Il avait sillonné la baie tant de fois.

Les épais vantaux de chêne lardés de clous étaient ouverts devant le portail d'acier. J'ai frappé, présenté le papier jaune de mon laissez-passer au guichet. Un grand blanc-bec de chaouch en uniforme bleu ciel m'a lorgné. À l'évidence la présence d'un ensoutané le gênait. Il m'a grogné de le suivre. Mon cœur battait dans le couloir voûté d'une quinzaine de mètres qui traverse toute l'épaisseur du rempart. Nous avons débouché dans la cour de l'administration. Des mouettes tournaient dans le carré de ciel bleu. Un pète-sec aux moustaches en croc m'a fait vider mes poches. Le premier a grommelé :

– Je vais voir si on peut vous amener le prisonnier.

Il a ouvert la porte en face. J'ai deviné le chemin de ronde. Une bouffée âpre, violente, semblable aux relents d'une étable mal entretenue m'a suffoqué. Un troisième garde à la quarantaine rougeaude, le ceinturon au dernier cran sur sa bedaine, m'a conduit à travers un couloir qui résonnait. Nous avons dépassé un escalier à balustres noirs. Il a ouvert une lourde porte de bois.

– Voilà le parloir.

C'était dans une longue salle suintante et voûtée une enfilade de box face à face séparés par un couloir. Le garde m'a offert de m'asseoir sur un tabouret de la rangée de droite, et il a marché lourdement jusqu'au bout du couloir. Il s'est adossé au mur, là où il avait probablement l'habitude de se tenir. Il m'a dit :

– Les visites ne sont normalement autorisées que le jeudi et le dimanche. Ces jours-là, les box sont pleins.

J'aurais pu me croire dans une écurie si les soupiraux rectangulaires par où tombait la lumière n'avaient été garnis de lourdes grilles. J'ai attendu longtemps dans un silence de tombe. Le trousseau de clés du garde cliquetait. Je regrettais mon bréviaire dont le blancbec m'avait délesté. J'effleurais de la main le sapin du box noirci par les visiteurs. J'ai entendu un martèlement de pas et un tintement métallique. Le chaouch de l'entrée a ouvert.

– Entre !

Il s'adressait au prisonnier en galoches, bonnet noir, pantalon et vareuse de bure. Il l'a conduit dans le box en face de moi. J'ai cru qu'il allait lui enlever les menottes. Mais il l'a fait asseoir et est allé prendre sa faction au bout du couloir en face de son collègue, en disant :

– Vous avez vingt minutes !

Nous sommes restés ainsi un long moment à nous regarder, sans parler. Nous nous entendions respirer. Les gardes allaient entendre tout ce que nous allions nous dire. J'ai pensé : « Mon Dieu ! » Je me suis retenu pour ne pas pleurer. Il a enlevé son bonnet noir et il a murmuré le premier :

– Monsieur le curé...

J'ai vu luire ses yeux fanés, rougis d'inflammation. Il s'est excusé :

– J'ai une tête de bandit !

Il a ajouté :

– Je n'ai pas que la tête. C'est marqué, là...

Il a relevé sa manche et m'a montré son numéro tatoué sur le bras gauche. Il me semblait qu'il avait encore maigri. Ses yeux étaient profonds dans leurs orbites. Je n'avais pas remarqué qu'il avait le front si large, la mâchoire si forte. Je lui ai demandé :

– Comment allez-vous ?

– Ça va.

– Comment les gardes vous traitent-ils ?

Il a regardé à droite et à gauche les gardes qui écoutaient au bout du couloir.

– Bien.

Il m'a demandé aussitôt :

– Comment vont-ils ?

– Lilas va bien, Pierrot aussi. Je les ai vus ce matin, ils m'ont dit qu'ils vous embrassaient. Elle ne m'a pas donné de message, vous n'avez droit qu'à une lettre par mois.

– Dites-lui de choisir ses mots. Ce n'est pas la peine qu'elle m'écrive des choses qui sont rayées par la censure.

Ses paupières se sont remplies de larmes qui se sont répandues dans sa barbe boursouflée de choses malsaines, des boutons ou des furoncles. Il me regardait avec des yeux qui suppliaient tellement la pitié que je lui ai dit :

– Le chagrin ne peut pas effacer sa beauté, vous le savez. Elle vous attend. Elle veut que vous viviez !

Le blanc-bec a bougé. Notre effusion de sentiments lui déplaisait. Jean-Marie a secoué la tête.

– Vous voyez comment je suis. Est-ce que vous imaginez dans quel état je serai devenu dans quinze ans ?

Et tout bas :

– Il meurt en moyenne un prisonnier par semaine à Saint-Martin-de-Ré.

Le maton a gueulé :

– Parlez plus fort !

J'ai demandé :

– Est-ce que vous mangez convenablement ?

– Les rations sont améliorées depuis qu'on est en expectative d'embarquement. On a de la viande quatre fois par semaine et un quart de vin par jour pour nous aider à supporter les trois semaines de traversée. L'immobilité me tue. On a droit à une demi-heure de promenade matin et soir en « queue de cervelas » dans la cour, en silence, au pas cadencé.

Il a incliné la tête, caché par la cloison du box. Il m'a montré sa nuque au ras de la casaque, violette de sang mâché.

– C'est parce que j'avais parlé.

– Toutes vos souffrances vous seront comptées. La justice de Dieu n'est pas la justice des hommes.

Je ne suis pas sûr qu'il m'ait entendu. Il regardait la flaque de lumière sur la dallage. Je l'ai vu suivre la frange claire qui remontait jusqu'au soupirail. Le soleil ne pénétrait pas cette cave. Et pourtant on voyait bouger dans cette grisaille un rayon de lumière blonde. J'ai murmuré :

– Je dirai à Lilas que vous gardez l'espoir.

– L'espoir ? Je ne sais pas si j'ai assez de forces pour l'espoir. J'ai enfermé un merle dans une cage lorsque j'avais dix ans. Je lui ai apporté à manger et à boire, et il est mort.

– La différence, Jean-Marie, c'est que vous n'êtes pas un animal.

Il m'a regardé. Il triturait son bonnet noir. Il a baissé les yeux vers son bonnet.

– Je rêve souvent d'Orliac. La nuit, je me réveille. Les bagnards entassés deviennent fous et hurlent sur les bat-flanc pendant leur sommeil. J'avais une promise à Orliac, quand je suis venu à Saint-Nicolas, Toinou. Si je ne reviens pas, j'aimerais que vous preniez de ses nouvelles.

J'ai hoché la tête.

– Vous reviendrez.

Il m'a semblé voir ses traits se détendre. Alors je lui ai posé la question qui me taraudait l'esprit et m'avait poussé à venir.

– Est-ce que vous vous rappelez le jour où vous avez perdu votre couteau ? Où étiez-vous ? Avec qui étiez-vous ?

Il a fermé les yeux. Il a perdu sa sérénité. Il a levé les mains, appuyé sa tête dans ses mains enchaînées. Je me suis excusé.

– Je sais que je vous ennuie avec mes questions. Je rappelle des souvenirs d'interrogatoire. Pourtant il faut que vous me répondiez.

Il a murmuré, les yeux fermés :

– Le juge me l'a déjà demandé. J'ai perdu mon couteau sur le bateau des Rougier. Nous tendions des cordes sur les pieux pour le naissain.

– Combien de temps avant la mort de Calot ?

– Deux jours avant.

Le blanc-bec a lancé, goguenard :

– La récréation est finie !

Jean-Marie s'est levé. Il était encore décoiffé. Il m'a demandé :

– Bénissez-moi, monsieur le curé !

J'ai voulu m'approcher. Les deux gardes ont crié en même temps :

– Vous n'avez pas le droit de le toucher !

J'ai tracé sur lui à distance le signe de la croix et j'ai ajouté pendant qu'il réajustait son bonnet :

– Lilas brossait votre costume de velours, ce matin. Elle m'a dit qu'elle le gardait en état pour votre retour.

Ses yeux se sont de nouveau emplis de larmes.

– Dites-lui, dites-lui que je garde espoir.

– Allez ! Direction l'hôtel !

Le grand blanc-bec impatient lui montrait la porte. Jean-Marie a presque crié :

– Adieu, monsieur le curé !

Il a courbé le dos, rentré la tête, comme s'il craignait les coups. Je l'ai regardé s'éloigner à pas pesants, les épaules chargées de toute la misère du monde. J'ai écouté décroître le bruit de ses pas et de ses chaînes. Comme je ne bougeais pas, le gros chaouch m'a lancé :

– Alors, vous venez !

Le pète-sec a poussé vers moi mon bréviaire, mon mouchoir, mon chapelet, mon crayon, mon bloc-notes. J'ai attendu le retour du grand chaouch. Nous avons retraversé la cour. Les mouettes tournaient toujours dans le rectangle de ciel. Les prisonniers pendant la promenade au pas cadencé devaient voir aussi voler les grands oiseaux blancs au-dessus de leurs têtes. Le garde-chiourme m'a salué d'un sec :

– Au revoir, monsieur.

Le ciel de craie m'a aveuglé. Une voile orange au loin, par-delà le glacis et la muraille, glissait sur la petite mer. L'étendue d'eau tranquille luisait comme un toit de tôle. Je me suis avancé jusqu'au petit port de la citadelle abandonné. La mer, en se retirant, découvrait les galets du fond.

La beauté du monde me révoltait. Les gardes dont m'avait parlé Lilas se tenaient là-haut dans le mirador du rempart. J'ai tourné le dos à Saint-Martin où les cloches devaient carillonner l'allégresse d'un baptême. J'ai écrasé les hautes herbes grillées du chemin des douaniers au bord de la mer. Des sauterelles giclaient. Des bosquets de tamarins tressés de ronces aux mûres noires craquaient dans le vent brûlant. J'ai trouvé les mûres tièdes et fades.

Je suis descendu vers la grève. Je me suis assis sur le sable doré. J'ai ôté mes souliers et mes chaussettes. La mer s'était retirée, découvrant une profonde étendue de vases grises. J'ai marché vers elle, franchissant des ruisselets d'eau chaude et claire, écrasant des tortillons de vase remontés par les vers. À travers la brume de chaleur, par-delà le scintillement des écailles de la mer, je devinais le continent et ma paroisse. J'avais dans la mémoire le regard de Jean-Marie. Je n'imaginais pas que des yeux puissent changer à ce point. Ils n'étaient plus bleus. Ils étaient devenus gris, d'un gris éteint, couleur de mort. Et, tandis que je marchais librement sur la grève, ils me regardaient fixement. Ils m'étaient un muet reproche.

Le vent frais au bord de l'eau m'a peu à peu apaisé. La mer léchait mes pieds. Je me suis avancé plus avant, jusqu'à mi-mollets, la soutane relevée, mes souliers noués par les lacets autour de mon cou. J'ai longé le bord de mer en marchant dans l'eau. De jeunes mulets au dos bleu effleuraient mes pieds, attirés par les remous. Je me suis tourné vers les fortifications. La lumière chaulait les pierres grises. Elles avaient résisté aux tempêtes pendant trois siècles. Elles étaient faites pour durer mille ans. Les petites maisons du bourg se blottissaient derrière elles. Les habitants menaient une vie tranquille de pêcheurs, de paysans et de fonctionnaires de l'administration. À côté d'eux, derrière le carré des remparts de la citadelle renforcés par les bastions à orillons, il y avait des hommes qui souffraient, qui hurlaient, qui vivaient au-delà de tout espoir. Ces hommes étaient la lie du monde. Il aurait fallu être un saint pour leur apporter un peu de réconfort. Mais je ne me sentais pas la force d'un Vincent de Paul.

15

Lilas n'a pas vu Jean-Marie le jour de son départ contrairement à ce qu'elle espérait. Les prisonniers étaient en expectative d'embarquement, comme me l'avait dit Jean-Marie, depuis plusieurs semaines. Lilas avait effectué deux fois la traversée pour être présente. Et le départ avait été ajourné sans qu'on sache pourquoi.

– Vous verrez qu'ils finiront par partir sans nous prévenir ! avait-elle déclaré à son retour, déçue et inquiète.

C'est ce qui s'est passé. Elle est accourue essoufflée et hagarde, sous une pluie battante, un début d'après-midi d'octobre. Elle ne s'était pas couverte et elle dégoulinait la pluie dans l'entrée du presbytère. Son chignon mouillé formait une coque noire autour de sa figure jaune. Elle m'a tendu un papier plié qu'elle gardait au sec dans le creux de sa main.

– Voilà ce que le facteur m'a apporté tout à l'heure !

J'ai lu devant elle.

Ma belle Lilas, mon cher petit Pierre,

Quand vous lirez ce mot, je serai déjà loin sur la mer. Nous partons pour la Guyane tout à l'heure. On ne nous a prévenus que ce matin. C'est peut-être mieux ainsi. On nous a distribué notre paquetage au lever, à quatre heures du matin : vareuse et pantalon de bure marron; bonnet noir à raies blanches; galoches neuves à semelles de bois, couverture à rouler et à porter en bandoulière; musette avec gamelles, quart, fourchette et cuiller. Le tambour a roulé dans les rues de Saint-Martin ordonnant de fermer fenêtres et volets. Les deux cent cinquante relégués en chapeau noir se sont alignés par quatre dans la cour tout à l'heure. Le capitaine de la gendarmerie a crié l'ordre : « Chargez les armes ! » Les tirailleurs ont chargé les culasses. Et le convoi s'est ébranlé au roulement du tambour. Ça va maintenant être à notre tour. Quatre canonnières nous attendent à quai dans le port de Saint-Martin pour nous transporter sur La Loire *qui reste en rade. Nous avons tous entendu hurler sa sirène avant le jour. Je ne suis pas fâché de quitter la « forteresse du silence et de l'expiation ». S'il faut mourir, je le préfère au soleil. Je sais que la traversée va être terrible en cage au fond des cales. Si la mort vient, je la prendrai comme une délivrance. Apprends à notre petit Pierre, ma chère petite, que son père n'a pas été aussi mauvais qu'on veut le dire. Il a seulement fait naufrage. Le tambour roule. Adieu ! Au ciel ! Petite amie.*

Il avait signé Jean-Marie Chèze, avait ajouté la date : 14 octobre 1906.

Lilas s'est mise à claquer des dents. Sa robe noire en s'égouttant avait formé une flaque sur les carreaux autour d'elle. Maman l'a réprimandée :

– Vous allez attraper du mal. Sortir par un temps pareil ! Avancez devant la cheminée...

Elle s'est défendue d'avoir froid.

– C'est nerveux !

Tous ses membres étaient agités par des tremblements qu'elle n'arrivait pas à maîtriser. L'eau de ses cheveux coulant sur son front et ses joues lui vernissait le visage. Nous l'avons tirée jusqu'au foyer. J'ai tisonné le feu pensant que maman allait chercher des serviettes. J'ai actionné le soufflet en disant :

– Jean-Marie a raison. C'est probablement mieux que vous n'ayez pas été avertie.

Elle a poussé un cri de bête.

– Le directeur a menti. Il l'avait promis !

– Pierrot était là, lorsque le facteur est passé ?

– Il était à l'école.

Maman est revenue avec ses serviettes à nids-d'abeilles. Elle était encore saisie par le cri de Lilas. Elle a attendu, déplié une serviette.

– Allons essuyez-vous, pauvre petite, séchez-vous. Vous n'allez pas rentrer chez vous comme ça. Vous allez prendre un café pour vous réchauffer.

– Je ne veux pas de café.

Les flammes pétillaient autour du fagot de sarments que j'avais jeté sur les bûches. Les tremblements reprenaient Lilas par crises. De larges cernes violets assombrissaient son regard.

– Vous allez boire un café ! s'est fâchée maman. Ce n'est pas en vous laissant aller vous aussi, ma fille, que vous aiderez Jean-Marie !

Elle n'avait pas lu la lettre, mais elle avait compris. Je crois que Lilas lui en a été reconnaissante. Et puis maman l'avait appelée ma fille. Elle s'est soumise à son autorité. Elle n'a rien dit. Je suis sorti chercher un couple de fagots de sarments. À mon retour elle tenait dans ses mains un bol à fleurs bleues rempli de café. Elle a levé le nez du bol.

– Pensez-vous que nous le reverrons ?

Ma mère lui a approché un tabouret pour qu'elle s'asseye devant le feu qui repartait de plus belle.

– Il faut avoir confiance. Jean-Marie a raison : si ce n'est pas sur la terre, ce sera au ciel.

– Le ciel, je ne sais pas où il est. Je connais les souffrances que j'endure sur la terre !

Le curé de Saint-Martin-de-Ré m'a raconté par la suite l'embarquement du convoi de Jean-Marie, très conforme au rite instauré par l'administration. Je n'ai pas eu de peine à imaginer Jean-Marie au milieu du troupeau de bagnards enchaînés par quatre, sortant par la porte Royale. Il n'a pas vu le cordon de gendarmes et de tirailleurs postés devant lui, mais par-delà, la profondeur de la mer, et par-delà la mer, le continent. Le temps était clair, ce matin-là, il a fixé au loin les côtes de Saint-Nicolas. Il a marché en dévorant la mer des yeux. Les sabots de leur triste cortège martelaient le sol. Le sac du paquetage pesait sur son épaule. Ils ont traversé le bois de La Barbette, rejoint les premières maisons aux portes et volets clos.

Ils approchaient des canonnières à quai lorsqu'ils ont entendu un cri déchirant. J'ai pensé au cri de bête de Lilas dans le presbytère. Ils se sont arrêtés. C'était un cri de femme. Jean-Marie s'est demandé si ce n'était pas sa Lilas. Un peloton de gendarmes de la Marine est passé au pas de course. Le cri venait d'une fenêtre ouverte au deuxième étage sur le port.

– Ne t'en va pas ! criait la femme.

Ce n'était pas Lilas. La désespérée était retenue, sinon elle se serait jetée par la fenêtre. Les gendarmes de la Marine ont investi la maison et tiré en arrière la femme qui se débattait. Le bagnard qu'elle aimait était immobile, blanc comme la mort. Un tirailleur, baïonnette au canon, a délicatement posé la main sur l'épaule du bagnard.

– Avance.

Le piétinement a repris. Les bagnards sont descendus dans les canonnières. La mer était haute. Les embarcations ont longé le môle et piqué vers *La Loire*. Les bagnards ont gravi l'échelle de coupée. Les chaouchs en hausse-col bleu ciel les attendaient sur le pont. Ils ont descendu les prisonniers dans leurs cages derrière leurs grilles. La sirène de *La Loire* a hurlé. L'opération n'avait pas duré deux heures.

Il a plu pendant des jours et des nuits cet automne-là. Dès octobre le marais a été gorgé d'eau. Comme la pluie a continué en novembre, les canaux ont débordé, les champs ont été noyés. On dit alors que le marais est blanc.

Les bêtes ont été malheureuses. La récolte de foin n'avait pas été fameuse. Elles étaient privées de pâture. Les communaux étaient sous l'eau. Saint-Nicolas était assiégé. Des routes étaient coupées. Le train n'est pas venu pendant deux semaines. Les vieilles peurs ont resurgi. On s'est rappelé l'ancien Saint-Nicolas situé plus avant du côté de la Pointe, emporté par les eaux. La légende disait qu'on y entendait encore des voix les jours de tempête, et surtout les nuits.

J'en ai profité pour me dépêtrer des inventaires qui provoquaient la révolution dans toute la Vendée. J'ai laissé venir le commissaire de Luçon un matin, avant l'aube, escorté de quatre hommes. L'opération a duré dix minutes. Comme disait le grand Clemenceau, alors ministre de l'Intérieur, cousin de notre Albert Clemenceau de Saint-Nicolas : « La question de savoir si l'on comptera ou l'on ne comptera pas les chandeliers dans une église ne vaut pas une vie humaine. »

La dévotion de mes paroissiens exposés aux périls est devenue plus fervente. Des cabaniers cernés par les eaux sont venus à la messe en barque. On s'est rappelé les vieilles cartes de géographie d'avant les digues qui montraient le pays noyé sous le lac des Corbeaux d'où surgissaient quelques îles. On a envié les habitants de La Vive sur leur hauteur. On a pris conscience d'habiter un territoire improbable. La terre labourée la veille était retournée à la vase. Elle pouvait revenir à l'océan du jour au lendemain. C'est pourquoi on regardait sans cesse du côté de la grande digue. Mais elle résistait.

Les pauvres ont eu faim, cet hiver-là. Le travail manquait, puisque les terres étaient recouvertes. Le lait a été rare. J'ai célébré des enterrements de petits enfants et le Dr Liaigre m'a confié sa crainte d'un retour des maladies des marais. Il a été appelé pour soigner une famille de pauvres gens qui vivaient à douze dans une seule pièce. Ils souffraient de diarrhées et de vomissements. Ils ont fini par confesser qu'ils avaient mangé un mouton noyé près de la digue du Maroc. Par miracle, il n'y a eu chez eux aucune victime, ni jeunes ni vieux.

Le père Ambroise Chacun, le sacristain, m'a emmené porter le bon Dieu en barque, un jour d'éclaircie. Un homme se mourait à la prise des Canons. Le ciel était d'un bleu de paradis. Le soleil brillait, il n'y avait pas un souffle. Nous étions seuls sur cette immensité immobile. La perche du père Chacun frappait l'eau. Son coup de reins nous propulsait. La barque déchirait le miroir et développait des rides très loin.

Nous nous sommes approchés d'un rassemblement de canards pilets. Il y en avait bien cinq cents qui allaient et venaient entre eux sans remuer l'eau dans la tranquillité d'un matin du monde. Nous étions dissimulés par une ligne de tamarins et de lauriers. J'ai frappé dans mes mains. Les pilets les plus proches se sont envolés dans une pluie de gouttes. Ils se sont posés auprès des plus éloignés et ont repris leur ronde tranquille. Ils avaient vu que nous étions sans arme. Nous avons continué sur le marais blanc. Les plis qui cernaient les petits yeux noirs du père Chacun se sont rapprochés. Il a dit, debout à l'arrière, en enfonçant sa perche :

– On va porter le bon Dieu, c'est triste. Mais ce qu'on est bien.

Lilas a fait comme ses voisins pour vivre, elle s'est tournée vers la mer. Elle a cultivé son lopin de bouchot comme un jardin. Dès que la marée chassait les nuages, elle s'empressait vers son acon, Pierrot avec elle, tout content de manquer l'école. L'enfant effectuait alors une poussée de croissance. Tout d'un coup, depuis les vendanges, il grandissait comme une gousse de haricot. Ses traits s'allongeaient, ses bras, ses jambes s'effilaient, ses pieds s'élargissaient. Mlle Auger, ex-sœur Marie-Marthe sécularisée, qui préparait les soutanes des enfants de chœur, se lamentait :

– Vous vous rendez compte, monsieur le curé, il y a trois mois je l'habillais dans cette soutane, il y a deux mois dans celle-là. Je n'arrive pas à le suivre !

Le grand Pierrot souriait en croisant et décroisant ses longs bras.

– Combien de jours as-tu manqué l'école cette semaine, garnement ?

– Trois, monsieur le curé. Maman avait besoin de moi.

– Ta mère avait besoin de toi ! Est-ce que tu crois que tu vas réussir dans la vie en restant un âne ?

L'enfant n'a pas osé répondre. Il a haussé les épaules en baissant le front et en me montrant ses boucles blondes.

– Qu'est-ce que vous avez fait ?

– On a cueilli des moules.

– Elles sont belles ?

Il a levé ses grands yeux noirs, et en souriant :

– Oui, monsieur le curé.

– Elles sont bonnes ?

– Oui, monsieur le curé.

– Comment tu les préfères ?

– À la crème, monsieur le curé.

Ils « pêchaient » les moules avec la demi-lune. Pierrot était déjà coiffé de la casquette bleue des marins, Lilas revêtue de ses pantalons bouffants était armée du croissant au bout d'un long manche derrière lequel était ajusté un sac. L'enfant maintenait la barque immobile dans le rang. La mère raclait le pieu avec la demi-lune. Les moules tombaient dans le sac. Quand le sac était plein, Lilas le vidait dans la barque. Si le temps n'avait pas été aussi pourri, les retours dans les bouchots avec les barques pleines se seraient faits en chansons. Mais l'averse qui avait trempé les vendangeurs, et les nuées noires qui montaient en rangs serrés refrénaient les envies.

Quand la marée le permettait, Lilas envoyait alors son fils à l'école, contrairement à d'autres, même s'il n'en avait pas le goût.

– Allez, dépêche-toi. Va mettre ta blouse et ton capuchon. Profites-en pendant qu'il ne pleut pas pour arriver sec à l'école.

L'enfant obéissait à reculons. Il frappait à la porte de la classe de M. Couzinet, qui levait son regard vers les solives en soupirant, et lui ordonnait de regagner sa place.

– Sors ton cahier. Fais le problème qui est au tableau. Tu resteras ce soir après la classe !

C'est ce mois de décembre-là qu'elle a pris à moitié la concession du père Bouron. Le marais restait inondé. Les journaliers ne trouvaient pas à s'employer dans les cabanes comme chez les Nicou. Un lopin de bouchot ne suffisait pas à nourrir une mère et son fils. Et Lilas ne voulait pas transmettre à son fils son passé de misère. D'ailleurs la concurrence était rude. On se serait battu pour un crabe ou quelques huîtres collées sur les rochers.

Le père Bouron n'était pas seul, mais c'était tout comme. Ses quatre fils travaillaicnt au chemin de fcr el se moquaient des quelques centaines de pieux du père enfoncés dans la vase. Une attaque d'hémiplégie l'avait paralysé l'hiver d'avant, et il se morfondait depuis en pleurant l'assistance de ses voisins.

– Bien fait ! déclarait la Ratouit, sa voisine. C'est une punition du bon Dieu. Ah ! la terre ne suffisait pas à le porter quand il était en bonne santé. Il était fier comme un vieux pou de son bouchot qui faisait de lui un propriétaire, comme il disait. Mais croyez-vous qu'il m'aurait donné une moule ? Il me les vendait le prix du litre au marché de Luçon. Il en rajoutait trois ou quatre pour faire bonne mesure !

Cela n'empêchait pas la mère Ratouit de l'aider à se lever et à se coucher matin et soir.

– Son lit est haut ! Je ne suis guère plus adroite que lui. Je me méfie, il pourrait mettre la bonne femme par terre. Heureusement, il n'est pas lourd. Je le rationne. Si vous grossissez, que je lui dis, je ne pourrai pas vous remuer, et vous vous débrouillerez tout seul !

Elle feignait les cœurs secs pour se faire croire qu'elle prenait sa revanche. Elle a attendu le retour de Lilas, un après-midi de décembre, sur le port. Il pleuvait encore. Le ciel, la mer, l'eau du port étaient du même gris. Le vent grognait. À trois heures on avait l'impression que la nuit tombait déjà. La mère Ratouit, soixante-dix ans, attendait immobile dans son châle de laine noire.

– Je suis là pour toi, ma petite! cria-t-elle avant que Lilas ait mis le pied sur la terre.

Lilas était allée pêcher toute seule. Les exhortations de M. Couzinet et les miennes avaient porté, et elle s'efforçait de se priver de l'aide de son fils. La pluie avait traversé sa vareuse, trempé sa quichenotte noire, et ses pelures informes tire-bouchonnaient.

– Tu es courageuse, a remarqué la bonne femme. Le vent devait secouer!

Lilas a levé vers la vieille un minois amaigri, ses yeux noirs brillaient d'un regard de feu.

– On arrive à Noël. Les gens veulent manger des moules.

– Laisse un peu ton bateau et viens te sécher chez moi, j'ai fait du feu.

En fait de feu, la vieille n'avait que la maigre flamme bleue de deux bouses qui se bisaient. Lilas le savait.

– Venez donc chez moi, mère Ratouit. Je n'ai pas mangé ma soupe. Je changerai ma chemise qui est mouillée.

La vieille a traîné ses jambes jusqu'au Tirouet. La cuisinière à charbon était éteinte.

– Je n'ai pas de quoi acheter des boulets.

Lilas a soufflé sur les braises de bois et de bouse mélangées. La soupe de poisson du matin était encore tiède, et elle a été vite chaude. Lilas en a offert une assiette à la bonne femme qui n'avait mangé qu'une couenne de seiche. Et en tirant sur la cuiller la vieille a dit :

– Je t'ai vue trier tes moules et les laver. J'ai interrogé les pêcheurs. Tu sais qu'on se méfie de toi. Mais ils ont tous reconnu que tu tenais bien ton bouchot. Alors voilà...

La mère Ratouit s'est tue. Lilas s'était déshabillée pendant que la bonne femme parlait. Elle avait enlevé sa chemise mouillée. La sèche était étendue sur son édredon. Elle tournait le dos à la mère Ratouit. Les flammes du foyer dansaient sur ses épaules nues.

– Tu n'es pas bien grasse..., a commenté la vieille.

Et elle s'est lamentée.

– Dire que j'ai été jeune et belle comme ça moi aussi ! Ça n'a pas duré. Et tu n'as pas d'homme pour s'occuper de toi.

– Ne vous inquiétez pas de ça, mère Ratouit, continuez.

La mère a remué sa cuiller.

– Tu sais que je lève mon voisin Bouron tous les jours. Ce matin, il se plaignait encore. Ses enfants l'ont abandonné. Personne ne s'occupe de lui. Eh bien ! si personne ne s'occupe de vous, que je lui ai répondu, je vous laisse ! Je l'ai lâché, debout, au milieu de sa maison. Il a crié, supplié : « Je ne parlais pas de toi, je sais bien que tu es bonne pour moi... » Et il a pleurniché sur son bouchot qui était la prunelle de ses yeux. Au début, il avait trouvé des amis complaisants pour s'en occuper, mais tout s'use. Avec ce temps les pieux doivent partir en botte, la moitié de la récolte est perdue. « Eh bien ! je lui ai répondu, il faut donner votre bouchot à faire ! » Et j'ai ajouté, sans réfléchir : « Je connais quelqu'un qui prendrait soin de la prunelle de vos yeux ! » Et j'ai pensé à toi.

Lilas s'est défendue :

– Ce n'est pas possible, mère Ratouit. Vous ne connaissez pas son bouchot. Il est quatre fois plus grand que le mien.

– Si je le connais. J'y ai travaillé quand j'avais de meilleures jambes.

Lilas a secoué la tête.

– Je suis toute seule. Vous vous rendez compte du travail, au moment de la récolte des moules ?

– Tu te feras aider, et puis tu as Pierrot. Si tu veux, je laverai et trierai pour toi aussi longtemps que mes mains voudront encore me faire souffrir.

– Mais vous le connaissez, le vieux grigou, il va vouloir encore gagner de l'argent sur mon dos !

La mère Ratouit a laissé, en riant, entendre un petit bruit de porte qui grince.

– Je te dis qu'il est mûr. Il n'y a plus qu'à lui appuyer sur le ventre. Il acceptera ce qu'on voudra. Si tu veux, je lui en parle avec toi. Il va être l'heure d'aller le coucher.

– Tout de suite ?

– Tout de suite.

Lilas a pendu ses linges humides autour de la cheminée. Elle a fini de se couvrir de sec. Les deux femmes, la vieille et la jeune, sont parties ensemble, réjouies comme des comploteuses. Elles ont vaincu toutes les résistances du vieux qui refusait de laisser son bien dans les mains d'une femme ! Mais la mère Ratouit a mis ses soins dans la balance, et Lilas a obtenu le bouchot à moitié.

La pluie s'est arrêtée entre Noël et le premier de l'an. Les marais se sont découverts. Et elle a recommencé de plus belle. J'ai noté sur mon bloc-notes de janvier 1907 : déluge, tempête, brèche dans la grande digue. Nous nous sommes enfin réveillés, début février dans des éclats d'argent : il gelait. Les tuiles de l'église étaient blanches de givre. La vraie décrue a commencé. Saint-Nicolas refaisait corps avec le continent.

Je sortais de l'église par la petite porte à la fin de ce mois un peu après midi, lorsque j'ai entendu saboter derrière moi dans la venelle. J'étais encore plongé dans mes dévotions. On fêtait le mardi-gras. J'ai pensé que c'étaient mes enfants de chœur qui couraient les œufs pour les crêpes, la figure charbonnée, frappant aux portes et brandissant leur panier à salade :

– Coco ! Coco !

Je les avais déjà vus à travers le bourg, masqués, les figures dissimulées sous des passe-montagnes, les bérets enfoncés jusqu'aux sourcils. Mais une main m'a tiré par le bras, et ce n'était pas celle d'un enfant. Je me suis retourné. Lilas s'est excusée.

– Monsieur le curé, il faut que je vous parle !

Elle me suppliait, les yeux agrandis d'inquiétude. Elle était essoufflée.

– Qu'est-ce qu'il y a, Lilas ?

J'ai rouvert la porte de l'église. Je lui ai fait signe d'entrer. Elle avait dans les mains ses cuissardes de cuir tout humides. Nous nous sommes assis devant la statue de la Sainte Vierge.

– Monsieur le curé, s'est empressée Lilas la main sur la poitrine pour reprendre haleine, j'étais à la Pointe d'Arçay. Il faisait beau. Je travaillais au bouchot du père Ratouit lorsque, sans savoir pourquoi, j'ai été malheureuse comme je ne l'ai jamais été. J'ai eu très mal. Je ne savais pas ce qui m'arrivait. J'ai levé les yeux au ciel. J'ai regardé vers les voisins qui continuaient de travailler tranquillement. Et ç'a été plus fort que moi : je me suis mise à pleurer comme une Madeleine. J'ai eu sur les yeux comme un voile noir, et j'ai pensé à Jean-Marie. J'ai compris. Ce n'était pas moi qui souffrais. C'était lui. Il lui est arrivé malheur !

– Mais Jean-Marie est à dix mille kilomètres de l'autre côté de l'océan, Lilas !

Elle s'est agrippée à mon bras. Sa voix a sonné amplifiée par les voûtes.

– Vous me prenez pour une folle ! Mais je le sais. Je le sens. Je le sens, là...

De son poing fermé elle se frappait la poitrine en regardant la statue de la Vierge verdie par la maladie du plâtre.

– Non vous n'êtes pas folle. Vous êtes tout simplement fatiguée, Lilas. Vous souffrez vraiment. Et vous interprétez vos souffrances.

Ses yeux se sont emplis de larmes. J'ai vérifié qu'il n'y avait personne derrière nous. Elle s'est tournée vers moi, a joint mes mains dans les siennes.

– Priez pour moi ! J'ai laissé mon chantier et je suis revenue de toute la vitesse que je pouvais pour que vous priiez avec moi. Je ne peux plus compter que sur vos prières.

– Vous avez raison. Essuyez-vous. Nous allons prier ensemble. C'est tout ce que nous pouvons actuellement pour Jean-Marie. Mais ne vous mettez pas dans cet état. Cette montée d'angoisse ne prouve pas qu'il lui soit arrivé du mal.

Nous nous sommes agenouillés. Nous avons prié Marie. Les formules de la prière ont apporté un peu de sérénité sur le visage de Lilas qui s'est décrispé. Mais en partant, elle m'a soufflé :

– Je suis sûre que je ne reverrai pas Jean-Marie. Je le sens.

– Mais non. Vous vous faites des idées.

Quatre semaines plus tard elle me tendait un papier timbré.

– Lisez.

C'était un courrier laconique du ministère de la Justice. Il disait :

Nous avons le regret de vous informer que le condamné Jean-Marie Chèze, matricule 3025, est décédé le mardi 26 février un peu avant midi heure française, pendant l'accomplissement de sa peine à l'île Royale. Il était affecté au cano-

tage entre les îles. Il a sauté du canot où il ramait et s'est jeté dans la mer. Il nageait vers le large et a refusé d'obéir aux sommations du gardien. Selon la coutume aux îles du Salut, son corps a été laissé aux requins.

– Il a été donné aux requins ! Comment ressuscitera-t-il, monsieur le curé ? m'a interrogé Lilas amèrement.

– Dieu y pourvoira.

– Peut-être que les bagnards ne ressusciteront pas ! Il a préféré mourir. Il savait qu'il n'échapperait ni à la balle du chaouch ni aux dents des requins. Il savait à peine nager !

Je ne lui ai pas répondu. Elle avait les yeux secs. Elle avait pleuré un mois plus tôt quand elle avait été mystérieusement informée de la mort de son mari. J'étais confondu par l'amour de cette femme. Ce ne pouvait pas être une coïncidence. Elle vivait au quotidien dans sa chair la lettre de saint Paul. « L'amour peut tout. L'amour supporte tout. L'amour est patient. L'amour ne juge pas. L'amour ne condamne pas. L'amour ne passera jamais. » J'ai admiré le don d'amour de Dieu en cette femme. J'ai proposé à Lilas :

– Vous m'avez demandé de prier avec vous. Je vais célébrer des messes pour le repos de Jean-Marie. Vous ne les paierez pas, vous n'en avez pas les moyens. Ce sera ma manière de m'excuser de n'avoir rien compris, il y a un mois.

VII

Les confessions d'Honoré et de Clorinthe

16

La nouvelle s'est répandue très vite dans Saint-Nicolas. Le maire avait reçu le double du courrier du ministère, et le piéton de la Poste s'était chargé de la communiquer. Beaucoup de paroissiens ont jugé cette disparition rapide comme une preuve supplémentaire.

– Le bon Dieu l'a puni !

Moi je croyais plutôt que le bon Dieu avait éprouvé de la compassion pour le geste de désespoir de cet homme malheureux au point d'avoir préféré mourir. C'est ce que j'avais dit à Lilas.

Il y avait donc tout juste une semaine qu'elle m'avait tendu le papier timbré lorsque j'ai été interpellé un après-midi dans l'église. Je pédalais laborieusement sur le vieil harmonium, absorbé par les chants pascals de la chorale – mon indigence en musique et en chant m'est une douloureuse humiliation encore aujourd'hui. J'ai perçu, venant du milieu de la nef remplie de mes tonitruants accords, quelque chose comme un souffle qui se glissait timidement dans la musique et m'appelait :

– Monsieur le curé ! monsieur le curé !

Quel paroissien pouvait être entré à cette heure ? Il faisait beau dehors, le printemps était là, il y avait tout à faire dans les terres et sur la mer après un hiver pourri. Je n'ai rien vu d'abord dans la pénombre et j'ai cru que j'avais été trompé par l'acoustique du sanctuaire.

– Monsieur le curé !

Il était là, si modeste, si craintif, agenouillé sous le grand trois-mâts, dans le banc du confessionnal : Honoré Chamouleau. Je ne l'avais jamais vu à l'église que pour les enterrements, et encore, il entrait à l'heure de l'offrande et ressortait aussitôt pour aller chanter requiem à La Belle Henriette. Il fallait une urgence grave pour l'agenouiller comme un mauvais élève du catéchisme. Je n'ai pas hésité et me suis engouffré dans ma guérite pour l'entendre. J'ai tiré la raclette. Je n'avais pas besoin de le voir. Il exhalait une forte odeur de vin et d'ail. Il a émis un gargouillis confus, et je l'ai prié :

– Parlez, je vous écoute !

Mes yeux habitués au noir du confessionnal distinguaient ses grandes oreilles, à l'extrémité du pavillon enroulée comme si elles n'étaient pas complètement déployées, son nez, son menton, taillés à l'emporte-pièce, au point qu'il ne semblait pas un homme fini.

– Sa laideur est une offense à la bonté de Dieu ! avait soupiré une paroissienne à la langue bien pendue.

Je l'avais réprimandée et j'avais suivi des yeux la silhouette maigre d'Honoré si dépourvu de poitrine et d'estomac, concave comme un haricot mal venu. Je l'ai aidé, l'oreille contre la grille, évitant son haleine :

– Dites : Bénissez-moi mon père parce que j'ai péché...

Alors il a commencé par un chuchotis, puis il a élevé la voix à mesure qu'il parlait, avec des poussées de ton rauque. Je peux écrire cela aujourd'hui. Ce n'est plus un secret de confession. Honoré l'a répété depuis à tous les échos. Et le pauvre n'est plus de ce monde.

– Monsieur le curé, j'étais sur le chaland de Pierre Rougier lorsque Jean-Marie Chèze a perdu son épissoir. Nous tendions des cordes entre les pieux pour pêcher le naissain. J'étais sur un acon, Jean-Marie sur un autre, et on faisait la course. On cloue à mesure que la mer descend. On coupe au bout. Seize rangs. On ne perd pas de temps...

Je voyais se soulever et s'abaisser les sourcils d'Honoré en même temps qu'il parlait, et je devinais qu'il repoussait le moment d'aborder l'essentiel.

– ... La mer a monté. On a remonté les acons sur le chaland. Et c'est quand on a voulu repartir que Jean-Marie a cherché dans sa poche. Il n'avait plus son couteau. Il a cherché dans les autres poches et le baquet de pointes. Lucien Rougier a plaisanté, Jean-Marie l'a mal pris. Lucien Rougier a haussé les épaules : « Qu'est-ce que tu veux y faire ? Si ton épissoir est dans la mer, tu risques de ne pas le revoir ! » Et il a mis la voile pour rentrer.

– Vous voulez dire que Jean-Marie Chèze a bien perdu son couteau, et qu'il ne lui était pas facile de le retrouver.

Les sourcils larges d'Honoré Chamouleau se sont soulevés, et il a affirmé :

– On ne retrouve pas un couteau dans la mer.

– Alors ce ne serait pas son couteau qui aurait servi à tuer Félicien Calot ? Il l'avait peut-être caché ?

Ses sourcils se sont abaissés.

– Jean-Marie Chèze avait bien perdu son couteau.

– Et vous attendez sa mort pour me le confesser ! Si vous êtes sûr que ce n'est pas l'épissoir de Jean-Marie qui a fait le coup, vous êtes coupable de faux témoignage et responsable d'une erreur judiciaire !

Honoré Chamouleau a ouvert la bouche, émis un glouglou de siphon, et s'est défendu.

– Ils ont dit qu'ils avaient retrouvé son épissoir !

– Qui ça « ils » ?

J'ai élevé la voix à mon tour.

– Vous venez de m'affirmer qu'on ne retrouve pas un couteau dans la mer ! Pourquoi n'avez-vous pas parlé ? Votre témoignage de pêcheur était capital. Jean-Marie Chèze n'aurait peut-être pas été envoyé mourir au bagne.

Honoré Chamouleau a baissé la tête. Ma voix de basse-contre a tonné de nouveau, véhémente.

– Vous connaissiez l'épissoir de Jean-Marie ?

– Oui.

– Vous en aviez vu d'autres comme le sien ?

– Non. Son épissoir avait une grande lame courbe dangereuse, un manche de corne avec un anneau de cuivre.

– C'est celui qu'a montré le commissaire Tribot ?

– Oui.

– Alors ?

Le soupir de détresse de Chamouleau s'est éteint dans un chuintement de glaires comme un sanglot.

– Vous voulez l'absolution pour votre manque de courage devant le commissaire et le juge ?

Il m'a imploré les mains jointes à travers la grille du parloir et j'ai respiré son haleine lourde comme celle du désespoir.

– Je ne dors plus, monsieur le curé, depuis des semaines et des mois !

– Inclinez la tête et demandez pardon !

J'ai levé la main pour l'absoudre. J'ai ajouté sitôt l'amen des paroles sacrées :

– Ce n'est pas parce que Jean-Marie est mort qu'il ne faut plus chercher la vérité. Engagez-vous à témoigner, le cas échéant, de ce que vous m'avez confessé.

Un grand silence m'a répondu. J'ai renouvelé ma demande en m'inclinant contre la grille du parloir. Il n'y avait plus personne. Mon pénitent soulagé du poids de son remords avait discrètement filé. J'ai ouvert la porte de mon confessionnal. Le lourd loquet de la porte du bas du bourg retombait dans le mentonnet avec un claquement amplifié par les voûtes désertes du sanctuaire. Je me suis défait de mon étole violette. J'ai regagné, pensif, mon harmonium. Honoré Chamouleau m'avait laissé son odeur, et cette réflexion véhémente :

– On ne retrouve pas un couteau dans la mer !

Je m'accroche. Je m'étonne chaque jour d'être encore de ce monde. Je sais que le rendez-vous avec Celui qui m'attend ne saurait tarder. Je n'ai pas connu de nouvelle grave secousse, mais j'ai la certitude de l'aggravation quotidienne de ma fatigue. Je ne dégringole pas de marche, je descends une pente. Porter ma frêle enveloppe charnelle pour accomplir quelques actes simples de mon ministère me demande une débauche d'énergie. Je n'aurais pas trop de deux cannes désormais pour me déplacer. Je triche en m'appuyant au mur, du presbytère à l'église. Je me cramponne à la table de l'autel en célébrant la messe.

Mes chers paroissiens ne sont pas dupes de mes comédies. Je surprends de la compassion dans leurs échanges de regards. J'avoue qu'elle m'irrite et me réchauffe. J'ai toujours aimé ce beau mot, compatir : souffrir avec. J'ai essayé d'ajuster mon sacerdoce à cette devise. C'est maintenant à mon tour d'en goûter les bienfaits. Il me semble redevenir l'enfant maladif qui supportait sans pleurer le cataplasme à la farine de moutarde pour obtenir les caresses et les compliments de sa mère, avant d'être récompensé d'un délicieux lait de poule.

Mes paroissiens me gâtent. S'ils savaient pourtant avec quoi je me nourris ! Mon estomac ne supporte plus guère que ma trempine de pain dans du cognac coupé d'eau sucrée. Maman m'a dit que mon grand-père Henri Lhermite buvait. Peut-être suis-je le dernier maillon d'une longue lignée d'alcooliques ? Je ne prends pas du cognac pour m'enivrer. J'y puise les quelques relents d'énergie qui me restent. Le cognac hors d'âge que mes amis Pasquier m'ont donné exprime, à mon avis, encore mieux son arôme mélangé avec de l'eau. La chienne Comtesse m'aide dans mes enfantillages de dissimulation. Elle ne rechigne pas à faire plat net avec les nourritures qui me sont apportées.

J'arrive encore à tenir le rythme de l'écriture. Je n'y épuise pas mes forces. Je suis convaincu au contraire d'y trouver mes derniers motifs de résistance. J'en mesure toute la vanité. Qui s'intéressera aux rabâchages d'un obscur petit curé vendéen en exil en Charente ? Mais puisqu'au séminaire mes professeurs complimentaient ma belle plume, pourquoi ne rendrais-je pas témoignage à la vérité ? Je crois sans cesse approcher du terme de mon récit, mais chaque nouvel épisode en appelle un autre. J'y soupçonne une manière de retarder mon propre terme. Je ne sais pas comment je vais me comporter au moment ultime. Le père Billaud, qui confessait les vieux chanoines du chapitre et assistait à leurs dernières luttes, semait l'effroi dans la salle d'exercice en nous disant :

– J'ai vu de prétendus champions se débattre au dernier moment et ne pas se résigner à mourir ! C'est l'évidence que les prêtres ne seront admis au paradis que par la petite porte, parce que, à la différence de la foule des pécheurs, ils savent. La balance de Dieu sera sans pitié pour nous. Cet homme était chrétien, il était prêtre, il était chanoine, il est en enfer !

Je ne m'endors jamais sans un examen de conscience. Je ne sais ni le jour ni l'heure. Ce que je sais c'est qu'il est plus proche que jamais. Mon beau massif de dahlias a été abîmé par les récents orages. Il ne redeviendra plus ce qu'il était malgré le retour du soleil. L'été brûle ses derniers feux en ce beau mois de septembre, c'est bon pour les vignes.

Et je me retrouve à écrire en avril, là-bas, sur les côtes. Les printemps y sont surprenants. D'un coup on passe de la grisaille de l'hiver aux grands flux de lumière de la belle saison. Les tamarins s'enflamment et se couvrent d'aiguilles roses. Le vent du sud assèche les marais. Les lilas de mer et les mauves éclatent sur les grèves.

C'est dans cette magnificence que j'ai pris le chemin de la cabane de Bellenoue, trois jours après la confession d'Honoré Chamouleau. Un énorme soleil roulait sa meule de feu sur la mer et les marais. Je me suis mis en marche sitôt le déjeuner malgré l'opposition de maman. J'ai déplié mon mouchoir entre ma tête et mon chapeau pour obtenir son silence et jouer les explorateurs, j'ai retourné mes manches. Je me suis muni de mon solide bâton. Ma mère, debout sur le seuil, me regardait m'éloigner. Elle m'a crié :

– N'accepte pas de boire trop frais !

Les chauds et froids étaient sa hantise depuis la mort brutale de mon père. Le soleil était blanc. La cabane de Bellenoue s'adosse à la digue des Limousins. Où qu'on soit dans ce marais de la Pointe on tourne autour de cette construction comme autour d'un axe, on découvre cette orgueilleuse silhouette dressée comme un amer. Mais elle est plus éloignée qu'on ne le croit. La platitude des marais, les ciels immenses écrasent les distances.

Le premier des Rougier s'y serait posé il y a plus d'un siècle. Il fuyait, dit-on, un bocage vendéen ravagé par la guerre. Il se serait heurté à la digue et arrêté. Il s'appelait Roux, ou Rouge, sans doute à cause de la couleur de ses cheveux. Il n'avait rien que ses sabots, sa pelle, son couteau et sa misère. Il a construit une hutte de branchages et de roseaux. Il y a conduit une femme, et ils s'y sont inlassablement reproduits. Les actes de l'état civil attestent que le couple aurait eu dix-neuf enfants, les premiers déclarés Rouge, les autres Rouger ou Rougier. Ce qui explique la présence aujourd'hui des Rouger et des Rougier à Saint-Nicolas, car ils se sont répandus dans les marais.

Les aînés ont aidé leur père à transporter des pierres, et ils ont remplacé la hutte par la première petite maison en dur, à laquelle ils ont rapporté, au fil du temps, un toit pour le cochon, une cabane pour les moutons. Ils ont élargi la plate-forme leur permettant de résister aux inondations. Ils ont lutté sans cesse contre l'eau, creusant des fossés, construisant des digues, se félicitant du moindre « lais de mer » obtenu à force d'opiniâtreté.

C'est Lucien Rougier, le vieux, qui a construit la grande cabane rectangulaire avec un étage de six hautes croisées sous le second Empire, et il l'a baptisée Bellenoue. Les bâtisses de l'ancêtre accolées les unes aux autres, de hauteur et de dimensions différentes, ont été conservées et entretenues avec le soin jaloux de l'héritage. Lucien Rougier, le jeune, a rehaussé la maison avec un second étage à fenêtres à la Mansart et toiture en croupe. Il a enfermé la cour et l'ensemble des constructions derrière un haut mur d'enceinte percé par un porche à double vantail et une porte piétonne au linteau sculpté, à embrasure pourvue de l'anneau d'une clochette. On n'avait jamais vu construction si considérable dans le pays, si ce n'est le château de Saint-Michel, autrefois abbaye gouvernée par Mazarin.

J'ai tiré l'anneau de la cloche sur les trois heures. La tête sculptée au linteau me regardait en grimaçant. Était-ce la figure de l'ancêtre ? Les grands vantaux du portail étaient clos. La cloche a réveillé le silence de cet après-midi écrasé par la chaleur. L'ombre du mur était la bienvenue. J'ai rallongé les manches de ma soutane, ôté le mouchoir de mon chapeau mouillé de sueur. Ma pipe vide ne produisait plus qu'un désagréable crachotis de nicotine. Je l'ai secouée et enfouie dans ma poche. J'ai entendu un bruit de sabots alertes. La porte s'est ouverte sur le visage souriant que j'espérais, celui d'Aline, la fille cadette de Lucien Rougier, le jeune. Elle avait les joues comme des pommes rouges, de grands yeux verts très doux sous un front blanc. Une longue natte de cheveux châtains à reflets acajou lui battait les reins.

– Monsieur le curé !

– Comment ma chanteuse de la chorale des enfants de Marie supporte-t-elle la chaleur ?

– Comme un don de Dieu, monsieur le curé !

On se demandait comment avait éclos cette perle parmi tant de physionomies ingrates. Elle souriait toujours, ravie du simple bonheur d'exister. Elle m'a précédé dans la cour.

– Vous ne verrez pas grand monde, monsieur le curé. Ils sont tous dehors avec ce beau temps. Il ne reste que maman et grand-père.

– Et toi !

Elle a ri. J'ai gravi derrière elle les trois marches du perron et failli me heurter à Marie Rougier, surgie de la pénombre du couloir. À l'opposé de sa fille, on disait de cette femme qui ne sortait jamais qu'elle souffrait de neurasthénie. Elle m'a lancé un regard hostile. Je me suis excusé.

– Je profite du beau temps pour prendre de vos nouvelles et de celles du grand-père.

– Ça va.

J'ai cru lire dans le délire de ses yeux une crainte suspicieuse. Peut-être Aline tenait-elle sa beauté de sa mère ? Cette femme, entrée dans la cabane de Bellenoue à dix-neuf ans, avait donné cinq enfants à Lucien Rougier, le jeune. Mais Aline avait déjà gravi les premières marches de l'escalier du corridor, et elle clamait comme une heureuse nouvelle :

– Grand-père ! Grand-père ! C'est M. le curé qui vient te rendre visite !

Je l'ai suivie sur les marches recouvertes d'un chemin de velours. Elle a poussé la porte de bois sombre entrebâillée. J'ai entendu la voix chevrotante la réprimander :

– Qu'est-ce que tu as à pépier, alouette ?

Je me suis montré dans l'embrasure. Les lourdes tentures imprimées de fleurs étaient tirées et elles ne laissaient filtrer qu'une jambe de lumière qui se brisait sur le parquet. Une odeur d'encaustique flottait entre les murs. Le patriarche était affalé derrière le rideau dans un fauteuil au cuir noirci, et j'ai compris qu'il surveillait les allées et venues de la cour par la fente de la tenture. Il m'avait donc vu entrer.

– Comment va la santé, monsieur Rougier ?

– On fait aller, monsieur le curé, m'a-t-il répondu de sa voix tremblotante.

L'immobilité avait changé cet homme tout en nerfs en un énorme tas de graisse. Aline a écarté les rideaux.

– Laissez entrer la lumière. Vous vivez sans cesse dans le noir, grand-père !

Le soleil a ruisselé.

– Pas trop ! a réclamé le vieux.

Et ses gros doigts se sont levés vers son visage.

– La lumière me brûle les yeux.

Ses paupières suintaient en effet. Nos regards se sont croisés un instant. Au fond de leurs trous de graisse ses prunelles n'avaient rien perdu de leur vivacité. Je me suis assis sur la chaise qu'Aline avait approchée.

– Les affaires vont comme vous le souhaitez à Bellenoue ?

Il a grommelé.

– Les bêtes ont souffert des inondations.

– Mais vous aviez des réserves dans votre grange !

Je me suis avancé sur le nez de ma chaise. La fenêtre donnait, par-delà le portail de l'entrée, sur les terres du marais jusqu'au mur de la grande digue et, plus loin encore, la mer tirait une ligne verte sur le ciel.

– Vous avez une vue superbe.

– J'ai fait construire cette cabane en pensant que je deviendrais vieux et que je serais bien, installé ici, dans ce fauteuil.

Il ne plaisantait pas. Il avait prévu son grand âge, et la nécessité de cette chambre haute pour surveiller son territoire. Au loin sur la gauche, après une succession de fossés, on voyait un cheval et des hommes en train de labourer.

– Mais vous n'aviez pas prévu aussi que vous pouviez être mort ?

L'idée ne lui a pas plu. Il a agité les bras sur ses accoudoirs. La besace de son ventre barrée par la chaîne de montre s'est déplacée contre ses cuisses. Aline s'était éclipsée. Il a crié, et l'impatience lui a donné de la couleur :

– Marie, apportez-nous à boire !

Sa voix ne tremblait plus. Elle avait retrouvé la fermeté d'autrefois. De son pigeonnier, Lucien Rougier, le vieux, continuait de gouverner la cabane de Bellenoue. Le chemin de velours conduisant à son fauteuil était râpé par les passages. Comme rien ne bougeait, il s'est emporté, ses bajoues ont tremblé comme de la gelée et, saisissant le bâton appuyé contre sa têtière, il a martelé le plancher.

– Marie !

J'ai remarqué alors qu'il ne s'agissait pas d'un bâton, mais du célèbre fouet dont, disait-on, il ne se séparait jamais. J'ai osé :

– Vous n'avez pas encore abandonné le pouvoir !

Il a levé son front aux rares cheveux blancs collés par la sueur. Il m'a demandé, stupéfait :

– Et pourquoi ?

– Vous avez quatre-vingt-trois ans.

– Et alors ? Je suis chez moi. Cette cabane, c'est moi qui l'ai construite !

– Votre fils, Lucien, pourrait souhaiter davantage de responsabilités.

Ses petits yeux bouffis de graisse et de conjonctivite m'ont fixé. J'ai éprouvé du plaisir à épater ce vieux chêne fatigué mais encore si redouté. Marie Rougier est entrée avec un plateau, une bouteille, des verres. Lucien Rougier, le vieux, en a profité pour proclamer bien fort :

– Tout ce qui est autour de moi, ici, monsieur le curé, je l'ai gagné. Si mon fils n'était pas entouré par une bande d'incapables, il n'aurait pas besoin de moi !

Il regardait sa bru occupée à nous servir à boire. Elle paraissait ne rien entendre. Un tic nerveux lui secouait la tête. Elle a retenu un petit cri de femme humiliée. On disait de son mari, Lucien, le jeune, à la moustache grisonnante, qu'il courait, et on évoquait autre chose que la rapidité de ses déplacements dans son cabriolet.

J'avais soif. J'étais fatigué par ma longue marche. Et ce face-à-face ne m'avait pas reposé. Le vin m'a râpé les gencives, la langue, le palais, comme de la toile émeri. Il n'était pas vinaigre, mais presque. Il s'agissait de noah poussé dans les dunes près de la mer. Il était plus salé que le plus salé des vins de sable. J'ai eu les larmes aux yeux. J'ai demandé :

– Où est votre vigne ?

– À la grande côte de la Pointe.

Lucien, le vieux, savourait tranquillement sa piquette. J'ai vidé jusqu'au fond ce verre rempli d'iode et d'éther. J'étais sûr qu'il allait me donner la migraine. J'ai pensé que des gens qui avaient bu ainsi pendant toute leur vie un tel breuvage manifestaient une estimable fidélité et ne pouvaient être foncièrement mauvais. J'ai contemplé la photographie à l'encadrement noir rehaussé d'un filet d'or au-dessus de la tête du vieux. Elle représentait la femme de Lucien Rougier en cabanière, mains croisées sur la ceinture. Elle aussi avait consommé du noah. J'ai quand même posé la question qui m'avait amené à Bellenoue.

– Que devient Lucien, le troisième, votre petit-fils ?

Marie Rougier a poussé un chapelet de petits cris que le vieux a interrompu en frappant du manche de son fouet contre le parquet.

– Marie !

Il a ajouté, en essayant à plusieurs reprises d'approcher sa figure de la mienne, mais son ventre l'en empêchait :

– Qu'est-ce que vous lui voulez à Lucien ? Il est à travailler dans les champs. Il ne veut plus aller aux moules depuis la mort de Chèze. J'espère que vous n'allez pas lui parler de ça. Il est assez choqué.

Aline arrivait avec un vase et un bouquet de pivoines.

– Grand-père, j'ai cueilli les premières boules de feu pour toi dans le jardin !

– Tu es mon rayon de soleil, la joie de mes vieux jours ! Pose ton bouquet sur ma table, ma mignonne. Merci. Et raccompagne M. le curé.

J'ai suivi Aline et, en redescendant l'escalier, j'ai entendu le maître de Bellenoue.

– Marie, refermez ce rideau !

17

Je préparais un commentaire de l'*Ave maris stella* pour la procession de la Sainte Vierge, lorsqu'une voix limpide de soprano s'est élevée au milieu du bourg assoupi par la chaleur de l'après-midi. J'ai quitté ma table de travail et me suis approché de la fenêtre. Cette voix vibrait jusqu'au contre-*do* avec une pureté de cristal. Et comme elle recommençait, je l'ai reconnue. Elle criait :

– Sar-dine ! Sar-dine !

La jardinière de poisson sautait sur les pierres de la rue, et j'ai aperçu la poissonnière arc-boutée sur les mancherons de sa charrette derrière ses caisses de sardines et ses mannequins de moules. C'était bien elle, j'en étais sûr avant de l'avoir vue, Lilas. Elle a encore lancé son cri vertigineux, au timbre de cristal. Maman est sortie du presbytère avec son panier. Lilas a relevé la tête. Elle m'a vu à la fenêtre. Je lui ai adressé un petit signe d'amitié de la main.

Elle s'était arrêtée à l'ombre du pin parasol qui débordait d'un mur de cour. Elle s'est essuyé le front sous la quichenotte avec son mouchoir. Elle m'a répondu par un sourire las. Elle venait donc de se mettre à vendre elle-même sa pêche et celle des autres pour gratter quelques sous. Les clientes ne se précipitaient pas vers elle. Une poissonnière en quichenotte noire n'était pas engageante. Elle était la Mularde. Son Jean-Marie était mort au bagne. Si ses moules n'étaient pas bonnes ?

Et puis un matin de décembre de cette même année, en feuilletant les registres paroissiaux, je me suis arrêté par hasard sur l'acte de mariage, en 1875, de Lucien Rougier et de Marie Boutholleau, sa femme, devenue neurasthénique. De fil en aiguille, sans savoir pourquoi, je suis remonté à 1845, au mariage de Rougier, le vieux, au derrière désormais aussi large qu'il avait d'argent. J'ai remarqué le mariage d'un autre Rougier, huit jours plus tôt, écrit Rouger celui-là, Pierre Rouger. Mon cœur s'est mis à battre plus fort. Je connaissais un autre Pierre Rouger, mon enfant de chœur Pierrot, le fils Chèze, Rouger par sa mère.

Mes mains ont tourné fébrilement les pages des registres. Je n'ai pas eu de mal à vérifier ce que je supposais, c'est-à-dire que le marié de 1845 était l'ivrogne de la guérite de la Pointe, dont la réputation a été si désastreuse, le père de Lilas.

J'ai poussé la porte du clocher alors qu'Ambroise Chacun, le sacristain, sonnait l'angélus de la nuit. Il faisait froid. Un vent mauvais ouvrait les pans de ma douillette. Les gelées sont rares sur nos côtes. Mais cette nuit-là, avec le vent de terre qui arrivait en hurlant des terres d'est, le froid à glace était probable. J'ai repoussé derrière moi les planches mal équarries de la porte basse du clocher. La lampe tempête d'Ambroise était accrochée à un clou au mur. L'adresse du vieil homme à mouvoir les cordes des cloches était impressionnante. Il ne s'y pendait pas comme un apprenti sonneur. Il tirait en artiste, à l'économie de ses forces qu'il savait réduites. Desséché par l'âge, de petite taille, a priori sans un muscle sous la peau, le courant d'air du dehors semblait capable de l'emporter. Et pourtant la cloche à laquelle il donnait de savantes impulsions lui obéissait. Après l'avoir laissé chanter à la volée, il l'a imperceptiblement refrénée. Elle s'est tue. Je me suis approché. Nos ombres s'allongeaient sur les hauts murs de pierre nue et le plafond troué.

– Vous avez bien connu Pierre Rouger, Ambroise ?

Il suspendait la corde à son anneau.

– Lequel, Belette ?

Il est devenu soudain méfiant, comme embarrassé d'évoquer l'ivrogne rejeté. Il a attaché sa corde et, comme je gardais le silence, il a poursuivi.

– Il a failli être mon camarade de communion. Sa mère était fière de lui. Elle l'appelait Belette, parce qu'il était fin comme tout. Il était bon pour tout. Tout lui tombait sous la main, aussi bien la bêche, la demi-lune, que le filet à pêche.

– Il s'est marié huit jours avant Lucien Rougier, le vieux.

Ma remarque a surpris Ambroise. Il m'a dévisagé et a décroché sa lampe tempête.

– Oui, le mariage de Lucien, le vieux, s'est décidé très vite, en quelques jours. Julie Perraudeau était bonne à marier. Personne n'en voulait, parce que à l'époque, plus laide qu'elle, ça n'existait pas. Mais elle avait du bien. Elle s'est arrangée en vieillissant, s'est enveloppée. Je n'ai pas pu assister au mariage de Belette, je naviguais entre Saint-Nicolas et Cardiff...

Il a réfléchi, l'œil mi-clos, la tête inclinée vers ses galoches éclairées par la lanterne.

– Il ne reste plus grand monde de ce temps-là...

Il a ouvert la porte, et tous les chiens de l'est sont entrés en hurlant. Il m'a crié tandis que nous nous lancions tête baissée, chacun de notre côté :

– Une qui pourrait peut-être vous apprendre des choses, c'est la vieille Naud, la marchande de papots !

J'ai laissé traîner. J'ai eu tort. J'ai attendu Noël et l'Épiphanie à passer. Je suis entré dans la ruelle où l'accoucheuse était si célèbre qu'on lui avait donné son nom. On appelait ruelle de la mère Naud le passage qui serpentait à partir de la route de Grues et aboutissait droit dans le port, près des magasins de grain et de charbon des Chaigne. Parce qu'elle prenait les vents de mer de plein fouet, elle était étroite et sinueuse. Les maisons basses se serraient, mélangeant leurs jardins, leurs poules, leurs chiens, leurs tas de fumier. La ruelle de la mère Naud était à elle seule un village dans le bourg. C'était le quartier le plus bruyant, le plus fertile, et le plus misérable. La promiscuité y favorisait les épidémies, et j'avais accompagné des convois funèbres d'enfants pendant les mauvaises pluies de l'hiver précédent. Mais la mère Naud y habitait. La marchande de bébés, les papots, était la fierté de la ruelle. Son rôle dans la vie du pays lui conférait un caractère sacré. On disait que, si les maisons de la ruelle retentissaient de tant de cris d'enfants, c'était à cause d'elle, pour lui éviter de perdre la main.

J'ai descendu la marche de la maison de la mère Naud. Les centaines d'enfants qu'elle avait mis au monde ne l'avaient pas enrichie. Ils lui avaient tout de même permis d'habiter l'unique maison à étage de la ruelle et de dormir avec son mari dans la chambre haute, alors qu'autour d'elle tout le monde partageait la salle commune.

– Comment allez-vous, Clorinthe ?

Elle était appesantie au coin de son feu.

– Oh ! ne me demandez pas comment je vais ! Je ne vais plus. Quand je pense que j'ai tellement battu le pays ! Je couche en bas comme tout le monde. Je ne suis pas montée dans la chambre depuis le début de l'hiver. Ça doit être beau là-haut. Il ne faudrait pas vieillir.

Elle parlait avec la voix de gorge rouillée, d'une femme habituée au commandement. Elle l'a gardée pour m'ordonner :

– Prenez une chaise, monsieur le curé.

De son index déformé elle m'a encouragé à me mettre auprès d'elle devant le feu. Une tête s'est penchée à son carreau. Tout le monde m'avait vu venir et s'interrogeait sur l'objet de ma visite à Clorinthe. Elle a ignoré cette figure derrière sa fenêtre.

– Vous savez ce que je fais quand je suis toute seule ?

– Vous récitez vos prières.

– Et pourquoi pas ?

– On ne vous a pas vue souvent pratiquer vos dévotions à l'église.

– Sauf votre respect, monsieur le curé, je n'ai pas besoin de me déplacer pour parler au bon Dieu. Quand je suis toute seule, je refais tous les voyages que j'ai accomplis pour aider les femmes. Je marche, je marche dans ma tête. Et c'est incroyable comme je me souviens.

– C'est justement pour cela que je viens vous voir, Clorinthe. Qu'est-ce que vous pourriez me dire des mariages de Pierre Rougier et de Lucien Rougier ?

– Oh ! là ! s'est-elle écriée, ça ne date pas d'hier, j'étais encore fille !

Elle a passé sa main devant ses yeux comme pour dissiper un voile.

– Je ne peux pas vous raconter comme ça. Il faut que je me rappelle.

Et puis j'ai lu dans ses prunelles qu'elle commençait à dévider l'histoire. Ses yeux brillaient de gourmandise. Puis elle a dit, repoussant le plaisir à plus tard :

– Quand voulez-vous revenir, monsieur le curé ?

– Demain, si cela vous est possible.

– Alors dès le début de l'après-midi, qu'on ait le temps.

Le café embaumait lorsque j'ai descendu la marche de la maison haute de Clorinthe, le lendemain. J'ai vu qu'elle avait remplacé son tablier sale. La bavette de satinette noire luisait le propre sous son menton.

– Ce n'est pas pour vous commander, monsieur le curé, mais servez donc le café ! Avec mes mauvaises jambes...

J'ai rempli mon office. La maligne me faisait payer en ouvrage domestique le prix de ses informations. Elle a tété au bord de sa tasse, et en trempant son biscuit dans le café :

– Les deux cousins, Lucien Rougier et Pierre Rougier, travaillaient à ce moment-là ensemble sur un bateau qui faisait le cabotage entre Saint-Nicolas et l'île de Ré. Lucien était fier de commander son petit cousin. Il avait vingt-quatre ans, six ans de plus que Pierre. À cet âge c'est comme si on avait l'avantage d'une vie. Lucien commandait Pierre, et Pierre serait passé dans le feu pour obéir à son cousin. Lucien était déjà en pleine force. Il ne lui déplaisait pas d'amener Pierre avec lui au café et de le faire boire plus que de raison. Il n'était pas pire que les autres. On se croit un homme à Saint-Nicolas quand on a commencé à boire. J'étais toute jeunette, à cette époque-là. Je commençais à peine à mettre au monde les enfants des autres. J'avais l'âge de Pierre, je n'étais pas mariée. J'ai rencontré les deux cousins bras dessus bras dessous, certains matins à l'heure où ils rentraient, et je peux vous assurer monsieur le curé que le Lucien, c'était quelque chose...

Elle s'est arrêtée. Elle a mâchonné son biscuit et avalé une gorgée en silence. Elle a baissé la tête et confessé dans sa double gorge.

– Je voyais Pierre comme un enfant, avec mon expérience des femmes. Mais je vous prie de croire que le Lucien m'aurait demandé de la suivre à ce moment-là, toute folle que j'étais, jc l'aurais suivi...

Nous avons écouté la pendule battre contre le mur. Une fumée paresseuse clapotait autour du feu de bouses. J'ai demandé à Clorinthe la permission d'allumer ma pipe. Elle s'est redressée, a retrouvé son quant-à-soi et son ton ferme de raconteuse.

– Ils ont rencontré dans l'île la fille d'un chaouch du bagne de Saint-Martin-de-Ré, Virginie. Le père, un Lambert, avait été garde-chiourme en Guyane, et il avait ramené de Saint-Laurent-du-Maroni une petite femme indigène à la peau cuivrée et à la chevelure noire comme le péché, mélange d'Indien et de Nègre. Ils avaient engendré cette Virginie, belle comme un bouquet. Des couples ici peuvent faire douze enfants en douze ans sans que cela leur arrive. Ils avaient réussi du premier coup cette fille qui avait pris le meilleur des deux : la prestance du père et la finesse de la mère, dans une enveloppe dorée. Virginie Lambert était devenue la curiosité de l'île. Quand elle venait à l'église de Saint-Martin, le dimanche, les paroissiens se retournaient sur le passage de cette grande Rétaise foncée. Ils se méfiaient en même temps à cause de ses cheveux épais et de sa peau de diablesse. Lucien et Pierre ont voulu la voir. Et quand ils ont réussi à la croiser un dimanche, parce que le père Lambert cachait sa femme et Virginie, ils en sont devenus fous.

Elle a choisi le gringalet, contre toute raison, Rouger plutôt que Rougier. Et elle l'a aimé comme on ne sait pas aimer chez nous. Autant elle était timide, autant elle a été audacieuse. Ils avaient tous les deux dix-neuf ans. Et Pierre en devenait plus beau d'un jour à l'autre. La Virginie avait été perspicace. Il était intelligent, avait de l'esprit. Sa taille d'asperge flottait dans ses pantalons de marin. Il coiffait sa casquette sur le côté. Elle s'est embarquée avec lui.

Et tout le port de Saint-Nicolas l'a vue arriver un soir et suivre Pierre au café en le dévorant des yeux. C'est là qu'on a parlé pour la première fois de la Mularde. La veuve Rouger, la mère de Pierre, lui a refusé l'entrée de sa maison et l'a obligée à dormir dans le foin de la grange où elle montait la garde derrière la porte pour être sûre qu'il ne se passe rien. Enfin, contre leur gré, parce qu'ils craignaient que cela ne finisse mal, les parents se sont décidés à les marier. Le chaouch Lambert avait acheté des vignes pour sa fille, à La Flotte, rêvant d'un fonctionnaire ou d'un Rétais solide. Et ce marin à la démarche chaloupée des coureurs de ports ne lui semblait pas une bonne affaire, pas plus que sa mère, pauvre et petite, même vive comme une chèvre.

Pendant ce temps, Lucien, humilié d'avoir été repoussé, meurtri d'être privé de son cousin, était devenu plus sombre. Il a choisi brutalement d'épouser la fille que ses parents lui avaient marchandée. Elle était laide, pas fine. Il s'était souvent moqué d'elle et avait juré qu'il ne se marierait jamais avec un tel laideron. Mais Julie Perraudeau était riche. Ses parents possédaient les meilleures terres dans les relais de mer autour de la digue des Limousins. Ils n'avaient que cette fille. L'alliance avec les Perraudeau donnait aux Rougier, qui n'avaient pas oublié la hutte du père, l'espoir de devenir de vrais cabaniers du marais. Les deux mariages ont été célébrés à huit jours d'intervalle dans l'église de Saint-Nicolas. Les deux cousins se sont invités à leur mariage.

Clorinthe s'est arrêtée. J'ai cru qu'elle avait fini. Elle a poussé un profond soupir, lourd de nostalgie.

– J'étais à ces deux noces. Cette fois j'aurais bien voulu être Mme Rouger !

Elle s'est tue pour de bon, a serré ses lèvres pâles. Le pli a barré tout le travers de ses joues. J'ai soufflé dans ma pipe :

– Après, Clorinthe ?

– Après ?

Elle m'a tendu sa tasse.

– Voulez-vous me verser encore un peu de café, je vous prie ?

Elle s'est retournée vers le feu, les semelles de ses savates tendues vers la flamme. Ses yeux n'étaient plus que des trous d'ombre dans la lumière grise de cette soirée d'hiver.

– Est-ce que je sais, après ?... Le couple Rouger a obtenu que le père Lambert bazarde ses vignes pour acheter un sloop. Ils se sont lancés dans le bornage entre Rochefort et Les Sables-d'Olonne.

– C'est curieux, Jean-Marie et Lilas ont reproduit le même modèle.

– Est-ce qu'on ne reproduit pas souvent les bêtises de ses parents !

Elle a ramené ses pieds sous son fauteuil et a repris :

– Ils ont répété sur le sloop ce qu'un jeune couple a coutume de faire sans se lasser. Ils ont vécu comme des papillons écervelés. Ils ont cru que l'amour suffisait. L'argent s'est mis à manquer. Plusieurs années avaient passé. Ils n'avaient pas d'enfants. Mes accouchées aux drôlets plein les bras disaient :

– C'est une mularde. Les mulards ne font pas de petits !

Pierre et Virginie Rouger ont commencé de grignoter la pension du père Lambert. Le sloop avait perdu sa belle allure. Pierre devenait célèbre dans les cafés de la côte. Il était capable de raconter des histoires extraordinaires quand il avait bu et de jurer qu'il les avait vécues. La Mularde se montrait avec lui d'une patience que les femmes d'ici n'ont pas. Elle venait au café, passait son bras autour de ses épaules : « Allez, viens Pierrot ! » Il lui obéissait. Le père Lambert est mort. Le robinet de la pension de chaouch s'est fermé. Plus de dix ans avaient passé, et le grand-père désespéré n'avait pas connu de petits-enfants. Virginie s'est trouvée enceinte quelques mois après l'enterrement, alors que personne n'y croyait plus. Je l'ai examinée dans cette maison, là-haut sur mon lit. Comment croyez-vous qu'elle était ?

J'ai haussé les épaules. Je n'étais pas capable de répondre à cette question. J'imaginais la mulâtresse montant l'escalier de bois sombre que j'apercevais au fond de la salle commune. Elle s'était étendue sur le lit à édredon de satin rouge derrière moi, que Clorinthe avait descendu pour les commodités de l'âge. La sage-femme a poursuivi de sa voix éraillée, pressée de répondre à sa question.

– Elle était aussi belle qu'à vingt ans. Elle m'a montré ses jambes fuselées, son ventre sans un pli. Je connais mieux les femmes que n'importe quel homme dans ce pays. Je sais comment elles peuvent se défaire avec les enfants, le travail, la misère. Elle était aussi ferme que si on lui avait enlevé sa robe de mariée. J'ai été jalouse de cette peau sèche et tendue, sans ride. J'avais presque son âge. Je savais ce que j'étais devenue. J'ai lanterné avant de lui annoncer la bonne nouvelle. Aussi cuivrée qu'elle était, elle est devenue rouge comme un sémaphore. J'étais sûre qu'avec un corps comme le sien l'accouchement se passerait bien. Lilas est venue au monde à l'escale de Châtelaillon. Et c'est là que les deux cousins se sont retrouvés...

Elle s'est tournée vers moi, le corps de travers dans son fauteuil. Tandis qu'elle pivotait, j'ai pensé que depuis le début son récit ne tendait que vers ce moment-là. Elle s'est cramponnée aux accoudoirs. J'ai cru qu'elle voulait se lever. Elle est restée ainsi, les coudes relevés, le buste incliné, toute tendue par l'histoire qui coulait de ses lèvres incolores.

– Lucien Rougier, lui, avait réussi. On était en train de construire pour lui la maison haute de la cabane de Bellenoue. On ne l'appelait plus que Lucien Jaunet, parce que les jaunets – Clorinthe a frotté l'un contre l'autre son pouce et son index – lui collaient aux doigts. Sa Julie lui avait mis au monde quatre enfants, trois garçons bien membrés, une fille, tous aussi laids que leur mère. Lucien, l'aîné, avait quinze ans et marchait sur les traces de son père. Pierre et Virginie en avaient maintenant assez de leur vie de voyageurs. Ils rêvaient de se poser quelque part avec leur fille et de bâtir à leur tour quelque chose dans la pierre. Pierre a trinqué à La Belle Henriette avec Lucien comme au bon vieux temps. Tout réussissait à Jaunet. Il portait un beau costume de velours avec des trompes de chasse sur les boutons. Il avait posé son fouet à côté de lui sur la table. Pierre avait sur l'échine sa veste bleue raccommodée et blanchie par les lavages. Il a complimenté son cousin pour son sens des affaires, lui a confié sa lassitude de sa vie de nomade. Alors Lucien Rougier a payé sa tournée. Il a levé son verre.

– Si tu le veux, cousin, tu viens travailler avec nous.

Pierre Rouger a cru à une plaisanterie. Mais Lucien Rougier venait d'acheter la cabane de la Pointe. Il n'avait encore personne à mettre dedans, et il lui offrait sérieusement la place. Il a prévenu Pierre qu'il aurait du travail. La cabane était à l'abandon depuis un an. Pierre l'a remercié, surpris par la générosité de son cousin.

– Alors sans rancune ?

– Rancune, pourquoi ?

– Autrefois c'est moi qui ai eu Virginie. Tu aurais bien aimé qu'elle s'intéresse à toi.

La main lourde de Lucien a pesé sur l'épaule de Pierre.

– C'est toi qu'elle a voulu. Elle t'a choisi. Elle a bien fait.

Les Rouger se sont installés dans la cabane de la Pointe, la ferme la plus éloignée de Saint-Nicolas, presque à toucher la mer. En ce temps-là la grande digue n'existait pas. Ils se sont mis à travailler comme des Noirs pour remettre en état la maison et les terres. Ils se sont échinés pendant quatre, cinq ans, à replacer les tuiles sur les toits, endiguer les vases, tourner la terre, pour semer le blé, les fèves, les oignons. Quand les tempêtes d'équinoxe les épargnaient, les malines du solstice détruisaient leur ouvrage. La mer inondait les grains, le vent soulevait les tuiles. Imaginez-vous la punition pour eux qui avaient connu la lumière et les plaisirs de la mer de se retrouver dans la boue et le vent salé pendant des mois à l'extrémité d'un chemin creusé de fondrières où l'on enfonçait jusqu'à mi-mollets ? Pierre a recommencé à boire. Il a décroché le pompon lorsqu'il a engagé un pied-bot d'ivrogne qui prétextait son infirmité pour ne pas travailler. On les a trouvés ivres à l'ombre des tamarins sur les talus des digues.

Mais Virginie ne désarmait pas. Elle avait sa fille. Elle a tenu quasiment toute seule la cabane de la Pointe. Elle n'avait plus le temps de prendre soin d'elle, la pauvrette. Elle avait gagné en épaisseur. Quand la mer le permettait, elle envoyait sa fille rejoindre la troupe des écoliers au village des Caves. Les drôles apercevant Lilas au loin criaient : la Mularde ! la Mularde ! Ils ne touchaient pas à un de ses cheveux. Ils savaient qu'ils auraient enduré les représailles de la mère, s'ils s'y étaient risqués.

Virginie n'est pas rentrée un soir d'hiver. Pierre l'a retrouvée à un kilomètre de la cabane, la nuit, à la lumière de sa lampe à carbure. Le tombereau de betteraves s'était renversé et avait glissé sur elle. Le bourricot, encore vivant, étalé dans la vase du fossé jusqu'au poitrail, tremblait de tous ses membres, une jambe brisée. Je suis allée à l'enterrement de Virginie. Pierre pleurait comme un enfant derrière le cercueil de sa femme. Lilas se tenait à côté de son père, bien droite, pâlotte, muette. Les gens disaient :

– Elle est courageuse comme sa mère, cette petite. C'est le portrait de la Mularde.

Lucien Rougier venait juste derrière, avec sa femme, la Julie Perraudeau dressée sous une grande coiffe de cabanière. Leur présence était normale à cette place. Ils étaient les propriétaires de la Pointe, et les cousins de Pierre. Mais les larmes du cousin ne les apitoyaient pas. Et lorsqu'à la fin de l'été Lucien Rougier l'a remplacé par d'autres à la cabane de la Pointe, personne n'a été surpris.

Pierre Rouger a déménagé avec sa fille dans la guérite de la dune. Il devait y avoir une ferme là-bas, avant que le sable et la mer ne la mangent. Il reste le puits. La petite Lilas a commencé à courir les vases pour ramasser les coquillages...

Clorinthe s'est arrêtée là. Elle a serré les lèvres, et le pli s'est formé à nouveau sur ses joues. Son buste a pivoté vers le feu. Elle a croisé les bras. Il m'a semblé qu'elle me laissait entendre quelque chose en conclusion de son récit. Quoi ? L'intuition me faisait défaut pour comprendre.

J'ai hésité à poser d'autres questions, mais j'ai bien vu que Clorinthe s'en tiendrait là. Je l'ai remerciée. J'ai saisi aux lourdes écailles de ses paupières levées vers moi qu'elle me soupçonnait de ne pas avoir bien compris. Compris quoi ?

J'ai récité des prières pendant des semaines sans trouver la paix. Je suis entré dans le carême, en m'efforçant d'alléger mon corps et de rendre mon esprit plus perspicace. Aux beaux jours j'ai guetté le cri de Lilas derrière sa charrette à travers le bourg. Maman m'a dit :

– Elle ne passe plus. Elle ne vendait rien. Elle s'est mise dans l'idée d'emprunter le grison du père Guilment et elle va proposer ses coquillages et ses poissons à Triaize et Grues où on la connaît moins.

J'ai demandé à mon enfant de chœur, Pierrot, après la messe, de dire à sa mère de passer vendre son poisson au presbytère avant de s'en aller courir au loin. Elle a arrêté son âne gris devant notre cour. La mère et le fils étaient assis côte à côte sur le banc de la petite voiture. Le fils était bientôt aussi grand que sa mère. C'était un jeudi. J'ai plaisanté :

– Et l'école ?

– Quand il n'ira plus à l'école, il rendra bien service à sa mère. Mais il aura son certificat, n'est-ce pas, mon Pierrot ?

Pierrot a hoché la tête en nous servant des soles dans un papier journal. Ses mains étaient désormais aussi épaisses que ses belles soles qui ne tiendraient pas toutes les deux dans la poêle.

Lilas admirait son fils occupé à nous servir. Elle avait reporté tout son amour sur lui. Si elle entreprenait ce commerce en plus du reste, c'était pour lui. Sa quichenotte lui assombrissait le teint. Je me suis rappelé les commentaires de Clorinthe sur la beauté de Virginie. Lilas aussi gardait la fraîcheur de la jeunesse. Ses lèvres pleines s'épanouissaient sur ses dents saines, découvrant une petite brèche entre les deux incisives du haut. Comment pouvait-elle avoir tant souffert hier et aujourd'hui, et porter encore en elle tant de force de vie ?

Elle s'est assise sur le banc à côté de Pierrot.

– Tu es prêt, mon garçon ?

Ses mains tailladées par le nettoyage des coquilles de moules ont secoué les guides.

– On se méfie de Grison. Il n'est pas paresseux, mais il cherche à mordre !

VIII

Au clair de la lune

18

Pâques a passé. Le travail, pendant les fêtes, est moins important pour un curé dans le marais que dans les paroisses du bocage. Les pêcheurs et les boucholeurs ne se bousculent pas au confessionnal. N'empêche, j'ai écouté les confessions des femmes et des enfants, apporté la communion aux malades.

J'ai dirigé la procession des rogations, les lundi, mardi, mercredi avant l'Ascension. Le soleil était déjà levé, franc comme l'or sur les marais le mardi matin. J'entendais le pas des vaches et les sabots des femmes en route vers le communal sur le chemin longeant la sacristie tandis que la sœur Marie-Marthe m'aidait à endosser la chape violette. Je me réjouissais de la récitation de la litanie des saints à travers la campagne et me répétais notre itinéraire. Le sacristain Ambroise m'a apporté le bénitier. Et c'est au moment où l'anse passait de sa main dans la mienne, quand nos doigts se sont touchés, que l'idée s'est imposée, fulgurante. Les mots sont sortis tout seuls de ma bouche.

– Vous, vous avez quelque chose à me dire !

Les attitudes du vieux sonneur en ma présence m'étaient revenues à l'esprit. Je réalisais soudain que, depuis que je lui avais parlé dans le clocher et qu'il m'avait envoyé rencontrer Clorinthe Naud, il n'était plus le même. On aurait dit un vieux chien qui baisse la tête et rase les murs. J'étais même convaincu qu'un après-midi où nous accrochions les tentures noires d'un enterrement de première classe, il avait marmonné quelque chose dans l'échelle. Il avait descendu les barreaux prêt à me parler. Je n'avais pas su l'entendre à ce moment-là et je lui avais demandé, préoccupé par la cérémonie :

– Qui portera le cierge et tiendra les cordons du poêle ?

Ma procession des rogations a été gâchée, ce mardi. Je n'ai pas été attentif aux *ora pro nobis* des fidèles répondant à mes *Sancta Luca... Sancta Barnaba...* Je voyais la bouche d'Ambroise déjà ouverte sous sa moustache grise, et moi, imbécile, je la lui refermais.

Le rythme imposé à la procession a dû étonner mes paroissiens. Nous n'avons pas pris le temps de contempler les vases à marée basse, de respirer le bon air salé le regard perdu dans les profondeurs du ciel bleu. Nous sommes revenus à l'église en sueur sous un soleil déjà triomphant. J'ai enchaîné avec la messe, sans reprendre haleine. J'ai poussé Ambroise vers ma guérite de confessionnal.

– Agenouillez-vous.

Je n'ai pas pris le temps d'enfiler mon surplis et mon étole. J'ai aimé cet observatoire discret et sa porte grillagée comme un autre chez-moi. Les gens savaient m'y retrouver. Maman avait pourvu ma chaise d'un épais coussin de duvet que j'utilise encore. Je crois que, dans le discret chuchotis de ma boîte, j'ai contribué à dénouer des situations emmêlées. Je me suis efforcé de pacifier. Je ne pense pas avoir été coupable de curiosités malsaines. J'ai vu des situations s'améliorer après que nous avons parlé et que j'ai donné le pardon de Dieu.

J'ai tiré la raclette, et j'ai tout de suite demandé à Ambroise :

– Je vous ai confessé pour Pâques, et vous ne m'avez rien dit. Pourquoi ?

– Mais vous ne m'avez rien demandé, monsieur le curé ! Ce n'est pas un péché que j'ai à vous confesser.

– Pas un péché ? Allez, parlez.

– Vous avez rendu visite à la Clorinthe Naud, monsieur le curé, elle me l'a dit. Moi aussi, j'étais à l'enterrement de Virginie, la Mularde.

– Ambroise, n'employez pas ce surnom !

– Je n'étais pas encore sacristain. J'étais dans les bancs des hommes sur le côté, et je voyais bien ce qui se passait dans la nef. Pierre Rouger était dans un état, avec sa petite droite comme un cierge à côté de lui ! Mais derrière se tenait Lucien Rougier, le vieux, plus grec encore que d'habitude. Il était comme le coq dans la basse-cour ! Le contentement se lisait sur sa figure. Il a souri plusieurs fois quand Pierre se mouchait.

– Vous êtes sûr de l'avoir vu sourire ?

– Je n'ai pas été le seul. D'autres comme moi, qui sont morts aujourd'hui, en ont été choqués.

– Vous voulez dire qu'il avait l'air content de la mort de la femme de son cousin ?

– Pas content si vous voulez. Il était comme ces joueurs qui ont roulé leur adversaire dans la farine, qui jettent leur dernière carte sur le tapis et se lèvent de table.

– Vous voulez dire qu'il était fier d'avoir roulé son cousin ? Est-ce que je dois comprendre que, d'une certaine façon, il se sentait vengé d'avoir été méprisé et d'avoir une femme laide à côté de lui ?

Ambroise Chacun s'est tu. Et, en baissant la tête sur ses bras croisés contre l'accoudoir du prie-Dieu :

– Je ne vous ai pas dit qu'il s'était vengé !

– Mais vous me le laissez entendre.

Il a relevé le visage, et j'ai vu luire les petits yeux marron de mon sonneur de cloches qui réglait à son tour un compte.

– En tout cas, il regardait son cousin avec un mépris qui en disait long. Après, il n'a pas cherché à l'aider. Il lui a plutôt appuyé sur la tête. Il l'a laissé tout seul dans cette cabane du bout de la Pointe avec sa fille et le pied-bot. Après l'enterrement, au café, il a dit :

« Si Pierre Rouger n'y arrive pas, je le vire, et je le remplace par d'autres ! » C'est ce qui s'est passé à la fin de l'été. En réalité, dès le début, il avait savonné la planche sur laquelle son cousin avait commencé de dégringoler. Il n'a pas tué Virginie, bien sûr. Mais il savait qu'en les envoyant à la Pointe il les enfonçait un peu plus dans la misère.

Ambroise a repris son souffle, le nez levé, bouche ouverte, réfléchissant avant de reprendre le fil de son discours.

– Lucien Rougier a été un homme dur ?

– Il connaissait la misère d'où les siens venaient. Il n'en voulait pas. Il avait un tempérament vengeur. Il a terrorisé les petits marchands de bêtes sur les foires, en les menaçant de couper le robinet s'ils ne marchaient pas dans ses combines de prix. Il en a laissé quelques-uns sur la paille...

– Vous êtes donc d'avis qu'il n'a jamais pardonné à Virginie d'avoir choisi Pierre ?

– Oui.

J'ai appuyé le front contre la grille du parloir.

– Vous pensez que cette haine familiale a pu se transmettre à ses descendants ?

J'étais bien placé pour savoir que, dans nos campagnes, des conflits de famille pouvaient remonter à la nuit des temps, au point même que les ennemis avaient oublié les premiers motifs de leurs discordes. Ambroise a paru désolé de me confirmer :

– Ces choses-là arrivent dans les familles.

Et il a ajouté aussitôt :

– Lucien, le jeune, n'est pas commode, mais Lucien, le troisième, le petit-fils, est, sauf votre respect monsieur le curé, une peau de vache. Et puis le motif de la haine des Rougier existe toujours.

– Quel motif ?

Il a haussé les épaules.

– Vous le savez bien. Elle ressemble à sa mère comme deux gouttes d'eau !

J'ai senti le bois de ma guérite me marquer le front. J'épiais Ambroise qui me lâchait ces vérités les bras croisés. Mon Dieu ! ce n'était pas possible ! Mes jambes tremblaient au bord de l'enfer de haine que mon sacristain révélait. Je sais que je me suis emporté, et que, s'il restait quelqu'un dans l'église, il m'a entendu.

– Mais pourquoi ne me l'avez-vous pas dit plus tôt ? Pourquoi l'avez-vous caché ? Vous rendez-vous compte qu'avec ça on aurait peut-être tiré du bagne un innocent !

Ambroise Chacun m'a donné cette réponse désarmante :

– Tout le monde savait.

– Et personne n'a parlé ! Vous avez laissé Jean-Marie se faire arrêter, accuser et condamner, sans dire que peut-être il y avait autre chose, que peut-être l'histoire était plus compliquée. Pourquoi ?

– C'était son épissoir.

J'ai répété ma question :

– Pourquoi ?

Ma voix a tonné, s'est répercutée sous les voûtes de la nef comme un grondement du ciel. Il a murmuré, tout bas :

– Peut-être parce qu'il était étranger...

J'ai rugi comme un fauve en cage.

– Moi aussi j'étais étranger, et vous m'avez laissé me débattre tout seul pour apporter de l'aide à Jean-Marie Chèze !

Je ne pouvais plus parler. Au bout d'un long moment, Ambroise Chacun m'a prié :

– Monsieur le curé, donnez-moi l'absolution.

Le petit homme voûté et bourru joignait comme un enfant ses mains de sonneur sous sa moustache grise.

– Qu'est-ce que vous voulez que je vous pardonne !

Et puis j'ai eu pitié.

Je suis sorti de mon église sombre et j'ai titubé sur la place déserte dans l'aveuglement du soleil de cette matinée d'avant été. J'ai regardé Saint-Nicolas comme je ne l'avais jamais vu. Il n'y avait pas âme qui vive dans la rue à cette heure. Les hommes étaient partis aux champs, ou en mer. Nous en avions rencontré pendant la procession. Mes paroissiennes avaient regagné leurs maisons. Des fétus de paille souillée traînaient sur le chemin. Quelqu'un avait dû charroyer du fumier.

Un braiment d'âne est monté des communaux. La porte de l'épicerie s'est ouverte. La vitre a miroité dans le soleil, et la toute petite Mathilde Boursier est sortie en tablier à carreaux, les cheveux bouclés, tenue d'un côté par sa mère, de l'autre par sa grand-mère. Elle marchait tout juste, regardait fixement le chemin devant ses pieds. J'ai filé mon chemin en les ignorant. Je n'avais pas envie de les saluer. Ce village si tranquille aux maisons ameulonnées autour de ma grange-église était un village trompeur. Je croyais partager sa vie simple. J'avais connu ses joies, ses peines, célébré ses baptêmes et ses enterrements, j'avais de l'affection pour ces hommes et ces femmes qui m'appelaient : « Notre curé, Jean Guéry ».

En réalité rien n'était aussi simple, ni beau. Ils m'avaient tous menti, sans exception, les meilleurs comme les pires, même les Nicou qui se prétendaient les amis de Jean-Marie Chèze et de Lilas. Ils ne croyaient pas avoir menti, puisqu'ils avaient menti par omission. Ils respectaient la loi du silence, si importante, je le savais bien, dans nos campagnes. Malgré leurs différences entre gros et petits, riches et pauvres, malgré les querelles et les jalousies, les habitants de Saint-Nicolas formaient une famille. Ce qui se passait dans la famille ne devait pas sortir de la famille. Et je n'étais pas de la famille, encore moins Jean-Marie Chèze et Lilas, comme les juges et les policiers. À nous de nous dépatouiller ensemble, entre étrangers. Je n'avais donc pas réussi dans ma mission. Je n'avais pas su partager l'Évangile.

Encore que j'avais entendu Honoré Chamouleau, Clorinthe Naud, Ambroise Chacun.

Ils avaient consenti à me livrer des bribes. À moi encore de me débrouiller. Une charrette s'avançait, cahin-caha, dégoulinante d'un chargement de goémon. J'ai tourné mes talons et ai pris la direction du port, emporté par une sainte colère.

L'ire de Dieu devait transparaître, car l'agitation habituelle, les cris, les chansons, tout s'est arrêté lorsque j'ai débouché sur le port. J'ai interrogé d'une voix véhémente :

– Où est Honoré Chamouleau ?

On m'a désigné du doigt un bateau sur cales dont on calfatait la coque au goudron. Je me suis approché. J'ai cru qu'on se moquait. Il n'y avait personne. J'allais laisser éclater ma colère, lorsque quelqu'un s'est précipité.

– Monsieur le curé, ils viennent de partir au café Aujardias !

Le café Aujardias était un des nombreux débits de boisson du port. La femme servait à boire dans sa cuisine, le mari travaillait sur le port. La porte était ouverte, je n'ai pas eu besoin d'entrer. J'ai appelé, du seuil :

– Honoré, venez donc par là !

Le grand pendard a enjambé le banc où il était assis avec ses collègues. Il s'est avancé en enlevant sa casquette. Un pli d'inquiétude lui barrait tout le travers du front. Il n'appréciait sans doute guère de s'exposer ainsi en compagnie du curé.

– Honoré, puisque vous connaissiez le couteau de Chèze, j'aimerais que vous veniez avec moi chez le coutelier qui le lui a vendu à La Rochelle et que vous m'en montriez un pareil.

– À La Rochelle, monsieur le curé ?

– Oui, à La Rochelle. Arrangez-vous pour nous trouver une place sur le bateau de l'un de vos amis, afin qu'il nous emmène.

Honoré a gratté son crâne en olive couronné de cheveux gris. Il sentait le goudron. Des éclaboussures noires tachaient ses mains, son pantalon et sa veste bleus.

Nous y sommes allés la semaine après l'Ascension. Je n'étais toujours pas délivré de la colère. J'avais pourtant profité de l'évangile de l'Ascension et des paroles des envoyés du ciel aux disciples qui se lamentaient devant le ciel vide pour me lancer dans une diatribe courroucée sur le retour promis du Christ : « Reviendra-t-il pour vous ? Votre paradis n'est pas gagné d'avance ! Vous serez jugés sur le mal que vous avez fait, mais surtout sur le bien que vous n'avez pas fait ! Vous serez condamnés pour chaque geste que vous n'aurez pas accompli en faveur des plus démunis. Chaque parole que vous n'aurez pas prononcée en faveur de la justice vous sera comptée. Chaque fois que vous n'avez pas pris le parti de celui qu'on montre du doigt vous avez été dans le péché. La colère de Dieu s'acharnera sur ceux qui jugent et ceux qui condamnent par avance. Elle les enverra brûler dans les flammes éternelles ! »

Mon emportement inhabituel avait surpris. Un grand silence avait suivi. Tout le monde baissait la tête. Personne ne regardait plus personne. Ils avaient tous filé comme des voleurs après la messe. Maman, elle-même, m'avait reproché mon emportement, en apportant la soupe du déjeuner :

– Quelle mouche t'a piqué, mon Jean ? Ton sermon a secoué. Tu as menacé de l'enfer comme le curé Perrin dont tu n'aimais pas les sermons.

– Je me demande si le curé Perrin n'avait pas raison, justement. Je voudrais voir de belles âmes partout. Mais ma paroisse est une paroisse sale, comme toutes les paroisses. Elle déborde d'ordures. Et même si ça ne me plaît pas toujours, c'est ma tâche de la nettoyer !

Elle ne m'a pas demandé de m'expliquer davantage.

Le soleil était déjà chaud lorsque nous sommes partis pour La Rochelle. Je bourrais ma pipe à petits coups de pouce et d'index en suivant des yeux un vol de mouettes tandis que le dundee s'éloignait de l'embarcadère. Le capitaine m'a prévenu :

– On ne le dirait pas. La maline est mauvaise. Ça va secouer sur les battures.

En effet. J'ai été malade. J'étais encore barbouillé à l'arrivée à La Rochelle, et j'ai eu toutes les peines du monde à gravir les marches de l'escalier de la tour de la Chaîne, au bord du quai à marée basse. Honoré Chamouleau m'a offert un blanc léger au café de Paris pour me remettre. La tête m'a tourné un peu, mais le remède a été efficace. Mon estomac s'est remis en place.

Nous avons marché jusqu'à la coutellerie Grellard sous les arcades. À cette heure-ci, les magasins étaient à l'ombre, les vitrines étaient noires. J'ai appuyé sur le bec-de-cane de la boutique à l'enseigne des Ciseaux d'argent. Nous sommes descendus sur le parquet aux lattes disjointes. Des lames d'acier éclairaient la pénombre dans les vitrines. Nous avons attendu sous le plafond bas. Une odeur d'huile à machine stagnait dans la boutique. Honoré a baissé la tête sous la poutre centrale.

– Il n'y a personne ?...

Un petit homme replet à moustaches relevées s'est avancé en souriant, le ventre soulevant son tablier de cuir. Il nous a demandé ce que nous voulions en s'essuyant les mains à un chiffon noirci par l'usage. J'ai dit que nous recherchions un laguiole. Et comme il entrouvrait sa vitrine et nous présentait un carton de couteaux de femme ou d'enfant aux manches en os, j'ai lancé avec ironie :

– Est-ce qu'on peut tuer un homme avec des couteaux comme ça ?

Il a été surpris. Il a considéré ma soutane en piétinant son plancher avec ses sabots.

– Nous cherchons un épissoir à tout faire, à la fois couteau de poche et outil de travail dans les bouchots.

Il a hoché la tête. J'ai ajouté :

– Cet épissoir peut devenir une arme et trancher la gorge d'un homme d'une oreille à l'autre. Mais nos intentions sont pacifiques.

– Vous ne seriez pas le curé de Saint-Nicolas-sur-Mer ? Qu'est-ce que vous cherchez ?

– La vérité.

Le mot a paru lui faire peur. Il a jeté un coup d'œil vers sa porte et nous a fait signe de le suivre dans son arrière-boutique. Il y aiguisait des couteaux. Un apprenti l'attendait, la main sur la manivelle de la meule. Un autre polissait des couteaux de table avec une lame de bois à deux manches. Il élevait les couteaux polis dans le soleil de la porte arrière et souriait en s'y regardant comme dans un miroir. Le coutelier a approché un escabeau et atteint un casier sur une étagère.

– C'est ce que vous voulez voir, des laguioles à lame courbe avec un manche en corne de chez Brousse et Chevrier ?

J'ai interrogé Honoré Chamouleau du regard. Il a approché ses yeux ronds et ses grandes oreilles.

– L'épissoir de Jean-Marie était bien comme ça.

– Il l'avait acheté chez nous. J'ai montré cette boîte à la police. Je l'ai retirée du magasin. Je n'ai plus envie de mettre ces couteaux en circulation.

– On peut toucher ? a demandé Honoré en tendant la main.

– Touchez autant que vous le voulez, a bougonné le bonhomme, mais dites-moi ce que vous voulez. Cette affaire est jugée. Je croyais que je n'en entendrais plus parler.

Comme nous ne répondions pas, il a haussé les épaules et commandé à son apprenti :

– Tourne !

Le drôle qui rêvait, en tablier de cuir comme son patron, s'est précipité sur sa manivelle. La meule de grès s'est mise à grogner sur la lame. Des poussières d'acier ont volé.

– Vous avez de la chance, monsieur le curé ! a crié Grellard par-dessus sa meule. Ma femme est tous les matins à la messe, sinon je ne vous aurais pas descendu cette boîte.

Il s'est arrêté, a testé du pouce le coupant du couteau, lui a redonné un petit coup. Honoré continuait d'examiner les laguioles, palpait leur corne, dépliait les lames avec minutie. J'ai toujours un couteau dans ma poche, en digne fils de paysan, mais je n'ai jamais eu la fascination des couteaux. J'ai demandé au coutelier, après d'autres sans doute :

– Vous souvenez-vous du jour où vous avez vendu ce couteau à Jean-Marie Chèze ?

Il s'était arrêté. Il humait une prise, une narine après l'autre, aplatissant avec soin les poils de sa moustache. Il a secoué sa tête ronde :

– Pourquoi remuez-vous encore tout ça ? Il est mort.

Honoré s'est écrié à ce moment-là :

– Un petit croissant de lune !

Il a tendu le couteau vers moi, ses larges sourcils soulevés. On distinguait, en effet, un croissant de lune dans les veinules de la corne autour du rivet. Il a ajouté avec un sourire qui ressemblait à une grimace.

– Il y avait aussi un petit croissant de lune sur celui de Jean-Marie.

– Est-ce que vous l'avez dit à la police lorsqu'elle vous a interrogé ?

Il a secoué la tête.

– Je ne m'en souvenais pas.

– Est-ce qu'il y avait un croissant de lune sur le couteau que le commissaire a trouvé dans la vigne ?

– Je ne sais pas.

Grellard a pris le couteau dans sa main.

– Croissant de lune, si on veut. Il arrive qu'on voie des formes curieuses dans la corne.

Il a examiné un autre manche de couteau.

– Regardez, sur celui-ci on dirait une étoile.

Honoré Chamouleau a répété avec son entêtement d'esprit simple :

– Le couteau de Jean-Marie avait un petit croissant de lune... Le couteau de Jean-Marie avait un petit croissant de lune !

Les deux apprentis nous écoutaient, comprenant qu'il se passait quelque chose.

– Est-ce que vous vous souvenez d'avoir vendu d'autres couteaux comme celui-là, monsieur Grellard ?

– Bien sûr que j'en ai vendu. Je vends des couteaux tous les jours. Est-ce que c'est un crime ?

Je n'avais pas l'argent sur moi pour me payer un si beau laguiole, mais j'ai tout de même demandé :

– Est-ce que vous me vendriez ce couteau ?

Mon insistance commençait à sérieusement énerver le coutelier. Il a remis le couteau dans son casier, a remonté les marches de son escabeau. Et la voix vibrante :

– Je n'ai pas de conseil à vous donner, monsieur le curé. Mais vous feriez mieux de vous occuper de votre ministère plutôt que de jouer les policiers et de vous intéresser à des croissants de lune sur des manches de couteaux !

Je n'ai pas été malade pendant la traversée du retour. Le dundee a pourtant été secoué. Mais je ne voyais que ce croissant de lune. Pour la première fois depuis l'arrestation de Jean-Marie Chèze, il y avait cette lueur qui s'était mise à trembler. Oh ! elle était bien vacillante, bien fragile. J'espérais que ce croissant de lune n'était pas un rêve. J'avais interrogé Honoré Chamouleau :

– Vous aviez remarqué ce croissant de lune, Jean-Marie et toi ?

Il a hésité, puis secoué la tête.

– Peut-être que Jean-Marie ne l'avait pas vu. Je sais qu'il y avait un croissant de lune sur le manche de son épissoir !

J'ai vidé mon sac à maman, le soir, après le dîner. Nous n'avions pas allumé la lampe. Nous étions dans les jours les plus longs de l'année. Le serein apportait un peu de fraîcheur par la fenêtre ouverte. Il soulevait les rideaux que nous avions tirés à cause des moustiques. Nous avons conversé à demi-mot, tandis que nos visages se brouillaient et devenaient des taches blanches. J'ai expliqué à maman qu'avec ce « croissant de lune » nous allions vérifier si l'épissoir qui avait tranché la gorge de Félicien Calot était bien celui de Jean-Marie. Elle m'a objecté :

– Est-ce qu'on va se fier à la parole d'un Honoré Chamouleau ?

– Il a été le premier témoin de la perte du couteau de Jean-Marie. Et puis je vais interroger Lucien Rougier.

– Tu vas prendre des risques, Jeannot.

La voix lasse de maman s'alarmait. Elle était souvent fatiguée. Je lui avais toujours connu le dos rond. Elle se voûtait désormais de plus en plus. Elle se redressait quelques secondes quand je lui en faisais la remarque et, reprenant sa position naturelle, elle plaisantait :

– Je m'incline du côté où je vais tomber !

Elle s'est lamentée, tremblant comme d'habitude pour moi.

– As-tu besoin de t'inquiéter de ça, maintenant ? As-tu besoin de remuer cette histoire ? Laisse les morts enterrer les morts, mon fils.

– Mais maman, c'est une question de justice !

– Tu sais bien que la justice n'est pas de ce monde. Si tu réussis à prouver que Jean-Marie Chèze, qui est mort, n'était pas coupable, tu vas désigner quelqu'un d'autre, qui est vivant.

– Oui, maman.

– Tout le monde ici ne t'approuvera pas. On en profitera pour te faire du mal.

– C'est possible.

– Tu as la caboche dure comme ton père que tu n'as pas connu ! Tu veux donc toujours rendre malheureuse ta mère ?

– Je ne veux pas te rendre malheureuse, maman. Mais tu connais la parole de l'Évangile : « Je ne suis pas venu apporter la paix, mais la guerre. » C'est dans les circonstances comme celles-là qu'on peut la comprendre. Et j'ai été ordonné prêtre pour mettre en pratique les Évangiles.

Je me suis levé et ne me suis pas dirigé vers ma chambre.

– Où t'en vas-tu encore ?

– Ne t'inquiète pas. J'ai besoin de réfléchir. Je m'en vais prier à l'église.

Je suis sorti dans la nuit embrasée d'étoiles. La brise était parcourue de relents de sel. J'avais défait mon col romain en parlant avec maman et j'appréciais de sentir l'air circuler librement sur ma poitrine en sueur. J'ai tourné la grosse clé dans la serrure de l'église. Le claquement du pêne a retenti comme à l'intérieur d'un coffre-fort.

Je me suis assis dans le noir sur le premier banc, face à la flamme vacillante du tabernacle. J'ai dû m'assoupir un moment. Quand je me suis réveillé, j'ai entendu au loin, dehors, une musique de violon, et des cris. J'ai compris que cela venait de La Belle Henriette. On était samedi soir. Il y avait bal. J'ai repoussé d'abord la tentation comme une pensée du diable. Et puis l'idée m'a paru de plus en plus séduisante.

19

Je suis sorti et je me suis laissé tirer par le fil de la musique et des rires. Jamais prêtre ne s'était approché de La Belle Henriette une nuit de bal. Mon prédécesseur avait baptisé l'établissement en chaire : « La boutique du diable », et le nom lui était resté. Mon cœur battait donc tandis que j'étais encore dissimulé dans l'ombre de la rue de l'église. J'hésitais comme si j'allais commettre un forfait. J'ai levé le nez au ciel. Un filet de lune concave, mince comme un trait, venait de se glisser entre le fourmillement des étoiles. J'y ai vu un signe d'encouragement.

Une lampe à acétylène éclairait la pergola de La Belle Henriette. Des bouffées de fumée sortaient par la porte ouverte de la salle de bal, et elles flottaient dans la lumière. J'ai pensé aux miasmes de la marmite du diable. La lumière silhouettait quelques pieux et mâts à l'extrémité de la place. Je me suis rappelé la nuit de la reconstitution du crime et me suis avancé. Deux filles sont sorties de la fumée aux reflets pourpres comme des créatures de l'enfer. Elles étaient grasses, ployées en deux par leurs rires.

– J'ai trop chaud, criait l'une. Il faut que je déboutonne mon caraco !

Deux hommes ont surgi derrière elles. La lumière s'est prise dans leurs moustaches et leurs casquettes de mauvais garçons. Ils m'ont aperçu, et j'ai entendu aussitôt :

– Croa ! croa !

J'ai poussé la porte du café qui jouxtait la salle de bal. Un mélange moite de relents de tabac, de vin et de sueur m'a suffoqué. La lumière des lampes m'a aveuglé. Les jeunes voyaient de la modernité dans cette abondance de lumière. La pièce était ornée comme une salle de théâtre. Un marin réputé pour son joli coup de pinceau avait reproduit au-dessus du comptoir des scènes exotiques rencontrées au cours de ses voyages. Et, tandis que mes yeux s'habituaient, je découvrais des sauvages nus, des négresses alanguies sur des plages de sable blanc et de cocotiers, des barques cernées de baigneuses aux colliers de fleurs. Je m'étais contenté de l'arrière-salle, lors de mes deux visites précédentes, et dans des conditions bien particulières. Je me suis aperçu que le bruit effectuait un brusque mouvement de recul, comme la vague se retire. Mon apparition stupéfiait, comme celle du bon Dieu dans les tribulations de l'enfer. À côté, dans le bal, la musique et les cris continuaient, et les martèlements des souliers et des sabots. J'ai reconnu un air de polka.

Je me suis alors avancé parmi les tables occupées par des joueurs de cartes. Certains étaient gênés que je les découvre ici. Je me suis approché du comptoir. Henriette m'a demandé en essuyant énergiquement un verre sur sa poitrine lourde.

– Qu'est-ce que vous voulez boire, monsieur le curé ?

– De l'eau.

Elle a fait claquer le verre sur le zinc, m'a apporté une carafe.

– Ce n'est pas bien d'être venu là, ce soir, monsieur le curé. Vous n'êtes pas à votre place.

Je lui ai répondu sur le ton de la plaisanterie :

– Vous avez raison. Est-ce qu'on vous voit à l'église ?...

Elle a haussé les épaules.

– Qu'est-ce que vous voulez ? Vous voulez provoquer un scandale ? Tout Saint-Nicolas saura, demain, que vous étiez chez moi.

Je lui ai alors demandé à brûle-pourpoint :

– Lucien Rougier est-il venu danser, ce soir ?

– Quel Lucien Rougier ? a demandé la belle Henriette avec un éclair dans les yeux.

– Lucien Rougier, le troisième.

– Non, il n'est pas là. Pourquoi ?

Il y avait de la hargne dans sa question. Son mari remontait de la cave, en tablier bleu, les bras chargés de lourds casiers de bouteilles. Elle a pris la carafe d'eau et mon verre.

– Veux-tu tenir le comptoir, Clovis ? Il faut que je parle avec monsieur le curé.

Elle m'a ouvert la porte de sa cuisine, elle a fermé derrière nous. La musique et les martèlements du bal, les bruits de la salle, se sont assourdis, presque aussi lointains que je les avais entendus à l'église. Elle a sorti un verre de son buffet, s'est assise à la table.

– Je vais boire de l'eau, moi aussi.

Nous n'étions plus éclairés que par la flamme fumante d'un lumignon. La chaleur était lourde dans ce réduit mal ventilé donnant sur un fond de cour. Les grains de poudre de riz mouillés de sueur luisaient comme des mottes grasses sur le visage de la belle Henriette. La fatigue de la nuit et la faible lumière accentuaient la lourdeur des traits de celle qui avait été belle autrefois. Des rides gâtaient son front, et les commissures de ses lèvres s'affaissaient avec amertume. J'ai ôté mon chapeau et essuyé mes tempes moites avec mon mouchoir.

– Quelques mères montent la garde dans la salle de bal avec leur sac sur les genoux ? ai-je demandé pour faire diversion.

– Très peu.

Puis j'ai attaqué aussitôt :

– Lucien Rougier était bien chez vous le fameux soir où Félicien Calot et Jean-Marie Chèze ont fini de s'enivrer ici, avant de s'en aller vers leur destin ?

Elle m'a répondu avec impatience :

– Quel Lucien Rougier ? Ils sont tous passés chez nous un soir ou l'autre.

Nous étions face à face. Elle soutenait mon regard. J'ai précisé calmement, avec une douceur qui m'étonnait moi-même :

– Je parle toujours du même, Lucien Rougier, le petit-fils. Je crois que vous le connaissez bien.

Je l'ai vue rougir. J'ai su que ce qu'on m'avait dit sur elle et Lucien Rougier était vrai. Elle a remis en place une épingle de son lourd chignon. Elle s'est un peu penchée vers moi en reprenant son souffle, et son célèbre collier à double cœur a jailli de son décolleté. La chaîne d'or s'est balancée devant mes yeux. On disait qu'au comptoir, et aux tables, il avait pour effet d'attirer les regards sur la gorge palpitante de la belle. Elle a remarqué mes yeux fixés sur les deux petites pierres incrustées dans les pointes des cœurs. Elle a pudiquement rentré son collier dans son corsage.

– Pourquoi vous intéressez-vous à Lucien Rougier, monsieur le curé ?

– Peut-être parce qu'on ne s'est pas assez intéressé à lui jusqu'à présent.

Elle a souri, aimable.

– Les gendarmes s'y sont intéressés. Je leur ai dit que Lucien n'avait pas l'habitude de fuir les bals, en effet. Je leur ai précisé qu'il n'y faisait pas long feu. Ce soir-là, il est venu, et il est reparti.

– Avec quelqu'un ?

– Oui.

– Dont vous ne me direz pas le nom ?

– Je n'ai pas l'habitude de donner les noms des gens qui se rencontrent chez moi, sinon je n'aurais plus un danseur.

J'ai badiné.

– Même à votre confesseur ?

Elle m'a répondu sur le même ton, en minaudant :

– C'est pour cela que je ne vais pas me confesser. Vous seriez capable de me faire dire des choses que je ne voudrais pas.

– Donc, lorsque Chèze et Calot ont quitté La Belle Henriette, Lucien Rougier était parti depuis longtemps ?

– Depuis longtemps, je ne sais pas.

Elle avait l'air à présent ravie de ma naïveté, et elle s'efforçait de me montrer, comme elle savait le faire, qu'elle m'aimait bien. Elle a ajouté, généreuse :

– J'ai déjà dit tout ça au commissaire Tribot. Il l'a noté dans son carnet.

Elle m'a servi un second verre d'eau.

– Était-ce bien utile de risquer votre réputation pour cela, ce soir, monsieur le curé ? Vous ne pouviez pas attendre demain, dans la journée ?

Elle renversait les rôles et faisait de moi un coupable. J'ai haussé les épaules. Je n'étais sûr de rien. Comment l'aurais-je été ? Mais Henriette me donnait l'impression d'être trop enjouée pour me dire la vérité. Elle s'était trahie en rougissant. Elle éprouvait donc encore quelque chose pour Lucien Rougier. J'étais bien placé pour apprendre dans mon confessionnal que la passion autorise tous les mensonges. J'aurais sans doute pu obtenir davantage si j'avais appuyé à cet endroit. Ne m'avait-elle pas accompagné dans la cuisine dès que j'avais prononcé le nom de Lucien ? Il était risqué de précipiter les choses. Si j'en avais besoin, il serait toujours temps de l'amener, ainsi que le disait mon professeur d'histoire, à Canossa.

Elle m'a conseillé, gentille, lorsque j'ai remis mon chapeau et me suis relevé de table :

– Vous n'allez pas repasser par le café. Prenez par la cour. N'ayez pas peur, le chien est enfermé.

Elle a même esquissé un petit geste affectueux, et sa main a effleuré la manche de ma soutane.

J'ai toujours eu de la suite dans les idées, au point de faire preuve parfois d'un entêtement qui ne me rend pas service. Maman m'a souvent répété que, pendant ma petite enfance, je la « bassinais » avec des questions jusqu'à ce que j'obtienne une réponse. L'anecdote d'un jour de foire des Essarts en sa compagnie et celle de ma tante m'a tellement été racontée que j'ai l'impression de m'en souvenir. J'avais trois ans. J'ai commencé à réclamer devant l'étal de bonbons, poupées de chiffons et ballons : « Je veux une quet'chose ! » Ni ma mère ni ma tante n'avaient d'argent à gaspiller. Ni les paroles gentilles, ni les menaces ni les fessées ne m'ont empêché de pleurnicher toute la journée en les tenant par la main : « Je veux une quet'chose ! »

Cette fois maman m'a reproché ma pipe :

– Je n'ose plus entrer dans ta chambre. On se croirait dans la chaudière de la locomotive ! J'ai peur de m'asphyxier.

Après quatre jours de ruminations fumeuses, j'ai repris mon bâton de pèlerin et le chemin de la cabane de Bellenoue. Je n'ai marché que jusqu'aux dernières petites maisons jumelles du bourg. Une vinaigrette s'est arrêtée à ma hauteur, celle du Dr Liaigre. Il m'a invité à monter près de lui sous la capote vert-de-gris. Je me suis réjoui de ma bonne fortune une fois à l'ombre. Une buée bouillante s'élevait sur le marais comme sur un chaudron de lessive. Pas un souffle ne traversait la lumière de craie. La croupe noire du bourricot moussante d'écume vibrionnait de mouches.

– J'ai un cheval du désert, me dit le Dr Liaigre avec une lueur amusée dans la prunelle. (Il tirait sur son col dur et sa cravate à élastique.) Plus la chaleur est torride, plus il trotte. Vous ne seriez pas un peu de la même trempe, monsieur le curé ?

Il détaillait mes manches retroussées, ma gourde en bandoulière, mon grand mouchoir à carreaux sous mon chapeau. J'ai ôté mon mouchoir, essuyé la sueur qui mouillait mon col romain. Nous avons échangé nos informations sur les vieux, les malades et les estropiés que nous visitions. S'il nous arrivait de nous retrouver ensemble dans la même chambre, autour du même lit, nous ne manquions pas non plus d'appeler l'autre à la rescousse, sans esprit de concurrence, lorsque nous constations que notre intervention avait atteint ses limites. Le Dr Liaigre avait été formel dès notre première rencontre.

– N'essayez pas de m'embobeliner, je suis agnostique, monsieur notre jeune curé !

Cet homme à barbichette blanche et ventre rond de bon bourgeois avait, en effet, l'âge d'être mon père.

– Ne vous inquiétez pas, avait-il ajouté, je ne vous enlèverai pas vos patients. Je vous en recommanderai plutôt. Je considère qu'une mort chrétienne dans ces terres déshéritées contribue à la dignité de ces pauvres bougres et les distingue de leurs animaux.

Il n'avait jamais failli à la règle de ses principes humanistes. J'imaginais même qu'en dépit de son incrédulité il se l'appliquerait à lui-même et demanderait le passage de sa dépouille à l'église, le jour de son enterrement. Il a reniflé sur ma soutane les relents de tabac, et m'a reproché en rejetant son panama et dégageant son large front :

– Vous fumez beaucoup, monsieur le curé.

Cela l'a encouragé à sortir sa pipe et à accepter de partager mon paquet de tabac. Nous avions tout juste allumé lorsque le bourricot a renâclé au bout du chemin de la cabane de Bellenoue. Nous avons goûté au plaisir de quelques bouffées ensemble. Comme la bête s'impatientait – elle était excusable, les mouches s'acharnaient sur son échine en sueur – je suis descendu.

J'ai marché sur le chemin ramolli par la poussière qui s'élevait en petits nuages cendreux à chacun de mes pas. Une charretée de foin tirée par un petit cheval du marais arrivait en face. Le conducteur tenait le cheval par le licol, un ouvrier agricole était enfoncé dans le foin, ils m'ont salué en soulevant leur chapeau de paille et sont entrés devant moi par le portail ouvert.

Des hommes s'affairaient à décharger une autre charrette reculée dans la grange. J'ai levé la tête vers la fenêtre de l'étage au-dessus du perron. Elle était ouverte, et le buste de Lucien, le vieux, se découpait sur les rideaux cramoisis. Je n'ai pas été le seul à regarder vers l'étage : le domestique, à qui je demandais si le petit-fils était dans les parages, a lancé un coup d'œil inquiet vers le haut, comme s'il craignait d'être surpris avec moi. Je l'ai suivi dans le trou d'ombre de la grange.

La poussière de foin était épaisse comme un mur. J'avais enfoui ma pipe au fond de ma poche. Deux hommes lançaient le foin de la charrette vers les greniers à droite et à gauche au-dessus des étables. Les hommes des greniers venaient prendre l'herbe et l'emportaient au fond. Les tuiles irradiaient par les trous de la chanlatte. Les hommes ne parlaient pas. L'un ou l'autre toussait parfois et reprenait souffle en grognant.

J'ai attendu la pause de la fin de la charrette. Les hommes ont poussé un soupir de soulagement.

– En voilà une de moins !

Ils ont descendu les échelles. Lucien Rougier, le petit-fils, était parmi eux. Ils m'ont à peine tendu la main.

– Excusez-nous, monsieur le curé, on a hâte d'aller respirer l'air pur.

Ils ont bougé dans le soleil comme des insectes fascinés par la lumière. Ils ont craché, parlé fort, ont battu leurs casquettes contre leurs jambes, ont tenté de débarrasser leurs cols de chemises des fétus de foin et des petites graines qui leur piquaient le cou. Ils ont marché jusqu'au puits. Une cruche à bec était posée sur la margelle. Ils ont bu à la régalade, ont hésité, puis m'ont proposé la cruche.

– Voulez-vous boire, monsieur le curé ?

L'eau traçait des rigoles dans la poussière de foin collée sur leurs visages. Je voulais leur montrer que j'étais capable de boire aussi adroitement qu'eux. J'étais un paysan comme eux. J'ai interpellé Lucien qui s'éloignait avec les autres :

– Pourrais-je vous parler, Lucien ? J'aurais quelque chose à vous demander.

Ils se sont alignés le long du mur, à l'ombre. Certains s'appuyaient au mur, d'autres s'asseyaient, les jambes carrément étalées, pendant que les conducteurs sortaient la charrette vide et reculaient la pleine. Lucien est revenu nonchalamment vers moi, traînant ses sabots. Sa chemise déboutonnée laissait voir les crins de sa poitrine poudrée de poussière. Il a saisi une poignée de foin au vol, au bord de la charrette pleine qui reculait, et me l'a brandie sous le nez.

– Que pensez-vous de notre foin de marais, monsieur le curé ? Vous n'avez pas le même dans votre bocage.

Il a humé.

– Il sent le sel. Nous élevons des vaches salées. Nous devons avoir, nous aussi, la viande salée !

Il riait. Sa moustache retroussée, grise de poussière, découvrait des dents de carnassier. Il adoptait une contenance, je m'en rendais compte. Il était intrigué par ce que je lui voulais. Nous nous trouvions en plein soleil. Je me suis blotti sous le trait d'ombre de la corniche du puits. De cette façon aussi je nous dérobais à la vue du chien de garde qui nous surveillait de sa fenêtre et devait déjà trouver que nous parlions trop. Et je lui ai demandé tout à trac :

– Étiez-vous au bal de La Belle Henriette, le soir du meurtre de Félicien Calot ?

Il a cessé de rire et esquissé le mouvement de partir.

– Pourquoi ramenez-vous cette vieille histoire enterrée depuis longtemps ?

– Les vieilles histoires ne s'enterrent pas si facilement que ça. Vous n'avez pas répondu à ma question.

Il a tourné vers moi un regard fuyant.

– Je vais vous décevoir, a-t-il répondu sans me regarder, je ne suis pas allé au bal, ce soir-là.

– Pourquoi vous y a-t-on vu ?

Il a grimacé un sourire.

– Je me suis mal exprimé, monsieur le curé. Je suis passé au bal, mais je n'y suis pas resté.

Il s'est approché, deux fois large comme moi. Il me dominait de sa hauteur. J'ai respiré l'odeur de sa sueur. Il m'a ricané à la figure.

– Je suis parti avec une de vos paroissiennes. Vous voulez que je dise son nom ? que je casse son ménage et nuise à sa réputation ?

Je savais qu'après le père Lucien Rougier, troisième, courait. Il avait été marié. J'avais célébré sa messe de mariage. Sa petite femme était morte d'un mauvais mal au sein un an après leur mariage. Depuis, il le disait lui-même, il prenait du bon temps. Je lui ai répondu fermement :

– Il s'agit de la réputation d'un homme qui est mort et de sa femme qui est vivante. Avez-vous vu Jean-Marie Chèze et Félicien Calot, le gardien des communaux ?

– Peut-être qu'ils étaient là. Que voulez-vous que j'aie à faire avec eux ? Vous savez que Jean-Marie Chèze buvait. J'avais mieux à faire que de perdre mon temps avec des ivrognes !

Il ricanait encore. Son mépris pour parler de Jean-Marie m'a paru effrayant. À ce moment-là, des coups venant de l'étage se sont fait entendre. C'était Lucien, le vieux, qui frappait au carreau de sa fenêtre avec le manche de son fouet. Lucien, le petit-fils, s'est tourné vers les hommes étalés à l'ombre du mur.

– Allez, debout tout le monde, on y retourne !

Et vers moi, faussement jovial :

– Excusez-moi, monsieur le curé, le devoir m'appelle !

Ils ont tous disparu dans l'ombre de la grange. La charrette vide s'en est allée vers les champs. Je suis resté seul au milieu de la cour. J'ai levé le nez vers la fenêtre, ma main en visière contre le soleil.

– Vous allez bien, monsieur Rougier ?

Il ne m'a pas répondu, mais a agité la main.

– Je ne monte pas vous saluer, je suis un peu pressé. Vous aurez de belles réserves de foin, cette année encore.

Il a élevé son manche de fouet dans la fenêtre comme un bon vieux qui se réjouit de la récolte. Ce semblant de dialogue entre nous était pure comédie. Le vieux Rougier n'était pas aussi bon qu'il voulait s'en donner l'air. Il enrageait sans doute de ne pas avoir entendu ma conversation avec son petit-fils.

Son cœur ne s'était pas adouci lorsque son écorce s'était endurcie.

À ce moment-là, une image oubliée depuis des années m'est revenue à la mémoire : je l'ai revu debout, dans la lumière d'une aube grise, le fouet à la main au fond de l'église de Saint-Nicolas. C'était le matin des noces de Jean-Marie Chèze et de Lilas Rouger. Et j'ai compris pourquoi Lilas avait tremblé en le voyant. Était-il possible que nous nous soyons trompés ? Ce vieillard impotent et tranquille pouvait-il être le coupable que je recherchais ? Le souvenir de la présence menaçante du vieux Lucien Rougier m'impressionnait tellement que je n'entendais pas qu'on m'appelait.

– Monsieur le curé ! Monsieur le curé !

J'ai levé les yeux. Aline se tenait sur le perron. Son sourire respirait la bonté sous le chapeau de paille à large bord.

– Ne restez pas sous le soleil, monsieur le curé, vous allez prendre une insolation !

J'ai fait quelques pas.

– Tu m'excuseras, il faut que je m'en aille.

– Entrez boire quelque chose de frais.

– J'ai bu tout à l'heure avec ton grand frère.

De dépit, elle a battu la marche de sa chaussure plate. Et elle a ployé le genou.

– Eh bien, donnez-moi votre bénédiction !

J'ai tracé du pouce le signe de la croix sur son front lisse et bombé.

Le soir même j'écrivais au juge Schoechofer pour lui demander s'il avait remarqué le dessin d'un petit croissant de lune, près du rivet de la lame, dans la corne de l'épissoir qui avait tué Félicien Calot. Un témoin qui en certifiait la présence était prêt à l'identifier.

20

J'ai réinterrogé Honoré Chamouleau dans sa petite maison de pêcheur semblable à celle de Lilas et à celle de tous les petits pêcheurs. Je lui ai demandé s'il savait quelle femme Lucien Rougier, le petit-fils, fréquentait au moment du drame. Il a ouvert ses grands yeux d'ahuri en se pinçant l'oreille.

Je me doutais de son incapacité à me répondre, mais je savais que je ne m'adressais pas à un ingrat. Fier de l'honneur d'être interrogé, il allait se mettre en chasse et m'apporter une réponse. Il allait ennuyer tout le monde avec son air innocent et, fort de ma mission, s'autoriser toutes les initiatives utiles. On m'avait rapporté déjà le bruit qui courait dans Saint-Nicolas de la présence d'un croissant de lune sur le manche de l'épissoir de Jean-Marie. Lilas m'en avait parlé. Elle-même ne se souvenait pas de ce détail. Je savais aussi que ma visite à La Belle Henriette une nuit de bal avait suscité des critiques. Les regards de certains paroissiens et paroissiennes dévots m'exprimaient de vivants reproches.

La main d'Honoré Chamouleau s'est acharnée sur son oreille. Il a réfléchi, tête basse. Il s'est enfin redressé et il s'est déridé :

– Je sais qui je vais questionner !

– Oui, mais avec discrétion, Honoré.

Il a sorti les petits verres. Il manifestait sa délicatesse en m'offrant de boire la goutte plutôt que son ordinaire tord-boyaux.

Quinze jours plus tard, je récitais mon bréviaire sur la grève, un soir rose de juillet. C'était le jour de la Sainte-Marie-Madeleine, puisque je me rappelle que j'en étais au verset du Cantique des Cantiques : « Des torrents d'eau ne sauraient éteindre l'amour, ni les fleuves le submerger... »

L'excursionniste *La ville de Paimbœuf* remontait l'embouchure du Lay pour passer la nuit à Saint-Nicolas. La fumée noire sortie de son gros tuyau de poêle traînait sur la côte en une écharpe malsaine. Des vols de mouettes bavardes rentraient des marais et s'en allaient coucher en mer. Une voix m'a hélé discrètement dans la dune.

– Monsieur le curé ! Monsieur le curé !

J'ai cherché derrière moi. Honoré agitait les bras derrière les tamarins comme un comploteur. Je me suis approché. Il a regardé autour de lui, et il m'a confié le secret à voix basse :

– C'est la Marie Chaigne.

– Marie Chaigne ? La femme de Pierre Chaigne ?

Je la voyais chaque dimanche attentive à mes sermons à la grand-messe. Elle avait épousé le fils du père Chaigne, le marchand de charbon qui avait permis à Jean-Marie de naviguer sur *Le Lilas de mer*. Sa situation d'épouse d'un gros commerçant la distinguait des autres femmes. Elle ne portait pas la coiffe. Elle disposait de tout l'argent dont elle avait besoin. Elle avait mis au monde trois beaux enfants. Quel besoin avait-elle de s'intéresser à cette brute de Lucien Rougier ?

– Vous êtes sûr de ce que vous m'avancez, Honoré ?

Mon doute a offensé Honoré. Il a tendu la main.

– Monsieur le curé, sur la tête de ma mère !

Dont les os ne devaient plus la faire souffrir, vu qu'elle était en terre avant mon arrivée à Saint-Nicolas. Je me suis rappelé qu'à l'époque du crime Marie Chaigne avait connu une mauvaise période. Elle avait été absente plusieurs dimanches à l'église. J'étais allé prendre des nouvelles. Elle m'avait reçu obligeamment, les traits tirés, la mine pâle. Elle avait attribué son dérangement aux chagrins causés par la rentrée de son fils en pension. J'avais trouvé que ces bourgeoises étaient bien sensibles.

Je me suis souvenu aussi de l'avoir confessée au Noël suivant. Elle s'était passablement embrouillée dans la liste de ses péchés. Je ne m'étais pas complu, comme certains confrères aiment à le pratiquer, à prendre l'extrémité d'un fil et à dérouler toute la pelote. J'avais compris qu'elle n'était pas fière de certains actes, et qu'elle en avait repentance. Je lui avais donné l'absolution.

J'ai voulu m'assurer tout de même qu'Honoré Chamouleau ne m'emmenait pas sur une fausse piste. J'ai guetté la belle Henriette à la sortie de la boucherie. Je l'ai laissée se délecter par avance de sa cuisine de bœuf en daube, et je l'ai interrompue, ma main au bord de son panier rond. J'ai dit seulement :

– Marie Chaigne.

Elle a sursauté, en répétant :

– Marie Chaigne ?

Elle n'a pas supporté mon regard, est devenue cramoisie. Un pli amer a déformé sa bouche. Je n'avais pas besoin d'autre réponse. Elle a pivoté sur elle-même et, en s'en allant, elle a pointé un doigt menaçant vers moi.

– Vous, monsieur le curé, un jour cela se retournera contre vous !

Je suis allé frapper à la porte de la Villa Louise un après-midi, accompagné par les grommellements d'un orage qui s'éloignait. Le ciel était d'un azur très pur sur la mer. Des serpents d'éclairs s'abattaient encore sur La Vive et le marais. La route mouillée suait une buée que les hautes herbes sèches, les tamarins, les vignes des bas-côtés retenaient captive. La Villa Louise avait été ainsi baptisée par le père Chaigne en souvenir de sa défunte femme. Il m'avait plusieurs fois expliqué que sa femme était morte une semaine après leur emménagement dans leur nouvelle maison. Pour rappeler la mémoire de cet événement tragique, il avait fixé au-dessus de l'entrée un cartouche bleu émaillé comme dans une gare : Villa Louise. Il n'avait jamais pu se faire à la villa et, dès le mariage de son fils, il en avait profité pour réintégrer son ancienne petite maison près de son magasin sur le port.

La Villa Louise était pourtant une construction remarquable parmi la modestie ordinaire du village. Le père Chaigne avait pris modèle sur les villas de la corniche des Sables-d'Olonne. Il avait rêvé de ces tours pointues, ces fenêtres à meneaux, façon château de la Belle au bois dormant. Il avait dépensé une fortune à faire transporter sur des gabares de la pierre charentaise de Saint-Même à cause de sa couleur crème. Il l'avait construite à la sortie du bourg, au milieu d'un grand parc planté de pins, au bord du chemin de la digue. Du premier étage de la Villa Louise, on avait une vue exceptionnelle sur l'embouchure du Lay, la pointe d'Arçay, l'anse de Saint-Nicolas, jusqu'à l'île de Ré. « De mon lit, disait le père Chaigne aux maçons, je pourrai surveiller tous les bateaux qui entrent et sortent pour moi ! »

Je me suis avancé dans l'allée tapissée d'aiguilles rousses. Les pins s'ébrouaient et laissaient tomber une averse de gouttes avec un froissement de parapluie qu'on referme. J'ai gravi les six marches du perron au mur dentelé de briques, tiré l'anneau de cuivre près de la porte couleur parme. J'ai levé le nez vers les croisées fameuses d'où l'on avait vue sur la baie. Un sursaut de grondement de l'orage m'a paru incongru dans le bleu bouleversant du ciel. J'ai entendu le claquement du pêne qui s'extrait de sa gâche, suivi de celui de la clé dans la serrure. La porte s'est ouverte.

J'espérais rencontrer Marie Chaigne toute seule en me présentant à la Villa Louise au milieu de l'après-midi. C'est elle qui m'a ouvert. Elle était coiffée d'un étonnant chapeau rose de paille fine. Son large bord percé de trous tamisait la lumière sur sa peau blanche comme des grains de son. Elle m'a expliqué :

– Je m'apprêtais à sortir marcher après l'orage.

Je me suis excusé, lui ai offert de revenir, ou de marcher en sa compagnie. Elle a ôté son chapeau, l'a suspendu à la patère du couloir.

– Je sortirai plus tard. Vous ne nous rendez pas si souvent visite, monsieur le curé !

Elle s'est adressée à la porte ouverte au fond du couloir, sans doute celle de la cuisine, puisqu'un savoureux parfum de blanquette de veau en émanait :

– Je reste ! J'ai de la visite.

Elle s'est retournée vers moi en poussant la porte du salon. A-t-elle compris l'objet de ma visite ? Elle a rougi. Je la savais intelligente. Elle était la fille du notaire de Grues, qui gérait les affaires des Chaigne. C'est ainsi que Pierre Chaigne l'avait rencontrée, et avait séduit le beau-père et la fille en mettant la Villa Louise dans la corbeille de mariage.

Elle m'a fait asseoir dans un fauteuil de cuir profond. Je n'ai jamais été à l'aise dans ces hautes antichambres aux murs tapissés de scènes de chasse. Je n'étais pas dans mon monde. Les meubles étaient trop remplis d'œufs de plâtre coloriés, de timbales à initiales en argent cabossé, de travaux de dames jaunis. Mes héritages ne m'avaient attaché qu'au vieux mobilier bancal déménagé de la maison de domestique des Essarts.

Mme Chevrier, la cuisinière, qui fréquentait aussi ma grand-messe, nous a apporté le café et les petits gâteaux. J'étais un peu cloué sur place par la douillette épaisseur du tapis sous mes souliers et la quiétude de cet univers qui m'annihilait. Nous n'échangions que des banalités. Alors j'ai attaqué avec la brutalité des rustres en pareille circonstance :

– Vous connaissez Lucien Rougier ?

Comme la belle Henriette quelques jours plus tôt, elle a sursauté. Elle a posé lentement sur la table basse, la tasse et la soustasse qu'elle tenait dans le creux de sa main.

– Lucien Rougier ? Oui, comme tout le monde connaît ici les Rougier, je pense.

Elle se tenait toujours bien droite dans sa robe bleu lavande à large ceinture. Elle soutenait mes yeux sans ciller. Sa nuque découverte par son chignon bien coiffé se reflétait dans le grand miroir. Et moi, le petit curé, je me demandais si je n'étais pas en train de commettre une grave sottise. J'ai insisté sans la moindre parcelle de la fameuse onctuosité ecclésiastique.

– Je ne vous parle pas de Lucien Rougier, le vieux, ni de son fils, mais de Lucien Rougier, le petit-fils.

Elle a continué de darder sur moi son regard de femme honnête habituée au monde, et j'ai cru que j'avais perdu. Lorsque j'ai vu la rougeur surgir du col blanc appliqué sur sa robe. Cela, c'était incontrôlable. C'était comme une tulipe rouge qui s'épanouissait autour de sa gorge, enveloppait son menton, ses joues. Je voyais qu'elle était témoin de sa progression dans le miroir. Lorsque l'infamante fleur rouge lui a atteint la racine des cheveux sur les tempes, elle a ployé la nuque. Son visage a perdu sa fraîcheur, s'est ridé comme une pomme. Elle m'a paru vieille, m'a murmuré :

– Qu'est-ce que vous voulez savoir ?

– Comment cela est-il arrivé ?

– Est-ce qu'on sait comment ces histoires arrivent ? Est-ce qu'on sait pourquoi le vent souffle ? J'aurais sincèrement juré quelques jours plus tôt qu'il ne m'intéressait pas. Pierre était parti à Cardiff depuis une semaine. Lucien Rougier est arrivé cette nuit-là, comme vous tout à l'heure. Je ne l'attendais pas...

Elle s'est arrêtée, a repris son souffle en se tordant les mains.

– Ah ! comment vous expliquer, puisque je n'arrive pas à me l'expliquer moi-même ? Je l'ai entendu siffloter dans l'allée. Il n'a pas sonné à cause des enfants. Il s'est contenté de frapper discrètement. Je lui ai ouvert la porte, et là j'ai été la femme perdue.

– Il était quelle heure ?

– Je ne sais pas, le début de la nuit. J'ai craint que les enfants ne soient pas profondément endormis.

– Il est resté longtemps ?

Elle a haussé les épaules, le regard égaré.

– Est-ce qu'on sait combien de temps cela dure ? Il est resté une heure ou deux...

– Et il est revenu le surlendemain. Vous l'attendiez. Pierre n'était pas rentré. Et il a exigé que vous confirmiez son alibi à la police : il avait passé toute la nuit avec vous. C'est ce que vous m'avez confessé à Noël et que je n'avais pas compris, parce que tout était embrouillé...

– Je n'ai pas eu besoin de témoigner. Le commissaire Tribot m'a discrètement rendu visite. Il avait suffi à Lucien de livrer le nom de la dame de bonne réputation avec qui il était. On lui a fait confiance. Il a obtenu qu'il n'y ait pas de scandale. La police n'a pas livré mon nom. Pierre n'a pas su. Mais lui me tenait.

– Il est revenu ?

– Je ne sais comment il était informé. Il savait lorsque Pierre s'absentait. J'aurais voulu que Pierre ne parte jamais. Je suis allée passer un mois chez mes parents à Grues. Il s'annonçait toujours en sifflotant comme la première fois. Il me tendait son chapeau gris de fils du plus gros cabanier de la commune. Je le pendais à la patère où vous m'avez vue accrocher le mien tout à l'heure.

Elle a refermé les mains sur ses oreilles en grimaçant.

– J'étais folle lorsque je l'entendais siffloter dans le parc. J'aurais voulu mourir !

– Et vous n'êtes pas morte ! Et ses visites ont commencé à devenir moins fréquentes.

– Oui.

– Quand est-il venu la dernière fois ?

– Il y a plus d'un an.

– Est-ce qu'il vous arrive de le regretter ?

Elle a baissé la tête. J'ai répété ma question. Je m'étais extrait du fond de mon fauteuil et me tenais sur le nez du coussin, prêt à partir.

– Avez-vous pensé que pendant la seconde moitié de cette nuit fameuse on avait tué un homme ? Et n'avez-vous pas trouvé curieux qu'on veuille se servir de vous pour se disculper ?

Elle a enfoui son visage dans ses mains et s'est mise à sangloter en répétant :

– Il me tenait !

– Il se pourrait que le scandale ne puisse être évité, si les développements de la vérité l'exigent, madame Chaigne.

Elle a levé ses yeux éplorés par-dessus ses doigts.

– Tout plutôt que de vivre dans la hantise et le mensonge !

Elle s'est découverte, effondrée, en pleureuse, dans le miroir. Elle a sorti un mouchoir et s'est tamponné les paupières, s'est redressée. Le masque de la souffrance et de la honte s'est évanoui de son visage.

Elle a décroché son chapeau rose de la patère du couloir en avertissant la cuisinière.

– Madame Chevrier, je sors en même temps que M. le curé.

Elle m'a montré au pied des marches le grand rosier sarmenteux couvert de roses jusqu'à la croisée du salon.

– Vous le sentez, monsieur le curé ? Après la pluie il n'est plus qu'un bouquet.

J'ai hoché la tête dans le parfum des roses. Elle a précisé en riant :

– C'est moi qui le taille, un peu n'importe comment, mais il est toujours couvert de fleurs.

– Il ne faudrait pas toujours tailler n'importe comment, sinon un jour le pied dégénère.

Un ange a passé. Quelques moutons blancs de nuages paissaient paisiblement le bleu du ciel. Un pivert piquetait le tronc d'un pin. Quand nous nous sommes séparés au bout de l'allée, partant chacun dans notre direction, elle a retrouvé le ton suppliant du salon.

– Faites ce que vous estimez juste, monsieur le curé. Mais n'oubliez pas la femme perdue dans vos prières.

J'allais répondre, lorsqu'elle a ajouté, les yeux fixes à l'ombre tamisée de son chapeau :

– Pensez aussi à vous, monsieur le curé. La parole de l'Évangile s'adresse à vous aussi : Malheur à celui par qui le scandale arrive...

C'était la seconde femme à me prédire des difficultés en quelques jours.

Le juge Schoechofer m'a écrit pour me demander des éclaircissements au sujet du curieux croissant de lune dont il n'avait jamais entendu parler. Les lettres se sont succédé jusqu'à ce qu'il m'affirme qu'il n'y avait pas trace de croissant de lune sur le manche de l'épissoir de Jean-Marie. Il ne voulait pas s'intéresser davantage à ce qu'il considérait comme une fantaisie. J'ai insisté.

Au printemps 1909, l'autorisation d'une ouverture publique des scellés a été donnée.

J'ai accompagné Honoré Chamouleau dans le bureau du juge. Le grand escogriffe était fébrile. Nous nous sommes arrêtés au Grand Café de la place d'Armes avant d'entrer dans le palais de justice. Je lui ai offert un muscadet. Il m'a suivi un peu plus calme entre les colonnes néo-antiques de l'édifice public. Il triturait néanmoins nerveusement sa casquette des dimanches, un épi de cheveux gris dressé à l'arrière du crâne comme une crête de coq.

Il a peiné à ouvrir la bouche pour donner des explications au juge au sujet de Jean-Marie. Je l'ai aidé pour certains détails. Je voyais que cela déplaisait au juge qui me signifiait des sourcils qu'il désirait entendre Honoré Chamouleau. Enfin le laguiole de Jean-Marie Chèze a été solennellement retiré de son enveloppe de papier kraft. Et le juge l'a poussé vers le témoin.

– Examinez-le, monsieur Chamouleau. C'est pour cela que vous êtes venu. Nous sommes impatients de vous entendre.

Honoré a tendu prudemment la main vers la large table cirée où l'enveloppe avait laissé des barbes de poussière. Il a tourné le couteau d'un côté sur l'autre, s'est levé pour le porter dans la lumière de la fenêtre rétrécie par de lourdes tentures de velours vieil or. Il a avalé sa salive, et le caillou de sa pomme d'Adam a effectué l'aller et le retour dans le siphon de sa gorge. Il est revenu poser scrupuleusement le couteau sur son emballage. Et il a déclaré fermement :

– Ce n'est pas l'épissoir de Jean-Marie Chèze !

Le juge Schoechofer, stupéfait, a insisté :

– Attention, ce que vous dites là est grave ! Vous êtes sûr de ce que vous avancez ? Prenez le temps de vérifier.

Honoré Chamouleau a croisé les bras, outré, et il a secoué la tête.

– Ce n'est pas l'épissoir de Jean-Marie !

Il a refusé d'examiner encore le manche du couteau. Il s'est drapé dans sa certitude de simple, humilié qu'on mette sa parole en doute. Il en imposait, bras croisés, campé dans sa dignité froissée.

Des portes se sont ouvertes et fermées. Le juge a appelé un greffier. Le témoignage d'Honoré Chamouleau a été enregistré. Des assesseurs sont entrés et sortis. Une effervescence perceptible gagnait la discrète institution. On flairait les relents de l'erreur judiciaire et les signes avant-coureurs d'une catastrophe. On a pris en note ma déposition.

J'ai fait remarquer à Honoré Chamouleau qui était aussi épuisé que moi, le soir en prenant le train de Luçon en gare de La Roche :

– Je crois bien que nous sommes embarqués dans une aventure qui nous dépasse.

Il a redressé fièrement le menton, comme dans le bureau du juge, et l'œil affermi par l'intérêt qu'on lui avait accordé.

– Il n'y a pas de croissant de lune sur le manche du couteau. Je ne vais pas dire que c'est celui de Jean-Marie Chèze pour leur faire plaisir !

J'ai fait tout haut la réflexion :

– Comment se fait-il que Jean-Marie ne l'ait pas remarqué ?

Il a haussé les épaules. Nous avions pris quelques gouttes sur le boulevard de la gare, et il sentait le chien mouillé.

– Jean-Marie ne s'intéressait pas à ces détails !

Il avait raison. Il fallait une cervelle d'enfant comme celle d'Honoré pour distinguer la forme d'un croissant de lune dans la corne de l'épissoir. Il fallait avoir rêvé autour. Le meurtrier de Félicien Calot n'avait pas brodé de tels rêves, et c'était peut-être ce qui allait le perdre.

21

Les choses sont allées relativement vite, ensuite. Les policiers ont fait le siège de la coutellerie Grellard à La Rochelle et ont inspecté jusqu'à la poussière d'acier sous la meule. Ils ont menacé le gros homme en sabots de fermer sa boutique s'il ne recouvrait pas la mémoire du signalement de ses acheteurs de laguiole. Ils étaient mal lunés. Le commissaire Tribot avait été dessaisi de l'affaire. Mais toute la police se sentait humiliée d'avoir été bernée lors de la première enquête. En haut lieu on commençait à s'inquiéter des remous d'un scandale judiciaire dans une Vendée traumatisée par les affaires des congrégations et de la séparation de l'Église et de l'État.

Le coutelier Grellard a compris que ces menaces méritaient d'être prises au sérieux. Son instinct de survie l'a emporté sur sa discrétion professionnelle, et les souvenirs ont miraculeusement cessé de se dérober à sa mémoire. Il s'est même rappelé qu'il notait soigneusement les noms et les achats de ses clients sur un grand agenda à couverture de toile noire et tranche rouge. Il a donné à la police des signalements tout à fait satisfaisants.

Le jour du 23 avril 1909 s'est annoncé par une aube incertaine. Les gens de Saint-Nicolas disent que le temps est caillé. Il hésite. Rien ne se passe. Il n'y a pas un souffle d'air alors que le vent est un compagnon familier sur nos côtes. La voûte du ciel sur le marais et la mer était garnie d'une gelée rose que le soleil n'arrivait pas à percer. J'avais plus mal dormi qu'à l'habitude. J'avais dû me lever au milieu de la nuit pour fermer ma fenêtre habituellement bloquée à la poignée de la crémone en cette saison. Les voisins Petiot et Michaud avaient transporté des charretées de goémon d'équinoxe avec leurs ânes, et les avaient répandues dans le jardin du presbytère et tous les jardins du bourg. Le goémon pourrissait et, par cette nuit sans vent, les gaz stagnaient. J'avais craint de me trouver mal. J'avais entendu les râles de la mer sur les battures comme si ma chambre avait été sur la grève.

Je suis allé dire ma messe tandis que des goélands bavardaient au-dessus de ma tête. L'odeur suscitait sans doute leurs commentaires et leur donnait faim. Ils étaient encore là à ma sortie de l'église, la pestilence aussi.

Le boghei du juge Schoechofer était dissimulé dans l'arrière-cour du presbytère, du côté du cimetière. Je suis allé flatter l'encolure de son cheval dans l'écurie réservée aux hôtes de passage. J'avais toujours estimé la dépense d'une monture inutile pour mon usage personnel, même si j'aimais les chevaux. Le cheval du juge était une jument isabelle impressionnante par la hauteur de son garrot et sa largeur de croupe. Elle devait emporter le petit juge et son boghei léger comme une plume.

J'avais invité maman à préparer beaucoup de café en prévision des visiteurs. Le juge était installé devant une tasse à la table de notre salle à manger. Je me suis frotté les mains.

– Eh bien, voilà un arôme plus agréable que celui du dehors !

Le juge a tourné vers moi son regard affable.

– C'est vrai que l'odeur est suffocante, mais les gens ici sont habitués. Ils ne la sentent quasiment plus.

Je me suis assis auprès de lui. Maman lui avait offert notre bonne chaise. Je n'avais à lui présenter que nos vieux meubles de bois blanc et la desserte abandonnée par mon prédécesseur. À chaque visite de monseigneur ou de son grand vicaire, ou d'un hôte prestigieux comme ce juge, je me reprochais de ne pas m'être procuré quelque mobilier plus digne. J'oubliais mes résolutions sitôt leur départ, car j'aurais été mal à l'aise de m'asseoir chez moi dans des fauteuils en velours alors que tout autour de moi on n'en possédait pas. S'il y avait eu des châteaux, comme dans notre bocage, j'aurais pu hériter de quelques meubles dépareillés. Maman, de son côté, se satisfaisait de nos pauvres affaires et ne m'encourageait à la dépense qu'en vêtements, chauffage et nourriture.

Le juge n'a pas refusé la goutte dans sa tasse chaude. Il m'a avoué sa nuit à lui aussi hantée de fantômes et de réveils en sursaut. Il avait dormi à l'hôtel des Voyageurs de Luçon, s'était levé tôt afin d'être à l'heure à notre rendez-vous. Il a sorti son oignon de son gousset et a comparé son heure à notre pendule. Neuf heures finissaient de sonner lorsqu'on frappait à la porte du presbytère.

Maman est allée ouvrir. Nous avons entendu notre visiteur plaisanter et lui recommander de fermer bien vite pour ne pas laisser entrer l'odeur. Il s'est approché à pas lourds sur le plancher fatigué du couloir. Je m'étais levé pour l'accueillir. Il allait poursuivre sur le ton de la plaisanterie lorsqu'il a aperçu le juge sur sa chaise. Il a cessé de rire, et j'ai vu se glisser l'inquiétude dans ses yeux. J'ai choisi entre les chaises.

– Prenez celle-là, elle sera plus solide.

Je lui ai offert un café, il a refusé. Le petit juge a hoché la tête : il voulait bien une autre tasse.

– Ce n'est pas ce qui était prévu, m'a fait remarquer mon visiteur, vous m'aviez parlé d'une conversation en tête à tête. Vous m'avez attiré dans un piège, monsieur le curé.

Le juge l'a interrompu, ignorant la remarque :

– Vous êtes bien monsieur Lucien Rougier, le petit-fils, dit le troisième, de la cabane de Bellenoue ?

Lucien Rougier a hoché la tête et essayé d'expliquer :

– Monsieur le curé et moi, nous étions convenus...

– Je vous prie de répondre à mes questions, monsieur Rougier.

Le regard tranquille du juge Schoechofer était devenu ferme, et déjà le grand Lucien Rougier avait la tête moins haute. J'avais assisté d'autres fois à la transformation de la personnalité affable du juge dans l'exercice de ses fonctions. Il a tout de suite attaqué Lucien Rougier, et je me suis demandé s'il n'allait pas trop vite.

– Ce n'est pas le couteau de Jean-Marie Chèze qui a tué Félicien Calot, c'est le vôtre.

Lucien Rougier est devenu écarlate. Il a écrasé sa moustache sous sa main, a grimacé un sourire, m'a pris à témoin.

– Qu'est-ce qui vous fait dire ça ?

– Le petit croissant de lune sur le manche.

Le front de Lucien Rougier s'est couvert de rides. Il n'avait plus son assurance et sa verve habituelles. Il a feint d'ignorer l'histoire désormais connue de tout Saint-Nicolas. Le juge Schoechofer a poursuivi avec détermination.

– Le coutelier Grellard de La Rochelle nous a ouvert ses livres et nous a confirmé que vous aviez acheté un laguiole chez lui quinze jours avant le crime.

Lucien Rougier a ricané et est redevenu un instant le cabanier sûr de son bon droit et de son autorité.

– Et alors, je ne suis pas le seul à avoir acheté un laguiole ! Ce n'est pas interdit par la loi. Vous allez enfermer tous ceux qui se promènent avec un couteau dans leur poche !

– Vous avez encouragé Félicien Calot et Jean-Marie Chèze à boire. Et quand ils ont été ivres, vous avez égorgé Félicien Calot.

– Je n'étais pas avec eux. J'avais un rendez-vous galant avec une dame dont la pudeur m'oblige à taire le nom ici.

– Oui, nous avons interrogé cette dame. Mais vous n'avez pas passé la nuit avec elle. Vous êtes allé commettre votre forfait quand vous l'avez quittée !

– Pourquoi ? Pourquoi est-ce que j'aurais tué Félicien Calot ?

– C'est justement vous qui allez nous le dire...

À ce moment-là, le juge s'est tourné vers moi. Son regard s'est adouci. Il redevenait un homme affable. Il me donnait la parole. J'ai décroisé les bras, appuyé mes coudes sur mes jambes. Je me trouvais dans l'ombre de Lucien Rougier le dos tourné à la fenêtre.

– En frappant Félicien Calot, vous visiez Jean-Marie Chèze. Il était étranger, mais vous aviez une raison à votre haine pour lui. Cette raison s'appelait Lilas. Elle était la fille de Virginie Rouger. Elle était belle comme sa mère, grande, fine, entreprenante. Elle était la réplique de sa mère, et cela vous retournait les sangs à vous les Rougier...

J'allais continuer. Lucien Rougier a grommelé en haussant les épaules :

– Vous pouvez dire ce que vous voulez ! Ça m'est égal. Grand-père se méfiait de vous. Il voulait que je me sauve dans les marais mouillés.

– Et vous ne l'avez pas voulu ?

– Non, je ne l'ai pas voulu. Je me doutais de ce qui se préparait...

Il a baissé la tête, bougé les jambes, s'est appuyé sur les coudes. Et soudain, alors que je ne m'attendais pas à ce que ce soit si facile, il s'est « mis à table... ». Le juge Schoechofer a employé ces mots pour désigner les aveux de Lucien Rougier.

– C'est vrai que je n'ai jamais aimé les Rouger. C'est une vieille histoire de famille. Il s'est passé des choses. Les Rougier n'aiment pas les Rouger. Moi, je ne les supporte pas.

Il s'était redressé. Il nous toisait l'un et l'autre en face, nous dominant par sa force et sa beauté, le petit juge et moi le curé gringalet. Ses cheveux bruns coiffés en arrière ondulaient. Les poils fournis de sa moustache frissonnaient au vent de son souffle. Il avait le teint rouge des sanguins. J'ai cru entendre son sifflotement dans l'allée de la Villa Louise alors qu'il venait sans scrupule profiter de sa bonne fortune. J'ai failli l'interroger sur le mystère de ses conquêtes, Henriette, Marie Chaigne, et cetera, épouses, mères de famille, auxquelles il avait adressé son sourire ambigu et qui lui avaient cédé. Le juge avait nonchalamment passé les mains et les bras dans le dossier de sa chaise, et il écoutait apparemment rassuré sur le dénouement. Alors j'ai continué en tenant la bride à ma colère, autant que possible, mais je sais que ma voix vibrait.

– Cette histoire de famille n'est pas si vieille, elle remonte à votre grand-père. Virginie lui a préféré Pierre Rouger, et il a tenu sa revanche lorsqu'il les a envoyés mourir à la cabane de la Pointe. Mais un rejeton a surgi du croisement de Pierre et de la souche exotique de Virginie. Vous imaginez la colère de votre grand-père en découvrant cette beauté qui grandissait et lui était un vivant reproche, alors qu'il se croyait débarrassé. C'était Virginie qui revenait. Pire, ce n'était pas la vieille défraîchie, à la déchéance rassurante et supportable. C'était la Virginie resplendissante de sa jeunesse, celle qui l'avait méprisé et obligé à épouser la laide Julie.

Lucien Rougier a ramené les jambes sous lui en grognant. J'ai craint qu'il ne bondisse sur moi, parce que je rappelais la laideur de sa grand-mère. Une flamme mauvaise a lui dans sa prunelle. Une veine bleue gonflée sur sa tempe palpitait.

J'ai poursuivi sur le même ton, sans reprendre souffle :

– Que valait l'existence de votre grand-père, malgré ses jaunets, ses terres et sa cabane de Bellenoue, alors que son rêve avait été de marier son destin à l'exotisme et la beauté de Virginie ? Malgré leur fin tragique, la vie de Pierre et de Virginie était enviable, et la beauté grandissante de Lilas lui faisait mesurer que son existence était un échec. Il était jaloux. Et il n'a pu s'empêcher de distiller dans la famille le poison de la vengeance. Il l'a fait surtout avec vous, son petit-fils, qui lui ressembliez tant. Vous êtes devenu l'instrument de votre grand-père. Oh ! ce n'était a priori que peu de chose, une réflexion méchante au passage de la petite Mularde, une remarque sur l'ivrognerie de son père, ou sur l'aplomb de la gamine qui aurait dû être plus modeste pour une mendiante. La haine a levé dans votre cœur, et elle a grandi avec l'âge. Passe encore lorsque Lilas courait les rochers de la Pointe, mais lorsqu'elle a prétendu se trouver une place à Saint-Nicolas, avec son Corrézien, la haine est devenue insupportable. Et vous avez imaginé cette mise en scène pour les punir : faire peser sur les épaules de Jean-Marie Chèze le poids d'un crime et l'envoyer au bagne !

Lucien Rougier, les mains jointes, a désigné la bouteille de goutte. On aurait dit qu'il avait déjà les menottes aux poignets.

– Est-ce que je peux avoir un petit verre ?

Il l'a vidé cul sec. Il est devenu plus rouge. Il a battu des paupières.

– J'ai aimé, moi aussi, la Mularde. Elle était la plus belle femme de Saint-Nicolas. Je l'ai vue sur *Le Lilas de mer*. Elle était plus âgée que moi. Elle était une reine...

Nous n'avions plus le même homme en face de nous. L'orgueilleux Lucien Rougier, le petit-fils, semblait s'être vidé de son rembourrage comme une poupée de son. Ses épaules tombaient. Son regard fuyait. J'ai senti s'allumer en moi la petite lumière familière de la compassion. Et j'ai murmuré doucement :

– Elle ne vous voyait pas ! Et vous l'avez haïe, comme votre grand-père vous l'avait appris.

Il transpirait. La sueur s'est mise à couler en rigoles de son front sur ses joues.

– Je ne croyais pas que Chèze la tenait comme ça...

Il a montré le poing, l'a ouvert et l'a refermé. Il a relevé le front, a essuyé sa figure mouillée avec sa main.

– J'avais déjà vu Chèze ivre. Il devenait inconscient comme une bûche. Il reconnaissait qu'il ne se souvenait de rien.

– Alors vous avez agi.

– Cela s'est fait tout seul. J'ai acheté le même laguiole que lui à la coutellerie Grellard. Il laissait traîner son couteau sur notre bateau dans le bouchot. Je n'ai eu qu'à le jeter à l'eau. Chèze est venu à La Belle Henriette avec Félicien Calot. Je n'ai pas eu besoin de les encourager beaucoup à boire. J'ai filé à la Villa Louise.

– Vous saviez qu'avec Marie Chaigne vous teniez votre alibi.

Il a gonflé le torse avec un reste de fierté ridicule.

– Des alibis, j'aurais pu en avoir autant que je voulais.

– Mais vous n'avez pas eu Lilas.

Il m'a regardé droit dans les yeux.

– Tout s'est défait à cause de vous.

J'ai reçu la remarque comme un compliment, et j'ai répondu comme un curé en chaire :

– J'ai été envoyé pour rendre aux pauvres leur dignité.

Je reconnais, avec le recul, qu'il y avait dans ce contexte un peu de ridicule vanité. Le juge Schoechofer s'est levé.

– Bon !

Les mains derrière le dos, il s'est dirigé vers la fenêtre. J'ai entendu du bruit au-dehors. J'ai cru qu'il s'agissait du martèlement de la pluie. Il s'était mis à pleuvoir, en effet, mais le murmure de l'averse discrète dans le jour rose était recouvert par des piaffements de chevaux, des roulements de voitures. Le juge a commenté :

– La pluie va chasser l'odeur.

Et puis s'adressant à Lucien Rougier :

– Nous n'allons pas vous arrêter dans le presbytère. Vous allez me suivre sagement. Le fourgon cellulaire attend sur la place.

Il a ouvert la porte du couloir. Lucien Rougier le dépassait de la tête et des épaules. Un escadron de gendarmerie avait investi Saint-Nicolas, prêt à toute éventualité. Les gourmettes cliquetaient, les buffleteries luisaient sous la pluie, les chevaux hennissaient. Hommes et bêtes se sont figés en voyant sortir le grand cabanier à moustache noire coiffé de son chapeau de feutre. Le juge Schoechofer, derrière lui, tenait la main levée, l'air de leur dire : Ne vous inquiétez pas, tout va bien.

La porte du fourgon était ouverte. Lucien Rougier y est monté. J'ai serré la main du juge.

– Vous aviez raison, la pluie a lavé Saint-Nicolas de son odeur.

L'escadron avait apporté à sa place des agréables relents de cheval et de crottin. Des femmes et des enfants se précipitaient malgré la pluie avec des pelles pour en recueillir les boules encore fumantes.

Maman m'attendait sur le seuil avec un parapluie désormais inutile. Je m'attendais à ses reproches au sujet de mes épaules et mon chapeau mouillés. Son bref commentaire m'a surpris :

– Maintenant, mon petit Jean, ça va être ton tour.

Je ne raconterai pas la révolution provoquée par le second procès en cour d'assises, qui a eu lieu en janvier 1910. Je n'en ai plus le temps, ni la force. Il faudrait que je parle de moi. Je n'écris pas pour parler de moi. Maintenant, avec la grâce de Dieu, je suis quasiment arrivé au bout de mon compte rendu, et je vais pouvoir enfin me reposer. Je ne sais si quelqu'un s'intéressera un jour à cette chronique d'un épisode tragique de la vie d'une paroisse de Vendée. Elle témoigne de la grandeur et de la misère de l'homme.

Le clan Rougier a battu le rappel et organisé la croisade contre moi avec un succès incontestable. J'ai toujours pensé que celui qui tirait les ficelles et dirigeait les attaques se tenait assis derrière une fenêtre, immobilisé par l'âge dans son fauteuil du premier étage de la cabane de Bellenoue.

Du jour au lendemain, la moitié de la population m'a tourné le dos. Certains fidèles sont partis à la messe à Saint-Michel ou à Grues. Les revenus de la paroisse ont chuté, car avec les Rougier se sont retirés des gros cabaniers solidaires qui donnaient bien. Je crois qu'on me reprochait surtout d'avoir rompu la loi du silence. On ne contestait pas le crime de Lucien Rougier. On ne doutait pas de sa violence. Ce n'était pas à moi de m'occuper de cela.

On m'a sévèrement reproché d'avoir exposé sur la place publique le scandale de l'adultère de Marie Chaigne. Bien sûr, beaucoup savaient que l'épouse Chaigne avait trompé son mari, et même en riaient. Je n'avais pas à le déclarer ouvertement. Après tout cet étalage de leur vie conjugale, Pierre Chaigne a chassé sa femme qui est retournée vivre chez ses parents à Grues.

Mes confrères m'ont reproché mon inconséquence dans cette affaire. J'ai été accueilli le jour de ma déposition devant les assises par une manifestation virulente. Lucien Rougier, le père du criminel, était en tête des manifestants. J'ai eu mal de découvrir la gentille Aline, sa fille, à son côté. Elle m'insultait avec les autres.

On aurait aimé voir à la barre l'inspirateur du crime, Lucien Rougier, le vieux. Un certificat médical du Dr Liaigre, que j'ai continué d'estimer honnête et sincère, certifiait que le vieil ancêtre était intransportable. J'en ai douté. Le vieux goupil jouait bien la comédie, puisqu'il a survécu encore cinq ans, lucide jusqu'au bout, plus dur que jamais.

Lucien Rougier a bien sûr été condamné au bagne. La cour d'assises a jugé sa faute aggravée par la déportation de Jean-Marie Chèze. Il a dû sa tête sauve à Lilas qui n'a demandé aucune réparation, sinon celle de sa dignité pour elle et pour son fils. Il a tout de même écopé de trente ans.

Moi, j'ai donc été convoqué par mon évêque, Mgr Catteau, dès le lendemain du verdict. J'ai écouté la sentence à laquelle je m'attendais. J'étais déplacé dans une paroisse déshéritée de Charente, Sainte-Même-des-Pots. C'était la sanction habituelle réservée aux prêtres coupables d'errements. Je n'ai pas été étonné de découvrir mon évêque plein d'une miséricorde bienveillante. Il a demandé une carte à son secrétaire pour situer ma paroisse obscure. Il a soupiré :

– L'on ne vous reproche pas d'avoir agi au nom de la justice. Mais vous avez eu le tort de vous mettre en avant.

– Je ne me suis pas mis en avant, monseigneur. Pouvais-je être plus discret ?

Monseigneur a soulevé une main lasse porteuse de l'anneau pastoral.

– Je sais, a-t-il reconnu avec douceur, mais votre situation est devenue intenable. Vous avez soulevé contre vous, et contre nous, trop d'adversaires.

– Contre vous surtout, monseigneur...

Mon évêque m'a rappelé à l'ordre et il a froncé ses sourcils en broussaille. Et puis il a soupiré encore, le doigt sur la carte du diocèse de Charente :

– Votre zèle social trouvera là-bas à s'employer. Sainte-Même-des-Pots est habitée par des paysans et une traditionnelle population d'artisans potiers.

Il a levé le doigt.

– Vous aurez moins de monde à la messe.

– Je m'en doutais, monseigneur.

Il a fermé la porte de séparation avec le bureau de son secrétaire, m'a montré les deux prie-Dieu de velours rouge nappés de dentelle devant le grand crucifix de bois noir.

– Voulez-vous que nous priions ensemble ? Je prierai pour la réussite de votre mission. Vous prierez pour moi, qui suis contraint de vous punir.

Il m'a présenté ensuite son anneau et, en me congédiant :

– Quand la tempête que vous avez soulevée sera apaisée, je vous rappellerai, et vous reviendrez au milieu de nous.

Je crois qu'il était sincère. J'ai déménagé presque sur-le-champ. Mon successeur devait arriver quinze jours plus tard. La paroisse Sainte-Même-des-Pots n'avait plus de curé depuis six mois.

Je ne m'attendais pas à souffrir de mon départ comme d'un arrachement. Je ne savais pas que je m'étais enraciné à ce point dans cet espace de marais. J'avais choisi en devenant prêtre de n'être pas du monde. Et je m'apercevais, alors qu'on m'enlevait à ma paroisse, combien je tenais à ces vases, à ce sable, à cet océan, et surtout à ces hommes et à ces femmes accrochés à ces rivages, burinés par le vent, rudes, rustres, travailleurs, buveurs, jaloux, orgueilleux, vantards, menteurs, querelleurs, mais si vivants, joyeux, toujours chantant, plaisantant, aimables, généreux, chaleureux, insouciants, aventureux. Ils étaient devenus ma famille, malgré nos querelles. La preuve : la nouvelle de mon départ s'est répandue dans la commune comme une traînée de poudre. Certains sont venus me supplier :

– Ce n'est pas juste. Vous n'allez pas partir. Nous allons entreprendre des démarches pour que vous restiez.

– Ne vous occupez de rien. J'ai accepté ma nouvelle affectation.

Je n'ai pas effectué de tournée d'adieu pour ajouter au déchirement. Je n'ai tout de même pas résisté à l'appel de la digue un après-midi après le déjeuner. Malgré mes efforts pour ne rien montrer, tout mon être criait la souffrance. Maman a appuyé sa main sur mon épaule en me servant le café.

– Tu es malheureux, mon fils.

J'ai pris ma pèlerine, mon chapeau.

– Jean, le temps est affreux !

Elle avait raison. Aucun bateau n'était sorti. Les coques grinçaient contre les pieux des embarcadères. Les mâts se balançaient. J'ai solidement noué la cordelière de mon chapeau. J'ai marché sur le sable entre les rangs de vigne, rejoint la passe des douaniers. Le vent soufflait. Il n'y avait rien d'autre que le marais qui venait se noyer dans la mer et le gris de l'océan qui rejoignait le gris du ciel. La mer était en furie. L'écume volait par-dessus la digue. Je suis quand même monté par le petit escalier au flanc de la muraille. La gifle du grand large m'a coupé le souffle, lorsque je suis arrivé au sommet. J'ai léché le sel sur mes lèvres. Le vent est la respiration de l'Esprit. J'ai appelé le bon Dieu. J'ai reçu un paquet d'écume sur la figure.

J'ai passé la maison du Génie. Deux contrevents d'une fenêtre de l'étage battaient contre le mur. L'administration laissait à l'abandon ces murs tapissés et ces plafonds à corniches. J'ai écouté les lamentations du vent contre les murs. La mer avait creusé une petite brèche plus loin dans la digue et elle tossait les pierres mises à nu. Je suis redescendu sur le chemin, car un paquet de mer aurait pu m'emporter.

J'ai continué jusqu'à la dune de la Pointe de l'Aiguille. Le sable volait. Des grains craquaient sous mes dents. J'ai erré comme une âme en peine autour de la guérite de Pierre Rouger et de Lilas investie par le sable. Il arrivait à hauteur du toit et vomissait à l'intérieur. La porte permettait encore le passage, sans doute dégagée par des jeux d'enfants ou des amoureux en quête de refuge. Je me suis assis un moment entre ses murs. Au loin, là-bas, à l'horizon sur la mer, les nuées sombres ferraillaient.

J'ai voulu revenir par La Vive. Je ne sentais pas ma fatigue. Le vent et les grondements de la mer m'avaient saoulé. Je suis monté à la chapelle du moine. Je peux l'avouer maintenant : j'ai pleuré. J'étais un capitaine, même si je n'ai jamais eu le pied marin. Les vents du large me manquaient déjà.

Quand je suis arrivé au bourg dans le grand noir plein de gouttes, je n'ai pu résister au désir d'un détour chez elle. Je n'avais pas voulu l'avouer ; j'avais entrepris tout ce chemin pour arriver chez elle. Je savais qu'il m'y conduirait. Je savais que, plus que tout, Lilas allait me manquer, que mon évêque, en me déplaçant, m'éloignait d'elle. Il ne m'en avait rien dit, mais je l'avais lu dans ses yeux. La lumière de la lampe dorait les carreaux de l'imposte au-dessus de la porte. J'ai frappé. Elle a ouvert.

– Monsieur le curé !

J'ai compris à son cri qu'elle aussi m'attendait et j'ai été heureux. Elle a regardé mes souliers crottés, ma pèlerine mouillée.

– D'où venez-vous ? Comme vous êtes fait !

Elle m'a pris ma pèlerine, l'a étalée sur le dossier d'une chaise devant la cheminée.

– Pierrot est ressorti. Il appointe des pieux pour les bouchots chez les voisins.

Il avait obtenu son certificat d'études, avait cessé d'aller à l'école et de me servir la messe. Il était devenu un homme.

– Lilas, je dois vous dire quelque chose : lorsque j'ai vu Jean-Marie à Saint-Martin-de-Ré, il m'a confié qu'avant son départ d'Orliac il avait une promise, Toinou. Il ne regrettait pas de vous avoir choisie, mais il se sentait coupable de l'avoir abandonnée.

Lilas était assise sur le coffre à sel au coin du feu. La lumière des flammes dansait sur la soie de sa peau ocrée. Elle a fixé sur moi ses prunelles noires, et avec un sourire rassurant :

– Monsieur le curé, je le savais. Elle a écrit trois fois à Jean-Marie.

Lilas s'est levée, a ouvert la porte de l'armoire, glissé la main entre les piles de linge, jusqu'au fond.

– C'était un peu avant, et juste après notre mariage, a-t-elle précisé en tâtonnant.

Elle a enfin trouvé ce qu'elle cherchait. Elle m'a tendu trois enveloppes, vides.

– Qu'avez-vous fait des lettres ?

– Je les ai brûlées.

– Vous les avez lues ?

– Non.

Son regard droit et son sourire m'impressionnaient. J'étais sûr qu'elle ne me mentait pas. Elle n'avait pas eu cette curiosité. Elle avait seulement repoussé sa rivale.

– Pourquoi avez-vous gardé les enveloppes ?

– Je les aurais données à Jean-Marie s'il m'en avait parlé.

J'ai contemplé l'écriture de Toinou, écrasée, mal formée. J'ai rendu les enveloppes.

– Avec votre départ, monsieur le curé, je perds mon plus ferme appui.

– Vous avez Pierrot.

– Oui, j'ai Pierrot, heureusement. Il est vaillant.

Elle m'a tourné le dos, et la voix étranglée :

– Mais c'est encore un enfant...

Ses épaules ont été soulevées par un sanglot. J'étais assis devant le feu. Elle s'est retournée et s'est essuyé les joues avec ses doigts.

– Excusez-moi. Vous êtes envoyé en Charente à cause de nous.

– À cause de la justice, Lilas.

Elle a retrouvé un pâle sourire.

– Dites-moi, pour me faire plaisir, un peu à cause de moi...

Je ne lui ai pas répondu. Nous nous regardions. Elle était encore jeune dans sa robe de laine noire. Elle m'a paru très belle. Un large sourire l'a éclairée cette fois.

– J'ai préparé un petit paquet pour que vous emportiez quelque chose de nous.

Elle a allumé la lanterne.

– C'est dans la remise, avec le bois.

J'ai repris ma pèlerine sur mes épaules. La tempête nous a enveloppés dès que la porte a été ouverte. Des gouttes collantes volaient dans le vent. C'étaient des embruns d'eau saumâtre arrachés à la mer et au Lay. Les yeux rouges des lapins ont lui dans les clapiers. Lilas a descendu une caissette de dessus les bûches, et me l'a tendue.

– Voilà, c'est pour vous.

Elle a levé sa lanterne. La caissette était pleine de patates de dahlias.

– Vous les aimiez, je crois, contre mon mur. Peut-être cette caisse vous encombrera-t-elle dans votre déménagement ?

– Mais non. Merci, Lilas.

Le vent ronflait dans la porte de la remise. La flamme de la lanterne vacillait. Lilas a hurlé dans le vent.

– Je vous regretterai, monsieur le curé.

– Moi aussi, Lilas.

Je ne sais comment nous nous sommes retrouvés dans les bras l'un de l'autre. C'est la seule fois où j'ai tenu une femme dans mes bras. Cela n'a duré que quelques secondes. Aujourd'hui encore, alors que je suis vieux, perclus, moribond, leur souvenir me réchauffe, et j'en demande pardon à Dieu. J'ai entendu son cœur battre. Je l'ai senti cogner, je crois, dans sa poitrine. Cela aurait peut-être duré plus longtemps, mais nous avons entendu l'appel de Pierrot dehors.

– Maman, qu'est-ce que tu fais ?

La main tiède de Lilas s'est doucement retirée de la mienne.

– Je donnais les dahlias à monsieur le curé.

Je me suis enfui avec le précieux trésor sous le bras. Pour ma plus grande chance, je n'ai jamais souffert de la tentation de la chair. Dieu m'a épargné cet aiguillon. S'il y a une femme que j'ai aimée, hormis ma mère, c'est celle-là. Toutes les autres m'ont paru fades à côté.

Épilogue

Le curé qui aimait les dahlias

22

Nous sommes partis le 27 février au matin, maman et moi.

J'ai célébré ma dernière messe dans l'église de Saint-Nicolas longtemps avant l'aube, maman faisant office d'enfant de chœur. Nous n'avions prévenu personne. J'avais dit à mes amis : je ne veux pas de cérémonie, pas de regrets, pas de lamentations. Un matin, vous vous réveillerez, et je ne serai plus là. Souciez-vous d'accueillir mon successeur.

Lorsque le chef de train nous a vus à la gare de Saint-Nicolas avec nos bagages, il a été confus :

– Est-ce que vous partez, monsieur le curé ? Je croyais que c'était demain.

Nos meubles nous avaient précédés par le train. Nous avions dormi sur des lits de fortune prêtés par des paroissiens. Le mécanicien s'est empressé de tisonner le poêle dans notre voiture. Il lui a rajouté du charbon. Il faisait froid. Le vent venait de la terre. Quelques pêcheurs, des boucholeurs, hommes et femmes, se sont approchés.

– Alors ça y est, monsieur le curé ? Vous partez déjà ? Pourquoi ne nous l'avez-vous pas dit ?

Le jour bleuissait à peine. Je guettais l'apparition de Lilas. Maman qui devinait tout m'a chuchoté :

– Tu ne l'as pas avertie ?

– Non.

La rageuse petite loco du tortillard s'est ébranlée. J'ai espéré encore à l'arrêt de Saint-Nicolas-ville, quelques centaines de mètres plus loin. J'ai aperçu Maria Calot, un capuchon coupe-vent sur la tête et les épaules, lorsque le train a longé les communaux. Elle s'est retournée, nous a vus, a levé la main en signe d'adieu. Elle avait pris ma défense. Elle disait que c'était mon devoir d'aider à démasquer l'assassin et à disculper l'innocent.

Le petit train a tourné autour de Saint-Nicolas comme s'il avait du mal à s'en éloigner. Il s'est arrêté au pied de La Vive. Le vent de terre rabattait sa fumée sur les voitures de voyageurs. Les branches de tamarins s'inclinaient sur les fossés.

J'ai planté les dahlias de Lilas dans le jardin du presbytère de Sainte-Même-des-Pots. Ils m'ont suivi dans les jardins des autres presbytères charentais où j'ai été nommé. Maman a mal supporté mon déplacement en Charente. Elle a décliné lentement. Elle est morte trois mois avant la déclaration de la guerre.

Est-ce un pied de nez du destin? Nous avons en quelque sorte sauvé la vie de Lucien Rougier, puisqu'il a évité la guerre. Il est encore bien vivant aujourd'hui à Cayenne, où il termine sa peine. Lilas m'a régulièrement donné des nouvelles de Saint-Nicolas. Ses affaires se sont améliorées grâce à Pierrot. Et puis il a été appelé sous les drapeaux en 1915. Elle m'a commandé des neuvaines. Le bon Dieu n'a sans doute pas voulu se mêler de notre grande boucherie internationale et contrôler les mouvements des balles et des obus comme certains l'y encourageaient. Pierre Chèze a été tué dans la forêt de La Pompelle en Champagne, en 1917.

Je redoutais chaque jour d'apprendre la nouvelle de la mort de mon enfant de chœur. Je priais pour lui matin et soir, comme s'il avait été mon fils. Je lui écrivais, lui envoyais des colis. Je le suppliais de se faire tout petit, de se rendre invisible. Sa mère était fière de son mètre quatre-vingts. Un jour une balle prendrait pour cible sa haute silhouette.

J'ai été effondré à la lecture de la lettre de Lilas m'annonçant que son

cher grand était venu au monde pour mourir au champ d'honneur. Son père, humilié sur la terre, l'avait rappelé à lui et l'avait élevé dans les cieux. Les gens de Saint-Nicolas avaient raison à l'avance, monsieur le curé : il était écrit que les Mulardes ne peuvent pas avoir de descendance...

J'ai détruit cette lettre, comme toutes les autres, mais, avec les autres, elle m'est gravée dans le cœur. J'ai partagé le désespoir de Lilas qui me disait qu'elle était désormais sans rien. Et j'ai craint que, dans la folie de sa douleur, elle ne se laisse aller à l'irréparable.

Mon unique espoir désormais, c'est de les rejoindre le plus vite possible. Priez Dieu pour qu'il me rappelle. Croyez-vous qu'il me condamnerait si je l'aidais un peu ?

J'ai offert à Lilas de venir me rejoindre. Maman n'était plus. Je n'avais plus de servante. Lilas approchait de l'âge canonique. Mes supérieurs n'y trouveraient pas à redire. Elle m'a répondu avec sa franchise habituelle :

Oh ! comme j'aimerais vous rejoindre ! En avons-nous le droit ? Laissez-moi caresser cette idée. Donnez-moi le temps de la réflexion. Nos relations seraient-elles changées si je ne venais pas ?

Elle s'est montrée infiniment plus généreuse et désintéressée que moi. Les souffrances et les déchirements dc la guerre l'avaient décidée à écrire à Orliac. Elle avait raconté à Toinou la tragique destinée de Jean-Marie Chèze. À la mort de Pierrot, Toinou lui a écrit l'incroyable vérité sur la naissance de François, son fils à elle, soldat sur le front de la Somme. François était le fils de Jean-Marie. Ils s'étaient aimés une fois, une seule, la nuit d'avant son départ pour la digue, dans la boulangerie de sa grand-mère. Jean-Marie n'était pas revenu. Toinou avait connu la honte des filles mères. Elle ne s'était jamais mariée.

Lilas m'a demandé de prier pour François. Sa mort aurait été une injustice de plus. C'est ce que j'ai seriné au bon Dieu dans mes prières. Il m'a peut-être écouté et étendu sa main. François a fait partie de ces miraculés qui sont revenus indemnes de la Grande Guerre. Alors, n'écoutant que son cœur, Lilas a bazardé toutes ses affaires de Saint-Nicolas, la maison du Tirouet, les bouchots de la Pointe d'Arçay.

Qu'est-ce qu'il me reste à Saint-Nicolas ? Si encore vous étiez là ! Les restes de Jean-Marie ont été dispersés avec les requins dans la mer de Guyane. Pierrot est couché dans un cimetière militaire de Champagne. Je ne laisse derrière moi que la tombe de mes parents.

Elle a fait le voyage, et elle est allée vivre à Orliac, en Corrèze, à côté de Toinou.

La petite somme que j'ai réunie aidera François et sa mère à se tirer d'affaire. La vie n'est pas facile ici non plus, dans ce pays froid. Bien plus que Pierrot, qui tenait de mon côté, François est le portrait de son père. Il a sa carrure, ses cheveux bouclés, sa moustache, sa voix. Quand je le vois sortir les bêtes de l'étable, quand je l'entends parler le patois du pays, j'ai le cœur qui saute. Je crois mon Jean-Marie revenu.

Elle m'a promis plusieurs fois de venir me rendre visite avec François. Cela ne s'est pas fait.

Vous seriez déçu, monsieur le curé. J'ai beaucoup vieilli. C'est aussi bien comme ça : vous continuez de me penser jeunette.

Je l'imagine dans sa maison de pierre grise, sur son plateau, tournant le dos aux vents du nord. Elle porte encore sa quichenotte noire. Elle descend le chemin creux du coteau fleuri de gentianes et de gueules-de-loup. Mais je reconnais que très vite, tandis qu'elle marche, je la retrouve à Saint-Nicolas, dans le port de Saint-Nicolas, devant la maison du Tirouet fleurie de dahlias, riant à bord du *Lilas de mer*, galopant sur les rochers de la Pointe de l'Aiguille...

La fièvre ne me quitte plus. J'ai écrit ces dernières pages couché dans mon lit, parce que je craignais de ne plus avoir assez de temps. Plusieurs fois, j'ai senti ce qu'il me reste de cœur battre la breloque. J'ai cru qu'il allait s'arrêter. Le rendez-vous avec Celui qui m'attend est peut-être pour tout à l'heure. Je me traîne encore avec mes cannes. Chaque cellule de mon corps m'est un nid de douleur.

Quand Il va venir, je Le recevrai avec joie comme mon libérateur : « Tu m'appelles ? Seigneur me voici ! » Ma dernière nourriture sera le produit de cette terre de Charente, le merveilleux cognac Pasquier coupé d'eau et de sucre dans lequel je trempe mon pain.

Les anges doivent ressembler à Lilas. J'imagine le paradis comme une dune fleurie de lilas et de dahlias au bord de la mer.

Je tiens à remercier particulièrement Pascal Baudry photographe, André Duret historien, Olivier Girard ornithologue, Pierre Roy maire de L'Aiguillon-sur-Mer, Dominique Schaffhauser président du tribunal de grande instance d'Angoulême.

Ma reconnaissance va aux bibliothécaires de la Bibliothèque pour tous de La Flotte-en-Ré qui ont spontanément mis leurs livres à ma disposition.

TABLE DES MATIÈRES

Les mamies font de la résistance

Les sœurs Robin

Yves Viollier

Aminthe et Marie, deux sœurs octogénaires, n'ont jamais quitté la maison familiale où elles coulent des jours paisibles entre leurs chats et leur piano. Mais un plan d'urbanisme prévoit la rénovation de leur quartier : la maison est vouée à disparaître. Inventives et rebelles, elles ne tardent pas à échafauder un stratagème extravagant. Elles partent alors sur le sentier de guerre au volant de leur antique 4L. Les promoteurs vont s'en mordre les doigts...

(Pocket n° 11990)

"La ferme maléfique"

La Malvoisine

Yves Viollier

La « mâle bête » rôde autour de « la Malvoisine » et le mauvais sort touche ceux qui approchent la ferme... C'est d'abord Eugène, emporté par la tuberculose, puis c'est le tour d'Arsène qui se tue lors des moissons et enfin Petit Maurice, âgé de six ans, qui ressent d'étranges douleurs avant de succomber à un mal mystérieux. Armand, le dernier survivant, vit désormais seul dans la ferme désertée, jusqu'au jour où il rencontre la belle Odile...

(Pocket n°10446)

Esprit de clan

L'orgueil de la tribu

Yves Viollier

Ils sont encore des milliers, dans le bocage vendéen, à faire partie de la « Petite Église », une communauté composée des descendants de réfractaires au Concordat. Sans clergé, ils continuent à pratiquer leur religion selon les traditions de l'Ancien Régime. Dans la « tribu », le mariage est plus que sacré.
Aussi quand Danièle, l'épouse d'un de ses membres les plus influents, s'enfuit avec un photographe de passage, le scandale est immense, et c'est toute la tribu qui s'unit pour la faire revenir…

(Pocket n° 12273)

www.pocket.fr
Le site qui se lit comme un bon livre
Informer
Toute l'actualité de Pocket, les dernières parutions collection par collection, les auteurs, des articles, des interviews, des exclusivités.
Découvrir
Des 1ers chapitres et extraits à lire.
Choisissez vos livres selon vos envies :
thriller, policier, roman, terroir, science-fiction...
POCKET
Il y a toujours un Pocket à découvrir
sur www.pocket.fr

Achevé d'imprimer sur les presses de

BUSSIÈRE

GROUPE CPI

à Saint-Amand-Montrond (Cher)
en avril 2006

POCKET - 12, avenue d'Italie - 75627 Paris Cedex 13

— N° d'imp. : 60911. —
Dépôt légal : juin 2003.
Suite du premier tirage : mai 2006.

Imprimé en France